신화대계

다다미 넉 장 반

모리미 도미히코 장편소설

권영주 옮김

KB208135

비채

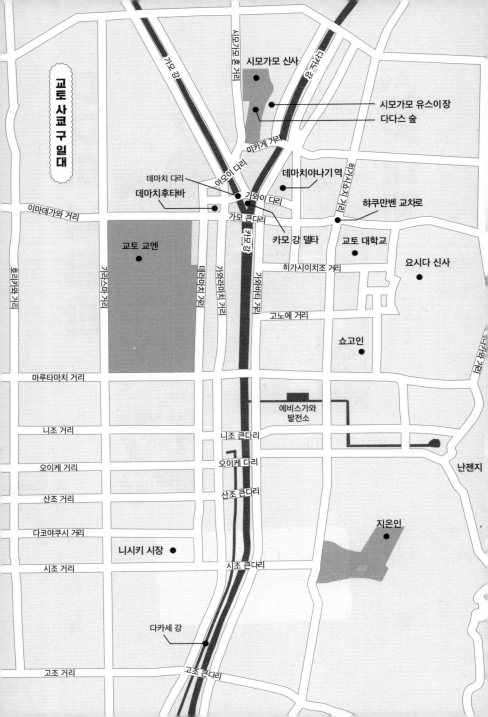

교토 사쿄구 일대

시모가모 신사
시모가모 유스이장
다다스 숲
미카게 거리
아오이 다리
데마치 다리
데마치야나기 역
데마치후타바
하쿠만벤 교차로
가와이 다리
가모 큰다리
카모 강 델타
교토 대학교
요시다 신사
이마데가와 거리
교토 교엔
히가시이치조 거리
고노에 거리
쇼고인
마루타마치 거리
니조 거리
에비스가와
발전소
오이케 거리
니조 큰다리
오이케 다리
난젠지
산조 거리
산조 큰다리
다코야쿠시 거리
지온인
니시키 시장
시조 거리
시조 큰다리
다카세 강
고조 거리
고조 큰다리

가모 강
가모 혼 거리
시모가모 혼 거리
가와바타 거리
호리가와 거리
가라스마 거리
데라마치 거리
가와라마치 거리
가모가와 거리
히가시오지 거리

다다미 넉 장 반
신화대계

차례

일러두기

1 이 책은 2008년 출간된 《다다미 넉 장 반 세계일주》의 전면개정판입니다.
  작가가 전면 가필 및 수정한 가도카와쇼텐 판본을 저본으로 삼고 원제를 살렸습니다.
2 모든 주는 옮긴이주입니다.

1

다다미 넉 장 반 사랑의 훼방꾼

대학 3학년 봄까지 이 년간, 실익 있는 일은 하나도 하지 않았노라고 단언해두련다. 이성과의 건전한 교제, 학업 정진, 육체 단련 등 사회에 유익한 인재가 되기 위한 포석은 쏙쏙 빼버리고 이성으로부터의 고립, 학업 방기, 육체의 쇠약화 등 깔지 않아도 되는 포석만 족족 골라 깔아댄 것은 어인 까닭인가.

책임자를 추궁할 필요가 있다. 책임자는 어디 있나.

나라고 날 때부터 이 모양 이 꼴은 아니었다.

갓 태어났을 무렵의 나는 순진무구함의 화신이었고, 갓난아기 시절의 히카루 겐지 저리 가라 하게 사랑스러워, 사념邪念이라고는 터럭만큼도 없는 해맑은 미소가 고향 산천을 사랑의 빛으로 가득 메웠다 한다. 그런데 지금은 어떠한가. 거울을 볼 때마다 노여움에 휩싸인다. 네놈은 대체 어찌하여 이렇게 되었는가. 이것이 현시점에서 네놈의 총결산인가.

아직 젊지 않으냐고 말하는 사람도 있으리라. 인간은 얼마든지 바뀔 수 있다고.

그런 터무니없는 일이 있을 리 없다.

'세 살 버릇 여든까지'라고 하는데 당년 스물하고도 하나, 머지않아 세상에 태어난 지 사반세기가 되려는 어엿한 청년이 이제 와서 자신의 인격을 변모시키려 궁색하게 노력한들 무슨 소용이 있으랴. 이미 딱딱하게 굳어 허공을 향해 우뚝 솟은 인격을 억지로 굽히려 해봤자 뚝 부러지는 것이 고작이다.

생을 마감하는 그날까지 지금 여기에 있는 자기 자신을 질질 끌고 살아야 하느니라. 그 사실을 외면해서는 아니 되느니라.

나는 결단코 외면하지 않을 생각이다.

허나 다소 보기 괴롭다.

～

남의 사랑의 행로를 훼방 놓는 인간은 말에게 걷어차여 죽을 운명이라 하는지라, 나는 적막한 대학 북쪽 끝에 있는 마술馬術부 마장에는 가까이 가지 않았다. 내가 마장에 가까이 갔더라면, 사납게 날뛰는 말들이 울타리를 뛰어넘어 몰려와 나를 짓밟아대고 전골 재료로도 쓸 수 없을 만큼 더러운 살점으로 만들어놓았을 것이다. 같은 연유로 나는 교토 부경府警 헤이안 기마대를 심히 두려워했다.

어찌하여 내가 말을 무서워했느냐 하면, 나는 모르는 사람도 알 정도로 악명 높은 사랑의 훼방꾼이었기 때문이다. 나는 사신의 복장을 한 검은 큐피드로서 사랑의 화살 대신 도끼를 휘둘러 적외선 센서처럼 둘러쳐진 운명의 붉은 실을 끊고, 끊고, 또 끊었다. 그 때문에 젊은 남녀가 큼직한 빨래통 여섯 개 분량의 쓰라린 눈물을 흘렸다고 한다.

무도막심한 일이다. 그것은 안다.

그러한 나도 대학에 들어오기 직전에는 혹시 있을지도 모르는 이성과의 장밋빛 교제에 가볍게 투지를 불태우기도 했었다. 입학하고 몇 달 되지 않아 그 같은 결의를 구태여 다질 필요가 없었음이 판명되었으나, "나는 결단코 야수가 되지 않겠다. 깨끗하고 바르게, 신사적으로 아름다운 아가씨들과 사귀자"라고 결심하기까지 했다. 어찌됐든 이성을 포척抛擲하여 무턱대고 맺어지려 드는 남녀를 너그러이 봐주는 것쯤은 가능했을 터였다.

그렇건만 나는 어느새 마음의 여유를 잃고, 올 나간 붉은 실이 땅 끊어지는 소리를 들을 때마다 형언할 수 없는 유열愉悅을 느끼는 극악인으로 전락했다. 동강동강 끊어진 붉은 실 조각이 원한의 눈물에 둥둥 뜨는 실연 골목, 그 절망적인 애로隘路에 내가 발을 들여놓은 배경에는 나의 숙적이요 맹우인, 한 타기할 만한 사내의 인도가 있었다.

오즈는 나와 같은 학년이다. 공학부 전기전자공학과 소속인데도 전기도, 전자도, 공학도 싫어한다. 1학년이 끝난 시점에서 취득 학점 및 성적은 무시무시한 저공비행이라 과연 대학에 재적하는 의미가 있는 것인지 알 수 없었다. 그러나 본인은 그러거나 말거나 했다.

야채를 싫어하고 즉석식품만 먹기 때문에 안색이 어쩐지 달의 이면에서 온 사람 같아 심히 소름 끼친다. 밤길에 마주치면 열 중 여덟이 요괴로 착각한다. 나머지 둘은 요괴다. 약자에게 채찍을 휘두르고, 강자에게 알랑거리고, 제멋대로고, 오만하고, 태만하고, 청개구리 같고, 공부도 하지 않고, 자존심은 터럭만큼도 없고, 타인의 불행을 반찬으로 밥을 세 공기 먹을 수 있다. 칭찬할 점이 도무지 한 가지도 없다. 그를 만나지 않았더라면 나의 영혼은 더욱 맑았으리라.

그렇게 생각하면, 1학년 봄에 영화 동아리 '계禊'에 발을 들여놓은 것이 애초에 화근이었다고 하지 않을 수 없다.

당시 나는 솜털이 보송보송한 1학년이었다. 꽃이 다 져버린 벚나무 잎사귀가 푸릇푸릇 싱그러웠던 기억이 난다.

신입생이 대학 구내를 걷고 있으면 좌우지간 여기저기에서 전단을 억지로 밀어붙이는 터라, 나는 개인의 정보 처리 능력을 월등히 능가하는 전단을 들고 어찌할 줄 몰라 하고 있었다. 내용은 천차만별이었으나, 내가 흥미를 느낀 것은 다음 네 곳이었다. 영화 동아리 '계', '제자 구함'이라는 기상천외한 전단, 소프트볼 동아리 '포그니' 그리고 비밀 기관 '복묘반점福猫飯店'이다. 수상쩍음에 정도의 차는 있어도 모두 대학 생활이라는 미지의 세계로 통하는 문이었다. 나의 마음은 없는 호기심으로 가득 찼다. 어느 것을 선택해도 재미있는 미래가 열릴 것이라 생각했으니 어떻게 손쓸 여지도 없는 얼간이였다고 할 수밖에 없다.

강의가 끝나고 나는 대학 시계탑으로 발걸음을 옮겼다. 많은 동아리가 신입생 환영 설명회 장소로 이동하기 전에 그곳에서 만나기 때문이다.

시계탑 주변은 샘솟는 희망에 볼이 발갛게 상기된 신입생들과 그것을 먹잇감으로 삼을 만반의 준비를 갖춘 동아리 선배들로 북새통을 이루고 있었다. 환상의 지보至寶라 불리는 '장밋빛 캠퍼스 라이프'로 들어가는 입구가 지금 여기에 무수히 열려 있는 것 같아, 나는 반 몽롱한 상태로 걸었다.

그곳에서 내가 발견한 것이 영화 동아리 '계'의 간판을 들고 기다리는 학생 몇 명이었다. 신입생 환영 상영회가 열리니 그곳까지 안내해주겠다고 했다. 지금 생각하면 그때 따라가지 말았어야 했다. 그리고 나답지 못하게 '다 함께 즐겁게 영화를 만들고 있다'라는 감언에 현혹되어 친구 백 명을 사귄답시고 그날로 바로 가입을 결정하고 만 것은, 장밋빛 미래에 대한 기대로 눈이 멀어 제정신이 아니었다고 할 수밖에 없다. 거기서부터 나는 산짐승 다니는 길로 잘못 발을 들여놓아 친구는 고사하고 적만 만들었다.

영화 동아리 '계'에 들어가기는 했으나, 분통이 터질 만큼 화기애애한 분위기에 도무지 익숙해질 수 없었다. '이것은 극복해야 할 시련이다, 이 비정상적으로 명랑한 분위기에 당당히 섞여들어야 비로소 장밋빛 캠퍼스 라이프가, 검은머리 아가씨가, 그리고 온 세상이 나에게 약속된다'고 자신을 타이르면서도 좌절은 점점 깊어만 갔다.

그렇게 어두운 구석빼기에 몰린 나의 곁에 더럽게 불길하고 소름 끼치게 생긴 남자가 서 있었다. 섬세한 나에게만 보이는 저승사자인가 했다.

그것이 오즈와 나의 만남이었다.

⁓

오즈와 나의 만남에서 이 년을 훌쩍 건너뛴다.

3학년이 된 5월 말이었다.

나는 사랑하는 다다미 넉 장 반에 앉아 가증스러운 오즈와 마주 노려보고 있었다.

내가 기거하는 곳은 시모가모 이즈미가와초에 있는 시모가모 유스이 장이라는 하숙이었다. 일설에 따르면 막부 말기의 혼란기에 불에 탔다 재건된 이래로 바뀐 데가 없다고 한다. 창문으로 불빛이 새어나오지 않으면 폐허나 다름없다. 갓 입학했을 무렵, 대학 생협의 소개로 이곳을 찾아왔을 때 길을 잃고 구룡성에 들어왔나 생각한 것도 무리가 아니다. 지금 당장이라도 폭삭 주저앉을 것 같은 3층 목조 건물은 보는 이를 불안하게 하는 노후함이 이미 중요문화재의 경지에 달해 있다 해도 과언이 아니나, 이곳이 소실된다고 아쉬워할 사람이 아무도 없을 것은 상상하기 어렵지 않다. 동쪽 옆에 사는 집주인조차 되레 속시원해할 것이 틀림없다.

그날 밤, 오즈가 하숙에 놀러왔다.

둘이 음울하게 술을 마셨다. "먹을 것 좀 주세요"라고 하기에 핫플레이트에 어육 완자를 구워주자, 딱 한 입 먹고 '제대로 된 고기가 먹고 싶다' '파 소금장을 얹은 소 혀가 먹고 싶다' 하고 사치스러운 소리를 했다. 울화통이 터져 지글지글 구워진 뜨거운 완자를 입에 쑤셔 넣어주자 조용히 눈물을 흘리기에 용서해주었다.

그해 5월 초, 우리는 이 년에 걸쳐 내부의 인간관계를 악화시키는 데 전심전력해온 영화 동아리 '계'에서 자체 추방당한 참이었다. 떠나는 새는 뒤를 흐리지 않는다고 하나, 우리는 대ㅊ황하의 물도 이렇게 흐리랴 싶을 정도로 혼신의 힘을 다해 뒤를 흐렸다.

오즈와는 여전히 관계가 이어지고 있었는데, 영화 동아리 '계'에서 추방당한 뒤로도 그는 여러모로 바쁘게 살고 있었다. 스포츠 동아리와 수상한 조직의 활동에도 관여하고 있다 했다. 원래 그날 밤의 방문도 여기 시모가모 유스이 장 2층에 사는 인물을 찾아온 김에 들른 것이었다. 오즈는 그 인물을 '스승'이라 부르며 1학년 때부터 이곳 유스이 장에 드나들었다. 애초에 오즈와의 악연이 질기게 이어진 이유도, 우리가 같은 동아리에서 같은 어두운 구석빼기로 몰린 것 외에 오즈가 시모가모 유스이 장을 수시로 찾아오기 때문이기도 했다. '스승'이 어떤 사람이냐고 물어도 오즈는 히죽히죽 추잡한 웃음을 띨 뿐 대답하려 하지 않았다. 나는 십중팔구 음담패설의 스승이리라 생각하고 있었다.

영화 동아리 '계'와 나는 이미 완전한 단교 상태였으나, 귀 밝은 오즈는 이것저것 새로운 정보를 입수해 와서 찌무룩한 나에게 속닥거렸다. 우리는 '계'의 변혁을 위해 없는 명예를 내던졌다고도 할 수 있고 이미 내던질 명예가 남아 있지 않았다고도 할 수 있으나, 오즈의 말에 따르면 우리의 목숨을 건 항의에도 불구하고 동아리의 실정은 전혀 달라지지 않은 것 같았다.

취기도 거들어 화가 불끈불끈 치밀었다. 동아리에서 추방당해 학교와 하숙을 왕복할 뿐인 금욕적인 생활을 영위하던 나는 과거의 어두운 정열이 되살아나는 것을 느꼈다. 그리고 오즈는 그런 어두운 정열을 부채질하는 재주만은 쓸데없이 좋은 인간이었다.

"네? 우리 합시다."

오즈가 기괴한 생물처럼 몸을 배배 꼬며 말했다.

"음."

"약속한 겁니다. 그럼 내일 저녁에 준비하고 오겠습니다."

그렇게 말하고 오즈는 기뻐하며 돌아갔다.

아무래도 오즈의 계략에 넘어갔다는 느낌이 들었다.

자리에 누웠으나 2층에 중국에서 온 유학생들이 모여 와자하게 노는 바람에 잠이 오지 않았다. 가볍게 시장기도 돌기에 고양이 라면이라도 먹을까 하고 일 년 삼백육십오 일 깔고 지내는 이부자리에서 일어났다. 그리고 밤거리로 어슬렁어슬렁 나갔다.

≋

시모가모 유스이 장 2층에 사는 신과 마주친 것은 그날 밤이다.

고양이 라면은 고양이로 국물을 낸다는 소문이 있는 라면 포장마차인데, 진위야 어찌 됐든 그 맛은 무류無類하다. 출몰 장소를 여기에 밝히면 여러모로 지장이 있을 듯싶으므로 자세히 쓰지는 않으련다. 시모가모 신사 근방이라고만 해두자.

심야에 그곳에서 라면을 후룩후룩 먹으며 그 비길 데 없는 맛에 황홀과 불안 사이를 끊임없이 오락가락하는데, 손님이 와 옆자리에 앉았다. 묘한 풍채였다.

감색 유카타를 유유히 입고 덴구 큰 코에 얼굴이 붉고 손발톱이 길며 날개가 달린 일본 요괴가 신는 것 같은 게다를 신었다. 무슨 신선 같다. 라면을 먹다 말고 얼굴을 들어 곁눈으로 괴인을 관찰하니 시모가모 유스이 장에서 몇 번 본 기억이 났다. 삐걱거리는 계단을 올라가는 뒷모습, 공용 베란다에서 해바라기를 하며 여자 유학생이 머리를 잘라주는 뒷모습, 공동개수대에서 정체불명의 과일을 씻는 뒷모습. 머리는 제8호 태풍이 방금 통과한 것처럼 마구 헝클어졌고, 가지처럼 질뚝한 얼굴에 태평한 눈을 하고 있다. 연령 미상인 것이 아저씨인가 싶으면 대학생 같기도 하다. 아무리 나라도 그 사람이 신이라고 생각하지는 않았다.

남자는 주인과 아는 사이인 듯 기분 좋게 이런저런 이야기를 주고받다가, 그릇이 앞에 놓이자마자 역류하는 나이아가라 폭포처럼 박력 있게 면을 빨아들였다. 그리고 내가 다 먹기도 전에 국물까지 마셔버렸다. 신기神技가 따로 없다.

남자는 라면을 다 먹고 나를 빤히 보더니, 이윽고 "귀군" 하고 대단히 고풍스러운 말로 나를 불렀다.

"시모가모 유스이 장에 살지?"

내가 고개를 끄덕이자 남자는 만족스레 웃었다.

"나도 시모가모 유스이 장에 산다네. 잘 부탁해."

"네."

그러고는 상대를 해주지 않자 남자는 염치도 없이 나의 얼굴을 바라보았다. 그러면서 "그래, 그래" 하고 혼자 고개를 끄덕이는가 하면 "그런가, 귀군인가" 하고 납득하기도 했다. 나는 얼큰하게 취기가 남아 있는 상태였으나, 이상하게 친한 척하는 남자가 기분 나쁘게 느껴졌다. 혹시 십 년 전에 생이별한 형인가 생각했으나, 형과는 생이별한 적이 없거니와 애초에 나는 형이 없다.

다 먹고 일어서자 남자도 나를 따라나섰다. 당연한 듯 내 옆을 걷는다. 그는 엽궐련을 꺼내 불을 붙이고 연기를 화아 내뱉었다. 내가 걸음을 빨리하자 서두르는 눈치도 없이 유유하게 쫓아왔다. 그야말로 선술仙術 같다.

이것 참 성가시게 되었다고 생각하는데 남자가 느닷없이 이야기하기 시작했다.

≈

"세월이 화살 같다고는 하나, 이렇게 계절이 꼬리에 꼬리를 물고 돌아오니 괘씸하기 한량 없다. 천지가 개벽했을 때부터 세월이 어느 정도 흘렀는지 이미 알 수 없으나, 이런 식이라면 어차피 별 대단한 세월은 아니다. 그렇게 얼마 되지 아니하는 시간에 인간이 이 정도로 늘었다니 그저 놀라울 따름이다. 그리고 나날이 이것저것 머리 써서 열심히 살고 있다. 인간은 참으로 근면하다. 훌륭하다. 그러니 귀엽다는 생각이 아니 든다 하면 거짓이다. 그러나 아무리 귀여워도 이렇게 많아서야 연민의 정을 베풀 여유가 없다.

가을이 오면 또 이즈모로 가야 한다. 신칸센 차비도 만만치 않다. 과거에는 안건을 하나하나 음미하고 간간악악 대논쟁을 벌이며 밤을 새워 결정한 적도 있었으나, 요즘 세상에 그렇게 여유를 부리고 있을 틈은 없다. 각자 자기가 들고 온 안건을 심사 완료 안건을 모으는 나무 상자에 바로 던져 넣으니 무미건조하기 짝이 없다. 어차피 우리가 아무리 지혜를 짜 연을 맺어준들, 무능한 남자는 호기를 눈앞에서 놓쳐버리고 호기를 잘 잡은 여자는 금세 제 손으로 다른 남자와 연을 맺어버린다. 이래서야 고생하는 보람이 없다. 비와 호湖물을 국자로 퍼내라는 것과 매한가지다.

19

간나즈키神無月. 음력 10월를 빼고 십일 개월 동안은 매일 안건 작성에 쫓긴다. 한 손에 와인을 들고 코딱지를 적당히 후벼 파며 제비뽑기로 결정하는 자도 있다 하나, 나는 근본이 성실한지라 귀여운 인간 아해들의 연을 제비뽑기로 결정할 수 없다. 나도 모르게 깊이 관여하고 만다. 인간을 찬찬히 관찰한다. 내 일처럼 고민한다. 한 사람 한 사람에게 어울릴 만남을 생각하며 머리를 쥐어뜯는다. 흡사 결혼 상담소다. 그것이 신이 할 일인가. 그러다 보니 담배를 너무 많이 피운다. 머리숱이 적어진다. 좋아하는 카스텔라를 과식한다. 한방 위장약 신세를 진다. 새벽에 잠이 깨어 수면 부족에 시달린다. 스트레스성 악관절증에 시달린다. 의사는 스트레스를 없애라 하지만, 산더미처럼 많은 인간 아해들의 운명을 두 어깨에 짊어지고 실실 쪼갤 수 있겠는가.

다른 놈들은 퀸엘리자베스 2세호 같은 호화 여객선을 타고 해상 2만 리 여행을 떠나 버리걸 옆에서 태평하게 샴페인이라도 홀짝거리고 있을 것이 틀림없다. '그 녀석은 틀렸어. 석두가 낫질 않는다니까'라니 뭐라니 하며 웃음거리로 삼고 있을 것이다. 내 다 안다, 이 놈들아. 네놈들이 그러고도 신이냐. 왜 나만 매년 이렇게 진지하게 운명의 붉은 실을 하나씩 묶어주고 있는가. 무슨 업보로 이런 길로 들어섰는가. 그런 생각이 드는 것도 무리가 아니리라.

그렇게 생각하지 않나, 귀군?"

이 묘한 사내는 도도히 무슨 말을 하는 것인가.

"당신 뭡니까?"

나는 어두운 길바닥에 멈춰 서서 물었다. 그곳은 시모가모혼 거리에서 동쪽으로 꺾어진 미카게 거리였다. 건너편에는 어두운 다다스 숲이 술렁거리고, 텅 빈 시모가모 신사 참배길이 그 속을 북쪽으로 길게 뻗어 있다. 멀리 안쪽에 주황색 신등神燈이 빛나고 있었다.

"신이야, 귀군. 나는 신이라네."

그는 무관심한 얼굴로 그렇게 대답하고는 검지를 들었다.

"가모타케쓰누미노카미라고 하지."

"뭐?"

"가모타케쓰노미모카모…… 가모타케쓰누미노카미다. 여러 번 말하게 하지 마. 혀가 꼬이지 않나."

그렇게 말하더니 남자는 시모가모 신사의 어두운 참배길을 가리켰다.

"모르나, 귀군? 시모가모 신사 근처에 살면서?"

시모가모 신사에 참배한 적은 있으나 이런 신이 계시는 줄은 여태 몰랐다. 교토에는 유서 있는 신사가 무수히 많겠으나, 그중에서도 시모가모 신사는 세계유산까지 된 굴지의 대大신사다. 나에게는 상상조차 되지 않는 역사를 짊어진 대신사의 제신祭神을 자처하기에 눈앞의 남자는 다소 설득력이 떨어지는 감이 있었다. 잘 봐줘봤자 신선, 나쁘게 보면 가난 신이다. 시모가모 신사의 제신을 감당할 그릇 같지 않다.

"귀군, 믿지 않는군." 그가 신음하듯 말했다.

나는 고개를 끄덕였다.

"아아, 개탄스럽구나." 말은 그렇게 하지만 조금도 개탄하는 듯 보이지 않았다. 그는 좋은 냄새가 나는 엽궐련 연기를 밤바람에 둥실둥실 흘려보냈다. 다다스 숲에서 쏴쏴 소리가 나 섬뜩했다.

나는 담배 피우는 남자를 버려두고 빠른 걸음으로 걷기 시작했다. 이렇게 신비적인 인물과 관계했다가는 변변한 일이 없으리라.

"쯧쯧, 기다려봐."

남자는 나를 불러 세웠다.

"나는 귀군에 관해서라면 뭐든 다 알고 있네. 부모님 함자도 알아. 갓난아기 때는 수시로 토해서 어쩐지 늘 시큼한 냄새가 나는 아기였다는 것도 알아. 초등학교 때 별명, 중학교 때 학교 축제, 고등학교 때 풋사랑…… 이건 물론 실패로 끝났지. 처음 성인 영화를 봤을 때 맛본 흥분이랄지 경악, 재수생 시절, 대학에 들어온 이래로 살아온 태만하고 파렴치한 나날……."

"거짓말 마."

"나는 알고 있네. 죄다 알아."

그는 자신 있게 고개를 끄덕였다.

"예컨대 귀군은 상영회에서 조가사키라는 인물의 타기할 행상을 폭로하는 영화를 게릴라 상영 하고 부득이하게 영화 동아리에서 자체 탈퇴했지. 어찌하여 그렇게 한결같이 비뚤어지기만 하면서 이 년간을 보냈는지 그 원인을 아네."

"그건 오즈가."

엉겁결에 입을 열자 그가 손을 들어 제지했다.

"귀군이 오즈의 더러운 영혼에 영향을 받았다는 건 인정하지. 허나 그것만은 아닐 텐데?"

지난 이 년간의 음냐음냐가 주마등처럼 나의 뇌리를 스쳤다. 하필이면 신성한 시모가모 신사의 숲에서 가시투성이 추억에 나의 섬세한 하트가 사로잡힐 뻔해 깨애애액 소리 지르고 싶었으나 신사답게 참았다. 가모타케쓰누미노카미를 자칭하는 남자는 칠전팔도 고독한 심리적 암투를 연기하는 나를 유쾌하게 바라보고 있었다.

"참견 말아요. 당신과는 상관없는 일 아닙니까."

내가 말하자, 그는 고개를 흔들었다.

"이걸 보게."

그는 유카타 품속에서 지저분한 종이 다발을 꺼냈다. 근처에 형광등이 붙은 게시판이 있어서 그는 그쪽으로 다가가 나에게 손짓했다. 나도 빨려들듯 형광등 불빛 속으로 들어갔다.

그가 꺼낸 것은 책장을 넘길 때마다 백 년간 쌓인 먼지가 날아오를 것 같은 두꺼운 장부였는데, 군데군데 벌레가 먹었다. 그는 손가락을 할짝할짝 핥아가며 책장을 넘겼으므로 상당한 양의 먼지를 먹었을 것이 틀림없다.

"여기야."

그가 가리킨 곳은 장부 끝부분에 가까웠다. 회색으로 때 탄 책장에 여성의 이름과 나의 이름 그리고 오즈의 이름이 붓글씨로 기입되어 있다. 서체가 어찌나 위엄 있는지 내가 무슨 지체 높은 신이 된 기분이었다.

"가을이 되면 우리는 이즈모에 모여서 남녀의 연을 정하네. 귀군도 알지 않나? 내가 들고 가는 안건만 해도 몇백 건이네만 그중 하나가 이 문제야. 무슨 이야기인지 알겠지?"

"모르겠는데요."

"몰라? 의외로 얼간이군. 즉 나는 귀군도 아는 이 여성, 아카시 군을 누군가와 맺어주려 하고 있어."

신은 말했다.

"요컨대 귀군 아니면 오즈 군, 둘 중 하나와."

다다스 숲이 어두운 바람에 윙윙 울었다.

※

이튿날, 점심때가 지나 일어난 나는 썩어가는 침상에 정좌했다. 지난밤 자신이 한 얼간이짓이 생각나 홀로 조신하게 얼굴을 붉혔다.

시모가모 신사의 신이 고양이 라면 포장마차에 나타나고, 게다가 우리 하숙 2층에 살고 있고, 게다가 나와 아카시 군을 맺어주겠다고 한다. 저 좋을 망상에 빠지는 것도 분수가 있다. 외로운 나머지 정신이 해이해져 그토록 망상을 마음껏 해대다니 신사로서 있을 수 없는 파렴치한 행동이다.

그나저나 지난밤 신과의 만남은 평범했다. 무슨 기적을 보여준 것도 아니고, 번개가 번쩍 친 것도 아니다. 여우라든지 까마귀라든지, 그런 신의 사자가 공손한 태도로 나타난 것도 아니다. 우연히 라면 포장마차에서 신이 옆자리에 앉은 것에 불과하다. 이 너무나도 설득력 없는 느낌이 되레 설득력 있다 하면 설득력이 부족할까.

진위는 간단히 확인할 수 있었다. 지금 당장 2층에 올라가 신을 면회하면 된다. 그러나 만약 문이 열리고 지난밤 만난 신이 나와 "누구십니까?"라고 하면 무슨 말로 얼버무리나. 혹은 "히히, 속았지롱!"이라 하면 그야말로 체면이 말이 아니다. 아마 자신을 매도하며 어두운 후반생을 보내는 신세가 될 것이다.

"결심이 서거든 찾아오게. 2층 맨 안쪽 방이네. 단 사흘 내로 대답을 주면 좋겠군. 나도 바쁜 몸이라서."

괴상망측한 신은 그렇게 말했다.

학교와 하숙을 왕복하는 나날에 기죽은 나머지 이런 망상에 사로잡혀 우왕좌왕해서는 체통이 서지 않는다. 나는 '나무나무, 나무나무'를 거듭 읊조리며, 기구처럼 부풀어 올라 5월 하늘로 두둥실 떠오르려 하는 망념을 억눌렀다.

그리고 보니 신을 자칭하는 그 남자는 구태여 이즈모까지 가서 남녀의 연을 맺어준다고 했다. 정말 그런 일이 있을쏘냐.

나는 책꽂이를 뒤져 사전을 꺼냈다.

간나즈키, 즉 음력 10월에 800만 신이 이즈모에 모여들어 제국諸國이 텅 비는 것은 많이들 알고 있으리라. 나도 알고 있었다.

800만 신의 내역은 상세히 밝히지 않겠으나, 800만이라 하면 현재 일본 인구의 십오분의 일에 해당된다. 그러니 개중에는 상당히 괴상망측한 신도 계실 것이 틀림없다. 우수한 학생을 모아놓았노라고 호언하는 대학에도 만인이 인정하는 얼간이가 버글대는 것과 똑같은 이치다.

그때까지 내가 이상하게 여긴 것은 그렇게 많은 신을 일부러 이즈모에 모아놓고 대체 무슨 의논을 하느냐 하는 것이었다. 지구 온난화를 막기 위한 시책이나 경제의 글로벌화에 관해 의논이라도 한다는 말인가. 전국에 흩어져 있는 신들이 일부러 모여 한 달씩이나 토의할 정도니 일대 이벤트라 해도 지장은 없을 것이다. 필시 대단히 중대한 문제에 관해 뜨거운 논쟁을 벌일 것이 틀림없다. 허물없는 친구들끼리 전골을 먹으며 시종 음담패설에 꽃을 피우는 것뿐일리 없다. 그래서는 평범한 얼간이 학생과 다를 바가 없지 않나.

그날, 하숙에서 사전을 조사해보고 무서운 사실을 알았다.

사전에는 800만 신이 이즈모에서 간간악악 논쟁을 벌인 끝에 남녀의 연을 정한다고 쓰여 있었다. 고작 운명의 붉은 실을 묶고 풀고 하느라 제국의 신들이 일부러 한데 모인다는 것이다. 라면집에서 만난 수상쩍은 신이 한 말은 사실인 것 같았다.

나도 모르게 신들에 대한 노여움에 몸을 부르르 떨었다.

할 일이 그렇게 없나.

～

기분 전환을 위해 면학에 힘쓰려 했다.

그러나 교과서를 보다 보니 무익하게 지나간 이 년을 만회하겠다고 꼴사납게 아등바등하고 있다는 생각이 들었다. 그런 좀스러운 모습은 나의 미학에 반한다. 그 때문에 나는 깨끗이 공부를 단념했다. 이런 미련 없음으로 말하자면 내가 일가견이 있다. 즉 신사라는 이야기다.

이렇게 되면 제출할 리포트는 오즈를 의지하는 수밖에 없다. '인쇄소'라 불리는 비밀 조직이 있는데, 그곳에 주문하면 위조 리포트를 입수할 수 있다. '인쇄소' 같은 수상쩍은 조직에 업히고 안겨 살아온 덕에, 이제는 오즈를 통해 '인쇄소'의 도움을 받지 않으면 위기를 넘길 수 없는 몸이 되고 말았다. 몸도 마음도 좀먹혀 구멍이 숭숭 뚫렸다. 오즈와의 악연을 끊기가 쉽지 않은 원인은 여기에도 있었다.

아직 5월 말이건만 벌써 여름이 온 것처럼 무더웠다. 음란물 진열로 잡혀가도 할 말 없는 규모로 창문을 활짝 열어젖혔으나 공기가 움직이지 않고 정체되어 있다. 다양한 비밀 성분을 흡수해 시간을 들여 숙성된 탁한 공기는, 흡사 야마자키 증류소의 술통에 담긴 호박색 위스키처럼 다다미 넉 장 반에 발을 들여놓은 자를 곤드레만드레 취하게 한다. 그렇다고 복도에 면한 문을 열면 유스이 장을 서성이는 새끼 고양이가 멋대로 들어와 야옹야옹 귀염을 떤다. 잡아먹고 싶을 만큼 귀여워서 먹어줄까 했으나, 아무리 그래도 그렇게까지 야만적인 소행을 저지를 수는 없는 노릇이다. 비록 팬티 한 장만 입고 있을지언정 신사적으로 행동해야 한다. 새끼 고양이의 눈곱을 떼어주고 바로 쫓아냈다.

문을 닫고 다다미 넉 장 반에 통나무처럼 벌렁 드러누웠다. 추잡한 망상에 빠져볼까 했으나 그것도 잘 되지 않았다. 장밋빛 미래를 설계해보려 했으나 잘 되지 않았다. 여기서 분통이 터지고, 저기서 분통이 터지고, 분통이 폭죽처럼 펑펑 터져댔다. 다다미 넉 장 반에 펑펑 터지는 분통을 요리조리 피해 빠져나가려는 바퀴벌레에게 화풀이를 한 탓에 불운한 바퀴벌레는 콩가루가 되었다.

점심때가 지나 일어난 탓에 날이 벌써 저물기 시작했다. 창문으로 비쳐드는 석양이 또 나의 노여움에 박차를 가했다. 주황색 양달 속에 골딱지 난 고독한 망나니 쇼군 같았다. 지금 당장이라도 고귀한 백마를 타고 끝없는 해변을 달리고 싶은 기분이었으나, '사랑의 훼방꾼'인 나는 말이 무섭다.

불필요하고도 서로 상반되는 생각에 시달리며 시시각각 다가오는 오즈와의 약속 시간을 생각하니, 자신을 괴롭히는 것도 작작 해야겠다는 생각이 들었다. 자학적인 싸움을 거듭하다 보면 언젠가 부처님이 거미줄을 늘어뜨려 끌어 올려주고 머리를 쓰다듬어줄 것이라 생각하는가. 보나 마나 거미줄에 대롱대롱 매달린 순간 줄이 싹둑 잘려 다다미 넉 장 반 지옥으로 원상 복귀할 것이 뻔하다. 부처님에게 여흥을 제공하고 끝이다.

오후 5시, 현란한 자학적 망상 끝에 찌무룩함의 극북極北에 우두커니 선 나에게 오즈가 찾아왔다.

"변함없이 지저분한 얼굴이군요."

그것이 그가 맨 처음 한 말이었다.

"네놈도."

나는 퉁명스럽게 응수했다.

그러는 그의 얼굴도 우리 하숙 공동변소처럼 꼬질꼬질했다. 어렴풋이 암모니아 냄새가 나는 것은 나의 망상인가. 무더운 석양 아래 서로를 응시하는 스무 살 넘은 사내와 사내. 찌무룩함과 찌무룩함의 상호작용이 찌무룩함을 낳고, 그리하여 태어난 찌무룩함들이 또 찌무룩함을 낳는 냄새 고약한 악몽의 연쇄. 이제 지긋지긋하다.

"준비는 되었고?"

나는 물었다.

오즈는 손에 든 비닐봉지를 가볍게 흔들었다. 파랑, 초록, 빨강 등 원색적인 빛깔의 대롱이 잔뜩 고개를 내밀고 있었다.

"하는 수 없군. 가지."

나는 말했다.

나와 오즈는 한적한 동네에서 구룡성 같은 기운을 발하는 시모가 모 유스이 장을 나섰다.

미카게 거리를 따라 걷다가 시모가모 신사 참배길을 가로질러 시 모가모혼 거리로 나왔다. 교토 가정법원 앞에서 시모가모혼 거리를 건너면 눈앞에 흐르는 것은 가모 강이고, 그 위에 놓인 것이 아오이 다리다.

퉁퉁 부어 있는 것도 분수가 있지 싶을 만큼 불길한 얼굴을 한 사 내가 둘, 아오이 다리에서 맑은 가모 강 강물을 들여다보며 천하에 자랑할 석경을 망쳐놓았다. 우리는 팔짱을 끼고 하류를 바라보았다. 강 양쪽으로 우거진 신록이 석양빛 아래 아름다웠다. 아오이 다리에 서니 저물어가는 하늘이 넓어 보이고, 하류에 놓인 가모 큰다리로 버스와 차가 다니는 것이 보였다. 이만큼 떨어져 있는데도 강변에서 노닥거리는 학생들의 연약한 기운이 느껴졌다. 이윽고 저곳은 아비 규환의 지옥이 되리라.

"정말 하게?"

나는 말했다.

"하늘을 대신해 벌하겠다고 했잖습니까, 어제." 오즈가 말했다.

"물론 나는 하늘을 대신해 벌하는 것이라 생각한다. 그러나 세상 사람들 눈에는 틀림없이 얼간이로 보일 것이야."

내가 그렇게 말하자 오즈가 코웃음을 쳤다.

"세상 사람들 눈이 신경 쓰여서 신념을 굽히겠다는 겁니까? 제가 몸도 마음도 모두 바친 사람은 그런 사람이 아닐 텐데요."

"시끄럽다."

그가 이렇게 닭살 돋는 말을 하는 것은 오로지 나를 부추겨 유쾌한 싸움질을 일으키고 싶기 때문이다. 타인의 불행을 반찬으로 밥을 세 공기 먹는 그에게는 타인이 온갖 얼간이 같은 감정에 휩쓸려 꼴사납게 우왕좌왕하는 모습을 보는 것이야말로 무상의 낙이요, 사는 보람이었다.

"좋아, 하자. 간다."

그의 우열愚劣한 품성을 경멸하면서도 나는 자신의 신념에 충실하기 위해 발을 내디뎠다.

우리는 아오이 다리 서단에서 가모 강 서안으로 내려가 하류 쪽으로 나아갔다.

북동에서 온 다카노 강과 북서에서 온 가모 강이 하나가 되어 카모 강이 된다 가모賀茂 강과 카모鴨 강은 한자 표기만 다를 뿐 모두 '가모 강'이나, 혼동을 피하기 위해 이 책에서는 '가모 강'과 '카모 강'으로 구분한다. 다카노 강과 가모 강의 합류 지점, 두 강 사이에 낀 역삼각형 땅을 학생들은 '카모 강 델타'라 부른다. 그리고 그 지점은 봄부터 초여름에 걸쳐 신입생 환영회 장소로 널리 이용된다.

이윽고 카모 강 델타가 나타났다. 파란 비닐시트를 깔고 웃고 떠드는 사람들의 모습이 지척에 보였다. 우리는 더욱 주의해서 데마치 다리의 어둠에 몸을 숨겼다. 델타에서 진탕 놀고 있는 적 진영에게 들켰다가는 이치노타니 전투 12세기에 겐지와 헤이케 간에 벌어진 전투. 승리를 거둔 미나모토노 요시쓰네의 기습 공격으로 유명처럼 대담한 기습 작전이 수포로 돌아 갈 것이기 때문이다.

나는 비닐봉지에서 폭죽을 꺼내 땅바닥에 늘어놓았다. 오즈는 내가 빌려준 카를차이스 망원경을 꺼내 강 건너 델타 지대를 관찰하고 있었다.

나는 담뱃불을 붙였다. 강가에 부는 저녁 바람이 연기를 흩어버렸다. 아이를 데리고 나온 아저씨가 데마치 다리 밑에서 수상한 행동을 하는 우리를 미심쩍게 흘끗 보고 지나갔다. 허나 일반 시민의 눈을 신경 쓸 때가 아니다. 이것은 자신의 신념을 관철하기 위한 부득이한 행동이다.

"어때?"

나는 물었다.

"우리 학년 녀석들은 죄다 있군요, 히히히. 하지만 아이지마 선배가 아직 안 보입니다. 조가사키 선배도 없고요."

"술꾼 주제에 술자리에 늦다니 어찌할 셈인가. 상식도 없나."

나는 신음했다. "그 두 사람이 없으면 기습하는 의미가 없어."

"아, 아카시 군이다."

아카시 군은 우리보다 한 학년 아래인 여학생이다. 나는 어젯밤 수상쩍은 신이 보여준 장부가 생각났다.

"아카시 군도 있나?"

"보세요, 저기 강둑에 앉아 있잖습니까. 자작으로 맥주를 마시는데요. 여전히 고고孤高함을 관철하고 있군요."

"훌륭한 일이다. 허나 이런 하잘것없는 술자리에 오지 않아도 되는 것을."

"아카시 군까지 말려들게 하자니 괴롭군요."

나는 아카시 군의 이지적인 풍모와 우아한 몸가짐을 떠올렸다.

"아, 아, 아."

오즈가 기쁜 듯 소리 질렀다. "아이지마 선배가 왔습니다."

나는 그에게서 망원경을 빼앗아 아이지마 선배가 소나무 사이를 지나 강둑을 내려오는 모습을 지켜봤다. 강변에서 기다리는 신입생들이 환호하며 맞이했다.

아이지마 선배는 영화 동아리 '계'에 군림하는 조가사키 선배의 오른팔이요, 우리를 집요하게 괴롭혔던 인물이다. 남이 만든 영화를 트집 잡는 것까지는 그렇다 쳐도, 상영 스케줄을 속이는 잔재주를 부려 우리를 상영회에서 배제하려 한 적까지 있다. 편집 기자재를 빌리기 위해 무릎을 꿇는 행위와 별반 차이 없는 굴욕을 맛본 적도 있다. 천인공노할 일이다. 그는 저렇게 환영받는데, 어찌하여 우리가 강 건너에서 이따위 상황을 달게 받아들여야 하는가. 내 오늘에야말로 정의의 철퇴를 가하고 적년의 한을 풀겠노라. 빗발처럼 쏟아지는 불꽃을 피해 도망다니며 자신의 잘못을 진심으로 뉘우치고 해변에서 게와 놀며 서글피 울기나 해라.

나는 굶주린 짐승처럼 거친 콧김을 내뿜으며 아무 폭죽이나 집어 들었다. 오즈가 나의 손을 붙들었다.

"안 됩니다. 조가사키 선배가 아직 안 왔잖습니까."

"상관없다. 내 아이지마 선배만이라도 저세상으로 보내주겠다."

"심정은 이해합니다. 하지만 진짜 목표는 조가사키 선배란 말입니다."

실랑이가 한동안 계속되었다.

비록 동기는 불순할지언정 오즈가 하는 말은 일리가 있었다. 조가사키 선배의 대역이라 할 아이지마 선배를 힘들여 공격해봤자 꼴만 우스워진다. 나는 빼려던 칼을 도로 칼집에 넣었다.

그런데 괘씸하게도, 아무리 기다려도 조가사키 선배가 오지 않았다. 저녁 바람이 휭휭 불어와 뱃속 깊은 곳에서부터 서글퍼졌다. 술이 들어가기 시작한 강 건너 적진에서는 명랑한 웃음소리가 들렸다. 그에 비해 이쪽은 데마치 다리 밑 어둠 속에서 사내 둘이 웅크리고 앉아 개를 산책시키는 사람, 조깅하는 사람에게서 의심 어린 시선을 받고 있었다.

가모 강을 사이에 두고 명백히 명암이 갈리는 상황이 되어, 이것이 나의 노여움에 기름을 부었다. 옆에 있는 사람이 검은머리 아가씨라면 어둠 속에서 몸을 맞붙이지 못할 것도 없다. 그러나 옆에 있는 사람은 오즈다. 강 건너에서는 신입생 환영회를 화기애애하게 벌이는데, 어찌하여 이쪽은 다이쇼 시대의 고리대금업자처럼 불길하게 생긴 사내와 꼭 붙어 있어야 하는가. 내가 뭔가 잘못했다는 것인가. 나에게 책임이 있다는 것인가. 최소한 좀 더 동지를, 아니 검은머리 아가씨를 달라고 나는 생각했다.

"이거 또 명암이 갈렸군요." 오즈가 말했다.

"시끄럽다."

"아이고, 저쪽은 즐거워 보이네요."

"너 누구 편이냐?"

"이렇게 아무짝에도 쓸모없는 일은 이제 그만두고 저쪽으로 갈까나. 나도 풋풋한 신입생들이랑 같이 술 마시고 싶다."

"배신할 생각인가."

"무슨 약속을 한 것도 아닌데요, 뭐."

"방금 몸도 마음도 모두 나에게 바쳤다고 하지 않았나."

"너무 오래전 일이라 잊어버렸어요."

"이 자식이."

"그렇게 무서운 눈으로 보면 싫어요."

"야, 들러붙지 마."

"외롭단 말이에요. 그리고 저녁 바람이 쌀쌀해요."

"요거, 요거, 외로움 타긴."

"꺄."

다리 밑에서 의미 불명의 밀어를 주고받는 남녀를 모방하는 것도 이윽고 허무해졌다. 그 허무함이 되레 우리의 인내심을 깨끗하게 바닥냈다. 조가사키 선배는 보이지 않지만, 이렇게 된 이상 하는 수 없다. 그에게는 절지동물의 사체를 두툼하게 바른 케이크라도 보내고, 오늘 저녁은 그 밖의 녀석들에게 찬물을 뒤집어씌우는 것만으로 만족하기로 하자.

우리는 폭죽을 들고 어스름이 깔리기 시작한 강변으로 나갔다. 오즈가 강으로 내려가 들고 온 양동이에 물을 길었다.

≈

본래 폭죽은 밤하늘을 향해 쏘아 올려야 하는 것이다. 결단코 손에 든다든지, 사람에게 들이댄다든지, 강 건너에서 화기애애하게 신입생 환영회를 벌이는 사람들을 폭격하는 데 써서는 아니 된다. 대단히 위험하니 부디 따라하는 일이 없기를 바란다.

아무리 기습이라도 느닷없이 공격하는 것은 나의 주의에 반한다. 나는 우선 강 건너 적진을 향해 소리쳤다. "으하하, 내가 바로 음냐음냐, 이제부터 복수를 개시하겠노라. 눈 조심들 해라."

크게 소리친 다음, 나는 강 건너 사람들을 두루두루 노려보았다. 얼간이처럼 입을 헤 벌린 사람들이 '뭔 소리야' 하는 얼굴로 이쪽을 보고 있다. 뭔 소리인지 모르겠다면 내 알려주마. 나는 격분했다.

문득 맥주병을 들고 강둑 꼭대기에 앉아 있는 아카시 군이 보였다. 그녀는 '얼' '간' '이' 라고 입을 움직여 참으로 적확하고 예리한 비평을 한 뒤, 소나무 뒤로 총망히 피난했다.

강둑 밑에 비닐시트를 깔고 앉아 있던 다른 인간들은 사태를 파악하지 못한 채 눈만 희번덕거리고 있었다. 아카시 군이 피난했으니 이제 사양할 필요 없다. 나는 지체 없이 수하인 오즈에게 포격을 명했다.

한바탕 폭죽을 쏘아댄 뒤 난리법석이 난 강 건너를 무시하고 유유히 도망칠 생각이었으나, 미처 날뛰는 남자 동기들이 후배 앞에서 폼이라도 잡으려는지 물에 젖는 것도 마다 않고 강을 건너기 시작하는 바람에 우리는 당황했다.

"어이, 도망가자."

나는 말했다.

"앗, 잠깐만요, 아직 불씨를 못 껐습니다."

"서둘러, 얼른."

"폭죽이 몇 개 더 남았는데요."

"내버려둬."

데마치 다리 쪽으로 뛰려는데 강둑 위에서 내려오는 사람이 보였다. 어쩐지 서슬이 시퍼래서 이쪽으로 뛰어온다. "이 자식들이!" 하고 호통치는 무식한 목소리는 들어본 적이 있었다.

"우와, 왜 이제 와서 조가사키 선배가." 오즈가 부르짖었다.

"하여간 타이밍 못 맞추기는."

오즈가 비명을 지르며 방향 전환을 하더니 나와 엇갈려 반대 방향으로 도망쳤다. 가모 큰다리 쪽으로 어스름 속을 실로 잽싸게 달아난다. 달아나며 이미 "잘못했어요, 잘못했어요" 하고 부르짖고 있다. 자존심이고 뭐고 없는 녀석이다.

나는 하마터면 조가사키 선배에게 목덜미를 잡힐 뻔했으나 표범처럼 민첩하게 그 손을 뿌리치고 오즈를 뒤쫓아 가모 큰다리 쪽으로 뛰었다.

"이 자식들아, 언제까지 이런 짓을 하고 있을 거냐!"

조가사키 선배가 강변에 서서 불을 뿜는 듯한 목소리로 설교 말씀을 투척하기 시작했다. 다른 사람도 아니고 이 나에게 설교라니, 이러쿵저러쿵 남 말 하기 전에 겸허하게 자신을 돌이켜 보란 말이다. 지극히 정당한 노여움이 뻗친 나머지 하마터면 돌아볼 뻔했으나, 수적으로 열세인 상황에서 내가 아무리 자신의 정당성을 주장해 봤자 다수파의 횡포 앞에 패배할 것이 뻔하다. 그런 불명예를 감수할 생각은 터럭만큼도 없다. 따라서 이것은 도망치는 것이 아니다. 전략적 후퇴다.

오즈는 이미 가모 큰다리 입구까지 올라가 나의 시야에서 사라지려 하고 있었다. 도망치는 발 하나는 무시무시하게 빠른 녀석. 나도 저기까지 가야겠군, 이라고 생각한 순간, 뭔가 뜨거운 덩어리가 등을 퉁 때려 나는 신음했다.

뒤에서 환성이 들려왔다.

퇴각하는 나에게 그들이 보복으로 폭죽을 발사한 모양이다. 과거 이 년간 내가 해온 이런 일 저런 일이 주마등처럼 뇌리를 스쳤다.

～

대학에 들어와 이 년간 나는 무익한 싸움을 벌여왔다. '사랑의 훼방꾼' 칭호에 부끄럽지 않은 훌륭한 싸움이었노라고 단호히 자부하면서도 눈물을 금할 수 없다. 그것은 아무에게도 찬사받지 못하는,

그리고 찬사받을 리 없는 가시밭길이었다.

대학에 입학한 당초에는 나름대로 장밋빛이었던 나의 뇌가 난색暖色을 잃고 순식간에 퍼런 보랏빛으로 변한 경위에 관해서는 여러 말 않으련다. 해야 할 여러 말도 없으려니와, 그런 무익한 일을 해서 독자에게 허무한 공감을 구한들 무슨 의미가 있다는 말인가. 1학년 여름, 날이 예리하기가 발군인 '현실'이라는 칼이 번득했을 때 나의 어리석고도 짧았던 장밋빛 꿈은 대학 구내의 이슬로 사라졌다.

그 뒤로 나는 현실을 냉엄하게 직시하고, 경조부박한 꿈에 들떠 있는 자들에게 철퇴를 가하기로 결의했다. 까놓고 말하자면 타인의 연애를 훼방 놓기로 했다.

동에 사랑에 빠진 아가씨가 있으면 '그런 변태는 그만둬라' 하고, 서에 망상하는 사내가 있으면 '헛된 짓은 그만둬라' 하고, 남에서 사랑의 불꽃이 튈 듯하면 즉각 찬물을 끼얹고, 북에서는 항시 연애 무용론을 설파했다. 덕분에 나에게는 '분위기 파악 못 하는 남자'라는 딱지가 붙었다. 그러나 그것은 오해였다. 누구보다도 민감하게 분위기를 파악하고 의도적으로 철저하게 망가뜨린 것이다.

그런 나의 싸움을 재미있어하며 나를 선동해 동아리 내에 분쟁의 불씨를 뿌리는 것을 무상의 낙으로 삼은 괴인이 있었으니, 그가 곧 오즈다. 독자적인 정보망 덕에 파렴치한 소문이라면 모르는 것이 없다는 그는, 내가 기름을 뿌리는 즉시 있는 말 없는 말 다 퍼뜨리며 장인匠人의 솜씨로 불을 붙이고 돌아다녀 항상 동아리 내 어딘가에서 수라장의 불협화음이 울려 퍼진다는 자기 취향의 환경을 조성했다. 그야말로 악의 화신이라 할 만하다. 호모 사피엔스의 수치다. 그런 인간만은 되고 싶지 않다.

영화 동아리 '계'는 역사가 짧으나 그래도 다 합해서 항시 서른 명 정도는 멤버가 있었다. 적의 수도 그만큼 많아졌다. 우리 행동이 원인이 되어 동아리를 그만둔 사람도 있다. 그만둔 인간들이 매복하고 있다가 나를 비와 호 수로에 빠뜨리려 한 적도 있다. 한동안 하숙에 돌아가지 못하고 기타시라카와에 있는 여행 간 친구의 하숙에 숨어들어 숨죽이고 있었던 적도 있다. 너무 솔직하게 발언을 한 탓에 고노에 거리 길바닥에서 여자 동기를 울린 적도 있다.

그러나 나는 지지 않았다. 질 수가 없었다.

그때 졌더라면 분명 나나 다른 사람들이나 행복했으리라는 것은 말할 필요도 없다. 오즈는 행복하지 않아도 된다.

~

나는 우선 영화 동아리 '계'의 체제 자체가 마음에 들지 않았다.

조가사키 선배의 독재가 '계'를 장악해 그의 지도 아래 다 함께 화기애애하게 영화를 만든다는 타기할 체제가 수립되어 있었다. 당초 부득이하게 그가 시키는 대로 움직였던 나는 이윽고 현행 체제에 불만을 품었다. 그렇다고 간단히 동아리에서 나가는 것은 패배를 시인하는 것 같아 아니꼽고 싫었다. 그래서 조가사키 선배 일파의 눈앞에서 반역의 기치를 올리기 위해 나는 독자적으로 영화를 찍기 시작했다. 당연히 동조해주는 사람은 한 명도 없었으므로 하는 수 없이 오즈와 둘이서 영화를 찍었다.

첫 작품은 2차 세계대전 이전부터 계속되어온 유서 깊은 장난 대결을 계승한 두 남자가 지력과 체력을 다해 서로의 자존심을 분쇄한다는, 폭력이 난무하는 영화였다. 노能 가면처럼 시종 표정이 변하지 않는 오즈의 괴연怪演과 나의 에너지 과다한 연기, 그리고 무자비한 장난이 수두룩하게 곁들여져 비할 데 없이 징그러운 영화가 되었다. 온몸이 분홍색으로 물든 오즈와 머리 절반이 까까중이 된 내가 가모 큰다리에서 격돌하는 대단원은 일견의 가치가 있다고 생각한다. 그러나 당연히 무시당했다. 상영회에서 웃은 사람은 아카시 군뿐이었다.

두 번째 작품은 사옹沙翁의 《리어 왕》을 바탕으로 세 여자 사이에서 흔들리는 남심을 그린 작품이었다. 그러나 출연진 중에 여자가 한 명도 없다는 근본적 문제를 완벽하게 얼버무리지 못한 탓에 영문을 알 수 없는 이야기가 되더니 심지어 《리어 왕》조차 아니게 되었다. 게다가 흔들리는 남심을 너무 공들여 묘사한 나머지, 여성들의 욕설이 빗발처럼 쏟아지고 영예로운 베스트 변태의 칭호가 수여되었다. 웃은 사람은 아카시 군뿐이었다.

세 번째 작품은 다다미 넉 장 반이 한도 끝도 없이 계속되는 미로에 갇힌 남자가 그곳에서 탈출하기 위해 기나긴 여행을 하는 서바이벌 영화였는데, '어디서 본 설정이다' '전혀 서바이벌이 아니다'라는 말을 듣고 끝났다. 그나마 제대로 된 코멘트를 한 사람은 아카시 군뿐이었다.

오즈와 함께 영화를 만들면 만들수록, 동아리 사람들은 점점 캠프파이어를 둘러싸듯 우리와 거리를 두었고 조가사키 선배의 시선은 얼음장처럼 차가워졌다. 종국에 선배는 우리를 길가의 돌멩이 보듯 무시하기 시작했다.

기괴한 점은 우리가 노력하면 할수록 선배의 카리스마가 강해진다는 생각이 자꾸 든다는 것이었다. 지금 생각하면 우리는 선배의 카리스마를 떠받치는 지렛목으로 이용당한 셈인데, 이제 와서 그런 말을 해봤자 버스 지나간 뒤에 손 흔들기다.

참으로 인생을 사는 꾀가 부족했다.

나는 왜 그리 올곧았을까.

≋

카모 강에서 무사히 전략적 후퇴에 성공한 우리는 시내로 나가 승리를 축하하기로 했다.

차가운 저녁 바람을 맞으며 자전거를 달리려니 어쩐지 기분이 울적했다. 자전거를 세워두고 둘이 뚱하게 가와라마치를 걸었다. 거리의 불빛이 반짝이며 어두워진 감색 하늘을 비추고 있었다. 오즈가 문득 산조 큰다리 쪽으로 방향을 틀더니 서쪽 입구에 위치한 고풍스러운 수세미 가게로 들어갔다. 나는 어두운 처마 밑에서 기다렸다.

이윽고 그가 애석한 표정으로 나왔다.

"뭐야? 수세미 샀냐?"

"아니 그게, 히구치 스승님께 진상해야 해서요. 글쎄, 그 어떤 더러움도 깨끗하게 닦이는 환상의 최고급 거북 수세미를 갖고 싶으시다지 뭡니까."

"그런 것이 있나?"

"소문에 따르면 있다는데 말이죠……. 가게에서 웃더라고요. 스승님께는 다른 걸 바칠 수밖에 없겠는데요."

"네놈도 정말 얼간이 같은 일에 정신을 소모하고 있군."

"스승님은 워낙 이것저것 갖고 싶어 하셔서 여간 큰일이 아닙니다. 멸치 산초 볶음교토 명물이나 데마치후타바교토의 유명한 떡집의 콩찰떡 같으면 그나마 덜 막막하죠. 골동품 지구본이니, 헌책 시장의 깃발이니, 해마에 대왕오징어까지 갖고 싶어하신다니까요. 게다가 섣불리 잘못 갖고 가서 기분이 상하시기라도 했다가는 파문이에요. 긴장을 풀 겨를이 없습니다."

그렇게 말하면서도 오즈는 묘하게 즐거워 보였다.

우리는 기야마치로 슬렁슬렁 걸어갔다.

분명히 전략적 후퇴였건만 혹시 패배가 아닌가 하는 자기 회의가 들어 불쾌했다. 오즈는 '재미만 있으면 그만'이라는 표정이었으나, 나는 그렇게 명쾌하지 못한 사고방식은 싫다. 애초에 오늘 저녁에 벌인 카모 강 델타 기습 작전은 원한이 골수에 맺힌 선배 및 동기에게 우리의 존재를 통감하게 하는 것이 목적이었으나, 조금 전 전투를 냉정히 돌이켜 볼 때 그들은 어딘지 모르게 재미있어하는 부분이 있었다. 우리의 싸움은 술자리 여흥이 아니다. 한없이 술자리 여흥에 가까운 싸움이기는 했어도 그곳에는 히에이 산보다 더 드높은 긍지가 있다.

"이히히."

오즈가 걷다 말고 별안간 웃었다.

"조가사키 선배는 후배들 앞에서 그렇게 잘난 척하지만 속사정은 엉망진창이거든요."

"그래?"

내가 묻자, 오즈는 으스대는 표정을 지었다.

"박사 과정에 눌러앉아 있기는 해도, 영화만 찍고 공부를 안 했으니 실험 하나 제대로 못 하죠. 부모는 생활비를 줄인다는데 아르바이트는 점장하고 싸우고 그만둬버렸죠. 아이지마 선배한테서 뺏은 여자하고는 바로 지난달에 헤어졌죠. 거들먹거리면서 설교할 처지가 전혀 아니라 이 말입니다."

"너 어떻게 그런 것까지 아냐?"

거리의 불빛 아래, 오즈는 누라리횬 대머리 요괴 같은 얼굴로 말했다.

"제 정보 수집 능력을 우습게 보면 곤란합니다. 당신에 관해서도 당신 애인보다 더 많이 안다고요."

"난 애인 같은 거 없다."

"뭐, 말하자면 그렇다는 겁니다."

오즈는 얼굴을 찌푸렸다. "정말 만만치 않은 상대는 아이지마 선배 쪽입니다만."

"과연 그럴까."

내가 말하자, 오즈는 심술궂은 미소를 띠었다.

"당신은 그 사람의 또 하나의 얼굴을 모르니까요."

"말해봐."

"안 돼요, 안 돼. 무서워서 못 해요."

예전에 조가사키 선배가 뭐에 홀린 듯이 양산했던 독립영화처럼 깊이가 없는 다카세 강이 흐르고 있었다. 거리의 불빛을 반사해 반짝이는 수면을 바라보다 보니 또다시 울화가 치밀었다.

영화 동아리 '계'라는 손바닥만 한 세계에서 농밀한 존경을 모으고 있는 조가사키 선배의 카리스마란 정말이지 코딱지만 하다. 지금쯤 신입생, 특히 여성들의 존경을 한 몸에 받아 자신이 직시해야 할 눈앞의 현실을 잊고 개다래나무를 얻은 고양이처럼 노글노글하게 녹아 있으리라. 알맹이 없는 영화론을 늘어놓고 매우 신사연하지만 그런 주제에 진짜 관심 있는 것은 젖가슴뿐이다. 여성의 젖가슴 말고는 무엇 하나 눈에 보이지 않는다. 금할 길 없이 젖가슴에 쏠리는 관심에 정신 팔다가 인생을 망쳐버려라.

"잠깐만요, 저기요, 눈에 힘 들어갔습니다."

오즈에게 주의를 받고 나는 겨우 미간의 주름을 폈다.

그때 거리에서 스쳐 지나가던 여성이 이쪽을 향해 미소 지었다. 눈썹이 매우 늠름하게 잘생긴 여성이었다. 나는 냉정하게 시선을 받아내며 메이지 백 년 남성에 어울리는 태도로 미소로 답했다. 그러자 여성이 이쪽으로 다가와 나에게 말을 거는구나 싶더니, 이럴 수가, 오즈에게 말을 거는 것이 아닌가.

"어머, 안녕하세요"라 하더니 살짝 요염한 어조로 "이런 데서 뭐 해요?"라고 물었다.

"잠깐 볼일이 있어서요." 오즈가 대답했다.

나는 두 사람과 떨어진 곳에 멈춰 섰다. 이야기를 엿들을 생각은 없었다. 어쩐지 야릇한 분위기면 더욱 그렇다. 번잡한 거리에서 그들의 목소리는 들리지 않았으나, 멀리서 보고 있으려니 여성이 손가락을 들어 오즈의 입에 쏙 집어넣는 시늉을 했다. 뭔가 친밀해 보였으나 질투는 하지 않으련다.

호기심 많은 구경꾼처럼 두 사람을 보고 있는 것도 성미에 맞지 않아 나는 기야마치 거리에 늘어선 가게로 시선을 돌렸다.

≌

술집과 유흥업소가 늘어선 가운데 어두운 민가가 몸을 움츠리듯 서 있었다.

처마 밑에 하얀 천을 덮은 작은 대를 앞에 놓고 노파가 앉아 있었다. 점쟁이다. 대 아래로 늘어뜨린 갱지는 의미를 알 수 없는 한자의 나열로 메워져 있었다. 작은 제등 같은 조명의 주황색 불빛이 비추는 노파의 얼굴은 묘한 박력이 감돌았다. 완전히 길 가는 사람의 영혼을 노리며 입맛을 다시는 요괴다. 점을 봐달라고 했다가는 수상쩍은 노파의 그림자가 들러붙어 하는 일마다 족족 실패하고, 기다리는 사람은 오지 않고, 잃어버린 물건은 찾지 못하고, 누워서 떡 먹기인 과목에 낙제하고, 제출 직전인 졸업논문이 자연발화하고, 비와 호수로에 빠지고, 시조 거리에서 유인 판매에 걸려드는 등 온갖 불행을 당할 것이다. 그런 망상에 탐닉하며 빤히 쳐다봤으니, 이윽고 노파도 알아차렸는지 땅거미 속에서 눈을 빛내며 나를 봤다. 그녀가 발산하는 요기가 나를 사로잡았다. 정체를 알 수 없는 요기는 설득력이 있었다. 나는 논리적으로 생각했다. 이 정도 요기를 무료로 방출하는 인물의 점이 들어맞지 않을 리 없다고.

세상에 태어난 지 이제 곧 사반세기이건만 지금까지 타인의 의견에 겸허하게 귀를 기울인 적은 손가락으로 헤아릴 수 있을 정도다. 그 때문에 걷지 않아도 됐을 가시밭길을 구태여 선택했을 가능성이 있지 않나. 좀 더 일찍 자신의 판단력에 대한 기대를 접었더라면 나의 대학 생활은 지금 같은 모양새가 아니었을 것이다. 영화 동아리 '계'처럼 비뚤어진 동아리에 들어가지도 않고, 심지가 미로처럼 꾸불꾸불한 오즈라는 인물을 만나지도 않고, 사랑의 훼방꾼이라는 낙인이 찍히지도 않았을 것이다. 좋은 벗, 좋은 선배를 만나 넘치는 재능을 마음껏 발휘해서 문무겸전하고, 당연한 귀결로서 곁에는 아름다운 검은머리 아가씨, 눈앞에는 휘황찬란한 순금 미래, 잘만 하면 환상의 지보라 불리는 '장밋빛이고 유의미한 캠퍼스 라이프'를 이 손에 거머쥐었으리라. 나쯤 되는 인간이라면 그런 운명도 전혀 이상할 것 없다.

그래.

아직 늦지 않았다. 가급적 신속하게 객관적 의견을 청해 응당 있을 수 있어야 하는 다른 인생으로 탈출하자.

나는 노파의 요기에 빨려들듯 발을 내디뎠다.

"학생, 뭘 알고 싶으신지?"

노파는 입속에 솜을 물고 있는 것처럼 우물우물 말하는 탓에 한층 신통함이 느껴졌다.

"글쎄요, 뭐라 말해야 좋을지."

내가 뒷말을 잇지 못하자 노파는 미소를 지었다.

"얼굴을 보면 매우 초조해하시는 걸 알겠군요. 불만이시죠? 재능을 살리지 못하시는 것처럼 보이는데요. 지금 환경이 당신에게 어울리지 않는 것 같네요."

"네, 맞습니다. 정말 그렇습니다."

"잠깐 볼까요?"

노파는 나의 두 손을 잡고 들여다보며 고개를 끄덕였다.

"흠, 당신은 대단히 성실하고 재능 있는 분 같군요."

노파의 혜안에 나는 일찌감치 탄복했다. 능력 있는 매는 발톱을 감춘다는 속담처럼, 겸허한 마음으로 아무도 모르게 감추고 살아온 탓에 지난 몇 년간 나 자신도 어디 있는지 알 수 없었던 나의 양식과 재능을 만난 지 오 분도 되지 않아 찾아내다니 역시 예사 사람이 아니다.

"좌우지간 호기를 놓치지 않는 것이 중요합니다. 호기는 좋은 기회를 말해요, 아시겠어요? 다만 호기는 잡기가 워낙 쉽지 않아서 말이죠, 호기 같지 않은 것이 실은 호기일 때가 있는가 하면 그야말로 호기처럼 보였는데 나중에 보니 전혀 그렇지 않더라 할 때도 있답니다. 하지만 당신은 그 호기를 잡아 행동에 나서셔야 해요. 당신은 장수하실 것 같으니 언젠가는 호기를 잡으실 수 있겠죠."

요기에 걸맞게 참으로 심원한 말이다.

"그렇게 한량없이 기다릴 수는 없습니다. 지금 그 호기를 잡고 싶습니다. 좀 더 구체적으로 가르쳐주실 수 없겠습니까?"

내가 물고 늘어지자 노파는 주름진 얼굴을 가볍게 일그러뜨렸다. 오른쪽 뺨이 간지러운가 생각했는데 아무래도 미소를 지은 모양이었다.

"구체적으로 말씀드리기가 쉽지 않습니다. 제가 이 자리에서 말씀드려도 그것이 이윽고 운명의 변전變轉으로 인해 호기가 아니게 되는 일도 있는데, 그렇게 되면 당신에게 송구스럽지 않겠습니까. 운명은 시시각각 변하니까요."

"하지만 지금 이대로는 너무 막연합니다."

내가 고개를 갸웃하자 노파는 콧김을 훗흐응 내뿜었다.

"좋습니다. 너무 먼 앞날의 일은 말씀드리지 않겠지만 이제 곧 있을 일은 말씀드리죠."

나는 귀를 아기 코끼리 덤보처럼 크게 키웠다.

"콜로세움."

노파가 느닷없이 속삭였다.

"콜로세움? 그게 뭡니까?"

"콜로세움이 호기의 증표라는 말입니다. 당신에게 호기가 도래했을 때 그곳에 콜로세움이 있을 거예요."

노파는 말했다.

"저보고 로마에 가라는 말씀은 아니시겠죠?"

내가 물어도 노파는 히죽거릴 뿐이었다.

"호기가 찾아오면 놓치지 마세요, 학생. 호기가 찾아왔을 때 막연히 똑같은 행동을 하시면 안 됩니다. 과감하게 지금까지와는 전혀 다른 방식으로 그것을 잡아보세요. 그러면 불만이 사라지고 당신은 다른 길을 걸으실 수 있겠죠. 거기에 또 다른 불만이 있을지라도 말입니다. 당신이라면 잘 아시겠지만요."

전혀 알 수 없었으나 고개를 끄덕였다.

"혹시 그 호기를 놓치더라도 심려하실 필요는 없습니다. 당신은 훌륭하신 분이니 필시 언젠가 호기를 잡으실 수 있을 테죠. 저는 압니다. 조급하게 생각하지 않으셔도 됩니다."

노파는 그런 말로 점을 끝맺었다.

"감사합니다."

나는 머리를 숙여 인사하고 요금을 지불했다. 일어나 돌아서니 오즈가 등 뒤에 서 있었다.

"길 잃은 어린 양 놀이입니까?"

그는 말했다.

그날 정처 없이 시내에 나온 것은 오즈가 제안해서였다.

나는 소란스러운 밤거리를 좋아하지 않는지라 발을 잘 들이지 않는다. 그러나 오즈는 아닌 것 같다. 필시 뭉게뭉게 부푼 몹쓸 망념을 뱃속에 품고 외설적인 해프닝을 기대하며 밤이면 밤마다 공연히 배회하고 있을 것이다.

오즈가 '파 소금장을 얹은 소 혀가 먹고 싶다'라고 하도 여러 번 말하는 바람에, 우리는 기야마치 거리에 면한 고깃집 2층에서 평소 부족했던 영양분을 보충하기로 했다. 고기를 먹는 틈틈이 야채를 주문해 흡족하게 표고버섯을 먹고 있으려니, 오즈는 마치 누가 은밀히 말똥을 주워 먹는 현장을 목격한 것 같은 눈초리로 나를 보았다.

"잘도 그렇게 징그러운 물체를 먹는군요. 그거 균이라고요. 갈색 균 덩어리라고요. 맙소사. 그 갓 뒷면의 허연 주름들은 뭡니까? 왜 있는 겁니까?"

오즈가 야채에는 손도 대지 않고 고기만 먹기에 화가 치밀어, 반항하는 그의 입을 억지로 벌리고 설익은 매운 양파를 쑤셔 넣은 기억이 있다. 오즈의 편식은 워낙 확고해 나는 그가 제대로 식사를 하는 모습을 본 적이 없다.

"아까 그 여성은 누구냐?"

내가 묻자 오즈는 어리둥절한 표정을 지었다.

"아까 점쟁이 있는 데서 이야기하던 여성 말이야."

51

"하누키 씨입니다." 오즈는 그렇게 말하고 또 소 혀를 먹었다.

"히구치 스승님 아시는 분인데요, 저도 가까이 지내고 있죠. 영어 회화 학원 갔다가 돌아오는 길이라고, 어디 가서 한잔하지 않겠느냐고 하더군요."

"이 파렴치한 자식 같으니라고. 너답지 않게 인기가 많군."

"물론 저는 숨도 못 쉬게 인기가 많습니다. 하지만 정중히 거절했습니다."

"왜?"

"그 사람, 술 마시면 남의 얼굴을 핥으려 드는걸요."

"네놈의 그 지저분한 얼굴을?"

"이 사랑스러운 얼굴을 핥는 겁니다. 애정 표현이겠죠."

"네놈 얼굴을 핥았다가는 불치병에 걸릴 텐데. 목숨 아까운 줄 모르는 사람이로군."

얼간이 같은 말을 하는 사이에 고기가 지글지글 익었다.

"아까 그 점쟁이가 뭐라던가요?"

오즈가 히죽히죽 웃으며 이미 지난 이야기를 꺼냈다.

나는 금후의 인생을 어떻게 살 것인가 하는 중차대한 문제에 관해 점을 본 것이건만, 오즈는 "보나 마나 연애 점이죠? 무슨 그런 쓸데없는 일을"이라며 저차원적으로 단정했다. 한술 더 떠 "아아, 추잡해라" "색골색골색골" 하고 고장 난 자명종처럼 반복하며 나의 엄숙한 사색을 훼방 놓았다. 화가 치밀어 설익은 표고버섯으로 입을 틀어막자 얼마 동안 조용해졌다.

노파는 '콜로세움'이라고 했으나 나는 로마와 인연이 없다. 원형 경기장과도 인연이 없다. 나의 일상을 세분화해서 생각해봐도 관련되는 것이 떠오르지 않는다. 그렇다면 향후의 인생과 관련되는 것인지도 모른다. 그것이 대체 무엇일까. 지금 치밀하게 대책을 세워두지 않으면 또다시 호기를 놓치게 된다. 나는 불안했다.

붐비는 가게 안에는 바로 얼마 전까지 고등학생이었을 듯한 앳된 얼굴도 보였다. 신입생 환영회가 곳곳에서 열리나 보다. 생각하기도 싫은 일이나 나도 전에는 신입생이었다. 기쁨 반, 쑥스러움 반, 미래에 대한 희망에 부풀어 있던 시기도 비록 잠시였다고는 하지만 있었다.

"좀 더 멀쩡한 학창 생활을 할 걸 그랬다고 생각하죠?"

오즈가 별안간 핵심을 찔렀다.

나는 코웃음을 치고 아무 말도 하지 않았다.

"무리입니다." 오즈는 소 혀를 먹으며 말했다.

"뭐가?"

"어차피 당신은 무슨 길을 선택해봤자 지금 같은 꼴이 될 거라고요."

"무슨 말도 안 되는 소리를. 나는 그렇게 생각 않는다."

"무리입니다. 딱 그런 상인걸요."

"무슨 상인데?"

"뭐랄까, 유의미한 학창 생활을 할 수 없는 별 아래 태어났다고 할 상이죠."

"저는 누라리홍처럼 생긴 주제에."

오즈는 히죽 웃었다. 더욱더 요괴 같은 얼굴이 되었다.

"전 유의미한 학창 생활을 할 수 없는 별 아래 태어났다는 사실을 건설적으로 수용하고 있습니다. 무의미한 학창 생활을 최선을 다해 향유하고 있다고요. 이러쿵저러쿵 말 들을 까닭이 없죠."

나는 한숨을 쉬었다.

"네놈이 그런 식으로 사니까 나까지 이렇게 되지 않았나."

"무의미하고 즐거운 나날이잖습니까. 뭐가 불만이에요?"

"죄다 불만이다. 내가 처한 이 같은 불쾌한 상황은 전적으로 네놈에게 기인해."

"그렇게 인간으로서 수치스러운 소리를 잘도 당당하게 단언하는군요."

"네놈을 만나지 않았더라면 좀 더 유의미하게 살 수 있었을 것이다. 학업에 힘쓰고, 검은머리 아가씨와 사귀고, 얼룩 한 점 없는 학창 생활을 마음껏 만끽했을 테지. 틀림없어."

"그 표고버섯, 망상 버섯 아니에요?"

"내가 얼마나 학창 생활을 허비했는지 오늘 깨달았다."

"위로하는 건 아닙니다만, 당신은 어떤 길을 선택했든 저를 만났을걸요. 직감으로 압니다. 어쨌거나 저는 전력을 다해서 당신을 망쳐놨을 거라고요. 운명에 저항해봤자 무슨 소용입니까?"

오즈는 새끼손가락을 들었다.

"우리는 운명의 검은 실로 맺어져 있다는 이야기입니다."

나는 거무죽죽한 실로 본리스 햄처럼 칭칭 묶여 어두운 물 밑으로 가라앉아가는 사내 두 마리의 무시무시한 환영이 뇌리에 떠올라 전율했다. 오즈는 그런 나를 바라보며 유쾌하게 소 혀만 골라 먹고 있었다. 이 썩을 엉터리 요괴 같으니.

～

카모 강 델타에서의 전략적 후퇴, 점쟁이의 수수께끼 같은 말, 눈앞에 앉은 오즈 등 이것저것이 쌓이는 통에 술잔을 비우는 속도가 빨라졌다.

"아카시 군은 여태 '계'에 있었나."

내가 신음하듯 말하자 오즈는 고개를 흔들었다.

"아뇨, 바로 지난주에 그만뒀다는 것 같던데요. 조가사키 선배도 붙들었다던데 말이죠."

"뭐야. 그럼 우리가 그만두고 바로 아닌가."

"오늘은 그냥 동문 자격으로 왔을 겁니다. 아카시 군도 참 사람이 성실합니다그려."

"그런데 너 용케 그런 일까지 알고 있군."

"저번에 함께 술 마셨지 뭡니까. 같은 공학부라는 친분으로."

"이 자식, 비겁하게 선수를 치다니."

카모 강 델타에서 강둑 밑의 집단과 거리를 두고 소나무 옆에서 유유히 맥주를 마시던 아카시 군을 마음속으로 그려보았다.

"아카시 군 어떻습니까?"

오즈가 말했다.

"어떻다니, 뭐가?"

"그러니까 말이죠, 당신 같은 미증유의 얼간이에 추악 무비한 인간이 이해되는 불행한 사람이 지금까지는 저밖에 없었습니다만."

"시끄럽다."

"아카시 군은 그게 가능하거든요. 이건 호기입니다. 이 호기를 잡지 않으면 당신은 이제 가망이 없어요."

오즈는 웃음을 띠고 나를 보았다. 나는 손사래를 치며 그의 말을 가로막았다.

"이거 봐, 나는 나 같은 사람이 이해되는 여성은 싫다. 좀 더 뭐랄까, 샤방샤방하고 섬세 미묘하고 꿈같은, 아름다운 것만으로 머리가 꽉 들어찬 검은머리 아가씨가 좋아."

"또 그런 의미 불명의 억지를 부리죠."

"시끄럽다. 그냥 내버려둬."

"설마 1학년 때 고히나타 씨한테 차인 걸 아직까지 마음에 두고 있는 건 아니겠죠?"

"그 이름은 꺼내지도 마라."

"아, 역시 그렇습니까? 당신도 참 찰거머리군요."

"그 이상 떠들어만 봐. 이 철판에 구워주마."

나는 말했다. "네놈하고 사랑 이야기 따위 할 생각은 없어."

오즈는 몸을 털썩 뒤로 기대고 코웃음을 쳤다.

"그럼 이 호기는 제가 잡죠. 당신 대신 제가 행복해져야지."

"네놈은 뱃속이 너무 시커메서 무리다. 아카시 군은 사람 보는 눈이 있어. 게다가 이 자식, 실은 벌써 애인 있으면서. 나 몰래 시시덕거리고 있지?"

"홋흐웅."

"그 웃음은 뭐냐."

"비밀이지롱."

⁂

그렇게 울화통 터지는 대화를 나누던 중에 문득 마음속에 떠오른 것은 꿈인지 현실인지 알 수 없는, '고양이 라면'에서 만난 가모타케 쓰누미노카미였다. 어딘지 모르게 신비적이면서도 한없이 수상쩍은 만남에서 괘씸하게도 신을 자칭하는 사내는 나와 오즈를 저울질하고 있음을 시사했다.

그래, 맞다. 너무 수상쩍어서 까맣게 잊고 있었다.

술 취한 머리로 냉정하게 생각해볼 때, 작금의 상황은 바로 그 수수께끼 같은 남자가 예견한 대로라고 할 수 있지 않나. 아니, 그런 얼간이 같은 일이 있을 리 없다. 나쯤 되는 인물이 아무리 외로워도 그렇지, 그런 저 좋은 망상의 포로가 되어 아카시 군이라는 검은머리 아가씨와 깊은 사이가 되고 싶다고 생각하다니 언어도단이다. 허나 이상하다. 그 신은 나의 인생 행로를 묘사하고, 나아가 나의 수치스러운 가시투성이 과거를 넌지시 비추고, 지금 상황을 정확하게 맞히었다. 이것은 설명이 되지 않는다. 그 신은 진짜가 아닐까. 정말로 매년 가을 기차 타고 이즈모로 가서 운명의 붉은 실을 묶고 풀고 하는 것이 아닐까.

그런 생각을 하던 중에 경치가 점차 흔들거리기 시작해 제법 취한 모양이라고 생각한 언저리에서 오즈가 없다는 사실을 깨달았다. 변소 간다고 자리를 뜨더니 돌아올 줄 모른다.

처음에는 아무 생각 없이 혼자 망상을 풍선처럼 부풀렸다 쭈그러뜨렸다 하며 우아하게 놀고 있었다. 그러나 십오 분이 지나도록 오즈가 돌아오지 않는 상황에 이르러, 술 취한 나를 버리고 가뿐히 내뺐구나 싶어 노기충천했다. 이렇게 술자리 중간에 봄바람처럼 사뿐하게 사라져 상대방에게 계산의 짐을 지우는 것이 오즈의 주특기였다.

"젠장, 또 당했나."

통통 부어 중얼거리는데 오즈가 겨우 돌아왔다.

"왔군."

마음이 놓여 맞은편에 앉은 사람을 보니 오즈가 아니다.

"자, 팍팍 먹죠, 선배. 더 드시고 싶으면 서두르세요."

아카시 군은 담담히 말하고 접시에 남아 있던 고기를 지글지글 굽기 시작했다.

아카시 군은 나보다 한 학년 후배고 공학부 소속이었다. 말을 워낙 거침없이 하기 때문에 동기들에게도 경원당했던 것 같다. 무슨 일이 생기면 조가사키 선배에게 대드는 것도 마다하지 않는 그녀를 보며 나는 호감을 품었다. 그녀의 설봉은 날카롭기가 조가사키 선배에게 뒤지지 않는 터라, 선배도 카리스마에 흠집이 생길 것이 두려워 그녀의 냉랭하고 이지적인 얼굴 그리고 젖가슴에 흥미가 있어도 쉽사리 말을 붙이지 못했다.

그녀가 1학년 때 여름이었다. 아마 요시다 산에서 여느 때처럼 조가사키 선배의 의미 불명 이미지대로 영화를 찍는 중이었을 것이다. 휴식 시간에 식사를 하며 신입생들이 태평하게 수다 떨고 있었다. 아카시 군의 동기가 "아카시는 주말에 한가할 때 뭐 해?"라고 헤실헤실 물었다.

아카시 군은 상대를 보지도 않고 대답했다.

"왜 너한테 그런 걸 말해야 하는데?"

그 뒤로 아카시 군에게 주말 계획을 묻는 자는 없어졌다고 한다.

나는 그 이야기를 나중에 오즈에게 듣고 '아카시 군, 이대로 자네의 길을 질주해라!'라고 마음속으로 뜨거운 성원을 보냈다.

그렇게 제대로 된 이성을 가진 아카시 군이 어찌하여 '계' 같은 묘한 동아리에 머물러 있었는지는 알 수 없으나, 그녀는 일처리가 조직적인 데다 매사에 준비가 철저하며 기자재 다루는 법도 단번에 이해할 만큼 머리가 좋았으므로, 모두들 그녀와 거리를 두면서도 존경하는 면이 있었다. 모두들 거리를 두면서 경멸하는 나나 오즈와는 천양지차다.

중세 유럽의 성채 도시처럼 견고한 그녀에게도 약점이 딱 하나 있었다.

작년 초가을, '일손이 부족하니 도와라'라고 해서 마지못해 촬영에 참가해 건성건성 일했다. 장소는 그때도 요시다 산이었다.

나무에 녹음장치를 설치하려고 전시戰時 중의 검열관처럼 냉철한 얼굴로 나무에 오르던 아카시 군이 '꾸에에엑' 하고 마치 만화 같은 소리를 지르며 떨어졌다. 나는 신속하고 적확하게 그녀를 받았다. 바꿔 말하면 미처 피하지 못하고 밑에 깔렸다. 그녀는 머리를 헝클어뜨리며 나에게 매달려 반미치광이처럼 오른손을 흔들어댔다.

나무를 타다가 나무껍질을 오른손으로 꽉 잡았는데 어쩐지 무능무능했다. 손을 보니 거대한 나방을 움켜쥐고 있었다.

그녀는 세상에서 나방만큼 무서운 것이 없었다.

"무능했어요, 무능했어요."

그녀는 유령이라도 본 사람처럼 창백한 얼굴로 와들와들 떨며 몇 번씩 그렇게 말했다. 시종 견고한 외벽으로 몸을 감싸고 있던 사람이 약한 면을 드러냈을 때의 매력이란 필설로 다할 수 없다. 사랑의 훼방꾼인 내가 하마터면 사랑에 빠질 뻔했다. 나는 1학년 여름 이래로 하얗게 완전 연소되었을 번뇌가 또다시 불타오르려는 것을 꾹 참고 "무능했어요"라고 헛소리처럼 되뇌는 그녀를 "쯧쯧, 이만 진정하지" 하고 신사답게 위로했다.

나와 오즈의 무익한 싸움에 그녀가 공감했다고 생각하지는 않는다. 적어도 동아리 내에 떠도는 소문에 관해 그녀는 시종 냉정한 방관자였으나, 그렇다고 그것을 특별히 문제 삼지도 않았다.

내가 오즈와 함께 만든 영화를 본 그녀의 감상은 다음과 같다.

"또 얼간이 같은 걸 만드셨군요."

그녀는 이 말을 세 번 되풀이했다.

아니, 마지막 작품을 포함하면 네 번이었다. 다만 올봄에 만든 마지막 작품만은 그녀의 마음에 들지 않았다. 그녀는 '품성이 의심된다'라는 말을 덧붙였다.

❧

"아카시 군이여, 왜 자네가 여기 있나? 방금 전까지 카모 강 델타에 있지 않았는가. 육욕에 사로잡혀 여기까지 왔는가."

내가 흥야흥야 묻자, 그녀는 눈살을 찌푸리며 입에 검지를 댔다.

"정말 선배는 단순하시군요. 여기, 우리 동아리 단골집이라는 걸 잊으셨어요?"

"그건 알지. 나도 몇 번 온 적 있다."

"델타에서 마시고 나서 조가사키 선배가 웬일인지 고기를 드시고 싶다고 일부러 신입생들 데리고 여기로 자리를 옮긴 거예요. 지금 저쪽에 진치고 계세요."

그녀는 가게 출구 쪽을 가리켰다. 나는 엉덩이를 쳐들어 칸막이 너머를 보려다가 "그러다 들켜요"라며 제지당해 몸을 움츠렸다.

"어찌하여 술자리 뒤에 고기를 먹는가, 육욕 동물 같으니라고. 농경 민족의 긍지는 없나."

나는 신음했으나 그녀는 무시했다.

"들키면 아주 성가셔져요."

"싸움이라면 기꺼이 받아들이지. 받을 수만 있다면. 하지만 이기지 못할 자신이 있다."

"싸움이면 차라리 낫죠. 십중팔구 무참하게 바보 취급당하고 끝일걸요. 앵두처럼 풋풋한 신입생들 앞에서 개망신당할 거라고요. 자, 얼른 남은 고기나 드세요."

그녀는 구워진 고기를 나에게 강요했다. 말은 그렇게 해놓고 자기도 덥석덥석 먹었다. 어이가 없어 바라보자 "고기는 오랜만이거든요, 실례"라며 살짝 부끄러워했다. 부끄러워하는 것치고는 곧잘 먹었다. 나는 이미 배가 불렀으므로 몇 점 먹는 척하다가 "나는 이만 됐으니 자네가 먹지"라고 했다.

"이만 일어나겠네. 오즈는 어떻게 됐나? 보지 못했나?"

"오즈 선배는 벌써 뒷문으로 도망치셨어요. 괜히 '도망자 오즈'라고 불리시는 게 아니네요."

빠르기가 바람 같다. 거의 전국시대의 다케다 군軍 수준이다.

"드신 음식값은 제가 계산했어요. 앞문으로 나가면 조가사키 선배한테 들키니까 뒤로 나가세요. 가게에 이야기해서 뒷문으로 나갈 수 있게 해놨어요. 단골집이니까요."

무시무시하게 조직적인 그녀의 일처리에 나는 어이가 없어 얌전히 시키는 대로 따르기로 했다. 나는 음식값을 그녀에게 주었다.

"이 빚은 언젠가 갚도록 하지."

"빚은 됐으니까 그 약속 꼭 지켜주세요."

그녀는 미간에 주름을 잡고 나를 째려보았다.

"약속이라니 뭐였지?"

내가 고개를 갸웃하자 그녀는 손을 휘휘 내저었다.

"됐어요. 좌우지간 얼른 도망치세요. 저도 이만 저쪽으로 돌아가야 해요."

나는 우롱차를 벌컥벌컥 들이켜고 그녀에게 고개를 까딱 숙였다. 술에 취해 휘청거리는 다리에 힘을 주고 칸막이 뒤로 몸을 숨기며 일어나 어두운 복도 안쪽으로 나아갔다.

직원용이라 쓴 문 옆에 하얀 요리복을 입은 아주머니가 서 있다가, 내가 가자 문을 열어주었다. "감사합니다"라고 정중하게 인사하니 "젊은 사람이 고생이 많네요"라고 동정 어린 목소리로 말했다. 아카시 군이 대체 뭐라 설명했을지 잠깐 생각했다.

밖으로 나오니 어둡고 좁다란 골목길이었다.

그리하여 나는 밤의 기야마치로 빠져나왔다. 오즈를 찾아보았으나 어디에도 없었다.

내가 마지막으로 만든 영화 이야기를 하자.

또다시 봄이 돌아오면서 나의 노여움은 더욱 고조되었다. 조가사키 선배는 은퇴할 기색은 눈곱만큼도 보이지 않고 끈덕지게 현역으로 남아 동아리를 지휘했다. 그는 갓난아기 고무 젖꼭지 빨듯 우물 안 권력을 계속해서 빨며 신입생의 신선한 젖가슴에서 시선을 떼지 못했다. 그리고 하급생들은 조가사키 선배의 코딱지만 한 카리스마에 매료된 채, 유의미하게 보내야 할 학창시절을 허비할 작정인 듯했다. 지금이야말로 찬물을 끼얹을 사람이 필요했다. 그 무시무시하게 손해 보는 역할을 내가 자임하고 나서기로 결의했다.

4월에서 5월에 걸쳐 열리는 신입생 가입 권유를 위한 상영회용으로 나는 영화 두 편을 준비했다. 하나는 살풍경한 다다미 넉 장 반에 오즈가 혼자 앉아 헤이케모노가타리의 나스노 요이치일본의 명궁. 흔들리는 배에 세운 부채를 단번에 쏘아 맞혔다는 일화가 유명하다 장면을 낭랑히 암송하는 것이었다. 조가사키 선배를 위시한 선배들은 하나같이 상영을 반대했다. 내가 생각해도 당연한 일이었다.

"좋아서 하잘것없는 걸 찍는 거라면 상관없다."

어둠 속에서 조가사키 선배는 그렇게 말했다. "허나 신입생 환영회를 훼방 놓지만은 마라."

그러나 나는 윈스턴 처칠처럼 당당한 언변으로 반대 의견을 물리치고 상영 허가를 받아냈다. 이번이 마지막이라는 나의 기백이 그들에게도 통했는지 모른다.

실은 그 영화와는 별도로 또 한 편의 영화를 준비하고 있었다.

모모타로 전설을 토대로 한 인형극이었는데, 할머니와 할아버지는 복숭아에서 태어난 모모타로에게 무슨 까닭인지 '마사키'라는 이름을 붙인다. 그때부터 마사키의 눈꼴신 편력이 시작된다. 마사키는 영화 동아리 '도깨비 섬'을 창설해서 독이 든 수수경단으로 하급생을 꼬여 우물 안 권력을 손에 넣고, 순 얼간이 같은 인생론을 펴고, 연애론을 펴고, 심복인 개, 원숭이, 꿩이 데리고 오는 처녀들의 젖가슴을 넋 놓고 보고, 일반적으로 '미남'이라 이야기되는 얼굴 뒤로 무시무시한 변태성을 마음껏 발휘하고, 주지육림의 대향연을 펼친 끝에 종국에는 마사키 제국을 세워 정점에 군림한다. 그러나 이윽고 정의의 사도라 할 두 남자가 나타나 마사키의 온몸을 분홍색으로 물들이고 멍석에 말아 카모 강에 떠내려 보냄으로써 세계에 평화를 가져온다.

표면상으로는 모모타로에 블랙유머를 주입했을 뿐인 지극히 평범한 작품처럼 보이려니와, 나도 나름대로 관객 서비스에 최대한 힘썼다. 그러나 마사키는 조가사키 선배의 이름인 데다 다른 등장인물에게도 모두 현실 속 이름을 부여했다. 그것은 모모타로 전설의 틀을 빌린 조가사키 선배 폭로 다큐멘터리였다.

조가사키 선배의 비화에 관해서는 전면적으로 오즈의 정보에 의지했다. 오즈는 대체 무슨 수를 쓰는지, 조가사키 선배에 관해 아무리 나라도 호모 사피엔스로서의 긍지를 생각해 폭로하지 못할 것 같

은 비밀까지 숙지하고 있었다. "정보기관에 줄을 댔습니다"라고만
하는데 도무지 수수께끼다. 나는 새삼 그의 사악함에 충격받아 되도
록 빨리 결별해야겠다고 결심했다.

　상영회 당일, 나는 당초 예정했던 오즈가 헤이케모노가타리를 암
송하는 영화를 '조가사키 선배판 모모타로'로 바꿔치기해 틀었다.

　그리고 어둠을 틈타 회장을 빠져나왔다.

　　　　　　　　　　　　　≈

　기야마치 고깃집에서 탈출한 뒤, 나는 밤의 가와바타 거리를 따라
북으로 자전거를 달렸다.

　강물이 불어난 카모 강 건너편에 반짝이는 거리의 불빛이 마치
꿈속 풍경 같았다. 산조 큰다리와 오이케 다리 사이에는 카모 강 등
간격의 법칙 커플들이 서로 같은 간격을 유지하며 강변에 앉는 것을 일컫는다으로 알려
진 남녀 무리가 있었다. 그런 것은 전혀 신경 쓰이지 않는다, 결단코
개의할 필요 없다. 아니, 개의할 여유가 없다. 이윽고 번화가의 불빛
도, 카모 강 등간격의 법칙도 멀어졌다.

　카모 강 델타는 이런 시간에도 시끌시끌했다. 경조부박한 대학생
들이 모종의 몹쓸 속셈을 가지고 꿈틀대는 것이리라. 북쪽으로 울창
하게 우거진 아오이 공원의 숲이 보였다. 나는 카모 강 델타에서 시
모가모 신사를 향해, 싸늘한 밤공기를 뺨에 느끼며 자전거를 달렸다.

　시모가모 신사의 참배길은 어두웠다.

나는 참배길 입구에 자전거를 세워놓고 어두운 다다스 숲을 걸었다. 참배길에서 조금 들어간 곳에 작은 다리가 있었다. 여기 난간에 걸터앉아 라무네를 마셨던 기억이 났다.

일 년 전 여름, 시모가모 신사의 헌책 시장이 열렸을 때였다.

참배길 옆, 남북으로 길게 뻗은 마장에 헌책방 텐트가 빽빽하게 들어서고, 책을 찾아다니는 사람들로 인산인해를 이루었다. 시모가모 유스이 장에서는 금세라 나는 매일처럼 다녔다. 그때 북적거리던 것이 꿈결처럼 그날 밤 어두운 마장은 휑뎅그렁하고 섬뜩했다.

그 헌책 시장에서 아카시 군을 만났다.

나뭇잎 새로 비치는 햇살 아래 라무네를 마시며 여름의 풍정을 만끽한 뒤, 양 옆으로 늘어선 헌책방 노점을 구경하며 걸었다. 어디를 봐도 낡아빠진 서적이 빼곡히 들어찬 나무 상자가 줄줄이 놓여 있다 보니 다소 어지럼증이 났다. 융단을 깐 거상踞床이 여럿 놓인 곳에서 나처럼 헌책 시장 멀미가 난 듯한 사람들이 갈 곳을 잃고 늘어져 있었다. 나도 그곳에 앉아 넋을 놓아버렸다. 때는 8월이라 찌는 듯이 무더웠으므로 나는 손수건으로 이마의 땀을 닦았다.

눈앞에 '아미峨眉 서점'이라는 헌책방의 노점이 있었다. 가게 앞에 놓인 접는 의자에 앉아 있던 사람이 아카시 군이었다. 저자는 동아리 후배가 아닌가 하고 나는 깨달았다. 보아하니 가게 보기 아르바이트를 하는 모양이다. 당시 그녀는 '계'에 들어온 지 얼마 되지 않았을 때였으나, 능력 있는 매이면서도 발톱을 감추지 않은지라 그녀의 재능 및 범접할 수 없는 오라는 누구의 눈에나 역력했다.

거상에서 일어나 아미 서점의 서가를 물색하며 시선을 맞추자, 그녀는 가볍게 머리를 숙여 인사했다. 나는 쥘 베른의 《해저 2만 리》를 샀다. 그대로 가버리려 하자 그녀가 일어나 쫓아왔다.

"이거 쓰세요."

그녀는 그렇게 말하며 납량 헌책 시장이라고 쓰인 부채를 주었다.

땀에 젖은 얼굴을 파닥파닥 부채질하며 《해저 2만 리》를 들고 다다스 숲을 빠져나갔던 기억이 난다.

～

이튿날이다.

저물녘이 다 되어 일어나 데마치 부근의 찻집에서 저녁을 먹었다.

카모 강 델타 옆을 지나는데, 석양빛을 받아 다이몬지大文字가 선명하게 보였다. 여기서 오쿠리비백중 마지막 날 밤에 조상의 영혼을 배웅하기 위해 피우는 불. 다섯 산에 큰 대 자를 비롯한 여러 형태로 불을 피우는 교토의 것이 특히 유명하다가 잘 보이리라. 여기서 아카시 군과 함께 다이몬지를 본다면 어떨까 망상을 부풀리려다가, 저녁 바람을 맞으며 망상에 빠져 있어봤자 배가 꺼질 뿐인지라 적당한 지점에서 끝맺었다.

체념하고 다다미 넉 장 반으로 돌아와 《해저 2만 리》를 읽었다. 그렇게 고전적 모험 세계에 공상의 나래를 펼치려 해도 펼쳐지는 나래는 망상뿐이었다. 점쟁이의 예언과 가모타케쓰누미노카미의 등장은 뭔가 관련이 있을까 하고 나는 판타스틱한 망상에 빠졌다. 점쟁이가 말한 '콜로세움'이라는 말을 중얼거려보았다. 호기를 잡으라고? 뭐가 호기인지 모르겠거늘.

날도 완전히 저물었을 무렵 오즈가 찾아왔다.

"어젯밤은 즐거웠습니다."

"이 자식, 도망치는 발 하나는 여전히 빠르군."

"여전히 뚱하군요." 그가 말했다.

"애인도 없지, 동아리에서도 자체 추방당했지, 착실하게 공부하는 것도 아니지, 대체 어쩔 셈입니까?"

"네 이놈, 말조심해. 안 그러면 쳐죽일 줄 알아."

"치고, 게다가 죽이기까지 하다니 어떻게 그런 심한 일을."

오즈는 히죽거렸다. "이걸 줄 테니까 기분 풀어요."

"뭐냐, 이게?"

"카스텔라입니다. 히구치 스승님이 잔뜩 주셨거든요. 그러니까 콩 한 쪽도 나눠 먹기."

"웬일이냐, 네가 뭘 다 주고."

"커다란 카스텔라를 혼자 잘라 먹는다는 건 고독의 극치거든요. 외로움을 절절히 맛보라고요."

"그런 뜻인가. 아아, 그래, 맛뵈주마. 신물이 날 정도로 맛뵈주고 말고."

그 뒤 오즈는 웬일로 자기 스승 이야기를 했다.

"아, 맞다, 스승님께서 해마를 갖고 싶어하셨을 때, 쓰레기장에서 커다란 수조를 발견하고 가져갔거든요. 시험 삼아 물을 받아보니까 도중에 물이 노도처럼 새어나오는 바람에 난리가 났죠. 스승님의 다다미 넉 장 반이 온통 물바다가 됐다니까요."

"잠깐, 네놈의 스승 방이 몇 호냐?"

"여기 바로 위인데요."

나는 갑자기 화가 머리끝까지 치밀었다.

언젠가 내가 집에 없을 때 2층에서 물이 샌 적이 있었다. 돌아와 보니 천장에서 물이 뚝뚝 떨어져 귀중한 서적이 외설 비외설 구분 없이 퉁퉁 불어 터졌다. 피해는 거기서 그치지 않았다. 물에 젖은 컴퓨터에서는 귀중한 자료가 외설 비외설 구분 없이 전자電子 바다의 거품으로 사라져버렸다. 이 사건이 나의 학문적 쇠퇴에 박차를 가한 것은 말할 필요도 없다. 따지러 가고 싶은 마음은 굴뚝같았으나, 정체불명의 2층 주민을 상대하기 귀찮아 그때는 그대로 흐지부지 넘어가고 말았다.

"네놈 소행이었군."

"외설 도서관이 침수된 것쯤 무슨 대단한 피해라고."

오즈는 뻔뻔스럽게 말했다.

"당장 꺼져. 나 바쁘다."

"꺼지고말고요. 오늘 저녁에는 스승님 댁에서 암중暗中 전골 모임이 있거든요."

히죽거리는 오즈를 뻥 차서 복도로 쫓아내고 겨우 마음의 평안을 얻었다.

밤이 깊었다.

커피가 보글보글 끓는 소리를 들으며 오즈에게 받은 카스텔라를 바라보았다. 오즈는 고독의 극치에서 외로움을 맛보라 했으나, 나도 질 생각은 없었다. 커피가 끓으면 조용히 심두를 멸각하고 유유히 카스텔라를 먹기로 했다.

달콤하고 친숙한 냄새에 어린 시절로 돌아간 기분이었다.

카스텔라를 입이 미어지게 베어 물며, 이렇게 큰 카스텔라를 혼자 먹는 것은 참으로 무미건조한 일이고 인간으로서 잘못되었다, 누군가 기분 좋은 사람과 함께 우아하게 홍차라도 홀짝거리며 고상하게 먹고 싶다, 예를 들면 아카시 군이라든지, 결단코 오즈가 아니라 아카시 군이라든지, 라고 생각한 것은 내가 생각해도 놀라웠다. 카모 강 델타의 퇴각, 신의 쓸데없는 참견, 점쟁이의 수수께끼 같은 말, 고깃집에서 있었던 일, 그런 여러 돌발적인 사건들이 나의 쓸개를 빼놓은 탓에 이성이 각설탕처럼 부슬부슬 부서지는 모양이었다.

딱히 열렬한 사랑에 빠져 번민하는 것도 아니건만 찰나적인 외로움에 타인을 갈구하다니 그런 것은 나의 신조에 반한다. 그렇게 고독을 견디지 못하고 생판 남을 악착스럽게 희구하는 발칙한 학생들을 경멸하는 까닭에, 사랑의 훼방꾼이라는 오명에 한없이 가까운 용명을 널리 떨친 것이 아니었던가. 무익한 고투를 벌인 끝에 결국 한없이 패배에 가까운 승리를 거둔 것이 아니었던가.

"그럼 이 호기는 제가 잡죠. 당신 대신 제가 행복해져야지."

고깃집에서 오즈는 그렇게 말했다.

수상쩍은 신이 한 말을 믿는 것은 아니려니와, 아카시 군처럼 사람 보는 안목이 있는 인물이 오즈 같은 변태 편식 요괴에게 속을 리가 없다고 생각하는 한편으로, 그녀는 나름대로 인연만 있다면 요괴라도 재미있어할 만큼 도량이 넓은 사람이라는 생각도 들었다. 생각해보면 오즈는 그녀와 같은 공학부다. 나아가 같은 동아리를 그만둔 동지다. 이대로 수수방관하다가 오즈와 아카시 군이 깊은 사이가 된다는, 상상을 초월하는 기괴한 일이 벌어졌다가는 중대한 문제다. 이것은 나 개인의 외로움의 문제가 아니다. 아카시 군의 장래와 연관된 일이다.

머리 위에서는 어느 틈에 들어왔는지 커다란 나방이 신품 형광등 주변을 퍼덕퍼덕 시끄럽게 날아다니고 있었다.

그러고 있는데 여자와 남자가 이야기하는 소리가 들려왔다.

귀를 기울여보니 옆방에서 들리는 소리 같다. 달콤한 속삭임처럼 들리지 않는 것도 아니다. 숨죽인 웃음소리도 들린다. 복도로 나가 옆방을 확인해보았으나, 문 위에 난 작은 창문에서는 불빛이 흘러나오지 않았다. 그런데도 벽에 귀를 갖다대보면 달콤한 속삭임이 들려온다.

옆방에 사는 사람은 중국에서 온 유학생이다. 대륙에서 바다를 건너와 이방의 땅에서 만난 두 사람, 생소한 이국땅에서 힘든 일도 있었으리라. 그런 두 사람이 서로 의지하는 것은 인간으로서 자연스러

운 일이려니와, 내가 그에 대해 이러니저러니 말할 일이 아니다. 그
것은 안다. 알지만, 간과할 수 없다. 불 꺼진 옆방에서 그것도 중국어
로 달콤한 밀어를 속삭이면, 내용을 알 수 없으니 몰래 엿듣고 시름
을 달랠 수도 없다. 나는 제2외국어로 중국어를 배우지 않은 것을
진심으로 후회하며 안타까운 마음에 카스텔라를 꾸역꾸역 먹었다.

질쏘냐.

외로움에 질쏘냐.

다다미 넉 장 반에 홀로 있다는 고독을 달래기 위해 카스텔라를
통째로 들고 물어뜯는다는 배포를 누구에게랄 것도 없이 과시했으
나, 네모난 빵의 둘레를 빠짐없이 야수처럼 물어뜯은 뒤 겨우 제정
신으로 돌아왔다. 허무한 나머지 나도 모르게 눈물샘에서 육즙이 뿜
어 나오려는 것을 꾹 참고, 물어뜯던 카스텔라를 가만히 내려놓았
다. 그리고 유심히 뜯어보았다. 무참한 몰골이 된 카스텔라, 그것은
아예 카스텔라 같지도 않고 흡사 고대 로마 건축처럼…….

콜로세움.

나는 중얼거렸다.

망할 점쟁이 같으니, 무슨 예언을 그렇게 에둘러 하나.

━━

동아리를 그만두기 전에 아카시 군을 만났을 때 생각이 났다.

봄에 신입생 환영 상영회가 열린 곳은 대학 강의실이었다. 나는

'모모타로' 상영이 시작되자마자 어둠을 틈타 강의실을 빠져나와 대학 구석에 있는 동아리 방으로 갔다. 아무리 얼빠진 조가사키 선배라도 몇 분만 보면 영화의 내용을 파악할 수 있을 것이다. 그렇게 되면 조가사키 선배 휘하의 인간들에게 공격을 받을 것이 뻔했기 때문에 일찍 빠져나와 동아리 방에 있는 나의 물건을 처분하러 온 것이다.

황금빛 석양이 대학 구내의 신록을 비추어 나뭇잎이 사탕처럼 빛나던 것이 이상하게도 기억났다. 왜 이 년씩이나 있었는지 스스로도 알 수 없는 동아리였건만, 막상 떠나려니 감상적인 기분이 들었나 보다.

동아리 방에는 한발 먼저 도망쳐온 오즈가 쭈그리고 앉아 부스럭부스럭 뒤져 자기 물건을 배낭에 쑤셔 넣고 있었다. 흡사 요괴가 인골을 헤집는 분위기다. 하여튼 도망치는 발 한번 빠르고 소름 끼치는 남자라고 탄복했다.

"빠르군." 나는 신음했다.

"성가신 건 싫거든요. 뒤탈 없이 얼른 내빼야겠다고 생각해서 말입니다. 뭐, 이미 뒤탈은 생길 대로 생겼습니다만."

"그야 그렇지."

나는 나의 물건을 준비해 온 가방에 담고, 이곳에 놓아두었던 만화와 소설을 죽 훑어본 뒤 컬렉션을 그냥 방치하기로 했다. 작은 선물이다.

"나 때문에 같이 그만둘 필요는 없어."

"그런 일을 시켜놓고서 잘도 그런 말을 하는군요. 나 혼자 여기 남아 있으면 완전히 얼간이 아닙니까." 오즈는 툴툴대며 말했다. "게다가 당신하고는 달리 나는 다각적인 학창 생활을 영위하고 있거든요. 있을 곳은 얼마든지 있습니다."

"전부터 생각했는데, 너 또 뭐 하는데?"

"모종의 비밀 조직에도 소속되어 있죠, 손 많이 가는 스승님도 모시고 있죠, 종교 동아리에 들어간 적도 있죠……. 연애하랴 놀랴 얼마나 바쁜데요."

"잠깐, 너 애인 같은 거 없지 않나."

"훗흐응."

"뭐냐, 그 외설적인 웃음은."

"비밀이지롱."

그렇게 부스럭부스럭 동아리 방을 뒤지는데, 오즈가 "아, 누가 왔다"라고 하더니 "거기 서"라고 할 겨를도 없이 배낭을 지고 뛰쳐나갔다. 참으로 잽싸게 도망치는 녀석이도다. 내가 뒤쫓으려 가방을 들었을 때 아카시 군이 들어왔다.

"이런, 아카시 군."

내가 멈춰 서서 말하자, 그녀는 들고 있던 페트병 콜라를 꿀꺽 들이켜고는 눈살을 찌푸리며 나를 보았다.

"또 얼간이 같은 걸 만드셨군요." 그녀가 말했다. "중간까지 봤어요."

"상영이 중지되지는 않았고?"

"관객이 재미있어서 중지하고 싶어도 할 수 없는 것 같았어요. 하지만 아이지마 선배와 기타 수 명이 선배를 찾고 있었어요. 곧 여기로 오겠죠. 박살나고 싶지 않으면 도망치시는 게 좋을 거예요."

"그러냐. 관객이 웃어준다면 뭐, 괜찮겠지."

그녀는 고개를 흔들었다.

"저는 이전 작품들이 더 좋았어요. 이번 작품은 품성이 의심되던데요."

"괜찮다. 만들고 내뺄 생각이었으니까."

그녀는 내가 든 가방을 보았다.

"선배, 그만두시려고요?"

"당연하지."

"뭐, 그런 걸 만들었으니 어쩔 수 없을지 모르죠. 선배는 마지막 순간에 그나마 남아 있던 한 조각 명예까지 날려버리신 거예요."

나는 내가 생각해도 공허하게 웃었다. "바라는 바다."

"선배는 얼간이예요."

"맞는 말이다."

"그 영화, 원래는 오즈 선배의 헤이케모노가타리를 상영할 예정이었죠? 저는 그걸 보고 싶었는데요."

"보고 싶으면 다음에 주마."

"정말요? 약속하신 거예요."

"음, 다음 기회에 주지. 허나 내가 생각해도 그건 좀 그렇다만."

"약속 지키셔야 해요." 그녀는 다짐을 두었다.

"만화는 놓고 갈 테니까 읽어라."

나는 이 년석이나 무익한 고투에 도전하고 무익하게 자신을 갈고 닦아온 공간을 뒤로했다. 마지막 작품이 조가사키 선배의 카리스마에 아니꼽게 찬물을 끼얹으면 좋겠다고 생각했다. 그러나 어차피 무리일 것이라 체념하는 마음도 어딘가에 있었다.

문간에서 뒤를 돌아보니, 아카시 군은 주저앉아 내가 남긴 만화를 읽으려 하고 있었다.

"그럼 아카시 군이여, 잘 있거라. 조가사키 매직에 넘어가면 아니 된다."

내가 말하자 그녀는 고개를 들고 나를 째려보았다.

"제가 그런 멍텅구리로 보이시나요?"

그때 동아리 방을 향해 뛰어오는 아이지마 선배와 기타 수 명의 나름대로 우락부락해 보이는 남자들이 보였다. 나는 그녀의 말에 대답하지 않고 도망쳤다.

외로움과 이성이 엎치락뒤치락 들러붙는 사투를 연기하며 그야말로 용호상박의 양상을 띤 하룻밤을 보낸 뒤, 나는 수면부족에 시달리는 머리로 학교에 갔다. 그날 하루는 이것저것 고민하다 끝난 터라 기억나는 것이 거의 없다.

나는 치밀하게 분석하고, 분석하고, 또 분석해서 만전의 대책을 세운다. 오히려 만전의 대책이 사후약방문이 되는 것도 괘념치 않고 분석하는 남자다. 아카시 군의 인생, 오즈의 인생 그리고 나의 인생을 몇 가지 패턴으로 분석하고 각각의 결말을 비교 검토해 저울질하며 철두철미하게 생각했다. 누가 행복해져야 하고 누가 행복해지면 아니 되는지도 생각해보았는데, 이것은 의외로 빨리 결론이 나왔다. 타인의 사랑의 행로를 실컷 훼방 놓아 말에게 걷어차여 죽을 운명인 내가 이제 와서 살아가는 방식을 바꾸는 것이 가능하겠느냐 하는 문제도 생각해보았다. 상당한 난문이었다.

꽃빛 어스름이 주위에 깔리기 시작했을 무렵, 나는 학교에서 돌아왔다. 방에서 잠시 휴식을 취한 다음 최후의 사색에 잠겼다.

마침내 결심이 선 나는 신을 면회하기 위해 방을 나섰다.

이 년씩이나 살았는데도 유스이 장 2층에 올라간 것은 처음이었다. 2층은 복도에 방치된 물건이 많고 1층보다도 더욱 지저분했다. 어쩐지 시내처럼 복작거리고 안으로 들어갈수록 점점 어두워지는 것이 마치 기야마치의 뒷골목으로 이어질 것만 같았다. 나는 맨 안쪽으로 나아갔다. 호수는 210호다. 방 앞에 오토만이 딸린 안락의자, 먼지를 뒤집어쓴 수조, 색 바랜 케로용 1960년대 텔레비전 인형극에 등장하는 개구리, 헌책 시장의 깃발 등이 잡다하게 놓여 있어 발 디딜 틈이 없다. 신의 거처치고는 격식이 부족하다는 느낌이었다. 그 시점에서 이렇게 무질서한 2층에서 달아나 평화로운 1층으로 돌아가서는 한 평생 겸허하고 조용하게 살까 하는 생각이 들었다. 나도 참 얼간이 같은 기대를 걸었구나 싶어 자기혐오에 빠졌다. 문패에는 이름조차 없었다.

좌우지간 농담이라도 상관없다, 웃어 넘기자고 사내답게 결심하고 문을 노크했다.

"누에에에."

얼빠진 목소리가 들리더니 신이 고개를 쑥 내밀었다.

"아, 귀군이군. 그래서 어떻게 하겠나?"

참으로 선뜻, 흡사 주말 계획이라도 맞춰보듯 간단하게 말했다.

"오즈는 안 됩니다. 저와 아카시 군으로 해주십시오."

내가 말하자 신은 빙긋 웃었다.

"잘 생각했다. 그럼 잠깐 거기 의자에 앉아서 기다리게."

그는 그렇게 말하고 안으로 들어가버렸다. 그러더니 안에서 부스럭거린다. 나는 먼지투성이 의자에 앉을 마음이 나지 않아 복도에 오도카니 서 있었다.

이윽고 신이 나타나 "그럼 가지. 따라오게, 귀군"이라고 했다.

≋

어디로 가는 걸까. 설마 시모가모 신사로 가 산 제물을 바친다거나 그런 작업을 해야 하는 걸까. 나는 불안에 떨며 뒤를 따라갔으나,

그는 시모가모 신사로 향하지 않고 어스름에 불빛을 던지는 시모가모 사료시모가모 신사 근처에 있는 유명한 요정를 지나쳐 남쪽으로 성큼성큼 걸어갔다. 내가 고개를 갸웃거리는 사이에 데마치야나기 역 앞에 이르렀다. 거기서 강을 따라 이마데가와 거리까지 가더니 가모 큰다리 동단에서 멈춰 섰다. 그는 고풍스러운 손목시계를 보았다.

"어떻게 할 겁니까?"

내가 물어도 그는 입술에 손가락을 대고 대답하지 않았다.

주위는 이미 쪽빛 어스름에 잠겨 있었다. 오늘 저녁도 대학생들이 카모 강 델타를 떠들썩하게 점거하고 있었다. 전날까지 내린 비로 수위가 높아진 카모 강은 콸콸 소리를 내며 흐르고, 가로등 불빛이 띄엄띄엄 반사된 수면은 은박지가 흔들리는 것처럼 보였다. 날 저문 이마데가와 거리는 번화하고, 눈부신 자동차 전조등과 미등 불빛이 가모 큰다리를 가득 메우고 있었다. 굵은 다리 난간에 점점이 붙은 조명의 주황색 불빛이 땅거미 속에 흐릿하게 빛나는 것이 신비적이었다. 오늘 저녁에는 가모 큰다리가 유난히 크게 느껴졌다.

멍하니 있던 나의 등을 신이 툭 쳤다.

"좋아, 이제 다리를 건너게."

"왜입니까?"

"잘 들어, 귀군. 맞은편에서 아카시 군이 올 테니 말을 붙이고 찻집에라도 가자고 해. 그러라고 일부러 이런 로맨틱한 장소를 골랐으니까."

"무리입니다. 거절하겠습니다."

"그렇게 떼쓰지 말고. 자, 가. 어서 가."

"이상하지 않습니까. 당신이 이번 가을에 이즈모로 가서 연을 맺어준다고 하지 않았습니까. 지금은 아직 연을 맺기 전이니 이것저것 해봤자 소용없을 텐데요."

"묘한 억지를 쓰는 녀석이군. 연을 맺더라도 포석은 깔아야 하는 법. 자, 가라."

신에게 등을 떠밀려 나는 가모 큰다리를 서쪽으로 건너기 시작했다. 참으로 분통터지는 일이 아닐 수 없다. 사람을 바보로 알아도 분수가 있다고 생각하는데, 뒤에서 "어이, 아카시 군 전에 묘한 녀석이 올 텐데 신경 쓰면 아니 되네"라고 신이 말했다.

그대로 걸어 몇 사람 지나쳤을 때, 어디서 본 얼굴이 다가왔다. 난간 조명의 불빛 속에 떠오른 불길한 면상은 잊으려도 잊을 수 없는 요괴 누라리횬이었다. 어인 연유로 이 녀석이 이런 곳에. 눈을 부릅뜨고 노려보는 나에게 오즈는 미소로 답했다. 그러더니 뿅 뛰어오르는 듯한 기괴한 동작과 더불어 나의 배를 쳤다. 욱 하고 신음하는 나를 무시하고 그는 동쪽으로 걸어갔다.

내가 배를 끌어안고 멈춰 선 곳은 마침 다리 중앙이었다. 발밑으로 카모 강이 흘러가고, 남쪽을 보니 시커먼 강물 저편으로 멀리 시조 일대의 불빛이 보석처럼 빛났다.

그때 아카시 군이 걸어왔다.

나는 아무렇지도 않게 말을 붙이려다 문득 당혹했다.

나는 그녀의 존경하는 선배로서 평소에는 아무렇지도 않게 말을 주고받았다. 허나 막상 '사랑의 훼방꾼'이라는 오명을 반납하고 연 맺기 공작에 냉철히 매진하기로 결의한 순간, 몸은 철근이 들어간 것처럼 뻣뻣하게 굳고 입은 화성 표면처럼 건조한 땅으로 화했다. 눈은 초점이 맞지 않아 시야는 흥야홍야, 숨 쉬는 방법을 잊어 기식 엄엄, 내가 생각해도 전에 없이 거동이 수상했다. 아카시 군의 미심 쩍은 시선을 피하기 위해서라면 도도히 흐르는 카모 강 강물에 몸을 던져 교토에서 멀리 떨어진 곳으로 달아나도 후회는 없으리라고 생 각했다.

"안녕하세요."

아카시 군은 의아한 얼굴로 말했다. "그저께는 무사히 도망치셨 나요?"

"응, 덕분에."

"산책중이세요?"

"응, 그래."

그것을 끝으로 나의·주름 많은 뇌는 활동을 정지했다. 침묵은 금 이다.

"그럼 전 이만."

그녀는 그렇게 말하고 나의 곁을 지나치려 했다.

도리가 없다. 남의 사랑의 행로를 훼방 놓는 일에만 몰두하고 사 랑의 행로를 달리는 법은 터럭만큼도 배운 적이 없는 내가, 게다가 이렇게 긍지 높은 내가, 이제 와서 자존심의 덤불숲에 파묻히려는 사랑의 행로를 염치없이 달릴 수 있겠는가. 적어도 약간의 수련이 필요하다. 오늘은 여기까지. 내가 생각해도 이것이 한계다. 너는 최선을 다했다.

그대로 엇갈려 지나치려던 나와 아카시 군은, 불현듯 옆 난간 위에 버티고 선 소름 끼치는 괴물의 존재를 깨닫고 흠칫 놀라 뒤로 물러났다. 난간에 서 있는 것은 오즈였다. 무슨 생각을 하는지 모르겠으나, 주황색 불빛이 밑에서 얼굴을 비추는 탓에 소름 끼쳤다. 나와 아카시 군은 나란히 오즈를 올려다보았다.

"너 그런 데서 뭐 하냐?"

내가 물으니 오즈는 크악 하고 이쪽으로 덤벼들 것 같은 얼굴을 했다.

"설마 '오늘은 여기까지' 같은 생각을 하는 건 아니겠죠? 당신도 참, 어이가 없어서 말이 안 나오네요. 신의 말씀에 거역하지 말고 냉큼 사랑의 행로를 달리지 못할까."

문득 생각나 가모 큰다리 동단을 보았다. 가모타케쓰누미노카미가 팔짱을 끼고 우리를 흥미진진하게 바라보고 있었다.

"전부 네놈이 꾸민 짓이었나, 오즈."

나는 드디어 이해했다. "알았다. 네놈의 속임수였군."

"뭔데요? 무슨 일이에요?" 아카시 군이 속삭였다.

"시모가모 신사의 신한테 약속했잖습니까." 오즈는 말했다. "이번에야말로 호기를 잡아요. 봐요, 당신 눈에는 안 보입니까? 아카시 군이 거기 있잖습니까."

"참견 마라."

"지금 당장 화끈하게 밀어붙이지 않으면 여기서 확 뛰어내릴 거예요."

오즈는 영문을 알 수 없는 소리를 하더니 우리에게 등을 돌리고는 난간에서 지금 당장에라도 하늘로 날아오를 것처럼 두 팔을 활짝 벌렸다.

"잠깐, 나의 사랑의 행로와 네가 뛰어내리는 것과 무슨 상관이 있는데."

나는 말했다.

"저도 잘 모르겠습니다." 오즈가 말했다.

"오즈 선배, 강물이 불어서 위험해요. 빠지면 죽어요."

아카시 군도 설득했다.

그렇게 의미 불명의 말을 주고받는데, 다리 북쪽에 있는 카모 강 델타에서 비명 소리가 들려왔다. 들떠 있던 대학생들이 법석을 떨며 갈팡질팡 도망 다니기 시작했다.

"저게 뭐지?"

오즈가 몸을 굽히고 의아스레 말했다.

나도 모르게 난간에 손을 얹고 살펴보니, 아오이 공원 숲에서 카모 강 델타까지 검은 안개 같은 것이 스멀스멀스멀 퍼져 눈 아래 있는 델타의 강둑을 뒤덮어버릴 기세였다. 검은 안개 속에서 젊은이들이 우왕좌왕하고 있었다. 손을 퍼덕퍼덕 내젓지 않나, 머리를 쥐어뜯지 않나, 반미치광이 상태다. 검은 안개는 수면 위를 미끄러지듯 이쪽으로 흘러오는 것 같았다.

카모 강 델타에 벌어진 수라장은 한층 더 심해졌다.

소나무 숲에서 검은 안개가 자꾸자꾸 뿜어 나왔다. 예삿일이 아니었다. 스멀스멀스멀스멀스멀스멀스멀스멀 움직이는 검은 안개가 융단처럼 눈 아래 펼쳐지는가 싶더니, 수면에서 부쩍부쩍 치올라와 난간을 왁 넘어서 가모 큰다리로 쏟아져 들었다.

"꾸에에에엑." 아카시 군이 만화 같은 비명을 질렀다.

그것은 나방의 대군이었다.

꿀

이튿날 〈교토신문〉에도 실렸듯, 나방의 이상 발생에 관해 상세한 것은 알 수 없었다. 전해지는 바로는 나방이 날아온 경로를 거꾸로 추적하니 다다스 숲, 즉 시모가모 신사에 이르렀다 하나 확연치가 않다. 다다스 숲에 살던 나방이 어떤 계기로 일제히 이동하기 시작했다 해도 납득이 가는 설명은 없다. 또 공식적인 견해와는 별도로 발생원은 시모가모 신사가 아니라 그 옆 시모가모 이즈미가와초라는 소문도 있는데, 그렇게 되면 이야기는 점점 더 불가해해진다. 그날 저녁, 나의 하숙이 위치한 일각에 나방의 대군이 출몰해 한때 소동이 벌어졌다고 한다.

그날 밤, 하숙으로 돌아와보니 복도 곳곳에 나방 사체가 떨어져 있었다. 깜박 잊고 잠그지 않아 문이 반쯤 열려 있던 나의 방도 마찬가지여서 나는 정중하게 그들의 사체를 매장했다.

얼굴로 퍼덕퍼덕 날아들어 인분鱗粉을 흩뿌리고, 간혹 입속에까지 비집고 들어오려는 나방의 대군을 밀쳐내며 나는 아카시 군의 곁으로 다가가 매우 신사적으로 그녀를 감쌌다. 나도 한때는 시티 보이였던 터라 곤충 나부랭이와 동거하는 것을 기껍게 생각하지 않았으나, 이 년 동안 하숙에서 다종 잡다한 절지동물과 친해질 기회를 얻어 벌레에 익숙해지고 말았다.

그렇지만 그때 마주친 나방의 대군은 상식을 까마득히 초월했다. 엄청난 날갯짓 소리가 우리를 외계와 차단하는데, 흡사 나방이 아니라 날개 달린 작은 요괴 종류가 다리 위를 통과하는 것 같았다. 거의 아무것도 보이지 않았다. 실눈을 떴을 때 가까스로 보인 것은 가모 큰다리 난간의 주황색 전등 주변에 난무하는 나방 떼거리요, 아카시 군의 윤이 흐르는 검은머리였다.

겨우 대군이 지나간 다음에도 뒤처진 나방들이 여기저기에서 퍼덕퍼덕 날아다녔다. 아카시 군은 창백한 얼굴로 일어나 미친 듯이 온몸을 털어대며 "안 붙어 있어요? 안 붙어 있어요?" 하고 부르짖더니, 길바닥에서 버둥대는 나방들로부터 달아나듯 무시무시하게 빠른 속도로 가모 큰다리 서단으로 달려갔다. 그리고 어스름 속에 부드러운 빛을 발하는 카페 앞에 주저앉았다.

나방의 대군은 또다시 검은 융단이 되어 카모 강을 따라 시조 쪽으로 내려갔다.

퍼뜩 정신을 차려보니, 유카타를 입은 신이 나의 옆에 서서 난간 너머로 몸을 내밀고 있었다. 가지 같은 얼굴을 구깃구깃 구기고 우는지 웃는지 알 수 없는 표정이었다.

"오즈 녀석, 정말 떨어지지 않았나."

유카타 입은 신이 말했다.

⁓

나와 신은 가모 큰다리 서단에서 강둑을 뛰어 내려갔다. 눈앞을 카모 강이 왼쪽에서 오른쪽으로 도도히 흘러가고 있다. 강물이 불어나 평소에는 덤불숲인 부분까지 물에 잠긴 탓에 여느 때보다 강폭이 넓었다.

우리는 그곳에서 강물로 들어가 가모 큰다리 밑으로 다가갔다. 교각 뒤에서 뭔가가 꿈틀거리고 있었다. 오즈는 그곳에 오물처럼 달라붙은 채 꼼짝하지 못하는 듯했다. 물은 그리 깊지 않았으나 물살이 빠른 탓에, 유카타 입은 신은 발이 미끄러져 신 주제에 하류로 떠내려갈 뻔했다.

갖은 고생 끝에 우리는 오즈인 듯한 물체가 있는 곳에 다다랐다.

"이 얼간이 같으니!"

내가 물보라를 맞으며 호통치자 오즈는 낑낑 울었다 웃었다 했다. "이런 걸 주웠지 뭡니까, 아하하"라며 의기양양하게 손을 불쑥 내밀었다. 스펀지로 만든 곰 인형이 쥐여 있었다. "여기 떠 있었습니다."

오즈는 아픔에 끙끙거리며 말했다. "불초 오즈, 넘어져도 그냥은 안 일어납니다."

"됐으니까 입 다물어라."

신이 말했다.

"예, 스승님. 어쩐지 오른쪽 다리가 굉장히 아픕니다."

오즈가 순순히 말했다.

"당신이 오즈의 스승님입니까?" 나는 물었다.

"아무렴." 신은 그렇게 말하며 빙그레 웃었다.

나는 신 또는 오즈 스승의 도움을 받아 오즈를 둘러멨다. "아야, 아야, 좀 더 조심해서 운반해주세요"라며 사치스러운 요구를 하는 오즈를 우리는 우선 강변으로 옮겼다. 뒤처져 강변으로 내려온 아카시 군은 비록 나방의 대군에 시달린 충격으로 얼굴은 창백했어도 침착하게 구급차를 불렀다. 119에 전화한 다음, 그녀는 강변 벤치에 앉아 파랗게 질린 뺨을 손으로 감쌌다. 우리는 오즈를 통나무처럼 데굴데굴 굴려 젖은 옷을 말리며 추위에 떨었다.

"아야, 아야야, 너무 아파요. 어떻게 좀 해주세요." 오즈가 신음했다. "에구구."

"시끄럽다. 난간 같은 데 올라가니까 그러지."

나는 말했다. "이제 곧 구급차가 올 테니까 참아라."

"오즈, 귀군은 제법 싹수가 있어." 오즈의 스승이 말했다.

"스승님, 감사합니다."

"하지만 친구를 위해 뼈를 간다고 다리까지 부러뜨릴 건 없지 않

나. 귀군은 대책 없는 얼간이로군."

오즈는 훌쩍훌쩍 울었다.

오 분쯤 있다가 구급차가 가모 큰다리 입구에 도착했다.

오즈의 스승이 강둑을 뛰어 올라가 구급대원과 함께 내려왔다. 구급대원들은 프로의 이름에 부끄럽지 않은 솜씨로 오즈를 담요로 둘둘 말아 들것에 실었다. 그대로 카모 강에 던져 넣어주면 유쾌 천만이었겠으나, 구급대원은 다친 사람에게 차별 없이 연민의 정을 베풀어주는 훌륭하신 분들이다. 오즈는 그의 악행에 걸맞지 않을 정도로 정중하게 구급차에 실렸다.

"오즈는 내가 따라가지."

스승이 그렇게 말하고 유유히 구급차에 올라탔다.

이윽고 구급차가 떠났다.

~

뒤에는 파랗게 질린 얼굴을 감싸고 벤치에 앉은 아카시 군과 쫄딱 젖은 나만이 남았다. 나는 오즈가 교각에 걸려 움켜쥐고 있던 곰 인형을 갖고 있었다. 꾸욱 쥐어짜자 곰은 처량한 얼굴로 물을 뚝뚝 떨어뜨렸다. 물이 뚝뚝 떨어질 것처럼 잘생긴 곰이라고 생각했다 '물이 뚝뚝 떨어질 것 같은'은 미남, 미녀를 형용하는 일본어 관용 표현.

"괜찮나?"

나는 아카시 군에게 물었다.

"나방은 정말 질색이에요."

그녀는 벤치에 앉아 신음했다.

"진정되게 커피라도 마시겠습니까?"

나는 물었다.

결단코 비겁하게도 나방이 질색이라는 그녀의 약점을 이용해 '잘만 하면' 하고 엉큼한 생각을 한 것은 아니다. 창백하게 질린 그녀를 생각해서 한 말이었다.

나는 가까운 자동판매기에서 따뜻한 캔 커피를 사와 그녀와 함께 마셨다. 그녀도 점점 침착함을 되찾았다. 그녀는 내가 건네준 곰 인형을 주물주물 짓누르며 고개를 열심히 갸웃거리고 있었다.

"찰떡곰맨이군요."

그녀는 말했다.

"찰떡곰맨이라니?"

아카시 군은 그것과 똑같은 인형을 소중히 간직하고 있었다고 했다. 그 비길 데 없는 폭신폭신함을 일컬어 '찰떡곰'이라 이름 짓고, 다섯 개를 모아 '보들보들 전대戰隊 찰떡곰맨'이라 칭했다. 그리고 그들의 폭신폭신한 엉덩이를 꾹꾹 찌르며 나날이 위로를 받곤 했으나, 그중 하나를 가방에 매달고 다니다가 작년 시모가모 헌책 시장에서 떨어뜨리고 말았다. 그 이래로 가엾은 그는 행방이 묘연했다.

"이게 그것인가."

"신기하기 짝이 없네요. 왜 이런 데 찰떡곰맨이 있을까요."

"상류에서 떠내려왔겠지."

나는 그렇게 추측했다. "어차피 오즈가 주운 것이니 자네가 가져도 될 것이야."

그녀는 잠시 의아한 표정을 짓더니 '어찌 됐든 찰떡곰맨이 모두 다시 모인 것은 경사스러운 일이다' 하는 얼굴로 몸을 곧게 폈다. 나방의 대군에게 습격당한 충격은 극복한 것 같았다.

"오늘은 오즈 선배의 연락을 받고 저기 카페에 온 거였어요. 그랬더니 가모 큰다리를 건너라고 했는데…… 뭘 하려던 걸까요?"

"글쎄다."

"하지만 재미있는 사람이에요. 옛날에 오즈 선배가 커다란 페라리 깃발을 흔들며 햐쿠만벤 교차로를 대각선으로 뛰어가는 걸 본 적이 있어요."

"그 녀석은 신경 쓰지 마라. 얼간이가 옮는다."

아카시 군이 흠흠 고개를 끄덕였다.

"선배는 이미 늦으셨네요. 제가 보기에 상당히 감염되셨어요."

나는 얼마 동안 골이 나 있다가 "생각났다"라고 말했다.

"뭐가요?"

"그러고 보니 그걸 주기로 약속했었군."

나는 동아리에서 자체 추방당하기 직전에 만든 영화 이야기를 했다. 오즈가 헤이케모노가타리를 암송하는, 내가 생각해도 의미 불명인 영화다.

"그거예요." 그녀는 기쁜 얼굴로 말했다.

우리는 다음 주에 회담을 갖고 문제의 영화를 인수, 인도하기로 의견의 일치를 보았다. 회담은 햐쿠만벤 남서쪽에 있는 '마도이'에서 개최하고, 어디까지나 '기왕 만난 김에' 저녁을 같이 먹기로 했다.

그 영화의 완성도에 관해서는 찬반양론이 있을 테고 나는 오히려 반대하는 쪽이나, 적어도 아카시 군은 만족스러워했다.

〜

나와 아카시 군의 관계가 그 뒤 어떤 전개를 보였는지는 본 글의 취지에서 일탈된다. 따라서 그 기쁨 반, 쑥스러움 반인 묘미에 관해 상세히 쓰는 것은 삼가련다. 독자도 그런 타기할 것을 읽느라 귀중한 시간을 시궁창에 버리고 싶지는 않으리라.

성취된 사랑만큼 이야기할 가치가 없는 것은 없다.

〜

나의 학창 생활에 새로운 전개가 다소 나타났다고 해서 내가 과거를 천진난만하게 긍정한다고 생각하면 서운하다. 나는 그렇게 간단히 과거의 과오를 긍정하는 사내가 아니다. 크나큰 애정으로 나 자신을 보듬어주자고 생각한 적이 있는 것은 사실이나, 젊은 아가씨라면 또 몰라도 스무 살 넘은 지저분한 사내를 누가 보듬어주고 싶으랴. 그런 금할 길 없는 노여움에 사로잡혀 나는 과거의 자신을 구제하기를 단호히 거부했다.

운명의 시계탑 앞에서 영화 동아리 '계'를 선택한 데 대한 후회의 염은 떨칠 수 없다. 만약 그때 다른 길을 선택했더라면. 기상천외한 제자 모집에 응했더라면, 혹은 소프트볼 동아리 '포그니'를 선택했더라면, 혹은 비밀 첩보 기관 '복묘반점'에 들어갔더라면 나는 지금과는 다른 이 년간을 보냈을 것이다. 적어도 지금처럼 꼬이지 않았을 것은 분명하다. 환상의 지보라 불리는 '장밋빛 캠퍼스 라이프'를 이 손에 거머쥘 수 있었을지도 모른다. 아무리 외면하려 해도 실수란 실수는 죄다 저질러 이 년을 허비했다는 사실은 부정할 수 없다.

무엇보다도 오즈를 만나고 말았다는 오점은 한평생 남으리라.

❦

오즈는 대학 근처에 있는 병원에 얼마 동안 입원했다.

새하얀 침대에 묶여 있는 모습은 상당히 통쾌한 구경거리였다. 원래 안색이 나쁜 탓에 불치병에 걸린 것처럼 보이는데 실은 단순한 골절이다. 골절만으로 끝나 다행이라 할 것이다. 그가 세 끼 식사보다 좋아하는 악행에 관여하지도 못하고 툴툴거리는 옆에서 나는 꼴좋다고 생각했다. 너무 시끄럽게 툴툴거릴 때는 병문안용으로 사온 카스텔라로 입을 틀어막았다.

그건 그렇고 나와 아카시 군을 만나게 하기 위해 스승까지 끌어들여 얼간이 같은 계획을 세우고, 더욱이 가모 큰다리에서 아무 의미도 없이 낙하해 다리를 부러뜨리다니, 상상을 초월하는 별난 취미라 하지 않을 수 없다. 오즈가 인생을 음미하는 방법은 우리에게는 이해 불능이다. 그리고 이해할 필요도 없다.

"이걸로 반성하고 남의 일에 쓸데없이 집적거리는 짓은 이제 그만두지."

내가 볼이 메어지게 카스텔라를 베어 물며 말하자 오즈는 고개를 흔들었다.

"거절하겠습니다. 그 외에 제가 할 일은 아무것도 없으니까요."

심성이 뿌리까지 썩어빠진 녀석.

천진한 나를 갖고 놀아 무슨 재미가 있느냐고 힐문했다.

〜

오즈는 예의 요괴 같은 웃음을 띠며 헤실헤실 웃었다.

"제 나름의 사랑입니다."

"그렇게 더러운 것은 필요 없다."

나는 대답했다.

2

다다미 넉 장 반 자학적 대리대리 전쟁

대학 3학년 봄까지 이 년간, 실익 있는 일은 하나도 하지 않았노라고 단언해두련다. 이성과의 건전한 교제, 학업 정진, 육체 단련 등 사회에 유익한 인재가 되기 위한 포석은 쏙쏙 빼버리고 이성으로부터의 고립, 학업 방기, 육체의 쇠약화 등 깔지 않아도 되는 포석만 족족 골라 깔아댄 것은 어인 까닭인가.

책임자를 추궁할 필요가 있다. 책임자는 어디 있나.

나라고 날 때부터 이 모양 이 꼴은 아니었다.

갓 태어났을 무렵의 나는 순진무구함의 화신이었고, 갓난아기 시절의 히카루 겐지 저리 가라 하게 사랑스러워, 사념이라고는 터럭만큼도 없는 해맑은 미소가 고향 산천을 사랑의 빛으로 가득 메웠다 한다. 그런데 지금은 어떠한가. 거울을 볼 때마다 노여움에 휩싸인

다. 네놈은 대체 어찌하여 이렇게 되었는가. 이것이 현시점에서 네놈의 총결산인가.

아직 젊지 않으냐고 말하는 사람도 있으리라. 인간은 얼마든지 바뀔 수 있다고.

그런 터무니없는 일이 있을 리 없다.

'세 살 버릇 여든까지'라고 하는데 당년 스물하고도 하나, 머지않아 세상에 태어난 지 사반세기가 되려는 어엿한 청년이 이제 와서 자신의 인격을 변모시키려 궁색하게 노력한들 무슨 소용이 있으랴. 이미 딱딱하게 굳어 허공을 향해 우뚝 솟은 인격을 억지로 굽히려 해봤자 똑 부러지는 것이 고작이다.

생을 마감하는 그날까지 지금 여기에 있는 자기 자신을 질질 끌고 살아야 하느니라. 그 사실을 외면해서는 아니 되느니라.

나는 결단코 외면하지 않을 생각이다.

허나 다소 보기 괴롭다.

〰

이 수기의 주된 등장인물은 나다. 제2의 주역으로 히구치 스승님이 있다. 이 두 고귀한 남자 사이에 영혼이 왜소한 조역 오즈가 끼여 있다.

우선 나로 말하자면 긍지 높은 대학 3학년이라는 것 외에는 별반 할 말이 없다. 허나 독자의 편의를 위해 나라는 남자의 풍모에 관해 설명하겠다.

교토 시내, 예컨대 가와라마치산조에서 서쪽으로 아케이드를 슬렁슬렁 걷고 있다고 하자. 봄철 주말이니 사람도 많고 번화하다. 토산품 상점과 찻집 립턴을 구경하며 걷는데, 시선을 확 끄는 검은머리 아가씨가 이쪽으로 걸어온다. 흡사 그녀 주위의 공간만이 빛나는 듯 보일 것이다. 그녀는 초롱초롱하고 아름다운 눈으로 옆을 걷는 남자를 올려다보고 있다. 남자의 나이는 스물을 넘은 정도. 눈은 맑고, 눈썹은 시원스레 짙고, 뺨에는 싱그러운 미소를 띠고 있다. 사방팔방 그 어떤 별난 각도에서 봐도 얼간이 상으로 보이지 않을, 가히 흠잡을 데 없는 지적인 얼굴이다. 키는 180센티미터쯤, 골격은 튼튼하나 결코 야성미를 노골적으로 발산하지는 않는다. 유유히 걷는 것 같아도 걸음걸이에 힘이 있다. 모든 점에 품위가 있고 기분 좋은 긴장감이 있다. '자신을 다스릴 줄 아는 남자'는 바로 그를 말한다.

그 남자가 나라고 순순히 생각해주기 바란다.

이것은 어디까지나 독자의 편의를 위한 것이지, 결단코 자신을 현실 이상으로 미화하려 한다든지, 여고생에게 꺄꺄 소리를 듣고 싶다든지, 졸업생 대표로서 학장에게 직접 졸업증서를 받고 싶다든지, 그런 발칙한 생각은 터럭만큼도 없다. 따라서 독자는 내가 방금 적확하게 묘사한 남자를 나의 모습으로서 순순히 뇌리에 새기고 그 이미지를 사수하기 바란다.

나의 옆에 검은머리 아가씨가 없는 것은 사실이다. 그 밖에도 일치하지 않는 점이 몇 가지 있을지도 모른다.

허나 그것은 사소한 문제다. 중요한 것은 마음이다.

〰

이어서 히구치 스승님에 관해 이야기하겠다.

나는 시모가모 이즈미가와초에 있는 '시모가모 유스이 장'이라는 구룡성 같은 하숙의 110호에 사는데, 그는 그 위층 210호에 거처를 두고 있다.

3학년 5월 말에 돌연한 이별이 찾아오기까지 만 이 년간, 나는 그를 사사했다. 학문은 뒷전으로 돌리고 수행에 힘쓴 결과, 무릇 쓸모가 없는 것만 배우고 인간으로서 드높여서는 아니 될 곳만 골라 드높였다. 드높여야 할 곳은 오히려 낮아져 보이지 않게 되었다.

히구치 스승님은 8학년이라는 소문이 자자했다. 장수한 동물이 신비적인 분위기를 습득하듯, 대학에서 긴 세월을 보낸 학생 또한 신비적인 분위기를 습득한다.

그는 가지처럼 생긴 얼굴에 늘 태평한 미소를 띠고 있고 어딘지 모르게 고귀한 느낌이 감도는데, 턱에는 수염이 까칠까칠했다. 항상 똑같은 감색 유카타를 입고 겨울에는 그 위에 낡은 점퍼를 입었다. 그 차림새로 세련된 카페에서 유유히 카푸치노를 마신다. 선풍기조차 없지만 더운 여름날에 공짜로 피서할 수 있는 곳을 백 군데는 알고 있으리라. 머리는 기상천외하다 할 수밖에 없는 곱슬머리라 태풍이 선배의 머리에만 상륙한 것처럼 보인다. 엽궐련을 뻐끔뻐끔 피운다. 이따금 퍼뜩 생각난 것처럼 학교에 가는데, 이제 와서 아무리 학점을 많이 취득한들 때는 이미 늦었으리라. 중국어는 단어 하나 모를 텐데도 같은 하숙에 사는 중국 유학생과 친하다. 한번은 여자 유학생이 머리를 잘라주는 장면을 목격한 적이 있다. 내가 빌려준 쥘 베른의 《해저 2만 리》를 읽기 시작한 지 일 년 가까이 지났는데, 아직까지 유유히 읽으면서 돌려줄 생각을 하지 않는다. 방에 나에게서 빼앗은 지구본이 장식되어 있는데, 거기에 꽂힌 귀여운 시침핀이 잠수함 노틸러스 호의 현 위치를 가리킨다는 사실을 나중에 알았다.

선배는 어떤 행동에 나서는 것도 아니고 오로지 당당하게 사는 데에만 전념하고 있었다. 그것은 무시무시한 극기심에 의해 유지되는 신사적 태도 혹은 얼간이의 극치였다.

꿋꿋

마지막으로 오즈에 관해 이야기하겠다.

오즈는 나와 같은 학년이다. 공학부 전기전자공학과 소속인데도 전기도, 전자도, 공학도 싫어한다. 1학년이 끝난 시점에서 취득 학점 및 성적은 무시무시한 저공비행이라 과연 대학에 재적하는 의미가 있는 것인지 알 수 없었다. 그러나 본인은 그러거나 말거나 했다.

야채를 싫어하고 즉석식품만 먹기 때문에 안색이 어쩐지 달의 이면에서 온 사람 같아 심히 소름 끼친다. 밤길에 마주치면 열 중 여덟이 요괴로 착각한다. 나머지 둘은 요괴다. 약자에게 채찍을 휘두르고, 강자에게 알랑거리고, 제멋대로고, 오만하고, 태만하고, 청개구리 같고, 공부도 하지 않고, 자존심은 터럭만큼도 없고, 타인의 불행을 반찬으로 밥을 세 공기 먹을 수 있다. 칭찬할 점이 도무지 한 가지도 없다. 그를 만나지 않았더라면 나의 영혼은 더욱 맑았으리라.

그렇게 생각하면, 1학년 봄에 히구치 스승님의 제자로 들어간 것이 애초에 화근이었다고 하지 않을 수 없다.

꽃

당시 나는 솜털이 보송보송한 1학년이었다. 꽃이 다 져버린 벚나무 잎사귀가 푸릇푸릇 싱그러웠던 기억이 난다.

신입생이 대학 구내를 걷고 있으면 좌우지간 여기저기에서 전단을 억지로 밀어붙이는 터라, 나는 개인의 정보 처리 능력을 월등히 능가하는 전단을 들고 어찌할 줄 몰라 하고 있었다. 내용은 천차만별이었으나, 내가 흥미를 느낀 것은 다음 네 곳이었다. 영화 동아리 '계', '제자 구함'이라는 기상천외한 전단, 소프트볼 동아리 '포그니' 그리고 비밀 기관 '복묘반점'이다. 수상쩍음에 정도의 차는 있어도 모두 대학 생활이라는 미지의 세계로 통하는 문이었다. 나의 마음은 호기심으로 가득 찼다. 어느 것을 선택해도 재미있는 미래가 열릴 것이라 생각한 것은 손쓸 여지도 없는 얼간이였기 때문이다.

강의가 끝나고 나는 대학 시계탑으로 발걸음을 옮겼다. 많은 동아리가 신입생 환영 설명회 장소로 이동하기 전에 그곳에서 만나기 때문이다.

시계탑 주변은 샘솟는 희망에 볼이 발갛게 상기된 신입생들과 그것을 먹잇감으로 삼을 만반의 준비를 갖춘 동아리 선배들로 북새통을 이루고 있었다. 환상의 지보라 불리는 '장밋빛 캠퍼스 라이프'로 들어가는 입구가 지금 여기에 무수히 열려 있는 것 같아, 나는 반 몽롱한 상태로 걸었다.

내가 맨 먼저 발견한 것은 영화 동아리 '계'의 간판을 든 학생 몇 명이었다. 신입생 환영 상영회가 열린다고 그곳까지 안내해준다는 것 같다. 그러나 어쩐지 말을 붙일 결심이 서지 않아 나는 시계탑 앞을 돌았다. 걸으면서 손에 든 전단 중 하나를 찬찬히 읽었다.

커다란 글씨로 '제자 구함'이라고 쓰여 있다.

'그 천리안은 번잡한 기온 거리에서 마음에 둔 아가씨를 발견하고, 그 천리귀는 비와 호 수로에 벚꽃 떨어지는 소리도 놓치지 않도다. 장안 곳곳에 신출귀몰, 천지를 자유롭게 왕래하도다. 신국에 모르는 자 없고 두려워하지 않는 자 없으며 따르지 않는 자 없도다. 그가 바로 히구치 세이타로. 오라, 선재仙才를 감춘 젊은이여. 4월 30일, 시계탑 앞에 집합. 전화번호 없음.'

세상에 수상쩍은 전단이 수없이 많다 하나 이렇게 수상쩍은 전단은 또 없으리라. 허나 이런 불가사의한 세계에 굳이 뛰어들어 심담을 단련하고 다가올 영광스러운 미래에의 포석을 까는 것도 나쁘지 않으리라는 생각이 들었다. 향상심을 지니는 것은 나쁜 일이 아니나, 나아갈 방향을 잘못 잡으면 심각한 사태가 벌어진다.

내가 전단을 찬찬히 읽는데 "귀군" 하고 누가 불렀다. 뒤를 돌아보자 수상한 인물이 서 있었다. 대학 구내이건만 낡은 감색 유카타를 입고 엽궐련 연기를 몽개몽개 피우고 있는데 가지처럼 기다란 얼굴에는 수염이 까칠하게 돋아 있다. 학생인지 학생이 아닌지 확연치 않다. 천부의 수상쩍음을 아낌없이 발휘하는 한편으로 어딘지 모르게 고귀한 느낌도 들고, 빙긋 웃는 얼굴은 되레 귀염성이 있었다.

그 사람이 히구치 스승님이었다.

"전단 읽었나? 나는 제자를 구하고 있네."

"무슨 제자입니까?"

"이런이런. 그렇게 성급하게 본론에 들어가는 것이 아니야. 이쪽은 자네 선배다."

스승님 곁에 더럽게 불길하고 소름 끼치게 생긴 남자가 서 있었다. 섬세한 나에게만 보이는 지옥의 사자인가 했다.

"오즈라고 합니다. 잘 부탁합니다." 그가 말했다.

"선배라 해봤자 십오 분 빠를 뿐이네만."

히구치 스승님은 그렇게 말하고 껄껄 웃었다.

그 자리에서 바로 햐쿠만벤에 있는 술집으로 갔는데, 내가 스승님에게 얻어먹은 것은 그때가 처음이자 마지막이다. 음주에 익숙지 않았던 나는 심히 도를 지나쳤고, 히구치 스승님도 나와 같은 시모가모 유스이 장에 산다는 것을 알고 의기투합했다. 그 뒤 스승님의 다다미 넉 장 반에 굴러들어 오즈와 스승님과 셋이 영문을 알 수 없는 논의로 꽃을 피웠다.

처음에는 머리맡에 가만히 선 죽음의 신처럼 말수가 적던 오즈가 열심히 젖가슴론을 펼치기 시작했다. 우리 눈에 보이는 것은 진짜 젖가슴인가 가짜 젖가슴인가 하는 심오한 논의가 벌어지고 양자역학 등이 동원된 끝에 "존재하느냐 아니냐가 문제가 아니다. 믿느냐 믿지 않느냐다"라고 히구치 스승님이 심원한 말을 한 다음, 나는 의식을 잃었다.

그리하여 나는 히구치 스승님의 제자가 되고 오즈를 만났다.

내가 무슨 제자가 되었는가. 그것이 이 년이 지나도 밝혀지지 않은 것은 말할 필요도 없다.

～

히구치 스승님이라는 만만치 않은 인물을 상대하는 데 인내라든지, 겸허한 마음가짐이라든지, 예절 같은 어떤 고도의 재주가 필요하다고 생각한다면 착각도 이만저만이 아니다. 그런 훌륭한 것을 내세우고 그와 마주해봤자 개탄스러울 만큼 쌍방 모두 얻는 것이 없다. 스승님을 상대하는 데 없어서는 아니 될 것은 '진상품'이다. 요컨대 먹을 것과 기호품이다.

근년 스승님 댁에 드나드는 사람은 나와 오즈, 아카시 군 그리고 치과위생사인 하누키 씨뿐이었는데, 스승님은 우리가 가져가는 '진상품'으로 식생활의 90퍼센트를 충당하는 듯했다. 나머지 10퍼센트는 안개를 먹었으리라.

우리가 일제히 스승님과 연을 끊으면 스승님은 어떻게 할까. '먹을 것이 없으면 무슨 행동을 일으키겠거니' 생각한다면 뭘 모르는 것이다. 먹을 것이 없어도 결단코 행동을 일으키지 않고 당당하게 있는 것이야말로 스승님이 엄격한 자기단련 끝에 손에 넣은 무적의 경지이기 때문이다. 먹을 것이 없다고 허둥댈 것 같으면 불경기 및 학점 부족의 작금에 진즉 허둥대고 있었을 것이 틀림없다. 스승님은 그 정도로는 꿈쩍하지 않는다. 먹을 것을 얻기 위해 직접 움직이느니 아사도 마다하지 않을 것이라고 우리가 생각하게끔 하는 데에 스승님의 탁월한 기술이 있었다.

다만 우리가 먹을 것을 배달하지 않아도 스승님은 결단코 배를 굶주리는 일이 없지 않을까 하고 망상한 적이 있었다. 담배 연기를 내뿜는 것만으로 아사를 무한히 지연시키고 아사하는 것조차 잊는 선재가 있을 듯했다. 그 같은 경지에 도달한 학생은 흔치 않다.

히구치 스승님에게 무서운 것이 과연 있었을까. 잘 상상이 되지 않는다. 그러나 단 한 번, 히구치 스승님이 '무섭다'라고 한 적이 있었다.

스승님은 나에게 빌린 책을 돌려주지 않을 뿐 아니라 도서관에서 빌린 책도 돌려주지 않았다. 내가 대출 기한이 반년이나 지났다고 하자, 스승님은 "그래, 그래서 나는 '도서관 경찰'이 무섭다"라고 했다.

"도서관 경찰 같은 것이 있나?"

나는 오즈에게 물었다.

"그게 있지 뭡니까." 오즈는 겁에 질린 표정으로 말했다. "대출 기한이 지난 책을 어떤 비인도적 수단에 호소해서라도 강제적으로 회수하는 조직이 있습니다."

"거짓말 마라."

"거짓말입니다."

※

교토 시 사쿄 구 요시다 신사 참배길에서 오전 0시의 밀회.

요시다 신사는 합격을 기원하면 반드시 떨어진다는 이야기가 있을 만큼 영검한 신사다. 매년 많은 고등학생, 대학생이 이곳에서 합격을 기원했다가 재수 또는 유급의 고배를 마시고 비와 호 절반 분량의 쓰라린 눈물을 흘린다고 한다. 나는 요시다 신사를 공경하되 멀리해왔으나 그렇게 주의했는데도 흡사 손가락 사이로 모래가 새어나가듯 학점이 달아났다. 요시다 신사 영검하기가 참으로 무섭다.

학점 부족의 작금, 나는 요시다 신사에는 한 발짝도 들여놓고 싶지 않다. 그러나 이런저런 사정이 겹쳐 요시다 신사 참배길에서 심야의 밀회를 행하지 않으면 아니 되는 처지가 되고 말았다.

대학에 들어와 이 년이 지난 5월 말의 일이다.

낮에는 더우나 밤이 되니 밤공기가 선선했다. 대학 시계탑이 어둠 속에 빛나고 있을 뿐, 어둑어둑한 고노에 거리에 인적이 뜸했다. 이따금 심해 생물이 생각나는 야행성 학생이 지나갈 뿐이다.

이것이 순진한 검은머리 아가씨와 달콤한 심야의 밀회를 하는 것이라면, 요시다 신사 참배길에서 오도카니 홀로 상대방을 기다리는 정도는 못할 것도 없다. 그렇게 기다리는 행위에도 기쁨 반, 쑥스러움 반인 깊은 묘미가 있으리라. 허나 오늘 밤 이곳에 나타날 사람은 오즈다. 불쾌한 Y염색체를 가진 뱃속 시커먼 요괴다. 차라리 약속을 깨고 그냥 돌아갈까 했으나, 그렇게 되면 히구치 스승님을 볼 낯이 없어진다. 하는 수 없이 기다렸다. 오즈는 아이지마라는 동아리 선배에게 차를 빌려온다고 했다. 그가 누구에게도 폐를 끼치지 않는 자기완결적 사고를 일으켜 작은 고깃덩어리가 될 것을 상상하며 시간을 때웠다.

이윽고 작고 동글동글한 차가 히가시이치조 거리를 천천히 나아와 대학 정문 옆에 섰다. 안에서 검은 사람 그림자가 내리더니 이쪽으로 다가온다. 불행하게도 오즈였다.

"안녕하세요. 오래 기다렸습니까?"

그가 기쁜 듯이 말했다.

흡사 저 모퉁이를 돌아 지옥 1번지에서 온 듯한, 여느 때보다도 깊이 있는 얼굴인 것은 오늘 밤 계획이 몸서리나게 기대되기 때문이 틀림없다. 타인의 불행을 반찬으로 밥을 세 공기 먹을 수 있는 사내다. 오늘 밤의 극악무도한 파렴치 작전은 모두 그의 뱃속에서 나온 것이며 내 발안이 아님을 유의하라. 나는 그와 정반대의 인간이다. 성인이다. 군자다. 나는 스승님을 위해, 마지못해, 불가피하게 참가했을 뿐이다.

우리는 차에 올라타 남쪽으로 펼쳐진 복잡한 주택가로 들어갔다.

오즈는 차를 운전하며 신이 나 어쩔 줄 몰라 했다.

"햐, 아카시 군이 당최 승낙을 안 해주는 바람에 혼났습니다. 아카시 군도 의외로 인정머리가 있는 친구군요."

"제대로 된 인간 같으면 이런 계획에 가담하기 싫을 것이다. 나 역시 싫다."

"에이, 실은 좋으면서."

"좋을쏘냐. 스승님 명이라 하는 수 없이 가는 것이야. 그 점을 잊지 마라."

나는 맞받아쳤다. "너 알고 있는 거냐? 이건 범죄야."

"그런가?" 오즈는 그렇게 말하며 고개를 갸웃했는데, 제법 귀여운 것이 소름 끼쳤다.

"어엿한 범죄다. 불법침입, 절도, 유괴……." 나는 손가락을 꼽았다.

"유괴는 상대가 인간일 경우 아닙니까. 우리가 납치하는 건 러브돌이라고요."

"그렇게 까놓고 말하는 것이 아니야. 좀 더 오블라투에 싸서 이야기해라."

"말은 그렇게 하지만요, 속으로는 어떤 건지 보고 싶잖아요. 하루 이틀 알고 지낸 사이도 아닌데 제가 다 압니다. 보기만 하는 게 아니라 만져보고도 싶죠? 정말 구제불능 색골이라니까요."

오즈는 그렇게 말하고는 변명의 여지가 없을 만큼 추잡한 표정을 지었다.

"알았다. 나는 이만 가겠다."

내가 안전벨트를 풀고 문을 열려 하자, 오즈는 "에이, 참" 하고 비위를 맞추듯 말했다. "제가 잘못했습니다. 네? 기분 푸세요. 스승님을 위한 일 아닙니까."

＊

최초의 발단은 이미 역사의 어둠 속에 묻혀버렸으나, 히구치 스승님은 그 싸움을 '자학적 대리대리 전쟁'이라고 불렀다. 그 명칭에서는 뭔가 대단히 꼴사나운 싸움 같다는 것을 어렴풋이 알 수 있을 뿐이다.

약 오 년 전, 조가사키라는 인물과 히구치 스승님 사이에 심각한 갈등이 생겨 더러운 육즙으로 더러운 육즙을 씻는 듯한 꼴사나운 싸움이 시작되었다. 그 싸움이 지금도 이 일대에서 계속되는 것이다.

히구치 스승님이 이따금 생각난 듯 심술궂은 장난을 치면 조가사키 선배가 그에 보복하는 일이 되풀이되었다. 스승님의 제자가 된 역대 강자들은 모두 이 싸움에 휘말려 너무나도 무익한 짓거리에 인간으로서의 존엄을 짓밟혔다 한다. 나도 예외가 아니다. 물 만난 고기처럼 생기가 넘친 사람은 오즈뿐이다.

조가사키 선배는 원래 어느 영화 동아리를 이끌고 있었는데, 박사과정에 재적하면서도 은연한 세력을 자랑하고 있었다. 불행하게도 오즈가 그 동아리에 있었다. 작년 가을, 오즈는 갖은 책략을 동원해 조가사키 선배를 동아리에서 축출했다. 오즈는 심성이 썩은 놈이라 상당히 더러운 수단을 동원했다. 오즈는 같은 동아리의 아이지마라는 선배를 부추겨 쿠데타를 일으키게 했다고 한다. 조가사키 선배는 지금도 오즈가 뒤에서 조종했다는 사실을 전혀 모른 채 아이지마라는 인물을 자신의 실각을 가져온 주모자로 원망하고 있다.

실각 이후 남아도는 정력을 주체 못 하겠는지, 조가사키는 히구치 스승님에 대한 심술궂은 장난을 서서히 재개했다. 작은 마찰이 이어진 끝에 올 4월에 스승님이 애용하는 감색 유카타가 분홍색으로 물드는 참사가 벌어졌다. 히구치 스승님은 오즈에게 보복 작전 입안을 명했다. 오즈는 악의 참모로서 본연의 자질을 발휘해 변명의 여지가 없는 저질스러운 작전을 세웠다.

그것이 '가오리 씨 유괴'였다.

〜

조가사키 선배는 요시다 산 기슭 요시다시모오지초에 산다. 근년에 개축된 2층 연립주택인데, 근처에 대나무 숲도 있어 운치가 있었다. 나와 오즈는 야음을 틈타 차에서 내려 연립의 블록 담장 그늘에 숨었다. 흡사 지옥의 사자가 된 기분이었는데, 조가사키 선배 입장에서 보면 실제로 그러하리라. 그가 사랑하는 이를 잔인무도하게 가로채러 온 우리는 죽음의 신이라 불려도 할 말 없다.

오즈는 블록 담장 너머로 안을 엿보고 있었다. 조가사키 선배 방은 2층 남쪽 끝이다. 불이 아직 켜져 있었다.

"어라, 뭘 하는 걸까요? 조가사키 선배, 아직 방에 있군요."

오즈는 분한 듯이 말했다. "아카시 군, 약속을 안 지켜주면 곤란합니다."

"아카시 군에게 그런 불쾌한 역할을 맡기는 것이 아니야."

"무슨 소리입니까, 아카시 군도 히구치 스승님 제자인데 이 정도는 해줘야죠. 얼간이에 남녀 구별이 어디 있어요."

우리는 블록 담장 사이에 긴 골목에 우두커니 섰다. 가로등 불빛이 닿지 않는 어둠 속에서 꿈지럭대며 누가 보면 당장 경찰에 신고해 마땅한 수상쩍음을 마음껏 발산하고 있었다.

그렇게 몸을 맞붙이고 있으려니, 점점 오즈의 검은 육즙이 어둠 속으로 흘러나와 나의 몸에 배어드는 것만 같았다. 여기서 옆에 있는 사람이 검은머리 아가씨라면 어둠 속에서 몸을 맞붙이는 정도는 못할 것도 없다. 그러나 있는 사람은 오즈다. 어찌하여 이같이 불길하게 생긴 사내와 꼭 붙어 있어야 하는가. 내가 뭔가 잘못했다는 것인가. 나에게 책임이 있다는 것인가. 최소한 좀 더 동지를, 아니 검은머리 아가씨를 달라고 나는 생각했다.

"이거 또 일이 성가셔졌군요. 예정에 차질이 생기겠는데요."

"아카시 군이 이런 범죄에 가담할 리 없다. 오늘은 계획을 중지하자."

"그럴 수는 없습니다. 일부러 아이지마 선배한테 차까지 빌려왔는데 이제 와서 중지할 수는 없습니다."

오즈는 입술을 씰그러뜨리고 도마뱀붙이처럼 블록 담장에 들러붙어 있었다.

"그나저나 히구치 스승님과 조가사키 선배 사이에 대체 무슨 일이 있었다는 것인가? 왜 이런 무익한 싸움을 계속하는가? 그리고 왜 우리가 이런 일을 해야 하는가?"

나는 말했다.

"자학적 대리대리 전쟁입니다."

"그게 뭐냐?"

"글쎄요."

오즈도 고개를 갸웃했다. "그건 저도 모르겠군요."

"그렇게 아무도 이유를 모르는 싸움에 가담해서 귀중한 청춘시대를 허비해서야 쓰겠는가? 할 일이 그렇게 없는가?"

"이것도 인간으로서 한층 크게 성장하기 위한 수행입니다. 하지만 이런 어둠 속에 당신과 둘이 멀뚱히 서 있는 건 명백히 허비이긴 하군요."

"그건 내가 할 말이다."

"그렇게 무서운 눈으로 보면 싫어요."

"야, 들러붙지 마."

"외롭단 말이에요. 그리고 저녁 바람이 쌀쌀해요."

"요거, 요거, 외로움 타긴."

"꺄."

심심풀이로 어둠 속에서 의미 불명의 밀어를 주고받는 남녀를 모방하는 것도 이윽고 허무해졌다. 게다가 어쩐지 전에도 그런 짓을 했다는 생각이 들어 점점 더 갈 데 없는 노여움이 치밀었다.

"어이, 우리 전에도 이런 식으로 말다툼한 적 없었나?"

"했을 리 있습니까, 이런 얼간이 같은 짓거리를. 기시감이에요, 기시감."

오즈가 불현듯 몸을 재빨리 굽혔다. 나도 그에 따랐다.

"불이 꺼졌습니다."

어둠 속에서 숨을 죽이고 있으려니, 탕탕 발소리를 내며 남자가 계단을 내려와 자전거 세워두는 곳에서 스쿠터를 꺼냈다. 조가사키 선배는 전에 몇 번 본 적이 있는데, '자학적 대리대리 전쟁'처럼 실익 없는 싸움에 정력을 쏟느니 그 밖에 즐겁게 할 일이 많을 듯한, 물이 뚝뚝 떨어질 것처럼 잘생긴 남자다. 그에게서는 물이 폭포수처럼 쏟아지는데 우리 꼴은 무엇인가. 우리에게서 떨어지는 것은 더러운 육즙뿐이다.

"미남이군." 나는 신음했다.

"겉모습으로 판단하면 안 됩니다. 얼굴은 저렇게 생겨서 여자 젖가슴밖에 염두에 없다니까요."

"네놈이 남 말 할 처지냐."

"무슨 그런 실례되는 말을. 제 경우엔 젖가슴도 빼놓지 않고 체크한다고 해주세요."

우리가 담벼락에 들러붙어 젖가슴 이야기를 하는 줄도 모르고 조가사키 선배는 헬멧을 쓰고 스쿠터에 올라타 동쪽으로 달려갔다.

우리는 어둠 속에서 스르르 나와 연립 계단 쪽으로 갔다.

"얼마 동안은 안 올 겁니다." 오즈가 킥킥 웃었다.

"조가사키 선배는 어디 간 것인가?"

"시라카와 거리에 있는 가라후네야교토를 중심으로 영업하는 커피 전문점입니다. 배가 빵빵해지도록 커피를 마시면서 두 시간은 기다릴 테죠. 아카시 군이 안 올 것도 모르고. 어리석은 놈."

"너무하는군."

"자자, 얼른 시작하자고요."

오즈는 계단을 올라갔다.

그리하여 우리는 조가사키 선배의 주거에 불법침입 했는데, 우리에게 자물쇠 따는 재능이 있었던 것은 아니다. 조가사키 선배의 전 여자친구를 통해 오즈가 은밀히 입수한 여벌 열쇠가 있었던 것이다. 열쇠뿐만이 아니다. 오즈는 조가사키 선배의 사생활을 속속들이 알고 있었다. 조가사키 선배가 어느 여성과 서신을 왕래했을 때의 편지까지 갖고 있을 정도였다. '정보를 지배하는 자가 세상을 지배한다' 같은 거창한 말을 하는데, 실제로 오즈의 염마장에는 다양한 인물의 수치스러운 비밀이 헤이본샤 세계 대백과사전처럼 빽빽하게 적혀 있는 모양이다. 그것을 생각할 때마다 이렇게 비뚤어진 인물과는 한시라도 빨리 결별해야 한다는 초조감에 휩싸이곤 했다.

문을 여니 부엌과 다다미 넉 장 반쯤 되는 크기의 마루방이 있고, 안쪽에 유리문으로 구분된 방이 있었다. 오즈가 먼저 들어가 익숙한 손놀림으로 부엌 불을 켰다. 흡사 지겨울 정도로 이 방에 드나든 사람 같다. 내가 그렇게 말하자 오즈는 서슴없이 고개를 끄덕였다.

"동아리 선배니까요. 지금도 가끔 와서 하소연을 들어주곤 하는 걸요. 조가사키 선배는 하소연을 늘어놓기 시작하면 길어져서 곤란하다니까요."

오즈는 태연한 얼굴로 말했다.

"악당."

"책사라고 불러주세요."

과히 범죄 같은 행동은 하고 싶지 않았으므로 나는 신사적으로 문간에 머물렀다.

"얼른 이쪽으로 오세요."

오즈가 재촉했으나 나는 떡 버티고 섰다.

"네가 찾아 와라. 나는 여기서 움직이지 않겠다. 최소한의 예의다."

"새삼스럽게 무슨 말을 하는 겁니까. 이제 와서 신사인 척해봤자 소용없다고요."

얼마 동안 실랑이를 한 끝에 오즈는 포기하고 혼자 안으로 들어갔다. 어두운 방에서 부스럭대는가 싶더니 무슨 기구를 실수로 걷어차는 소리가 났다. 그러더니 '우효효' 하고 귀에 거슬리는 환성을 지르며 기뻐했다. "자, 가오리 씨, 부끄러워할 거 없어요. 조가사키 선배 같은 건 놔두고 나와 함께 가자고요"라며 놀고 있다.

이윽고 오즈가 부엌으로 안고 나온 여성을 보고 나는 어안이 벙벙했다.

"가오리 씨입니다."

116

오즈가 소개했다. "아이고, 그나저나 이렇게 무거울 줄이야. 예상 밖인데요."

⚛

세상에 속칭 더치와이프라는 가슴 아픈 물건이 존재한다는 것은 많이들 알고 있으리라. 나도 알고 있었다. 그에 대한 나의 기본적 인식은 가련한 사내가 불가피한 충동에 휩싸여 무심코 사버리고 후회하며 목메어 운다는, 심히 편견에 사로잡힌 것이었다.

5월에 들어 조가사키 선배가 이 더치와이프를 은밀히 갖고 있다는 정보를 오즈가 입수해 왔다. 오즈는 게다가 여느 것과는 수준이 다른, 수십만 엔씩이나 하는 최고급 실리콘 제품이라고 역설했다. 요새는 '러브돌'이라 부른다는 해설까지 덧붙였다.

그때까지 권좌를 차지했던 동아리에서 추방당하고 동시에 여자 친구까지 잃는 바람에 실의의 늪에 빠져 있던 조가사키 선배가 외로움을 견디지 못하고 그만 거금을 들여 구입한 것이라면 다소 무리가 있어도 그나마 조리는 선다. 그러나 그렇지 않았다. 조가사키 선배는 최소한 이 년 전부터 그것을 소지하고 있었던 모양이다. 그러면서 인간 여인에게도 손을 댔으니 어떤 의미에서는 철저한 러브돌 애호가라 할 수 있으리라. 나로서는 다소 상상하기 힘든 일이었다.

"그건 인형을 소중히 대하며 지낸다는 데 의미가 있는 겁니다. 그러니 여성과 사귀는 것과는 별문제예요. 당신처럼 성욕 처리를 위한

도구로만 보는 미개인은 이해 못 하겠지만 대단히 고상한 사랑의 형
태입니다."

오즈가 하는 말이다 보니 나는 처음부터 믿지 않았다.

그런데 그날 밤, 오즈가 안쪽에서 끌어낸 인형 가오리 씨는 도무
지 인형 같지 않게 아름답고 가련했다. 검은머리는 깔끔하게 빗어
넘겼고 칼라가 달린 품위 있는 옷을 입었다. 꿈꾸는 듯한 눈빛으로
나를 바라보았다.

나는 나도 모르게 "그것인가!" 하고 감탄했다. 오즈가 "쉿, 목소리
가 큽니다"라며 입술에 손가락을 댔다. 그리고는 "보세요, 이 사람
이에요. 잘못하면 반하겠죠?"라고 자랑스럽게 말했다.

제법 무게가 나가는 듯 오즈는 고생해서 그녀를 부엌 바닥에 뉘
였다. 누워 있는 청초한 미녀 곁에 추잡하고 괴상망측한 요괴가 쭈
그리고 앉아 있는, 쇼와 초기의 엽기소설 삽화 같은 광경이 눈앞에
전개되었다.

"자, 이걸 차까지 운반해야죠."

오즈는 추잡한 겉모습에 비해 사무적으로 말하고는 나에게 가오
리 씨의 몸을 들라고 재촉했다.

그녀는 얼굴이 예뻤다. 피부는 인간의 피부와 색이 똑같은 데다
살그머니 손을 대보니 탄력이 느껴졌다. 머리는 정성스레 손질했고
복장도 흐트러진 데 없이 단정하게 갖추었다. 흡사 태생이 고귀한
여성 같았다. 그러나 그녀는 미동도 하지 않았다. 어디 먼 곳에 시선
을 둔 순간 얼어붙은 사람 같았다.

보다 보니 야릇한 기분이, 아니, 노여움이 뭉게뭉게 치밀었다.

조가사키 선배와 개인적인 면식은 없으나, 여기 있는 것은 대단히 폐쇄적이기는 해도 고상한 형태의 사랑임을 인정하지 않을 수 없었다. 가오리 씨의 기품 있는 표정은 어떠한가. 결단코 배덕적인 생활에 혼이 나간 표정이 아니다. 정성스럽게 빗은 머리도, 단정히 갖춘 품위 있는 옷도 조가사키 선배의 애정이 얼마나 깊은지를 보여주었다. 오즈처럼 이것을 성욕 처리를 위한 도구로만 보는 미개인은 이해하지 못하겠지만, 조가사키 선배와 가오리 씨가 만든 이룬 이 섬세 미묘한 세계를 망가뜨리는 것은 설사 스승님의 명이라 해도 인간으로서 용납될 수 없는 무도막심한 일이다. 가오리 씨를 가져간다니 언어도단이다.

지금까지 히구치 스승님의 가르침을 단 한 번도 거스르지 않고 냉이조차 자라지 않는 불모의 길을 당당하게 걸어왔으나, 이같이 잔혹한 행위를 인정할 수는 없는 노릇이었다. 아아, 스승님, 저는 못 하겠습니다.

나는 신바람이 나서 가오리 씨를 건드리려 하는 오즈의 멱살을 거머쥐었다.

"하지 마라."

"왜요?"

"가오리 씨에게 손대면 내가 용서치 않겠다."

나는 말했다.

조가사키 선배여, 이대로 고개를 꼿꼿이 들고 당신의 길을 걸어

라. 당신 앞에 길 없고 당신 뒤에 길 생긴다. 나는 속으로 뜨거운 성
원을 보냈다. 물론 가오리 씨에게도.

≋

그날 밤, 나는 수수께끼의 작은 동물처럼 깩깩 비명을 지르며 저
항하는 오즈를 끌고 시모가모 유스이 장으로 돌아왔다.
내가 기거하는 곳은 시모가모 이즈미가와초에 있는 시모가모 유
스이 장이라는 하숙이었다. 일설에 따르면 막부 말기의 혼란기에 불
에 탔다 재건된 이래로 바뀐 데가 없다고 한다. 창문으로 불빛이 새
어나오지 않으면 폐허로 착각해도 도리가 없다. 갓 입학했을 무렵,
대학 생협의 소개로 이곳을 찾아왔을 때 길을 잃고 구룡성에 들어온
줄 알았다. 지금 당장이라도 폭삭 주저앉을 것 같은 3층 목조 건물
은 보는 이를 불안하게 하는 노후함이 이미 중요문화재의 경지에 달
해 있다 해도 과언이 아니나, 이곳이 소실된다고 아쉬워할 사람이
아무도 없을 것은 상상하기 어렵지 않다. 동쪽 옆에 사는 집주인조
차 되레 속시원해할 것이 틀림없다.
이미 초목도 잠든 심야였다.
바로 오즈와 함께 계단을 올라갔다. 나는 1층 110호에 살고, 히구
치 스승님은 2층 맨 안쪽 210호에 산다.
복도에 면한 문 상부의 작은 창문으로 환한 불빛이 새어나오는
것을 보면, 선배는 우리가 작전을 순조롭게 성공시키고 돌아오기를

기다리는 모양이었다. 솔직히 선배의 기대를 저버리고 '대리 전쟁'을 중도 포기한 것을 생각하면 괴로웠다. 선배가 좋아할 만한 것을 바쳐 비위를 맞춰야겠다.

문을 열자 히구치 스승님과 아카시 군이 마주 보고 정좌하고 있었다. 스승님이 제자에게 훈계하는 중인가 싶었는데, 훈계하는 사람은 아카시 군인 모양이다. 우리가 빈손으로 들어오는 것을 보고 아카시 군은 안심한 것 같았다.

"그 계획, 중지했군요?"

나는 말없이 고개를 끄덕였다. 오즈는 퉁퉁 부어 있다.

"오, 제군. 어서 오게."

히구치 스승님은 궁둥이를 옴찔거리며 말했다.

나는 오즈를 밀쳐내고 경위를 설명했다.

히구치 스승님은 고개를 가볍게 끄덕이고 엽궐련을 꺼내 연기를 왈칵 내뱉었다. 아카시 군도 스승님에게 받은 엽궐련을 왈칵 피웠다. 어쩐지 우리가 없는 새에 둘이 말다툼을 벌였고, 뿐만 아니라 아카시 군의 압도적 우세로 끝난 듯 보였다.

"뭐, 오늘 밤은 그것으로 됐다."

스승님은 말했다. 오즈가 불평하자 스승님은 "닥쳐라"라고 일갈했다.

"일에는 한도라는 것이 있는 법. 유카타가 분홍색으로 물든 것은 분명히 근년에 보기 힘든 통한사痛恨事였다. 허나 그렇다고 지난 몇 년 간 양호한 관계를 유지해온 조가사키와 가오리 씨를 비열한 수단

121

으로 떼어놓는 것은 너무나도 잔혹한 보복이라 하지 않을 수 없다. 설령 가오리 씨가 인형이라 해도 말이다."

"어라, 스승님. 저번하고 말씀이 전혀 다릅니다만."

오즈가 반박하자 아카시 군이 "오즈 선배는 가만히 계세요"라고 했다.

"어쨌거나" 하고 히구치 스승님은 말을 이었다. "이 일은 나와 조가사키가 계속해온 싸움의 규칙에서 일탈된다. 뿐만 아니라 땅에 발이 붙지 않는 가벼움을 획득하여 천지를 자유롭게 왕래하려는 우리의 대목표에서도 일탈된 행위라 해야 할 것이다. 나도 잠깐 유카타 때문에 이성을 잃었구나."

그러고 스승님은 담배 연기를 있는 힘껏 내뱉었다.

"이러면 되겠나?"

스승님이 아카시 군에게 물었다.

"괜찮겠죠."

그녀는 고개를 끄덕였다.

이리하여 '가오리 씨 유괴' 계획은 취소되었다. 오즈는 다른 세 사람의 냉랭한 시선을 받으며 허둥지둥 돌아갈 준비를 했다. "내일 밤에 카모 강 델타에서 동아리 모임이 있습니다. 아, 바쁘다, 바빠." 오즈는 어육 완자처럼 뽀롱뽀롱 화를 내며 분풀이로 그런 말을 했다.

"오즈 선배, 죄송하지만 저 내일 못 가요."

아카시 군이 말했다. 그녀는 오즈의 동아리 후배였다.

"왜?"

"리포트 준비를 해야 하거든요. 자료를 찾아야 해요."

"공부가 중요해, 동아리가 중요해?"

오즈는 거들먹거리며 설교했다. "꼭 나오도록."

"싫어요."

아카시 군은 딱 부러지게 말했다.

오즈는 할 말이 없는 모양이었다. 히구치 스승님은 히죽거리고 있었다.

"귀군은 재미있군."

스승님은 그렇게 아카시 군을 칭찬했다.

≈

'가오리 씨 유괴 미수' 사건이 있고 이튿날 저물녘이었다.

여름 같은 무더위가 겨우 누그러져 선선한 바람이 불기 시작한 산조 큰다리를 걸으며 나는 지난 이 년간 있었던 이런 일 저런 일을 생각했다. 그때 그렇게 하지 않았더라면 싶은 일은 수도 없이 많았으나, 역시 그 시계탑 앞에서 히구치 스승님을 만난 것이 결정적이었다는 생각은 확고했다. 그곳에서 만나지만 않았더라면 잘은 몰라도 어떻게든 되었을 것이다. 영화 동아리 '계'에 들어갈 수도 있었고, 그것이 아니면 소프트볼 동아리 '포그니', 혹은 비밀 기관 '복묘반점'도 후보에 있었다. 어느 쪽을 선택했든 지금보다는 유의미하고 건강한 인간이 되었으리라는 생각이 들었다.

땅거미가 내린 거리의 불빛이 그런 생각에 더욱 박차를 가했다. 나는 어쨌거나 선배에게 바칠 거북 수세미를 입수하기 위해 산조 큰다리 서쪽에 있는 고풍스러운 수세미 가게에 들어섰다.

히구치 스승님에게 전수받은 지식에 따르면, 거북 수세미는 지금으로부터 백 년도 더 전에 니시오 상점에서 판매한 것이 효시다. 재질은 일반적으로 야자열매나 종려나무의 섬유다. 스승님 말로는, 2차 세계대전 직후의 혼란기에 니시오 상점의 수법을 훔친 의과대학 학생이 대만에 생식하는 특수한 종려나무의 섬유를 입수해 거북 수세미를 제작, 판매했다. 강인하고 상상을 초월하게 미세한 섬유가 반데르발스 힘에 의해 오염 성분과 분자 결합하기 때문에, 힘 주지 않고 가볍게 갖다대기만 해도 그 어떤 더러움도 제거할 수 있다는 매혹의 주방 최종병기다. 더러움이 너무나도 쉽게 제거되는 탓에 세제 판매까지 제거될 것을 두려워한 기업에서 압력을 가하는 바람에 대대적으로 판매되지는 않는다. 하지만 그런 수상쩍은 거북 수세미가 지금도 은밀히 제조된다고 한다.

스승님이 사는 다다미 넉 장 반은 더럽기가 눈 뜨고 볼 수 없을 지경이다. 그중에서도 개수대의 더러움은, 규중처자는 보기만 해도 졸도할 것이라 보증한다. 개수대 한구석에서 일찍이 지구상에 존재하지 않았던 생명체가 은밀히 자체적으로 진화하고 있을 것 같다고 지적하자, 스승님은 청소를 하려면 그 고급 거북 수세미가 필요하다며 무슨 일이 있어도 반드시 구해와라, 아니면 파문이라고 했다.

차라리 파문해달라는 말은 하지 않았다.

그리하여 나는 거북 수세미가 잔뜩 있는 그 가게를 찾아간 것이었는데, 환상의 수세미에 관해 머뭇머뭇 설명하는 새에 점원의 얼굴에 점점 쓴웃음이 떠올랐다. 당연할 것이다. 나 같아도 웃는다.

"글쎄요, 그런 건 없는데요."

점원은 말했다.

쓴웃음을 피해 달아나듯 번잡한 산조 거리로 나섰다.

가오리 씨 유괴도 실패했는데 차라리 자체 파문당할까.

거기서 가와라마치 거리를 향해 슬렁슬렁 걸었다. 과거에 모의를 꾀하던 떠돌이 무사들을 신센구미가 습격했다는 유명한 파친코 가게 앞을 지나갔다. 왜 떠돌이 무사들이 일부러 파친코 가게를 골라 모의를 꾀했는지는 풀리지 않는 수수께끼1864년에 존왕양이파가 잠복해 있던 이케다야 여관을 신센구미가 습격한 사건을 말한다. 이케다야 자리에 현재 파친코 가게가 있다다.

이대로 시모가모 유스이 장으로 돌아갈 수는 없는 노릇이었다. 환상의 수세미는 구하지 못했어도 뭔가 스승님의 언짢은 심기를 달랠 수 있는 것을 입수해야 한다. 쿠바산 고급 엽궐련은 어떨까. 아니면 니시키 시장에서 맛있는 어패류라도 사들고 가야 하나.

나는 심히 고민하며 휘청휘청 가와라마치 거리를 남하했다. 밤이 되어오며 다짜고짜 들뜨기 시작한 주위 분위기가 나의 짜증에 박차를 가했다.

헌책방 '아미 서점'에 들러 책을 사기로 했다. 안으로 들어가 서가를 물색하기 시작하자마자, 삶은 문어처럼 생긴 주인이 웃지도 않고 "문 닫을 거니까 나가라, 나가, 나가"라며 흡사 내가 독충이라도 되는 듯 다그쳤다. 나름대로 자주 드나드는 손님이건만 조금도 편의를 봐주지 않는 것은 분통터지면서도 훌륭한 일이나, 분통터지는 일이라는 점은 변함없었다.

갈 곳을 잃은 나는 건물과 건물 사이를 지나 기야마치로 향했다.

오늘 저녁, 오즈는 동아리 모임이 있다고 했다. 녀석은 지금쯤 귀여운 후배들에게 둘러싸여 재미 보고 있을 텐데, 나는 히구치 스승님의 망상의 소산인 괴상망측한 거북 수세미를 찾는 데도 실패하고 안식의 땅이라 할 헌책방에서도 쫓겨나 번화한 거리를 홀로 고독하게 걷고 있었다. 불공평하기 그지없지 않나.

다카세 강에 놓인 작은 다리 입구에 퉁퉁 부어 서 있으려니, 기야마치를 오가는 사람들 가운데 하누키 씨의 얼굴이 보였다. 나는 허둥지둥 담뱃불이 붙지 않아 애먹고 있는 행인으로 분扮하고 얼굴을 감추었다.

하누키 씨는 히구치 스승님 댁에 드나드는 수수께끼의 치과 위생사다. 그녀가 무엇을 찾아 기야마치 일대를 배회하는지 확실치는 않으나 십중팔구 에틸알코올이리라. 거리에서 우연히 하누키 씨를 만난 적이 딱 한 번 있었다. 나는 서부극에서 말 탄 무법자에게 밧줄로 묶여 땅바닥을 질질 끌려가는 약해빠진 인간처럼 기야마치에서 폰토초까지 종횡무진으로 끌려 다니다가 정신을 차려보니 에비스가와 발전소 옆에 혼자 엎어져 있었다. 여름이었으니 망정이지, 겨울이었더라면 헐벗은 가로수 밑에서 동사했을 것이다. 여기서 깩소리도 못 하고 지옥의 엔드리스 나이트에 끌려 들어가 커피 소주로 반

죽음되는 것은 사양이다. 나는 고개를 움츠리고 하누키 씨의 시선을 피했다.

그녀를 무사히 지나친 뒤 안도의 한숨을 내쉬기는 했으나 그렇다고 갈 데가 있는 것은 아니었다.

자체 파문의 유혹에 진지하게 사로잡히기 시작했을 때, 나는 그 노파를 만났다.

━━━━

술집과 유흥업소가 늘어선 가운데 어두운 민가가 몸을 움츠리듯 서 있었다.

처마 밑에 하얀 천을 덮은 작은 대를 앞에 놓고 노파가 앉아 있었다. 점쟁이다. 대 아래로 늘어뜨린 갱지는 의미를 알 수 없는 한자의 나열로 메워져 있었다. 작은 제등 같은 조명의 주황색 불빛이 비추는 노파의 얼굴은 묘한 박력이 감돌았다. 완전히 길 가는 사람의 영혼을 노리며 입맛을 다시는 요괴다. 점을 봐달라고 했다가는 수상쩍은 노파의 그림자가 들러붙어 하는 일마다 족족 실패하고, 기다리는 사람은 오지 않고, 잃어버린 물건은 찾지 못하고, 누워서 떡 먹기인 과목에 낙제하고, 제출 직전인 졸업논문이 자연발화하고, 비와 호수로에 빠지고, 시조 거리에서 유인 판매에 걸려드는 등 온갖 불행을 당할 것이다. 그런 망상에 탐닉하며 빤히 쳐다봤으니, 이윽고 노파도 알아차렸는지 땅거미 속에서 눈을 빛내며 나를 봤다. 그녀가 발산하는 요기가 나를 사로잡았다. 정체를 알 수 없는 요기는 설득력이 있었다. 나는 논리적으로 생각했다. 이 정도 요기를 무료로 방출하는 사람의 점이 들어맞지 않을 리 없다고.

세상에 태어난 지 이제 곧 사반세기이건만 지금까지 타인의 의견에 겸허하게 귀를 기울인 적은 손가락으로 헤아릴 수 있을 정도다. 그 때문에 걷지 않아도 됐을 가시밭길을 구태여 선택했을 가능성이 있지 않나. 좀 더 일찍 자신의 판단력에 대한 기대를 접었더라면 나의 대학 생활은 지금 같은 모양새가 아니었을 것이다. 히구치 스승님 같은 정체불명 괴인의 제자가 되지도 않고, 심지가 미로처럼 꾸불꾸불한 오즈라는 인물을 만나지도 않고, 이 년을 허비하지도 않았을 것이다. 좋은 벗, 좋은 선배를 만나 넘치는 재능을 마음껏 발휘해서 문무겸전하고, 당연한 귀결로서 곁에는 아름다운 검은머리 아가씨, 눈앞에는 휘황찬란한 순금 미래, 잘만 하면 환상의 지보라 불리는 '장밋빛이고 유의미한 캠퍼스 라이프'를 이 손에 거머쥐었으리라. 나쯤 되는 인간이라면 그런 운명도 전혀 이상할 것 없다.

그래.

아직 늦지 않았다. 가급적 신속하게 객관적 의견을 청해 응당 있을 수 있어야 하는 다른 인생으로 탈출하자.

나는 노파의 요기에 빨려들듯 발을 내디뎠다.

"학생, 뭘 알고 싶으신지?"

노파는 입속에 솜을 물고 있는 것처럼 우물우물 말하는 탓에 한층 신통함이 느껴졌다.

"글쎄요, 뭐라 말해야 좋을지."

내가 뒷말을 잇지 못하자 노파는 미소를 지었다.

"얼굴을 보면 매우 초조해하시는 걸 알겠군요. 불만이시죠? 재능을 살리지 못하시는 것처럼 보이는데요. 지금 환경이 당신에게 어울리지 않는 것 같네요."

"네, 맞습니다. 정말 그렇습니다."

"잠깐 볼까요?"

노파는 나의 두 손을 잡고 들여다보며 고개를 끄덕였다.

"흠, 당신은 대단히 성실하고 재능 있는 분 같군요."

노파의 혜안에 나는 일찌감치 탄복했다. 능력 있는 매는 발톱을 감춘다는 속담처럼, 겸허한 마음으로 아무도 모르게 감추고 살아온 탓에 지난 몇 년간 나 자신도 어디 있는지 알 수 없었던 나의 양식과 재능을 만난 지 오 분도 되지 않아 찾아내다니 역시 예사 사람이 아니다.

"좌우지간 호기를 놓치지 않는 것이 중요합니다. 호기는 좋은 기회를 말해요, 아시겠어요? 다만 호기는 잡기가 워낙 쉽지 않아서 말이죠. 호기 같지 않은 것이 실은 호기일 때가 있는가 하면 그야말로 호기처럼 보였는데 나중에 보니 전혀 그렇지 않더라 할 때도 있답니다. 하지만 당신은 그 호기를 잡아 행동에 나서셔야 해요. 당신은 장수하실 것 같으니 언젠가는 호기를 잡으실 수 있겠죠."

요기에 걸맞게 참으로 심원한 말이다.

"그렇게 한량없이 기다릴 수는 없습니다. 지금 그 호기를 잡고 싶습니다. 좀 더 구체적으로 가르쳐주실 수 없겠습니까?"

내가 물고 늘어지자 노파는 주름진 얼굴을 가볍게 일그러뜨렸다. 오른쪽 뺨이 간지러운가 생각했는데 아무래도 미소를 지은 모양이었다.

"구체적으로 말씀드리기가 쉽지 않습니다. 제가 이 자리에서 말씀드려도 그것이 이윽고 운명의 변전으로 인해 호기가 아니게 되는 일도 있는데, 그렇게 되면 당신에게 송구스럽지 않겠습니까. 운명은 시시각각 변하니까요."

"하지만 지금 이대로는 너무 막연합니다."

내가 고개를 갸웃하자 노파는 콧김을 훗흐응 내뿜었다.

"좋습니다. 너무 먼 앞날의 일은 말씀드리지 않겠지만 이제 곧 있을 일은 말씀드리죠."

나는 귀를 아기 코끼리 덤보처럼 크게 키웠다.

"콜로세움."

노파가 느닷없이 속삭였다.

"콜로세움? 그게 뭡니까?"

"콜로세움이 호기의 증표라는 말입니다. 당신에게 호기가 도래했을 때 그곳에 콜로세움이 있을 거예요."

노파는 말했다.

"저보고 로마에 가라는 말씀은 아니시겠죠?"

내가 물어도 노파는 히죽거릴 뿐이었다.

"호기가 찾아오면 놓치지 마세요, 아시겠어요? 호기가 찾아왔을 때 막연히 똑같은 행동을 하시면 안 됩니다. 과감하게 지금까지와는 전혀 다른 방식으로 그것을 잡아보세요. 그러면 불만이 사라지고 당신은 다른 길을 걸으실 수 있겠죠. 거기에 또 다른 불만이 있을지라도 말입니다. 당신이라면 잘 아시겠지만요."

전혀 알 수 없었으나 고개를 끄덕였다.

"혹시 그 호기를 놓치더라도 심려하실 필요는 없습니다. 당신은 훌륭하신 분이니 필시 언젠가 호기를 잡으실 수 있을 테죠. 저는 압니다. 조급하게 생각하지 않으셔도 됩니다."

노파는 그런 말로 점을 끝맺었다.

"감사합니다."

나는 머리를 숙여 인사하고 요금을 지불했다. 일어나 돌아서니 어느새 아카시 군이 등 뒤에 서 있었다.

"길 잃은 어린 양 놀이예요?"

그녀는 말했다.

≈

아카시 군은 작년 가을 무렵부터 히구치 스승님 댁에 드나들기 시작했다. 오즈와 나에 이어 히구치 스승님의 세 번째 제자다. 오즈가 소속된 동아리 후배이자 오즈의 오른팔이라 했다. 그런 경위로 오즈와 끊기 힘든 연을 맺게 되어 그녀는 히구치 스승님의 제자가 됐다.

아카시 군은 나보다 한 학년 후배고 공학부 소속이었다. 말을 워낙 거침없이 하기 때문에 주변 사람들에게 경원당하는 것 같다. 곧은 검은머리를 짧게 치고, 사리에 맞지 않는 일이 있으면 미간에 주름을 잡으며 반론했다. 눈초리가 다소 냉랭한 구석이 있다. 그리 쉽사리 약한 면을 드러내지 않는 여성이었다. 어쩌다 오즈 같은 사내와 친하게 지내는 신세가 되었는가. 어쩌다 히구치 스승님의 다다미 넉 장 반에 드나들게 되었는가.

그녀가 1학년 때 여름이었다. 동아리의 동기가 "아카시는 주말에 한가할 때 뭐 해?"라고 헤실헤실 물었다.

아카시 군은 상대를 보지도 않고 대답했다.

"왜 너한테 그런 걸 말해야 하는데?"

그 뒤로 아카시 군에게 주말 계획을 묻는 자는 없어졌다고 한다.

나는 그 이야기를 나중에 오즈에게 들었는데, '아카시 군, 이대로 자네의 길을 질주해라!'라고 마음속으로 뜨거운 성원을 보낸 것은 말할 필요도 없다.

그런 중세 유럽의 성채 도시처럼 견고한 그녀에게도 약점이 딱 하나 있었다.

작년 초가을, 그녀가 히구치 스승님 댁에 막 드나들기 시작했을 때였다. 시모가모 유스이 장 현관에서 그녀와 마주쳐 함께 스승님을 방문하기 위해 계단을 올라갔다.

아카시 군이 나의 앞을 걷고 있었는데, 전시 중의 검열관처럼 의연하게 몸을 꼿꼿하게 펴고 있던 그녀가 '꾸에에엑' 하고 만화 같은 소리를 지르며 계단에서 떨어졌다. 나는 신속하고 적확하게 그녀를 받았다. 바꿔 말하면 미처 피하지 못하고 직격당했다. 그녀는 머리를 헝클어뜨리며 나에게 매달렸다. 나는 자세를 유지하지 못해 둘이 1층 복도까지 굴러떨어졌다.

힘없이 날갯짓하는 나방이 머리 위를 비실비실 날아갔다. 계단을 올라가는 중에 그 커다란 나방이 아카시 군의 얼굴에 찰싹 들러붙은 모양이다. 그녀는 세상에서 나방만큼 무서운 것이 없었다.

"무능했어요, 무능했어요."

그녀는 유령이라도 본 사람처럼 창백한 얼굴로 와들와들 떨며 몇 번씩 그렇게 말했다. 시종 견고한 외벽으로 몸을 감싸고 있던 사람이 약한 면을 드러냈을 때의 매력이란 필설로 다할 수 없다. 선배로서 분별 있게 처신해야 할 내가 하마터면 사랑에 빠질 뻔했다.

"무능했어요"라고 헛소리처럼 되뇌는 그녀를 "쯧쯧, 이만 진정하지" 하고 신사답게 위로했던 기억이 있다.

≋

내가 걸으며 환상의 거북 수세미 이야기를 하자, 아카시 군은 눈살을 찌푸리며 신음했다.

"히구치 스승님도 참 까다로운 요구를 하시는군요."

"필경 가오리 씨를 유괴하지 못한 것이 마음에 들지 않았겠지."

내가 말하자 아카시 군은 고개를 흔들었다.

"아닐걸요. 그건 히구치 스승님답지 않은 일이에요. 제가 어젯밤에 그렇게 말씀드렸더니 스승님도 반성하셨어요."

"그럴까."

"선배는 유괴를 단념하셨죠. 만약 거기서 단념 안 했으면 저는 선배를 진심으로 경멸할 수밖에 없을 거예요."

"하지만 자네도 오즈에게 협조해서 조가사키 선배를 꾀어내지 않았나."

"아뇨, 저는 결국 안 했어요. 스승님이 전화하신 거예요."

"그랬군."

"그런 일을 해서 어둡고 언짢은 기분이 들면 애초에 스승님의 가르침에 반하는 일이죠."

"자네가 말하니 설득력이 있군그래."

내가 말하자 그녀는 쓴웃음을 지었다. 가지런하게 자른 짧은 검은 머리를 시원스럽게 찰랑이며 걷는 자태가 경쾌하고 씩씩했다.

"유괴에도 실패하고 수세미도 찾아내지 못했으니 드디어 파문이려나."

나는 말했다.

"아뇨, 포기하기는 아직 일러요."

그렇게 말하더니 아카시 군은 앞장서서 걷기 시작했다. 늠름하고 자신에 찬 걸음걸이가 흡사 셜록 홈스 같다. 의지할 분은 홈스 선생님뿐입니다 하고 베이커 거리 사무소에서 애원하는 의뢰인처럼 나는 그녀를 따라갔다.

"전부터 이상했는데 히구치 스승님하고 조가사키 선배 사이에 무슨 일이 있었을까요?"

기야마치에서 가와라마치로 이어지는 골목을 걸으며 그녀는 고개를 갸웃거렸다.

"조가사키 선배는 원래 자네 동아리 선배 아닌가. 자네는 아무것도 모르나?"

"전혀 모르는데요."

"나도 자학적 대리대리 전쟁이라는 말밖에 모른다."

"어지간히 못 잊을 일이 있었나 보죠."

그런 말을 주고받던 중에 그녀는 걸음을 멈췄다. 아까 내가 찾아왔던 헌책방 '아미 서점'이었다.

깐깐해 보이는 주인은 가게 문을 닫을 준비를 하고 있었으나, 아카시 군을 보더니 얼굴에 웃음기가 왁 번졌다. 삶은 문어 같던 영감탱이가 가구야 아가씨를 발견한 대나무 베는 할아버지대나무 장수 노인이 대나무에서 조그마한 아이를 발견해 키운다는 전래동화 '다케토리모노가타리'에 비유처럼 노골노골해졌다. 그녀는 헌책 시장에서 아미 서점의 가게 보기 아르바이트를 한 것을 계기로 주인과 친해져, 가와라마치 거리에 오면 들러 잡담을 나누곤 한다고 했다. 그나저나 아미 서점 주인은 녹은 마시멜로처럼 노골노골해지기가 가히 상궤를 벗어났다. 조금 전에 나를 쫓아냈을 때 태도와는 천양지차다.

내가 가와라마치 거리에 면한 진열장 속의 우에다 아키나리 전집 등을 구경하는 동안 그녀는 아미 서점 주인과 말을 주고받았다. 흠흠 고개를 끄덕이며 듣고 있던 대나무 베는 영감은 이윽고 미안한 듯 고개를 흔들었다. 그러더니 가와라마치 거리 서쪽을 가리키며 그녀에게 뭐라 고했다.

"여기는 안 되겠어요. 다른 데로 가죠."

아카시 군은 그렇게 말하고 거북 수세미를 찾는 여행의 방향을 가와라마치 이서以西로 틀었다.

가와라마치 거리를 건너 다코야쿠시 거리를 서쪽으로 가 저물녘의 북적이는 신교고쿠로 들어섰다. 그녀는 신교고쿠에서 데라마치로 이어지는 골목으로 접어들어 처마 밑에 헌 여행가방이며 전등이 진열된 고물상으로 성큼성큼 들어갔다. 내가 가게 한구석에서 양철 잠수함 모형 등을 만지작거리며 놀고 있는 사이에 아카시 군은 '거북 수세미에 관해 알지도 모르는' 니시키 시장의 잡화점 이름을 알아냈다.

유유낙낙 뒤따라가니, 그녀는 니시키 시장 서단 부근에 있는 어둡고 복작복작한 잡화점으로 들어가 주인 부부와 몇 마디 주고받은 뒤, 이번에는 붓코지 거리에 면한 잡화점 주인이라면 알지도 모른다는 정보를 입수했다.

날 저무는 시조 거리를 건너 남하하다가 붓코지 옆을 지나 이번에는 동쪽으로 걸어갔다. 시조 거리 부근과는 달리 이곳은 길 가는 사람도 그리 많지 않고 조용했다.

셔터를 반쯤 내린 잡화점이 있었다. 그녀는 어두운 가게 안에 고개를 들이밀고 "실례합니다"라고 했다. 니시키 시장의 잡화점 이름을 댄 덕에 이야기가 순조롭게 풀린 것 같았다. 나도 부르기에 안으로 들어갔다.

비좁고 어두운 봉당에 온갖 잡동사니가 발 디딜 틈 없이 놓여 있었다. 두루미처럼 앙상하게 여윈 가게 주인이 스위치를 켜니 주황색 불이 들어왔다.

"그 이야기는 어디서 들었습니까?"

가게 주인의 물음에 나는 히구치 스승님의 이름을 대고 그것을 꼭 입수하고 싶다고 부탁했다.

살이 없어 윤곽이 뚜렷한 얼굴이 주황색 불빛 아래 더욱 뚜렷해진 주인은 참으로 위엄 있어 보였다. 내가 압도되어 입도 벙긋하지 못하고 있으려니, 이윽고 그는 가게 안쪽으로 들어가 작은 오동나무 상자를 가지고 나왔다. 아무 말 않고 뚜껑을 열어주기에 안을 들여다보니 일견 아무 특징도 없는 거북 수세미가 들어 있었다.

"이것입니다."

주인은 그렇게 말하고 상자를 나에게 건넸다.

"얼마입니까?"

내가 묻자 주인은 나의 얼굴을 찬찬히 뜯어보았다. 그러고는

"글쎄요, 2만 엔쯤 받을까요?"

라고 눈썹 하나 까딱하지 않고 말했다.

아무리 특수한 종려나무 섬유로 만든 환상의 거북 수세미라 해도 2만 엔은 당치 않다. 거북 수세미에 2만 엔을 내느니 차라리 영광스러운 파문을 선택하겠다.

오늘은 가진 돈이 없다는 핑계로 위기를 넘긴 나는 돌아가는 길에 정말 파문당하는 것이 좋지 않을까 생각했다.

"선배, 어떻게 하실 거예요? 그거 사실 건가요?"

시조 거리를 걸으며 아카시 군이 말했다.

"사기는 개뿔. 수세미에 2만 엔이라니 아무리 그래도 터무니없다. 그건 필시 시모가모 사료 같은 훌륭한 곳에서나 쓸 물건이지, 오염 물질로 뒤덮인 다다미 넉 장 반 하숙의 개수대를 닦을 것이 아니야."

"하지만 스승님이 사오라고 하셨잖아요?"

"드디어 파문이군."

"설마요, 스승님이 그렇게 쉽사리 연을 끊으실 리 없잖아요."

"아니, 자네도 제자가 됐고 오즈도 있으니 슬슬 나 같은 인간은 헌신짝처럼 버릴 작정일지 모르지."

"마음 약해지시면 안 돼요. 저도 스승님께 부탁드려볼게요."

"잘 부탁한다."

≋

제자가 된 이래로 히구치 스승님에게 터무니없는 요구를 받은 것이 대체 몇 번인지 모른다.

지금 생각하면 왜 그런 짓에 허송세월했는지 모르겠다. 스승님의 요구는 거의 다 의미 불명이었다.

교토에는 대학이 많은 터라 학생도 많다. 우리도 교토에 사는 학생으로서 교토에 공헌해야 한다고 스승님은 주장했다. 오즈와 나 둘이 비가 오나 눈이 오나 철학의 길에서 차가운 돌 벤치에 앉아 니시다 기타로의《선善의 연구》를 읽고 '즉 지각은 일종의 충동적 의지이며' 운운 영문도 모른 채 토론을 벌인 적이 있다. 교토의 관광자원이 되려 한 것이다. 더할 나위 없이 무익한 일이었다. 게다가 배탈이 났다. 체력과 정신력이 바닥날 때까지 버텨, 제1편 제3장〈의지〉항목에 이르렀을 무렵에는 하얗게 완전 연소되고 말았다. 당초 지적이었을 얼굴은 금세 흐늘흐늘하게 이완되고, '우리 유기체는 원래 생명 보존을 위해 종종種種의 운동을 하도록 만들어져 있다'라는 부분에서 오즈가 '생명 보존을 위한 운동……'이라 중얼거리더니 추잡한 미소를 띠며 쓸데없이 흥분했다. 틀림없이 Y염색체에서 유래하는 파렴치한 상상에 환혹된 것이리라. 날이면 날마다 철학의 길 같은 한적한 곳에서 이해하지도 못하는 철학서를 읽어야 했던 탓에 오즈의 어두운 충동은 농익은 거봉처럼 부풀어 올라《선의 연구》는 급기야 '기교적 음담패설 모음집'으로 화했다. 계획이 좌절된 것은 말할 필요도 없다. 만약 제4편〈종교〉까지 나아갔다면 우리는 세상에 들낯이 없을 만큼 모든 것을 깡그리 모독했을 것이 틀림없다. 우리의 정신력과 인내력과 지력이 미치지 못한 것은 니시다 기타로의 명예를 위해서도 다행스러운 일이었다.

스승님이 페라리 팬이었던 탓에, F1 경주에 페라리가 우승했을 때는 날뛰는 말 마크가 들어간, 크기가 다다미 두 장은 될 것 같은 빨간 깃발을 들고 햐쿠만벤 교차로를 대각선으로 뛰다가 하마터면 차에 치일 뻔한 적도 있다. 나는 오즈에게 시킬 작정이었으나, 그 깃발은 오즈가 어디서 입수해 와 스승님에게 바친 것이기 때문에 나의 입장이 압도적으로 불리했다. 게다가 오즈는 스승님을 있는 대로 부추겨놓고 저는 어디론가 내빼버렸다. 결국 내가 만천하에 페라리의 위광을 떨치는 신세가 되었다. 운전자들은 욕설을 퍼붓지, 행인들은 멸시의 눈초리로 쳐다보지, 처절한 기분이었다.

～

스승님은 이것저것 갖고 싶은 것이 많았다. 위대한 인간은 욕망 또한 큰 법이라고 호언했지만 결국 조달은 나와 오즈의 몫이었다.

스승님에게 진상한 물품은 먹을 것과 담배, 술뿐만이 아니다. 커피 원두 가는 기계에 부채, 상점가 경품 뽑기에서 당첨된 카를차이스 망원경까지 포함된다. 스승님이 일 년째 읽고 있는 《해저 2만 리》도 원래는 내가 시모가모 신사의 헌책 시장에서 구입한 것이다. 그런 고전적 모험소설은 날이 조금 선선해진 긴긴 가을밤에 읽어야 한다고 생각해 소중히 남겨두었건만 어느새 스승님의 손에 넘어가 있었다.

데마치후타바의 콩찰떡, 쇼고인의 생生야쓰하시설탕과 계피를 넣은 얇은 과자, 성게알 센베이, 니시무라의 에이세이 계란과자 같으면 그나마 낫다. 시모가모 신사 헌책 시장의 깃발과 케로용이 갖고 싶다고 했을 때는 매우 난처했다. 가면라이더 V3 등신대 인형, 다다미 한 장 분량의 어묵, 해마, 대왕오징어에 이르러서는 완전히 속수무책이었다. 대왕오징어를 대체 어디서 주워오라는 말인가.

지금 당장 나고야로 가서 '된장 돈가스의 된장만' 사오라고 한 적도 있는데, 오즈가 정말 그날 당장 나고야로 간 데에는 탄복했다. 여담이지만 나도 오로지 사슴 센베이 하나 사러 나라에 간 적이 있다.

히구치 스승님이 해마가 갖고 싶다고 했을 때는 오즈가 어디서 커다란 수조를 주워 왔다. 물을 채우고 자갈과 수초를 넣는데, 갑자기 쏴 하고 불길한 소리가 나더니 나이아가라 폭포처럼 물이 쏟아져 나왔다. 물바다가 된 다다미 넉 장 반에서 우왕좌왕하는 오즈와 나를 보며 스승님은 웃더니 이윽고 "아래층에 물이 새지 않겠나"라고 느긋하게 말했다.

"그렇군요. 워낙 건물이 낡았어야죠."

오즈가 이마를 탁 쳤다. "아래층 사는 사람이 따지러 오면 곤란하겠습니다. 어떻게 하죠?"

"앗, 잠깐. 여기 아래는 나의 방이 아닌가!"

내가 소리쳤다.

"에이, 뭐야. 그럼 됐어요. 더 팍팍 새라."

오즈는 태연한 얼굴로 말했다.

히구치 스승님의 방에서 샌 물은 내가 사는 아래층 110호까지 스며들었다. 천장에서 물이 뚝뚝 떨어져 귀중한 서적이 외설 비외설 구분 없이 퉁퉁 불어터졌다. 피해는 그것으로 그치지 않았다. 물에 젖은 컴퓨터에서는 귀중한 자료가 외설 비외설 구분 없이 전자 바다의 거품으로 사라져버렸다. 이 사건이 나의 학문적 쇠퇴에 박차를 가한 것은 말할 필요도 없다.

그래놓고 해마를 손에 넣기도 전에 히구치 스승님이 '대왕오징어를 갖고 싶다'라고 하는 통에, 오즈가 가져온 수조는 수리도 하지 않고 복도에 방치되어 먼지를 뒤집어썼다. 스승님은 해양생물에 대한 갈망을 달래고자 나의 《해저 2만 리》를 징발해서는 벌써 일 년 가까이 돌려주지 않는다.

손해 본 사람은 나 하나뿐이라는 이야기다.

~

그런 무수한 우행 중에 조가사키 선배와의 치열한 '자학적 대리 대리전쟁'이 있었다.

스승님의 명을 받아 우리는 조가사키 선배 집의 문패를 고쳐 쓰고, 버려진 냉장고를 문 앞에 갖다놓고, 행운의 편지를 여러 통 보냈다. 그때마다 조가사키 선배는 히구치 스승님의 샌들을 접착제로 바닥에 붙이고, 검은 후추가 든 풍선을 장치하고, 초밥 이십 인분을 히구치 스승님 이름으로 주문하는 등 보복에 나섰다. 여담이지만 초밥 이십 인분이 배달됐을 때 히구치 스승님은 눈썹 하나 까딱하지 않고 그것을 받아, 친한 유학생과 우리를 불러 초밥 파티를 열었다. 그 태연자약한 태도는 가히 흠잡을 데 없었으나, 대금은 나와 오즈가 반반씩 부담했다.

이 년에 걸친 수행 끝에 내가 낡은 허물을 벗고 훌륭한 청년으로 성장했느냐 하면, 유감스럽게도 '유감입니다'라고 할 수밖에 없다.

그렇다면 어찌하여 그런 무익한 수행에 전념했는가 하면 그저 스승님이 기뻐하는 얼굴이 보고 싶어서였다. 우리가 무의미하고 얼간이 같은 짓을 하면 스승님은 진심으로 기뻐했다. 우리가 스승님 뜻에 맞는 선물을 가져가면 "귀군도 이제 뭣 좀 알게 됐군" 하고 만면에 웃음을 지으며 칭찬해주었다.

스승님은 비굴해지는 일은 결단코 없었다. 어디까지나 거만했다. 그래도 웃을 때는 흡사 어린아이처럼 순진했다. 웃는 얼굴 하나로 나와 오즈를 자유자재로 부리는 스승님의 교묘한 기술을 하누키 씨는 '히구치 매직'이라고 불렀다.

≋

거북 수세미 탐색 이튿날, 대학생에게는 아직 한밤중이라 해도 과언이 아닐 아침 7시에 요란하게 문을 두들기는 소리가 나의 단잠을 깨웠다. 무슨 일인가 하고 벌떡 일어나 문을 열자, 히구치 스승님이 곱슬곱슬한 머리를 헝클어뜨리고 눈을 형형하게 빛내며 복도에 서 있었다.

"꼭두새벽부터 대체 무슨 일입니까?"

내가 물어도 스승님은 품에 네모난 것을 끌어안은 채 아무 말도 하지 않고 선득한 복도에 우두커니 서 있더니 이윽고 닭똥 같은 눈물을 뚝뚝 흘렸다. 가지 같은 얼굴을 구깃구깃 구기고 입술을 씰그러뜨리며 괴롭힘당한 어린아이처럼 손등으로 눈을 열심히 비비며 울었다. 그러면서 "귀군, 끝났네, 끝났어"라고 신음했다.

나도 모르게 긴장해서 "뭐가 끝났습니까?"라고 다그쳐 물었다.

"이것 말이야."

선배는 소중히 품고 있던 물건을 꺼냈다. 쥘 베른의 《해저 2만 리》였다.

"일 년에 걸친 여행이 오늘 아침 끝났네. 감격한 나머지 귀군에게도 이 감격을 전해야겠다고 생각한 것이야. 그리고 책도 돌려줘야 하고."

온몸의 힘이 쭉 빠져나갈 것만 같았으나, 스승님이 눈물을 훔치며 감격하고 있었으므로 나까지 2만 리씩이나 되는 장대한 여행이 끝난 것에 감격할 뻔했다.

스승님은 《해저 2만 리》를 나에게 돌려주었다.

"오랫동안 정말 미안했네. 하지만 덕분에 좋은 시간을 보낼 수 있었어."

스승님은 말했다. "그래서 말이네만 먹지도 않고 방금 전까지 책을 읽은 탓에 배가 고프군. 쇠고기 덮밥이라도 먹으러 가지 않겠나?"

그리하여 우리는 싸늘한 아침 공기 속에 햐쿠만벤에 있는 쇠고기 덮밥집으로 갔다.

쇠고기 덮밥집에서 아침을 먹고 내가 두 사람 몫의 대금을 치르는 사이에 히구치 스승님은 이미 햐쿠만벤에서 카모 강을 향해 유유히 걷기 시작했다. 내가 쫓아가자, 스승님은 "날씨가 좋군"이라고 기쁜 얼굴로 말했다. 그러고는 수염이 까칠한 턱을 어루만지며 하늘을 올려다보았다. 아지랑이 피어오르는 5월의 푸른 하늘이 펼쳐져 있었다.

카모 강 델타에 이르렀다. 히구치 스승님은 소나무 숲을 빠져나가 강둑을 내려갔다. 소나무 숲에서 나오니 가득 펼쳐진 하늘로 몸이 빨려들 듯했다. 눈앞에 커다랗게 놓인 가모 큰다리에서는 차와 보행자가 눈부신 햇살 아래 빈번히 오가고 있었다.

히구치 스승님은 흡사 바다를 나아가는 배의 이물에 서듯 델타의 돌출부에 섰다. 그리고 엽궐련을 피웠다. 오른쪽 뒤에서 오는 가모 강과 왼쪽 뒤에서 오는 다카노 강이 눈앞에서 뒤섞여 카모 강이 되어 남으로 콸콸 세차게 흘러갔다. 며칠 전까지 비가 내려 강물이 불어난 것 같다. 강가에 푸르게 우거진 덤불이 물에 잠긴 탓에 여느 때보다 강폭이 넓었다.

스승님은 엽궐련을 피우며 "어디 먼 데로 가고 싶구나"라고 했다.

"웬일이십니까."

내가 아는 한, 스승님은 한나절 이상 다다미 넉 장 반을 비운 적이 없었다.

"전부터 생각은 했던 일이나 《해저 2만 리》를 읽고 결심이 섰어. 나도 슬슬 세상에 나아갈 때가 된 것 같다."

"여비는 있고요?"

"그런 건 없다."

스승님은 그렇게 말하고 빙글빙글 웃으며 엽궐련을 피웠다.

그러더니 생각난 듯 이렇게 말했다.

"그러고 보니 며칠 전에 학교에 갔다가 3학년 때까지 가끔 함께 술을 마시던 녀석과 마주쳤거든. 여, 잘 있었나 하고 인사했건만 저쪽은 어찌나 거북스러운 얼굴을 하던지. 지금 뭘 하느냐고 하기에 독일어 재수강이라고 했더니 허둥지둥 어디로 가버리더군."

"스승님과 같은 학년이었으면 그 사람은 이미 대학원 박사 과정일 것 아닙니까. 그야 선배님을 만나면 거북스럽기도 하겠죠."

"왜 그쪽이 부끄러워하지? 유급한 사람은 그쪽이 아니건만…… 이해가 안 되는군."

"그게 스승님이 스승님인 연유입니다."

스승님은 득의양양한 표정을 지었다.

1학년 때, "귀군, 유급과 비디오게임과 마작만은 해서는 아니 된다. 아니면 학창 생활을 허비하게 돼"라고 히구치 스승님은 나를 타일렀다. 나는 가르침을 충실하게 지켜 현시점에서는 유급에도, 비디오게임에도, 마작에도 손대지 않았건만, 그런데도 학창 생활을 허비하는 중인 것은 어찌 된 영문인가. 스승님에게 한번 따져야겠다고 생각하면서도 좀처럼 말을 꺼내지 못했다.

우리는 강둑 벤치에 앉았다. 일요일 아침이라 가모 강 강변을 산책하는 사람들, 조깅하는 사람들이 보였다.

"산조에 거북 수세미를 찾으러 간 김에 점을 봤습니다."

나는 중얼거리듯 말했다.

"아직 인생이 시작되지도 않았는데 망설이고 있나?"

스승님은 유쾌한 얼굴로 말했다. "귀군, 여기는 아직 귀군 어머니 배 속의 연장이야."

"아무리 그래도 남은 이 년을 수세미를 찾고, 자학적 대리대리 전쟁을 벌이고, 수세미를 찾고, 오즈의 음담패설에 귀를 기울이고, 수세미를 찾으면서 허비할 수는 없습니다."

"거북 수세미는 이제 됐다. 파문 않을 테니 걱정 마라."

스승님은 위로하듯 말했다. "귀군이라면 괜찮아. 지금까지 이 년 동안 잘 버텨오지 않았나. 앞으로 이 년은 고사하고 삼 년이고 사 년이고 필시 훌륭하게 허비할 수 있을 걸세. 내가 보증해."

"그런 보증은 필요 없습니다." 나는 한숨을 쉬었다. "스승님과 오즈를 만나지 않았더라면 좀 더 유의미하게 살 수 있었을 것이 분명합니다. 학업에 힘쓰고, 검은머리 아가씨와 사귀고, 얼룩 한 점 없는 학창 생활을 마음껏 만끽했을 것입니다. 아무렴요, 그렇고말고요."

"왜 그러나? 아직 잠이 덜 깼는가?"

"제가 얼마나 학창 생활을 허비했는지 깨달았습니다. 자신의 가능성이라는 것을 좀 더 잘 생각해봐야 했습니다. 저는 1학년 때 선택을 그르친 것입니다. 이번에야말로 호기를 잡아 다른 인생으로 탈출해야겠습니다."

"호기라니, 그게 뭔가?"

"콜로세움이라 합니다. 점쟁이가 그리 말했습니다."

"콜로세움?"

"저도 무슨 이야기인지 모르겠습니다."

스승님은 수염이 까칠하게 돋은 턱을 벅벅 긁으며 나를 보았다.

스승님이 그렇게 날카로운 표정을 지으면 어쩐지 고귀함이 느껴진다. 시모가모 유스이 장처럼 무너지기 일보직전인 다다미 넉 장 반에는 전혀 걸맞지 않고, 어느 유서 깊은 가문의 젊은 도련님이 세토 내해를 항해하던 중에 난파당해 이 누추한 다다미 넉 장 반이라는 고도孤島에 표류한 것처럼만 보였다. 그렇건만 스승님은 낡아 후줄근해진 유카타를 버리지 않고, 육수로 삶은 듯한 다다미를 깐 넉 장 반에 눌러앉아 있었다.

"가능성이라는 말을 무한정으로 쓰면 아니 되는 법. 우리라는 존재를 규정하는 것은 우리가 지닌 가능성이 아니라 우리가 지닌 불가능성이다."

스승님은 말했다.

"귀군은 버니걸이 될 수 있나? 파일럿이 될 수 있나? 목수가 될 수 있나? 칠대양을 누비는 해적이 될 수 있나? 루브르박물관 소장품을 노리는 세기의 괴도가 될 수 있나? 슈퍼컴퓨터의 개발자가 될 수 있나?"

"될 수 없습니다."

스승님은 고개를 끄덕이고 웬일로 나에게도 엽궐련을 권했다. 나는 감사히 받아서는 불을 붙이느라 애먹었다.

"우리의 고뇌는 대개 응당 있을 수 있어야 할 다른 인생을 몽상하는 데서 시작된다. 전혀 믿을 것이 못 되는 자신의 가능성이라는 것에 희망을 거는 것이 제약의 근원이다. 지금 있는 자네 외에 다른 사람이 될 수 없는 자신을 인정해야만 해. 자네가 소위 장밋빛 학창 생활을 만끽할 수 있을 리 없다. 내가 보증할 테니 그저 든직하게 있어라."

"말씀이 심하군요."

"의연하게 행동하는 것이야. 오즈를 보고 배우도록."

"그것만은 싫네요."

"쯧, 그러지 말고. 오즈를 봐. 그 녀석은 확실히 한량없는 얼간이이기는 해도 중심이 잡혀 있지 않나. 중심이 잡히지 않은 수재보다 중심이 잡힌 얼간이가 결국에는 인생을 유의미하게 사는 법이야."

"정말로 그럴까요."

"음. 뭐, 무슨 일에나 예외는 있다만."

우리는 묵묵히 엽궐련을 피우며 솔잎 새로 비쳐드는 햇살을 바라보았다. 평균 수면 시간 열 시간을 자랑하는 나에게는 압도적으로 수면 시간이 모자란 탓에 해가 비쳐 주위가 점점 따뜻해지자 졸음이 밀려왔다. 한숨도 자지 않았으니 스승님도 졸린 것 같았다. 괴상망측한 사내 둘이 카모 강 델타에서 바몽사몽간을 헤매는 것은 세상 사람들의 소중한 휴일 아침을 망쳐놓는 소행이리라.

스승님이 하품했다. 나도 하품했다. 둘이 연신 하품했다.

"그만 갈까요."

"그럴까."

시모가모 유스이 장으로 돌아가는 길에 시모가모 신사 참배길을 걸었다.

"귀군은 중심을 잡아야 해."

스승님은 혼잣말처럼 말했다. "그렇지 않으면 물려줄 수 없지 않느냐."

"뭘 물려주신다는 말입니까?"

나는 놀라 물었다.

스승님은 빙글빙글 웃으며 엽궐련 연기를 내뿜었다.

～

인생은 한 치 앞이 어둠이다. 우리는 깊이를 알 수 없는 어둠 속에서 자신에게 이득이 되는 것을 실수 없이 집어내야 한다. 그런 철학을 실지로 배우기 위해 히구치 스승님이 '암중 전골'을 제안했다. 어둠 속에서도 전골 냄비에서 원하는 재료를 적확하게 집어내는 기술은 산 말의 눈알조차 빼가는 현대 사회에서 살아남는 데 반드시 도움이 될 것이라는 이야기인데, 그럴 리가 있나.

그날 저녁, 히구치 스승님의 다다미 넉 장 반에서 열린 암중 전골 모임에 모인 사람은 오즈와 하누키 씨, 나였다. 아카시 군은 리포트

제출 기한이 닥쳤다고 오지 않았다. 나도 극도로 까다로운 실험 리포트를 제출해야 한다고 주장했으나 단칼에 퇴짜 맞았다. 심각한 남녀 차별이라 하지 않을 수 없다. 오즈는 "괜찮습니다. 제가 '인쇄소'를 통해서 리포트를 구해줄게요"라고 말했으나, 나의 학문적 쇠퇴가 결정적이 된 것은 그렇게 오즈가 '인쇄소'에서 조달해오는 위조 리포트에 의존한 탓이다.

각자 지참한 재료는 익을 때까지 정체를 밝히지 않는 것이 규칙이었다. 오즈는 '가오리 씨 유괴 미수' 사건이 상당히 억울했는지 "암중 전골이니까 뭘 넣어도 되는 거죠"라며 징그러운 웃음을 지으며 수상한 재료를 사들고 왔다. 타인의 불행을 반찬으로 밥을 세 공기 먹을 수 있는 오즈인 만큼 말로는 도저히 표현할 수 없는 것을 넣지 않을까 걱정되어 나는 안절부절못했다.

오즈는 야채를 싫어하고 그중에서도 특히 버섯류는 인간의 먹을거리로 인정하지 않는다는 것을 알고 있었으므로 나는 맛있는 버섯류를 풍부하게 지참했다. 하누키 씨도 장난기 어린 표정이었다.

상대방의 얼굴도 잘 보이지 않는 컴컴한 다다미 넉 장 반에서 재료 제1진이 냄비에 들어갔다. 히구치 스승님은 곧바로 "먹어라, 얼른 먹어"라고 했다.

나는 "아직 익지 않았습니다"라고 말했다.

"알겠나, 제군. 젓가락을 댄 것은 책임지고 먹도록."

스승님이 명했다.

하누키 씨는 맥주를 마시는지 "어둠 속에서 마시니까 맥주 안 같네"라고 투덜거렸다.

"보이질 않으니까 취할 것 같지 않아."

∾

1학년 여름 무렵에 히구치 스승님의 소개로 하누키 씨를 처음 만났다. 그 이래로 스승님의 다다미 넉 장 반에서 이따금씩 마주쳤다.

하누키 씨는 미인인데 전국시대 무장의 처처럼 생겼다. 아니, 전국시대 무장 그 자체라 해도 지장이 없다. 그 정도로 패기 넘치는 얼굴이었다. 시대가 다르고 세상이 달랐다면 일국의 주인이 되었을 얼굴이라고 늘 생각하곤 했다. 마음만 먹으면 나나 오즈 따위는 단칼에 베어버릴 수 있는 기백이 있다. 좋아하는 것은 에틸알코올과 카스텔라다.

그녀는 미카게 다리 근처에 있는 구브즈카 치과에서 치과 위생사로 일했다. 몇 번 오라고 했으나, 나는 무저항 상태에서 정체를 알 수 없는 막대기며 파이프가 입에 들어오는 것을 기껍게 생각하지 않았거니와, 더욱이 상대방이 하누키 씨라면 옛날 무가의 여인들이 쓰던 장도長刀로 치석을 제거당해 피투성이가 되지 않을까 하는 망상을 버리지 못한 탓에 좀처럼 찾아갈 용기가 나지 않았다.

지금까지 오즈와 몇 번 토론한 바 있는데, 하누키 씨는 어딘지 모르게 스승님의 애인 같은 분위기가 있으면서도 판연치 않고, 그렇다고 제자도 아니고, 물론 처도 아니다. 수수께끼다.

하누키 씨는 히구치 스승님과 동갑이고, 조가사키 선배와도 오래 알고 지낸 사이다. 게다가 조가사키 선배는 그녀가 근무하는 구보즈카 치과에서 정기 검진을 받는다. 따라서 하누키 씨와 조가사키 선배는 일 년에 몇 차례 얼굴을 마주한다.

히구치 스승님, 조가사키 선배, 하누키 씨 세 사람에게 과거에 어떤 경위가 있었는지는 확실치 않으나, 스승님과 조가사키 선배의 '자학적 대리대리 전쟁'에 관해 하누키 씨는 소상히 알고 있을 것이 틀림없었다. 나와 오즈는 하누키 씨가 취했을 때를 틈타 캐물으려다 격퇴당했다. 그 이래로 그녀에게 뭔가를 캐내려 한 적은 없었다.

～

보이지 않는 것을 먹으려면 의외로 섬뜩한 기분이 든다. 더욱이 전골을 둘러싼 네 사람 중에는 악의의 순수 결정인 오즈라는 괴인이 있었다.

전골이 끓어 먹기 시작했는데, 잇따라 등장하는 정체를 알 수 없는 먹을거리 혹은 먹을거리인 듯한 뭔가에 압도당했다. "이 우뇽우뇽한 건 뭐야!"라고 하누키 씨가 비명을 지르며 내던진 물체가 이마에 철썩 들러붙어 나는 우어 하고 신음했다. 그 우뇽우뇽한 물체를 오즈가 있는 듯한 방향으로 던지자, 저쪽에서도 으히 하는 불분명한 비명 소리가 들려왔다. 나중에 알고 보니 꼬불꼬불한 라면 면발이었다. 그런데 어둠 속에서는 어쩐지 기다란 벌레처럼 느껴졌다.

"이거 뭡니까? 에일리언 탯줄입니까?"

오즈가 말했다.

"어차피 네놈이 넣었을 것 아니냐. 네놈이 먹어."

"싫어요."

"제군, 먹을 것을 함부로 하면 아니 된다."

히구치 스승님이 가장처럼 한마디 했으므로 우리는 얌전해졌다.

이윽고 표고버섯을 집은 듯한 오즈가 "뭐야, 이거 균 덩어리 아닙니까"라고 깩깩거리기에 나는 회심의 미소를 지었다. 한편, 나는 크기가 엄지손가락만 한 요괴 같은 것이 걸려 심장이 멎는 줄 알았는데 진정하고 살펴보니 불똥꼴뚜기였다.

제3진까지 먹었을 때 전골 재료가 묘하게 달달해졌다. 게다가 어쩐지 맥주 냄새까지 난다.

"오즈, 너 이놈 자식, 단팥을 넣었군." 나는 고함쳤다.

오즈는 이히히히 웃었다. "하누키 씨는 맥주 넣었죠?"

"들켰네. 하지만 맛에 깊이가 생겼잖아."

"너무 깊어 뭐가 뭔지 모르겠습니다." 나는 말했다.

"심연 같은 전골이네."

"여러분, 혹시나 해서 말해두는데 마시멜로 넣은 사람은 저 아닙니다."

오즈가 조용히 선언했다. 마시멜로를 집은 모양이다.

나는 단팥맛 새우를 먹고, 마시멜로로 범벅된 배추를 먹었다. 옆에 앉은 히구치 스승님의 기색을 살피니, 스승님은 참으로 맛나게 하후하후거리며 닥치는 대로 먹고 있었다. 스승님의 진면목이 여실히 드러났다.

나는 '가오리 씨 유괴'가 아카시 군의 주장으로 중지된 이야기를 했다. 하누키 씨는 깔깔 웃었다.

"아카시 씨 말이 맞아. 유괴는 너무 심해." 그녀가 말했다.

오즈가 실쭉해서 반박했다. "만반의 준비를 갖춰놨던 제 입장도 좀 생각해주세요. 게다가 조가사키 선배는 스승님의 유카타를 분홍색으로 물들였단 말입니다. 하는 짓이 비열하지 않습니까."

"그건 웃기잖아. 조가사키는 하는 일이 세련됐다니까."

오즈는 불만스레 입을 다물고 어둠과 혼연일체가 되었다. 그렇지 않아도 음침하고 시커먼 오즈이다 보니 어디에 있는지 알 수 없어졌다.

"그러고 보니 조가사키랑 안 지도 오래됐네."

하누키 씨가 곱씹듯 말했다.

"조가사키, 동아리에서 쫓겨났다며? 난 그것도 너무 심했다고 생각해. 그것도 오즈의 폭주야?"

하누키 씨는 오즈가 있을 곳을 쩨려보는 듯했으나 그는 어둠에 몸을 감춘 채 대답하지 않았다.

"조가사키도 동아리에 넋 빼놓고 있을 때가 아니지 않나."

스승님이 말했다. "나잇살 잔뜩 먹어서 말이야."

"히구치가 그런 말 해봤자 설득력이 전혀 없거든."

정체를 알 수 없는 물체를 먹다 보니 배가 빨리 부르기에, 그 뒤로는 음식은 거의 먹지 않고 이런 이야기 저런 이야기를 나누었다. 하누키 씨는 술을 벌컥벌컥 들이켜는 모양이다. 기분이 상한 오즈가 입도 벙긋하지 않는 것이 섬뜩했다.

"오즈, 어찌하여 입 다물고 있는가?"

스승님이 의아스레 말했다. "정말 그곳에 있기는 한가?"

오즈가 대답을 하지 않았으므로 하누키 씨가 "오즈 없으면 오즈 애인 이야기 해야지"라고 했다.

"오즈에게 애인이 있습니까?"

나는 노여움에 몸을 떨었다.

"사귄 지 벌써 이 년이나 됐는걸. 같은 동아리에 있는 애인데, 귀한 집 따님처럼 품위 있고 예쁜 아가씨라나 봐. 본 적은 없지만. 그 아가씨한테 차일 뻔했을 때 오즈가 나한테 전화해서 말이지, 밤새껏 훌쩍훌쩍 울면서……."

어둠 속에 숨어 있던 오즈가 "거짓말입니다! 순 거짓말!"이라고 깩깩거렸다.

"역시 거기 있었군." 스승님이 기쁜 목소리로 말했다.

"어때, 그 아가씨랑은 요즘 잘 돼가?"

"묵비권을 주장하겠습니다." 오즈는 어둠 속에서 말했다.

"이름이 뭐더라?"

하누키 씨는 곰곰이 생각에 잠겨 있다. "분명히 고히……."

거기까지 말했을 때, 오즈가 "묵비권을 주장하겠습니다" "변호사 불러!"라고 외쳐대는 바람에 그녀는 웃으며 그만두고 말았다. "이놈 자식, 저 혼자 시시덕거리고 있었나!"라고 내가 노여움을 폭발시키자, 오즈는 "무슨 말인지 모르겠는데요"라고 시치미를 뗐다. 내가 오즈 방면을 노려보는데, 옆에서 혼자 일심불란하게 전골을 먹고 있던 히구치 스승님이 "오오, 이건 매우 크군"이라고 불분명한 목소리로 말했다. 그러더니 "어쩐지 후냐후냐하군"이라 의아스레 말하고는 일단 한번 씹어보려 한 모양이었다.

"이건 먹을 것이 아닌 것 같구나."

스승님은 조용히 말했다. "먹을 수 없는 것을 넣는 것은 반칙 아닌가."

"불을 켤까요?"

내가 일어나 형광등을 켜자, 오즈와 하누키 씨가 아연한 표정을 지었다. 스승님의 앞접시에는 귀여운 스펀지 곰 인형이 오동통하게 앉아 있었다. 전골 국물이 촉촉하게 배어 있다.

"귀여운 인형이네."

하누키 씨가 말했다.

"누구지, 이런 것을 넣은 사람은?" 스승님이 물었다. "먹으려야 먹을 수 없지 않나."

그러나 오즈나 나나 하누키 씨나 짚이는 데가 없었다. 오즈가 거짓말을 하는 것 같지 않은 것은, 이렇듯 팬시한 생각을 해낼 순수한 마음이 그에게 터럭만큼도 없음은 명백하기 때문이었다.

"내가 가져야지."

하누키 씨는 그렇게 말하고 곰을 받아 들어 수돗물로 잘 빨았다.

하누키 씨는 유쾌한 사람이기는 하나 술을 과음하는 것이 흠이다. 얼굴이 점점 하얘지고 눈에 힘이 들어가면 느닷없이 남의 얼굴을 핥기 시작한다. 나와 오즈를 벽 쪽으로 몰아넣고 얼굴을 핥으려 드는 하누키 씨를 피해 도망쳐 다니다 보면 묘한 흥분이 느껴지나, 신사로서 여성이 얼굴을 좀 핥았다고 헤실헤실댈 수는 없는 노릇이다. 그러나 히구치 스승님은 재미있는 재주라도 보는 듯한 표정이었다. 치과의사에게 받은 카스텔라를 통째로 줄 테니 나란히 누워 자자고 하누키 씨가 터무니없는 억지를 쓰는 것을 나는 단호히 거절했다.

이윽고 오즈는 지저분한 얼굴을 한층 더 지저분하게 하고 졸기 시작했다. 하누키 씨도 겨우 진정되어 꾸벅꾸벅 졸고 있다.

"나는 여행을 떠날 것이야."

스승님이 노래하듯 말했다. 본인은 술을 마시지 않는데도 하누키 씨가 잔뜩 퍼마시면 스승님도 따라 취한다는 신비한 메커니즘이 존재했다.

"어디 가려고?"

하누키 씨가 잠에 취한 얼굴을 들고 말했다.

"우선 세계일주를 할 생각이다. 몇 년 걸릴지는 몰라. 하누키도 같이 가겠나? 자네는 영어를 할 줄 알잖나."

"터무니없는 소리 마. 나 참, 어이가 없어서."

"스승님, 영어는요?" 내가 물었다.

"나는 호락호락 영어를 배우는 것을 기껍게 생각하지 않네."

"하지만 히구치, 그건 어떻게 하고?" 하누키 씨가 말했다.

"손은 써뒀으니 괜찮아. 자, 벌써 12시가 넘었군. 잠깐 고양이 라면을 먹으러 가야겠네."

"오즈 깨울까?"

하누키 씨가 말하자, 스승님은 고개를 흔들었다.

"오즈 군은 자게 두지. 우리 셋이면 돼."

스승님은 빙긋 웃었다. "조가사키를 만나는 것이다."

≋

시모가모 신사 앞 어두운 미카게 거리를 히구치 스승님은 유유히 걸었다. 밤이 깊어 사방이 쥐 죽은 듯 조용한 가운데, 다다스 숲이 바람에 술렁이고 시모가모혼 거리를 이따금 차가 지나갈 뿐이었다. 앞장서 걷는 스승님 뒤를 나는 잠자코 따라갔다. 하누키 씨는 발걸음이 다소 불안정하기는 해도 술은 깬 것 같았다.

"귀군."

스승님이 가지 같은 얼굴을 구깃구깃 구기고 웃었다.

"귀군에게 대리인을 시킬 생각이야."

"무슨 대리인 말입니까?"

나는 놀라 물었다.

"후후, 좌우지간 각오해두도록."

"왜 오즈가 아니죠?"

"오즈 군은 됐다. 그 친구에게는 다른 할 일이 있어."

고양이 라면은 고양이로 국물을 낸다는 소문이 있는데, 진위야 어찌 됐든 그 맛은 무류하다. 암중 전골에서 먹은 괴상망측한 것들로 배가 그득했는데도 고양이 라면의 맛을 생각하니 한 그릇쯤은 들어갈 것 같았다.

싸늘한 어둠 속에 포장마차가 동그마니 있고, 전구 불빛이 보였다. 차가운 밤공기 속에 따스할 것 같은 김이 피어오르고 있었다. 스승님이 즐겁게 '홍' 하며 턱짓을 쓱 했다. 그쪽을 보니 선객이 한 사람 있었다. 그는 거상에 앉아 주인과 이야기를 나누고 있었다.

우리가 다가가자 주인이 "여" 하며 고개를 들었다. 이어 선객이 몸을 일으키고 우리를 돌아보았다. 윤곽이 뚜렷한 얼굴을 주황색 전구가 비추었다.

"늦었어."

조가사키 선배는 말했다.

"미안해."

히구치 스승님은 말했다.

"조가사키, 오랜만이야. 요즘에는 어때?"

하누키 씨가 머리를 숙여 인사했다.

"덕분에 건강 그 자체야."

조가사키 선배는 하얀 치아를 드러내 보였다.

우리 셋은 거상에 나란히 앉았다. 나는 어쩐지 불편해서 맨 <u>끄트</u>

머리에 쭈그러져 있었다. 이것은 대체 무슨 모임인가. 히구치 스승님과 조가사키 선배가 함께 있는 모습을 처음 보는 것이라 어쩌면 중요한 일일지도 모른다는 생각이 들었다.

이리하여 '히구치 · 조가사키 화해 회담'의 막이 올랐다.

"이만 슬슬 끝낼까." 히구치 스승님이 말했다.

"그럴까." 조가사키 선배가 고개를 끄덕였다.

이리하여 '히구치 · 조가사키 화해 회담'은 종료되었다.

〜

"이번에는 오래 끌었군."

고양이 라면 주인이 말했다. "오 년, 아니 더 됐나."

"생각 안 나는데." 조가사키 선배가 무심히 말했다.

"정확히 오 년일 것이야. 우리 앞 대리인의 화해 회담이 이즈음이었으니까."

히구치 스승님이 말했다.

"그래, 역시 오 년인가."

주인이 말했다. "선대들은 어떻게 지내고?"

"나의 선대는 나가사키 법원에 근무하고 있을 것이야. 고향이니 말이지."

"조가사키의 선대는?"

"글쎄, 워낙 매사에 엉터리 같은 사람이었으니 어떻게 됐는지 모르겠군." 조가사키 선배가 말했다. "그 사람이 학교를 그만두고 나서 연락해본 적이 없어."

"조가사키의 선대는 굳이 말하자면 히구치랑 비슷했었는데. 세상사에 초연한 점이 말이야. 왜 조가사키의 스승님이었을까 몰라?"

하누키 씨가 말했다.

"나도 몰라. 어쩌다 보니 그렇게 됐겠지." 조가사키 선배는 쓴웃음을 지었다.

주인이 라면을 내주었다.

네 사람에게는 수수께끼 같은 연대감이 있어 나는 완전히 깍두기 취급이었다. 도대체가 고양이 라면 주인이 스승님 등과 그렇게 오래되고 깊은 사이인 줄 몰랐다. 놀라면서 조신하게 라면을 먹었다.

"그 녀석이야?" 조가사키 선배가 나를 보며 말했다.

"응, 나의 대리인이다." 스승님이 기쁜 듯 나의 어깨를 쳤다. "그쪽 대리인은 오늘 밤 오지 않나?"

"바보 녀석이 약속이 있다고 못 온다더라고."

"그래?"

조가사키 선배는 뺨에 미소를 띠었다.

"그 녀석, 엄청나게 여간내기가 아니라고. 하지만 대리인 역할은 확실하게 수행해줄 거야. 그쪽 대리인은 각오하는 게 좋을걸."

"그거 기대되는군."

"결투날에는 틀림없이 데리고 가지."

주인이 증기 너머에서 쓴웃음을 지었다. "오, 역시 그 결투를 하는 건가?"

"해야지. 가모 큰다리의 결투는 의식이니 말이야."

히구치 스승님이 말했다.

≈

수수께끼 같은 회담은 평화롭게 종료되고, 조가사키 선배는 경쾌하게 스쿠터를 타고 사라졌다. 히구치 스승님은 "슬슬 오즈를 쫓아내고 안면安眠을 취해야겠군"이라며 크게 하품했다.

"스승님, 아직 뭐가 뭔지 모르겠습니다."

나는 말했다. "대리인이라니, 그게 뭡니까?"

"내일 확실하게 설명해주마. 오늘은 졸려서."

스승님은 시모가모 유스이 장으로 돌아갔다.

나에게는 가와바타 거리에 있는 아파트까지 하누키 씨를 데려다주는 역할이 맡겨졌다. 그녀는 암중 전골에서 나온 정체불명의 곰인형을 조물조물 갖고 놀며 어두운 밤길을 걸었다. 그런 소녀틱한 행동을 하기 때문인지, 전국시대 무장 같은 패기는 자취를 감추고 다소 쓸쓸해 보이는 것이 오히려 고민에 빠진 소녀 같았다.

나는 의아하게 여기며 그녀와 함께 조용한 미카게 거리를 걸었다.

"조가사키 선배는 뭐랄까, 쿨하군요."

내가 말하자 하누키 씨가 흐흥 웃었다.

"사실은 히구치랑 별 차이 없는데 말이야."

"그렇습니까? 도무지 스승님과 장난 대결을 할 사람처럼 보이지 않습니다만."

"실은 좋으면서 얼굴에 안 내비치는 거야."

"믿기지 않는군요."

"조가사키는 옛날부터 친구가 히구치 하나뿐이거든."

하누키 씨는 그렇게 말하고는 입을 다물고 곰 인형을 꾸욱 눌렀다. 스펀지 인형은 심히 서글픈 표정을 지었다.

이윽고 다카노 강에 접어들었다. 미카게 다리는 아담하고 동글동글한 다리인데, 그곳에서 동쪽을 보면 다이몬지 산이 있다. 백중에는 다이몬지를 보려는 사람들로 다리가 만원을 이룬다고 한다. 여담이지만 나는 아직 오쿠리비를 본 적이 없다.

하누키 씨는 조용했다. 폭풍 전야의 고요함이라고 할까, 어쩐지 불길한 예감을 떨칠 수 없었다. 그녀 안에 깃들어 있는 사악한 것이 뒤늦게 준동하기 시작해 지금 이 순간 분출되려는 것이 아닐까. 옆얼굴을 보니 파랗게 질렸고 입술은 굳게 다문 데다 어쩐지 희미하게 떨고 있는 것 같기도 했다. 목숨을 건 결심을 방금 한 것 같은 분위기였다.

"하누키 씨, 혹시 속이 불편하십니까?"

내가 머뭇머뭇 묻자 그녀는 씩 웃었다.

"들켰네."

그렇게 말하더니 갑자기 미카게 다리 난간를 붙들었다. 그리고 믿기지 않을 만큼 자연스럽고 아름답게 스르르 토했다. 방금 먹은 고양이 라면이 조용히 다카노 강으로 떨어지는 것을 그녀는 흥미진진하다는 얼굴로 바라보고 있었다.

그렇게 방심한 틈에 그녀가 갖고 있던 곰 인형이 불쌍하게도 난간에서 주먹밥처럼 데구루루 굴러 떨어졌다. 그녀가 "앗!" 하고 난간 밖으로 몸을 내미는 통에 힘없는 내가 전력을 다해 붙들었다. 하마터면 둘이 함께 고양이 라면과 인형 뒤를 따를 뻔했다. 인형은 다카노 강 수면에 이르기까지 가련하게 빙글빙글 돌며 절묘한 귀여움을 한껏 발휘해 마지막 꽃을 피웠다. 이윽고 퐁당 하고 어둠 속에서 물 튀는 소리가 났다.

"아아아, 떨어졌네."

그녀는 애석한 듯 그렇게 말하고 난간에 턱을 얹었다. "녀석은 어디까지 흘러가는가"라고 노래하듯 말했다.

"카모 강 델타로 흘러가, 카모 강으로 들어가, 요도 강으로 들어가, 오사카 만으로 갑니다."

나는 차근차근 설명했다.

하누키 씨는 코웃음을 흥 치고 몸을 일으켰다. "됐어. 어디든 가버리라고 해!"라고 묘하게 연극적인 어조로 말하고는 침을 퉤 뱉었다.

곰 인형만 불쌍했다.

≋

하누키 씨를 집에 데려다주고 시모가모 유스이장으로 돌아왔다.

110호 앞에 심히 더럽고 소름 끼치는 짐승이 주저앉아 있나 했더니 오즈였다. "얼른 하숙으로 돌아가라"라고 했지만, 오즈는 "어떻게 그런 쌀쌀맞은 말을"이라며 나의 방으로 밀고 들어와 다다미 넉 장 반 구석에 시체처럼 누웠다.

"저만 따돌리고 다 함께 어디 갔었습니까?"

그는 말했다.

"고양이 라면이다."

"못됐어. 저는 외로워요. 외로워서 꺼질 것만 같아요."

"바라던 바다."

오즈는 얼마 동안 측은한 소리를 내더니 이윽고 싫증 난 듯 잠이 들었다. 되도록 먼지투성이 구석으로 밀어내려 하자 우우 하며 저항했다.

나는 이불 속에 파고들어 사색에 잠겼다.

어쩌다 보니 스승님의 후계자가 되고 말았는데, '자학적 대리대리 전쟁'이란 대체 무엇인가? 스승님과 조가사키 선배는 과거에 무슨 일이 있었는가? 내일 벌어질 가모 큰다리의 결투란 무엇인가? 고양이 라면 주인은 이 일과 관계가 있는가, 아니면 없는가? 나는 조가사키 선배가 데리고 올 후계자와 앞으로 무익한 장난 대결을 계속해야 하는가? 빠져나갈 방도는 없는가? 도대체 상대는 어떤 인물인가? 약자에게 채찍을 휘두르고, 강자에게 알랑거리고, 제멋대로고, 오만하고, 태만하고, 청개구리 같고, 공부를 하지 않고, 자존심은 터럭만큼도 없고, 타인의 불행을 반찬으로 밥을 세 공기 먹을 수 있는 사내

라면 어찌할 것인가?

나는 일어나 앉아 오즈의 숨소리에 귀를 기울였다.

외면하려야 외면할 수 없을 만큼 명백한 최악의 예감이 쓰디쓴 즙처럼 가슴에 퍼졌다. 그것을 지우려는 노력은 헛될 뿐이었다. 나의 현 상황에 불만을 품어 기야마치의 점쟁이에게 판단까지 청했건만 이 꼴은 대체 무엇인가. 응분의 호기를 잡아 새로운 생활로 탈출해야 하건만, 호기를 잡기는커녕 점점 더 돌이킬 수 없는 애로로 나를 밀어 넣고 있지 않는가.

내가 몸부림치며 괴로워하는 동안에도 오즈는 아랑곳하지 않고 분통이 터질 만큼 천진난만한 얼굴로 잤다.

〰

이튿날, 나는 잠에 취해 있는 오즈를 당장 복도로 차내고 학교로 갔다.

그러나 저녁에 벌어진다는 '가모 큰다리의 결투'를 생각하면 불안해 견딜 수 없었다. 서둘러 학생 실험을 끝내고 시모가모 유스이장으로 돌아왔다. 히구치 스승님의 방에 가보았으나, 문에 걸린 칠판에 '공중목욕탕에'라고 쓰여 있었다. 결투를 앞두고 몸을 정갈히 하는 것이리라.

방으로 돌아와 커피가 보글보글 끓는 소리를 들으며 암중 전골 뒤에 하누키 씨에게 받은 카스텔라를 바라보았다. 하누키 씨도 잔인한 사람이다. 이렇게 큰 카스텔라를 혼자 먹는 것은 참으로 무미건조한 일이고 인간으로서 잘못되었다. 누군가 기분 좋은 사람과 함께 우아하게 홍차라도 홀짝거리며 고상하게 먹고 싶다, 예를 들면 아카시 군이라든지, 라고 생각한 나 자신을 깨닫고 놀랐다. 자학적 대리 대리 전쟁이라는 수수께끼 같은 싸움의 후계자로 발탁된다는 불운을 겪고 더욱 무익한 미래의 입구에 강제로 서게 되었건만, 그렇게 발칙한 망상을 마음껏 해대다니 현실 도피도 이런 현실 도피가 있는가. 수치를 알라.

머리 위에서는 방에 들어온 커다란 나방이 형광등 주위를 팔랑팔랑 날아다니고 있었다. 아카시 군은 나방을 싫어했다는 것이 생각나 계단에서 둘이 함께 굴러 떨어졌던 감미로운 추억에 잠긴 나는 얼간이다. 나는 카스텔라를 과도로 잘라 한 조각, 두 조각 꾸역꾸역 먹으며 신음했다. 발칙한 망상에 사로잡힐 것 같은 자신을 억제하기 위해 외설 도서관에 손을 뻗었을 때 노크 소리가 났다.

문을 열자 복도에 서 있던 아카시 군이 비명을 지르며 뒷걸음쳤다. 나의 얼굴이 욕정에 사로잡힌 징그러운 괴수로 보였나 했더니 방에 날아다니는 나방이 무서운 것이었다. 나는 침착하게 나방을 격퇴하고 신사적으로 그녀를 맞아들였다.

"히구치 스승님께 저녁에 오라는 전화를 받았는데, 방에 안 계시는 것 같아요."

그녀는 그렇게 말했다.

나는 히구치 스승님과 조가사키 선배의 화해 회담에 관해 짤막하게 이야기했다.

"어째 리포트 쓰는 새에 큰일이 난 것 같네요. 제자 실격인데요."

"신경 쓸 것 없다. 워낙 갑작스러운 이야기였으니까."

나는 커피를 따라 아카시 군에게 주었다.

그녀는 한 모금 마시더니 "제가 뭘 좀 갖고 왔는데요"라고 했다. 가방에서 꺼낸 것은 본 적이 있는 오동나무 상자였다. 뚜껑을 열어 보니, 그녀와 함께 찾아다녔던 환상의 거북 수세미가 달랑 놓여 있었다. 그녀는 "이제 스승님께 파문당하지 않을 거예요"라고 점잔 빼며 말했으나, 선배를 생각하는 고운 마음씨에 나의 눈물샘은 붕괴될 뻔했다.

"미안하다, 미안해."

나는 신음했다.

"괜찮아요."

그녀는 말했다.

"우선 카스텔라라도 먹겠나?"

나는 카스텔라를 권했다. 그녀는 한 조각 잘라 베어 물었다.

"리포트 때문에 바빴을 텐데 정말 미안하다."

"네, 리포트는 마감 다 돼서 냈어요."

"무슨 리포트인데? 자네 공학부였지?"

"공학부 건축과에 재적하고 있어요. 리포트는 건축사였고요."

"건축사?"

"네, 로마 건축에 관해 썼거든요. 신전이랑, 콜로세움이랑."

콜로세움.

바로 그 순간, 문을 노크하는 소리가 났다.

"어이, 귀군. 결투 시간이다."

히구치 스승님 목소리가 들렸다.

～

목욕탕에서 갓 나온 스승님은 얼굴에서 반들반들 윤이 났으나 수염만은 여전했다. "오즈와 함께 욕탕에 몸을 담그고 왔구나." 스승님이 말했다.

"오즈는 어떻게 됐습니까?"

"그 녀석은 조가사키에게 갔다. 오즈는 조가사키의 수하였던 것이야. 재미있는 녀석이지."

스승님은 팔짱을 끼고 카카카 웃었다. "나의 유카타를 분홍색으로 물들인 것도 그 녀석이야."

물론 독자 제씨는 이미 오래전에 알고 있었으리라.

작년 가을 이래로 동아리에서 실각해 고독을 한탄하는 조가사키 선배를 오즈는 수시로 찾아가 푸념을 들어주고 그를 쫓아낸 비열한 卑劣漢을 함께 규탄했다. 물론 비열한을 뒤에서 선동한 최고의 악당이 오즈 자신이라는 것은 앞서 언급한 바 있다. 그렇게 오즈는 조가사키 선배의 마음속에 악마처럼 파고들어 심복의 지위를 확립했다. 연일 둘이 의기투합해 똬리를 틀고 있던 어느 날, 오즈가 히구치 스승님의 제자임을 안 조가사키 선배는 "아예 내 첩자가 되지 않겠나"라 제안했고, 오즈는 악덕 상인 같은 웃음을 띠고 "조가사키 선배도 악당이군요"라며 승낙했다.

오즈의 의미 불명 암투에 의해 무익하기 그지없는 도식이 성립되었다.

오즈는 히구치 스승님의 명을 받아 조가사키 선배의 우편함에 곤충 십수 종을 넣어두는 한편, 조가사키 선배의 명을 받아 히구치 스승님의 유카타를 분홍색으로 물들인다는 기괴한 오락가락을 되풀이하며 팔면육비의 대활약, 어처구니없는 이중 첩자 노릇을 마음껏 누렸다. 잘 생각해보나 마나 바쁘게 움직이는 사람은 오즈뿐이었다. 그만큼 초절기교에 정력을 쏟으며 그는 대체 무엇을 하고 싶었던 것인가. 가히 풀리지 않는 수수께끼인데 구태여 풀 필요도 없다.

"오즈가 조가사키의 첩자라는 것은 알고 있었다. 하지만 재미있으니까 내버려뒀다."

히구치 스승님은 말했다.

"요컨대 전부 그 녀석이 꾸민 짓이라는 이야기 아닙니까."

나는 말했다. "스승님도, 조가사키 선배도 그 녀석의 손에 놀아난 셈입니다."

"오즈 선배, 대단한데요." 아카시 군이 말했다.

"그렇구나."

스승님은 화가 난 눈치도 없었다.

"그 녀석은 한량없는 얼간이니까 말이다. 자학적 대리대리 전쟁 사상 전대미문의 사건이겠지. 녀석은 역사에 이름을 남길 것이야."

히구치 스승님은 "아니, 카스텔라가"라며 내가 권하기도 전에 먹었다. 그러더니 의기양양하게 "자, 오늘 저녁은 가모 큰다리의 결투다"라고 했다.

"스승님, 잠깐만요."

내가 허둥대자 스승님은 고개를 끄덕였다.

"귀군도 사정을 알고 싶을 테지. 자학적 대리대리 전쟁에 관해 설명할 필요가 있을 것 같군."

≋

자학적 대리대리 전쟁이란 무엇인가.

이 무익하고 고귀한 싸움은 그 유래가 2차 세계대전 이전까지 거슬러 올라간다.

발단은 구제舊制 고등학교 학생들의 사랑 쟁탈전이었다고도 하고 탁주 마시기 대결이었다고도 하는데, 자세한 것은 이미 역사의 어둠에 묻혀버렸다.

발단이 된 싸움의 여파는 오래갔다. 그들은 재학중 내내 싸움을 계속했다. 하도 오래 싸움이 이어진 탓에 졸업할 때가 되도록 결판이 나지 않았다. 지금에 와서는 이름도 남아 있지 않은 역사상의 남자들은 마침내 졸업 전에 결판을 내기를 단념했다. 그럼 화해하면 그만이건만 고집불통인 그들은 화해를 거부했다. 또 지쳐 있었던 터라 계속해서 싸우는 것도 거부했다. 나아가 자긍심도 강했던 터라 일이 흐지부지되는 것도 거부했다. 고육지책으로 생각해낸 방안은 그들의 개인적인 싸움을 무관한 후배가 대리하게 한다는 전대미문의 기책이었다.

그로부터 대학사의 이면에 맥맥이 이어져온 이 싸움의 역사가 시작되었다.

당시 싸움이 어떤 형태로 벌어졌는지 기록은 남아 있지 않으나, 당시에 이미 무익한 장난으로 일관해야 한다는 불문율이 확립되어 있었다는 것 하나는 확실하다. 대리를 맡게 된 후배들은 개인적인 원한은 없다. 그저 '싸워야만 한다'라는 형식만이 주어졌다. 그들은 싸움을 계속하며 구태여 결판을 내지 않았다. 결판을 내도 되는지 아닌지 알 수 없었기 때문이다. 그들은 그들의 선배가 그러했던 것처럼 자신들의 싸움을 또 다른 대리인에게 물려주었다. 결론을 뒤로 미룬 것이다.

이윽고 발발한 2차 세계대전과 패전, 전후 부흥, 학원 분쟁 등 여러 사회 동향과는 전혀 무관하게 이 싸움은 연면히 이어져 내려왔다. 발단이 된 싸움의 이유는 잊히고 형식만이 남았다. 반복되는 형식은 이윽고 전통이 되어 대리인들의 행동을 규정했다.

1980년대 후반부터 고양이 라면 포장마차가 화해 및 승계에 관한 회담 장소로 정해졌다. 선임자는 가모 큰다리에서 최후의 결투를 벌여 승계를 완전히 종료한다. 새로 대리인이 된 자는 싸움을 되도록 오래 끌다가 장래성 있는 대리인을 택해 전통 있는 싸움을 물려주어야 한다.

그날부터 오즈는 조가사키 선배의 대리인이 되고 나는 히구치 스승님의 대리인이 되었다.

서로를 무익하게 괴롭히는 싸움을 '대리'한다는 의미에서 어느새 이 싸움은 '자학적 대리대리 전쟁'이라 불리게 되었다. 정확히는 '자학적 대리 전쟁'이고 우리는 서른 번째 대리인이다.

히구치 스승님과 조가사키 선배는 스물아홉 번째 대리인에 불과했다. 두 사람의 과거에 무시무시한 갈등 따위 존재하지 않았다. 전통을 단절하는 것을 누구나 싫어하는 데다 싸움을 끝내는 법을 아무도 모르는 것뿐이다.

즉 이 싸움에 '이유'는 없다.

⁓

"그게 사실입니까?"

"자네가 대리해주지 않으면 나와 조가사키의 화해가 성립되지 않는다. 오즈는 그렇게 배배 꼬인 녀석이니 귀군도 상대하는 보람이 있을 것이야."

"말도 안 돼."

스승님이 갑자기 무릎을 꿇었다.

그렇게까지 기를 쓰고 지킬 전통이냐는 생각은 들었으나, 스승님이 무릎까지 꿇는데 거절할 수는 없는 노릇이었다. 장밋빛 캠퍼스 라이프가 두 번 다시 손 닿지 않을 곳으로 멀어져가는 것 같아 나는 속으로 울었다. "알았습니다"라고 내가 작은 목소리로 중얼거리자, 스승님은 얼굴을 들고 만족스레 고개를 끄덕였다.

"아카시 군, 귀군이 증인이 돼라. 두 사람이 신사적으로 완수하도록 감시해주길 바라네. 그리고 진짜 적대 관계가 될 성싶으면 은근히 훼방 놓고."

"알겠습니다."

아카시 군은 정중히 고개를 숙였다.

퇴로가 차단되고 말았다.

스승님은 만족했는지 숨을 후 내쉬고 자세를 편히 했다. "이제 여한이 없구나"라고 중얼거리고는 품에서 엽궐련을 꺼내 불을 붙였다. 거절할 '호기'를 놓치고 얼렁뚱땅 수수께끼 같은 전통의 계승자가 된 나는 과거 수십 년에 걸쳐 이어져온 무익한 싸움을 이어받는다는 책임감에 짓눌려 벌써부터 맥을 추지 못하다가, 아카시 군이 나를 연신 쿡쿡 찌르는 것을 깨달았다. 그녀는 거북 수세미가 든 오동나무 상자를 가리키고 있었다.

"스승님, 거북 수세미입니다. 아카시 군이 구해주었습니다."

내가 환상의 거북 수세미를 내놓자, 스승님은 눈을 둥그렇게 뜨고 신음하더니 면목 없다는 표정을 지었다. "미안하다"라고 스승님이 말했다.

"결투가 끝나면 나는 모습을 감출 것이야."

"네?" 아카시 군이 놀랐다.

"정말 세계일주 여행을 떠날 생각입니까? 무모할 따름이라고 생각합니다만."

나는 말했으나 스승님은 고개를 흔들었다.

"그 때문에 대리인을 정했으니 말이다. 그 다다미 넉 장 반에는 당분간 돌아오지 않을 것이야. 귀군, 미안하지만 이걸로 방을 청소해주지 않겠나."

"잘도 그렇게 자기 좋은 말만 줄줄이 하는군요."

"그런 소리 말고."

스승님은 빙글빙글 웃었다.

"오, 이제 슬슬 가모 큰다리로 가야겠구나. 조가사키와 마지막 결투다."

우리가 시모가모 유스이 장을 나서려는데 하누키 씨가 숨을 몰아쉬며 뛰어왔다. "다행이다, 아직 안 늦었구나"라고 그녀는 말했다. "퇴근하고 바로 왔어."

"이제 안 오나 했는데."

"마지막까지 지켜봐야지. 볼 가치도 없는 결투지만."

그리하여 우리는 가모 큰다리로 갔다.

가모 큰다리 동단.

선배는 유카타 소매를 걷고 고풍스러운 손목시계를 보았다.

주위는 이미 쪽빛 어스름에 잠겨 있었다. 대학생들이 카모 강 델타를 떠들썩하게 점거하고 있었다. 신입생 환영회를 하는 것이리라. 생각해보면 그런 것과도 인연이 없는 이 년간이었다. 전날까지 내린 비로 수위가 높아진 카모 강은 콸콸 소리를 내며 흐르고, 가로등 불빛이 띄엄띄엄 반사된 수면은 은박지가 흔들리는 것처럼 보였다. 날 저문 이마데가와 거리는 번화하고, 눈부신 자동차 전조등과 미등 불빛이 가모 큰다리를 가득 메우고 있었다. 굵은 다리 난간에 점점이 붙은 조명의 주황색 불빛이 땅거미 속에 흐릿하게 빛나는 것이 신비적이었다. 오늘 저녁에는 가모 큰다리가 유난히 크게 느껴졌다.

"아, 왔군."

히구치 스승님이 기쁜 목소리로 말하고는 가모 큰다리 중앙을 향해 걷기 시작했다.

다리 건너편에서 조가사키 선배가 걸어왔다. 옆을 걷는 사람은 오즈였다.

쌍방이 서로 노려보며 다가가 가모 큰다리 한복판에서 만났다. 거센 물보라가 이는 카모 강 수면이 난간 너머로 보였다. 남쪽을 보니 시커먼 강물 저편으로 멀리 시조 일대 거리의 불빛이 보석처럼 빛났다.

"어라, 아카시잖아." 조가사키 선배가 의아스레 말했다. "안녕하세요." 아카시 군이 머리를 숙였다.

"히구치와 아는 사이였나?"

"작년 가을에 제자가 됐어요."

"아카시 군은 입회인이야. 이쪽이 지난번에도 소개했던 나의 대리인." 스승님은 그렇게 말하며 나를 가리켰다. "그런데 그쪽 대리인은 혹시 나의 제자 오즈가 아닌가?"

조가사키 선배는 뺨에 웃음을 띠었다.

"너는 네 제자라고 생각했겠지만 이 녀석은 사실 내 첩자였어. 속았지?"

"당했군."

스승님은 가지 같은 얼굴을 구깃구깃 구기고 웃었다.

"그럼."

"이제 시작할까."

그 자리에 회동한 관계자들 사이에 긴장감이 감돌았다.

우리의 시선을 받으며 조가사키 선배와 히구치 스승님은 서로를 노려보았다. 조가사키 선배의 윤곽이 뚜렷한 얼굴은 인도 옆 낡은 가로등의 허연 불빛 속에 흡사 막부 말기 교토의 칼잡이처럼 무시무시하게 보였다. 그 곁에 선 오즈의 음침한 엷은 미소가 조가사키 선배의 박력을 더하고 있으니, 잘 어울리는 조합이라 하지 않을 수 없다. 그에 맞서는 히구치 스승님도 가지 같은 얼굴을 최대한 다잡고 있었다. 감색 유카타로 몸을 감싸고 팔짱을 낀 자세로 침착하게 버티고 선 스승님의 뒷모습에서 범상치 않은 기백이 느껴졌다. 히구치 스승님과 조가사키 선배는 실로 용호상박의 양상이었다.

도대체 어떤 결투가 벌어질 것인가, 나는 마른침을 삼키고 지켜보았다.

이윽고 하누키 씨가 조가사키 선배와 히구치 스승님 사이에 들어가 그들 사이에 둘러쳐진 실을 손날로 끊는 시늉을 했다.

"자, 얼른 시작해."

오 년에 이르는 싸움을 종결짓는 결투의 개시를 고하는 것치고는 너무나도 맥 빠지는 말이었다.

조가사키 선배가 몸을 낮추었다. 오즈가 스스스 뒤로 물러났다. 나와 아카시 군도 물러났다. 히구치 스승님은 꿈쩍도 하지 않았다. 조가사키 선배가 왼손을 앞으로 내밀어 손바닥을 위로 향하고 오른손은 주먹 쥐어 허리에 붙였다. 지금 당장이라도 히구치 스승님에게 덤벼들 것 같은 자세다. 히구치 스승님은 끼고 있던 팔짱을 풀고 진언을 외우듯 인을 맺었다.

"자, 간다, 히구치." 조가사키 선배가 낮은 목소리로 말했다.

"얼마든지." 스승님이 말했다.

숨 막히는 정적이 순간 흐른 뒤 두 사람이 격돌했다.

"가위바위."

"보."

조가사키 선배가 극적으로 쓰러졌다.

"자, 이제 끝." 하누키 씨가 혼자 박수쳤다. 아카시 군이 한 박자

179

늦게 박수쳤다. 나로 말하자면 그저 아연할 따름이었다.

"내가 이겼으니 귀군이 먼저 공격하는 것이다."

스승님이 말했다.

가모 큰다리의 결투란, 다음 대리인들의 선공 후공을 정하는 가위바위보였다.

～

"아아, 드디어 짐을 덜었군."

히구치 스승님은 그렇게 말하며 쪽빛 하늘을 올려다보았다. 또다시 팔짱을 끼고 유유한 모습으로 돌아와 있는 스승님은 역시 대단하다. 조가사키 선배가 아무 일 없었다는 듯이 점잔 뺀 얼굴로 일어났다. 히구치 스승님은 엽궐련을 꺼내 조가사키 선배에게 권했다.

"히구치, 이제 어떻게 할 거지? 네가 부탁해서 끝낸 거라고."

조가사키 선배가 연기를 내뿜으며 물었다.

"세계로 나래를 펴야지."

"어이어이, 하누키. 히구치가 이상한 소리를 하는데."

"그냥 얼간이일 뿐이야."

하누키 씨는 대답했다. 그러고는 "얘, 우리 술 마시러 가자"라고 했다.

스승님이 문득 히죽거리며 나에게 귓속말을 했다.

"이제 두 번 다시 귀군을 만날 일이 없겠지."

"네?"

"그러니 지구본을 귀군에게 주겠네."

"주고 뭐고, 원래 제 것인데요."

"그랬던가?"

스승님은 정말 모습을 감출 생각인가.

내가 할 말을 찾는데, 다리 북쪽에 있는 카모 강 델타에서 비명 소리가 들려왔다. 들떠 있던 대학생들이 법석을 떨며 갈팡질팡 도망 다니기 시작했다.

난간에 손을 얹고 살펴보니, 아오이 공원 숲에서 카모 강 델타까지 검은 안개 같은 것이 스멀스멀스멀 퍼져 눈 아래 있는 델타의 강둑을 뒤덮어버릴 기세였다. 검은 안개 속에서 젊은이들이 우왕좌왕하고 있었다. 손을 퍼덕퍼덕 내젓지 않나, 머리를 쥐어뜯지 않나, 반미치광이 상태다. 검은 안개는 수면 위를 미끄러지듯 이쪽으로 흘러오는 것 같았다. 우리는 홀린 듯이 그쪽을 바라보았다.

카모 강 델타에 벌어진 수라장은 한층 더 심해졌다.

소나무 숲에서 검은 안개가 자꾸자꾸 뿜어 나왔다. 예삿일이 아니었다. 스멀스멀스멀스멀스멀스멀스멀스멀 움직이는 검은 안개가 융단처럼 눈 아래 펼쳐지는가 싶더니, 수면에서 부쩍부쩍 치올라와 난간을 왁 넘어서 가모 큰다리로 흘러들었다.

"꾸에에에엑." 아카시 군이 만화 같은 비명을 질렀다.

그것은 나방의 대군이었다.

이튿날 〈교토신문〉에도 실렸듯, 나방의 이상 발생에 관해 상세한 것은 알 수 없었다. 전해지는 바로는 나방이 날아온 경로를 거꾸로 추적하니 다다스 숲, 즉 시모가모 신사에 이르렀다 하나 확연치가 않다. 다다스 숲에 살던 나방이 어떤 계기로 일제히 이동하기 시작했다 해도 납득이 가는 설명은 없다. 또 공식적인 견해와는 별도로 발생원은 시모가모 신사가 아니라 그 옆인 시모가모 이즈미가와초라는 소문도 있는데, 그렇게 되면 이야기는 점점 더 불가해해진다. 그날 저녁, 나의 하숙이 위치한 일각에 나방의 대군이 출몰해 한때 소동이 벌어졌다고 한다.

그날 밤, 하숙으로 돌아와보니 복도 곳곳에 나방 사체가 떨어져 있었다. 깜박 잊고 잠그지 않아 문이 반쯤 열려 있던 나의 방도 마찬가지여서 나는 정중하게 그들의 사체를 매장했다.

얼굴로 퍼덕퍼덕 날아들어 인분을 흩뿌리고, 간혹 입속에까지 비집고 들어오려는 나방의 대군을 밀쳐내며 나는 아카시 군의 곁으로 다가가 신사답게 그녀를 감쌌다. 나도 한때는 시티 보이였던 터라 곤충 나부랭이와 동거하는 것을 기껍게 생각하지 않았으나, 이 년 동안 그 하숙에서 다종 잡다한 절지동물과 친해질 기회를 얻어 벌레에 익숙해지고 말았다.

그렇지만 그때 마주친 나방의 대군은 상식을 까마득히 초월했다. 엄청난 날갯짓 소리가 우리를 외계와 차단하는데, 흡사 나방이 아니라 날개 달린 작은 요괴 종류가 다리 위를 통과하는 것 같았다. 거의 아무것도 보이지 않았다. 실눈을 떴을 때 가까스로 보인 것은 가모 큰다리 난간의 주황색 전등 주변에 난무하는 나방 떼거리요, 아카시 군의 윤이 흐르는 검은머리였다. 다른 이들이 어떻게 됐는지 신경 쓸 여유도 없었다.

겨우 대군이 지나간 다음에도 뒤처진 나방들이 여기저기에서 퍼덕퍼덕 날아다녔다. 아카시 군은 창백한 얼굴로 일어나 미친 듯이 온몸을 털어대며 "안 붙어 있어요? 안 붙어 있어요?" 하고 부르짖더니, 길바닥에서 버둥대는 나방들로부터 달아나듯 무시무시하게 빠른 속도로 가모 큰다리 서단으로 달려갔다. 그리고 어스름 속에 부드러운 빛을 발하는 카페 앞에 주저앉았다.

나방의 대군은 또다시 검은 융단이 되어 카모 강을 따라 시조 쪽으로 내려갔다.

정신을 차려보니 조가사키 선배와 하누키 씨가 주위를 멍하니 둘러보고 있었다. 나도 똑같이 주황색 불빛이 점점이 늘어선 가모 큰다리를 둘러보았다.

흡사 나방의 대군을 타고 화려하게 날아가버린 것처럼 히구치 스승님이 사라지고 없었다. 실로 우리의 스승이라는 이름에 부끄럽지 않게 멋진 퇴장이었다. 그런데 기이하게도 오즈 역시 보이지 않았다. 보나 마나 히구치 스승님의 수수께끼 같은 소실도 오즈가 은밀히 꾸민 일이리라고 짐작했다.

"히구치하고 오즈가 없잖아."

조가사키 선배가 가모 큰다리를 둘러보며 이상한 듯 말했다.

하누키 씨는 난간에 팔을 얹고 밤바람을 맞으며 "얼른 가버리라지"라고 했다.

ꕢ

"나 오늘 밤은 마셔야겠어."

하누키 씨가 허리에 손을 얹고 선언했다. "조가사키, 가자."

"그러지, 뭐." 조가사키 선배는 어렴풋이 쓸쓸한 표정을 지었다. "그나저나 히구치 녀석, 작별 인사도 안 하냐. 좀 더 여운이 있어도 되지 않나."

"오랜만에 둘이 마시자."

그러더니 하누키 씨는 나에게 다가와 얼굴을 가까이 대고 말했다.

"아카시 씨를 잘 부탁해."

두 사람은 밤의 기야마치로 간다며 떠났다.

나는 아카시 군이 있는 곳으로 갔다. 그녀는 카페 불빛 속에 주저앉아 있었다. 나는 "괜찮나?"라고 물었다.

"스승님은 사라져버렸다."

내가 말하자 그녀는 파랗게 질린 얼굴을 들었다.

"진정되게 차라도 마시겠습니까?"

나는 그렇게 말했으나, 결단코 나방이 질색이라는 그녀의 약점을 비겁하게 이용한 것은 아니다. 창백하게 질린 그녀를 생각해서 한 일이었다. 그녀가 고개를 끄덕여, 우리는 눈앞에 있는 환한 카페로 들어갔다.

"히구치 스승님은 어떻게 된 것이지? 오즈도 사라져버렸고."

나는 커피를 마시며 말했다.

아카시 군은 고개를 갸웃거리는 나를 보더니 갑자기 쿡쿡 웃었다.

"사라지는 게 신선 같네요. 꼭 하늘을 날아간 것 같은데요."

그렇게 말하고는 커피를 마셨다. "역시 다르네요."

"어디로 가버린 것인지."

나는 고개를 갸웃했다. "보나 마나 오즈가 꾸민 일이겠지만."

커피를 마시다가 생각나 '콜로세움' 이야기를 했다. 아카시 군이 나의 다다미 넉 장 반을 찾아와 '콜로세움'이라고 했을 때가 호기였다고 나는 말했다. 그 장면에서 달아났더라면 이런 식으로 자학적 대리대리 전쟁을 이어받는 일도 없이 새로운 생활로 발을 내디딜 수 있었을지 모른다. 잃어버린 장밋빛 미래에 대한 아쉬움을 금할 수 없어 나는 깊은 한숨을 내쉬었다.

"호기를 놓쳤어."

나는 말했다. "이제 또 똑같은 일을 되풀이하게 된 것이다."

"아뇨."

아카시 군은 고개를 흔들었다.

"분명히 잡으신 거예요. 그걸 모를 뿐이죠."

그렇게 느긋하게 커피를 마시는데, 구급차의 사이렌 소리가 점점 이쪽으로 다가왔다. 그대로 지나가버리는가 했더니 가모 큰다리 서단에서 섰다. 시끌시끌하게 구출 활동을 하고 있다. 굉장한 소동이었다.

"거북 수세미를 일부러 찾아다줘서 고맙다."

내가 머리를 숙이자, 아카시 군은 아직 희미하게 창백한 기가 남아 있는 뺨에 웃음을 띠었다.

"스승님은 가버리셨지만 선배가 기뻐해주셔서 다행이에요."

대단히 갑작스럽게도 나는 아카시 군에게 선배로서 품어서는 아니 될 감정을 품었다. 그 감정에 관해 길게 설명하는 것은 나의 주의에 반하나, 좌우지간 그 감정을 어떤 행동으로 연결시키려고 갖은 고생을 한 끝에 나는 한마디를 내뱉었다.

"아카시 군, 고양이 라면을 먹으러 가지 않겠나?"

※

나와 아카시 군의 관계가 그 뒤 어떤 전개를 보였는지는 본 글의 취지에서 일탈된다. 고로 그 기쁨 반, 쑥스러움 반인 묘미에 관해 상세히 쓰는 것은 삼가련다. 독자도 그런 타기할 것을 읽느라 귀중한 시간을 시궁창에 버리고 싶지는 않으리라.

성취된 사랑만큼 이야기할 가치가 없는 것은 없다.

그 뒤로 히구치 스승님의 행방은 묘연하다. 그렇게까지 멋지게, 아무 인사도 없이 사라져버릴 줄은 몰랐다. 과연 정말로 세계일주 여행을 떠날 수 있었는지 아닌지 알 수 없다.

스승님이 사라지고 보름쯤 있다가 나는 아카시 군 및 하누키 씨와 협력해서 마지못해 210호를 정리했다. 환상의 거북 수세미가 대단히 도움이 됐어도 그것이 고난으로 가득 찬 싸움이었음을 기록해 두련다. 하누키 씨는 일찌감치 스스로를 해고하고, 아카시 군은 너무나도 심한 불결함에 공황 상태에 빠진 척하며 도망치려 들었다. 목발을 짚고 구경 온 오즈는 개수대에 토해서 우리에게 부과된 임무를 한층 더 어렵게 했다.

히구치 스승님의 제자가 된 데 대한 후회의 폭풍은 스승님이 사라지기 직전에 최대 순간풍속을 기록했으나, 막상 스승님 없는 생활이 시작되고 나니 허전한 기분이 들 때도 있다. 스승님이 다다미 넉장 반에 남기고 간 지구본에 노틸러스 호의 현 위치를 표시하는 시침핀이 꽂혀 있는 것을 보면, 나씩이나 되는 인물이 서글픈 마음에 낡은 지구본을 끌어안고 뺨을 부벼대고 싶어지지만, 그 행위가 얼마나 징그러운 것인지 자각하고 그만두곤 한다. 그리고 지구본의 시침핀을 빼며 히구치 스승님은 지금쯤 어디에 있을까 몽상한다.

여담이지만, 환상의 거북 수세미는 아카시 군의 하숙에 있다. 그녀가 종횡무진으로 사용하는 중이다.

조가사키 선배는 언젠가 연구실을 그만두고 어디 취직할 생각인 것 같다고 하누키 씨에게 들었다. 그러고 보니 오즈가 훔쳐내려 획책했던 무언의 미녀 '가오리 씨'는 어떻게 지내고 있을까. 조가사키 선배와 행복한 생활을 영위하고 있기를 기도해 마지않는다.

하누키 씨는 지금도 구보즈카 치과에서 열심히 일하고 있다. 스승님이 없어지고 두 달쯤 지났을 때 나는 검진을 받았다. 사랑니가 조금 썩어서 "오길 잘했지?"라고 하누키 씨가 말했다. 나는 나아가 그녀에게 치석을 제거받는 영예를 누렸다. 그녀의 명예를 위해 덧붙이는데, 아무리 전국시대 무장처럼 패기 넘치는 얼굴을 하고 있어도 그녀의 기술은 섬세하고 정확했으며 틀림없는 프로페셔널이었다.

스승님이 사라진 뒤 하누키 씨의 심정이 어떠했는지 나 같은 정신적 무뢰한은 상상할 수도 없으나 역시 쓸쓸할 것이 틀림없다. 그런 연유로 하누키 씨가 불러낼 때는 오즈며 아카시 군과 더불어 술을 마시곤 한다.

그러고는 대개 지독한 꼴을 당한다.

히구치 스승님이 유일하게 걱정하던 '자학적 대리대리 전쟁'은 오즈와 내가 물려받았다. 대리인을 찾아낼 때까지 이 불쾌한 싸움이 계속될 것을 생각하면 암담하기 그지없다.

가모 큰다리의 결투에 의해 '선공'은 나라고 정해져 있었다. 우선 첫 시작으로 오즈가 입원한 틈을 타 그가 '다크 스코피언'이라 부르는 자전거를 분홍색으로 칠했다. 도무지 같은 자전거라는 생각이 들지 않을 만큼 파렴치해졌다.

목발을 짚은 오즈가 머리카락을 곤두세우고 어육 완자처럼 뽀롱뽀롱 화를 내며 시모가모 유스이 장으로 쳐들어왔다.

"너무합니다. 분홍색은 안 돼요."

"네놈도 스승님의 유카타를 분홍색으로 물들이지 않았나."

"그거하고 이건 다르다고요."

"안 다르다."

"아카시 군에게 판정해달라고 해야지. 아카시 군 같으면 분명히 알아줄 겁니다."

그런 식으로 계속되고 있다.

≋

스승님이 실종되고 나의 학창 생활에 새로운 전개가 다소 나타났다고 해서 내가 과거를 천진난만하게 긍정한다고 생각하면 서운하다. 나는 그렇게 간단히 과거의 과오를 긍정하는 단순한 사내가 아니다. 크나큰 애정으로 나 자신을 보듬어주자고 생각한 적이 있는 것은 사실이나, 젊은 아가씨라면 또 몰라도 스무 살 넘은 지저분한 사내를 누가 보듬어주고 싶으랴. 그런 금할 길 없는 노여움에 사로잡혀, 나는 과거의 자신을 구제하기를 단호히 거부했다.

운명의 시계탑 앞에서 제자가 되기로 한 데 대한 후회의 염은 떨칠 수 없다. 만약 그때 다른 길을 선택했더라면. 영화 동아리 '계'에 들어갔더라면, 혹은 소프트볼 동아리 '포그니'를 선택했더라면, 혹은 비밀 기관 '복묘반점'에 들어갔더라면 나는 지금과는 다른 이 년간을 보냈을 것이다. 적어도 지금처럼 꼬이지 않았을 것은 분명하다. 환상의 지보라 불리는 '장밋빛 캠퍼스 라이프'를 이 손에 거머쥘수 있었을지도 모른다.

아무리 외면하려 해도 실수란 실수는 죄다 해서 이 년을 허비했다는 사실은 부정할 수 없다. 무엇보다도 오즈를 만나고 말았다는 오점은 한평생 남으리라.

≈

히구치 스승님 실종 사건 직후, 오즈는 대학 근처에 있는 병원에 입원했다.

새하얀 침대에 묶여 있는 모습은 상당히 통쾌한 구경거리였다. 원래 안색이 나쁜 탓에 불치병에 걸린 것처럼 보이는데 실은 단순한 골절이다. 골절만으로 끝나 다행이라 할 것이다. 그가 세 끼 식사보다 좋아하는 악행에 관여하지도 못하고 툴툴거리는 옆에서 나는 꼴좋다고 생각했다. 너무 시끄럽게 툴툴거릴 때는 병문안용으로 사온 카스텔라로 입을 틀어막았다.

오즈는 어찌하여 골절상을 입었는가.

나방의 대군이 가모 큰다리를 통과한 날 저녁으로 이야기는 되돌아간다.

≈

얼굴로 퍼덕퍼덕 날아들어 인분을 흩뿌리고, 간혹 입속에까지 비집고 들어오려는 나방의 대군을 밀쳐내며 나는 아카시 군의 곁으로 다가가 매우 신사적으로 그녀를 감쌌다.

한편, 오즈는 나방의 대군이 온몸을 구석구석 어루만져대는데도 소름 끼치는 웃음을 띤 채로 사태가 진정되기를 기다렸다. 단지 헤어스타일이 망가지는 것만을 신경 썼다.

그때 실눈을 뜬 그가 본 것은 다리 난간에 기어오르려는 히구치 스승님의 모습이었다. 흩날리는 인분 저편에서 우리들의 스승님은 나방의 대군에 섞여 고도古都를 떠나려는듯 난간에 올라서 두 팔을 벌렸다. 오즈는 저도 모르게 "스승님!" 하고 부르짖었다. 나방 몇 마리가 입안으로 날아들어 숨이 막혔으나, 그래도 난간에 매달려 스승님의 유카타를 정신없이 붙들었다. 스승님의 몸이 훌쩍 공중으로 떠오르며 자신도 두둥실 끌려올라가는 것처럼 느껴졌다. 스승님이 그를 내려다보았다. 나방의 날갯짓 소리에 에워싸여 있기는 했어도 스승님이 이렇게 말하는 것을 분명히 들었노라고 오즈는 주장했다.

"오즈, 귀군은 싹수가 있어."

오즈 본인이 하는 말이니 믿을 수는 없다.

그렇게 말한 다음, 히구치 스승님은 자신을 붙드는 오즈의 손에서 빠져나갔다.

그리고 오즈는 난간 위에서 균형을 잃고 카모 강으로 추락했다. 뼈가 부러져 교각에 쓰레기처럼 찰싹 들러붙은 채 꼼짝하지 못하는 것을 카모 강 델타에서 술판을 벌이고 있던 응원단원이 발견했다.

나와 아카시 군이 카페에서 우아하게 커피를 마시고 있을 때 가모 큰다리 서단에 선 구급차는 오즈 때문에 부른 것이었다.

꿈

이것으로 오즈가 골절상을 입은 상황은 설명되나, 히구치 스승님의 소실에 관해서는 설득력이 있다고 하기 어렵다. 이면이 있는 것이 아닐까 나는 의심했다.

"스승님이 나방을 타고 여행을 떠났다는 말인가?"

"분명히 그럴 겁니다. 틀림없다고요."

"네놈이 하는 말 따위는 못 믿는다."

"제가 거짓말을 한 적이 있습니까?"

"네놈이 몸을 던져 스승님을 붙들려 했다니 그런 말을 어떻게 믿느냐?"

"정말 그랬다고요. 스승님은 소중한 분이니까요."

오즈는 퉁명스럽게 받아쳤다.

"정말 그렇게까지 스승님을 소중히 생각했다면 왜 조가사키 선배와의 사이를 박쥐처럼 왔다 갔다 한 것이냐? 대체 무슨 속셈이야?"

나는 말했다.

오즈는 예의 요괴 같은 웃음을 띠며 헤실헤실 웃었다.

"제 나름의 사랑입니다."

"그렇게 더러운 것은 필요 없다."

나는 대답했다.

3

다다미 넉 장 반의 달콤한 생활

대학 3학년 봄까지 이 년간, 실익 있는 일은 하나도 하지 않았노라고 단언해두련다. 이성과의 건전한 교제, 학업 정진, 육체 단련 등 사회에 유익한 인재가 되기 위한 포석은 쏙쏙 빼버리고 이성으로부터의 고립, 학업 방기, 육체의 쇠약화 등 깔지 않아도 되는 포석만 족족 골라 깔아낸 것은 어인 까닭인가.

책임자를 추궁할 필요가 있다. 책임자는 어디 있나.

나라고 날 때부터 이 모양 이 꼴은 아니었다.

갓 태어났을 무렵의 나는 순진무구함의 화신이었고, 갓난아기 시절의 히카루 겐지 저리 가라 하게 사랑스러워, 사념이라고는 터럭만큼도 없는 해맑은 미소가 고향 산천을 사랑의 빛으로 가득 메웠다 한다. 그런데 지금은 어떠한가. 거울을 볼 때마다 노여움에 휩싸인

다. 네놈은 대체 어찌하여 이렇게 되었는가. 이것이 현시점에서 네놈의 총결산인가.

아직 젊지 않으냐고 말하는 사람도 있으리라. 인간은 얼마든지 바뀔 수 있다고.

그런 터무니없는 일이 있을 리 없다.

'세 살 버릇 여든까지'라고 하는데 당년 스물하고도 하나, 머지않아 세상에 태어난 지 사반세기가 되려는 어엿한 청년이 이제 와서 자신의 인격을 변모시키려 궁색하게 노력한들 무슨 소용이 있으랴. 이미 딱딱하게 굳어 허공을 향해 우뚝 솟은 인격을 억지로 굽히려 해봤자 뚝 부러지는 것이 고작이다.

생을 마감하는 그날까지 지금 여기에 있는 자기 자신을 질질 끌고 살아야 하느니라. 그 사실을 외면해서는 아니 되느니라.

나는 결단코 외면하지 않을 생각이다.

허나 다소 보기 괴롭다.

≈

수확이 한없이 적은 이 년을 보내고 나는 3학년이 되었다.

그해 5월 말 즈음해서 일어난 나와 세 여성을 둘러싼, 리어 왕 못지않게 극적인 사건에 관해 이제부터 쓰려 하는데, 이것은 비극도 희극도 아니다. 이 이야기를 읽고 눈물을 흘리는 사람이 있다면 감수성이 불필요하게 예민하거나 콘택트렌즈에 카레 가루가 부착되었거나 둘 중 하나임에 틀림없다. 또 이 이야기를 읽고 진심으로 웃는 사람이 있다면 나는 그 사람을 진심으로 미워하며 땅 끝까지 쫓아가, 부모의 원수처럼 여겨 뜨거운 물을 머리에 끼얹고 삼 분 기다릴 것이다.

의지만 있다면 사람은 그 어떤 사소한 일에서도 뭔가를 배울 수 있다고 어느 위인이 말했을 것이 틀림없는데, 그 말은 당연히 이 일련의 사건에도 적용될 수 있다.

나도 여러 가지를 배웠다. 너무 많이 배워서 도저히 전부 거론할 수는 없겠고 그중에서 굳이 둘만 고른다면, 거시기에게 쉽사리 주도권을 위양해서는 아니 된다는 것, 그리고 가모 큰다리 난간에는 올라서지 말 것. 이 두 가지다.

그 외의 것은 본 글을 읽고 알아서 판단해주기를 바란다.

〰

5월 말의 조용한 밤, 초목도 잠든 심야다.

내가 기거하는 곳은 시모가모 이즈미가와초에 있는 시모가모 유스이 장이라는 하숙이었다. 일설에 따르면 막부 말기의 혼란기에 불에 탔다 재건된 이래로 바뀐 데가 없다고 한다. 창문으로 불빛이 새어나오지 않으면 폐허로 착각해도 도리가 없다. 갓 입학했을 무렵, 대학 생협의 소개로 이곳을 찾아왔을 때 길을 잃고 구룡성에 들어온 줄 알았다. 지금 당장이라도 폭삭 주저앉을 것 같은 3층 목조 건물은 보는 이를 불안하게 하는 노후함이 이미 중요문화재의 경지에 달해 있다 해도 과언이 아니나, 이곳이 소실된다고 아쉬워할 사람이 아무도 없을 것은 상상하기 어렵지 않다. 동쪽 옆에 사는 집주인조차 되레 속시원해할 것이 틀림없다.

110호 다다미 넉 장 반에 단좌端坐하고 나는 형광등을 노려보았다. 침침한 데다가 어쩐지 깜박거린다. 빨리 램프를 갈아야 한다고 생각은 하는데 귀찮아서 아직 갈지 않았다.

외설 문서 등을 읽으려던 차에 느닷없이 타기할 절친인 오즈가 찾아와 드럼 치듯 문을 두들겨대어 내가 사랑하는 정밀靜謐한 시간을 망쳐놓았다. 나는 없는 척하고 독서에 몰두하려 했으나, 오즈는 학대당하는 작은 동물 같은 소리를 내며 문을 열라고 재촉했다. 상대방의 형편을 생각하지 않고 행동하는 것은 그의 주특기였다.

문을 열자 오즈는 예의 누라리횬 같은 미소를 띠고 "잠깐 실례합니다"라더니 "자, 가오리 씨, 누추한 곳이라 죄송합니다만 들어가시죠"라고 복도의 어둠을 향해 말했다.

초목도 잠든 심야에 여성을 동반하고 시모가모 신사 일대를 어슬렁거리며 야한 도색 유희에 탐닉하다니 언어도단이다. 허나 여성이 있다면 외설 문서를 치우는 정도의 예의는 나에게도 있었다.

황급히 문서류를 외설 도서관에 수납하는 나를 무시하고 오즈는 몸집이 자그마한 여성을 업고 방으로 들어왔다. 살랑살랑 흔들리는 머리채가 아름다운데, 그런 가련한 여성이 오즈 같은 요괴에게 몸을 맡기다니 변명의 여지가 없을 만큼 범죄적인 광경이었다.

"뭐냐? 그 사람 취했느냐?"

내가 걱정되어 묻자, 오즈는 "아니, 이거 인간 아니라고요"라고 묘한 소리를 했다.

오즈는 여성을 책꽂이에 기대어 앉혔다. 무거웠는지 이마에 땀방울이 맺혀 있었다. 그가 여성의 머리를 매만지자 감춰져 있던 얼굴이 드러났다.

그녀는 얼굴이 예뻤다. 피부는 인간의 피부와 색이 똑같은 데다 살그머니 손을 대보니 탄력이 느껴졌다. 머리는 정성스레 손질했고 복장도 흐트러진 데 없이 단정하게 갖추었다. 흡사 태생이 고귀한 여성 같았다. 그러나 그녀는 미동도 하지 않았다. 어디 먼 곳에 시선을 둔 순간 얼어붙은 사람 같았다.

"가오리 씨입니다."

오즈가 소개했다.

"이게 뭐냐?"

"러브돌인데요, 제 방에 놔두기는 좀 그러니까 여기서 맡아주면 좋겠는데요."

"심야에 쳐들어와서 잘도 그런 저 좋은 말을 하는군."

"에이, 뭐. 일주일 정도면 됩니다. 나쁘게는 안 한다니까요."

오즈는 누라리횬 같은 웃음을 띠었다.

"게다가 보세요, 누추한 다다미 넉 장 반에 꽃이 활짝 핀 것 같잖아요. 방이 조금은 밝아지지 않겠습니까?"

201

오즈는 나와 같은 학년이다. 공학부 전기전자공학과 소속인데도 전기도, 전자도, 공학도 싫어한다. 1학년이 끝난 시점에서 취득 학점 및 성적은 무시무시한 저공비행이라 과연 대학에 재적하는 의미가 있는 것인지 알 수 없었다. 그러나 본인은 그러거나 말거나 했다.

야채를 싫어하고 즉석식품만 먹기 때문에 안색이 어쩐지 달의 이면에서 온 사람 같아 심히 소름 끼친다. 밤길에 마주치면 열 중 여덟이 요괴로 착각한다. 나머지 둘은 요괴다. 약자에게 채찍을 휘두르고, 강자에게 알랑거리고, 제멋대로고, 오만하고, 태만하고, 청개구리 같고, 공부도 하지 않고, 자존심은 터럭만큼도 없고, 타인의 불행을 반찬으로 밥을 세 공기 먹을 수 있다. 칭찬할 점이 도무지 한 가지도 없다. 그를 만나지 않았더라면 나의 영혼은 더욱 맑았으리라.

그렇게 생각하면, 1학년 봄에 소프트볼 동아리 '포그니'에 실수로 발을 들여놓은 것이 애초에 화근이었다고 생각하지 않을 수 없다.

당시 나는 솜털이 보송보송한 1학년이었다. 꽃이 다 져버린 벚나무 잎사귀가 푸릇푸릇 싱그러웠던 기억이 난다.

신입생이 대학 구내를 걷고 있으면 좌우지간 여기저기에서 전단을 억지로 밀어붙이는 터라, 나는 개인의 정보 처리 능력을 월등히 능가하는 전단을 들고 어찌할 줄 몰라 하고 있었다. 내용은 천차만별이었으나, 내가 흥미를 느낀 것은 다음 네 곳이었다. 영화 동아리 '계', '제자 구함'이라는 기상천외한 전단, 소프트볼 동아리 '포그니' 그리고 비밀 기관 '복묘반점'이다. 수상쩍음에 정도의 차는 있어도 모두 대학 생활이라는 미지의 세계로 통하는 문이었다. 나의 마음은 호기심으로 가득 찼다. 어느 것을 선택해도 재미있는 미래가 열릴 것이라 생각한 것은 손쓸 여지도 없는 얼간이였기 때문이다.

강의가 끝나고 나는 대학 시계탑으로 발걸음을 옮겼다. 많은 동아리가 신입생 환영 설명회 장소로 이동하기 전에 그곳에서 만나기 때문이다.

시계탑 주변은 샘솟는 희망에 볼이 발갛게 상기된 신입생들과 그것을 먹잇감으로 삼을 만반의 준비를 갖춘 동아리 선배들로 북새통을 이루고 있었다. 환상의 지보라 불리는 '장밋빛 캠퍼스 라이프'로 들어가는 입구가 지금 여기에 무수히 열려 있는 것 같아, 나는 반 몽롱한 상태로 걸었다.

그곳에서 내가 발견한 것이 영화 동아리 '계'의 간판을 들고 기다리는 학생 몇 명이었다. 신입생 환영 상영회가 열리니 그곳까지 안내해주겠다고 했다. 그러나 어쩐지 말을 붙일 결심이 서지 않아 나는 시계탑 앞을 돌았다. 문득 '포그니'라고 쓴 간판을 든 학생이 눈에 띄었다.

'포그니'는 주말에 운동장 한구석을 빌려 소프트볼을 하는 동아리다. 연습은 나오고 싶은 사람만 나오면 되고, 가끔씩 열리는 시합에 참가하기만 하면 나머지는 자유다. 포그니라는 태평한 이름과 느슨한 운영 방침이 나의 심금을 울렸다. 듣자 하니 여성도 많이 있다고 했다.

고등학교 때 운동부에 들어간 것도, 문화 예술 쪽 동아리에서 활동한 것도 아니다. 좌우지간 가급적 활동하지 않고 숨을 죽인 채 매한가지로 비활동적인 사내들과 죽치고 지냈다.

나는 '운동하는 것도 나쁘지 않겠거니'라고 생각했다. 본격적인 운동부라면 부담이 너무 크다. 하지만 이것은 그냥 동아리다. 게다가 굳이 따지자면 사이좋게 교류하는 데 주안점을 두었고, 연일 밤낮으로 공을 쫓으며 전국 대회 우승을 목표로 한다든가 하는 마음가짐은 없었다. 울적했던 고등학교 시절이여, 잘 있어라. 이 같은 모임에 참여해 상쾌하게 땀을 흘리며 친구 백 명을 사귀는 것도 나쁘지 않다. 열심히 수행을 쌓으면, 소프트볼을 주거니 받거니 하듯 미녀들과 어려움 없이 언어의 캐치볼을 해내는 사교성이 생길 것이 분명하다. 이것은 사회로 나가 생활하기 위해서도 반드시 습득해야 하는 능력이다. 결단코 미녀와 교류하고 싶은 것이 아니라 기술을 습득하고 싶은 것이다. 허나 기술을 습득한 결과 미녀도 따라온다면 딱히 거부할 생각은 없다. 괜찮다, 안심하고 나에게 오시라.

나는 그런 식으로 생각하고 설레는 마음에 몸을 부르르 떨기까지 했다.

다시 한번 말하지만 손쓸 여지도 없는 얼간이였다.

그리하여 '포그니'에 들어간 나는, 웃으며 담소하고 상큼하게 교류하는 것이 얼마나 어려운지 지겹도록 실감했다. 나의 상상을 뛰어넘는 무사태평 상태가 하도 이상해 좀처럼 적응이 되지 않았다. 어쩐지 창피해 견딜 수 없었다. 유연한 사교성을 습득하고 싶어도 애초에 대화에 낄 수가 없었다. 대화에 끼기 위한 사교성을 어디서 습득해 올 필요가 있다는 것을 깨달았을 때는 이미 늦어, 동아리에 내가 있을 곳이 없어졌다.

참으로 쉽사리 꿈이 깨졌다.

그런데 어찌할 바를 몰라 막막한 내가 인간미를 느낀 사내가 동아리에 단 한 명 있었다.

그것이 오즈라는 사내였다.

〰

힘든 작업을 했더니 배가 고프다고 오즈가 말했다. 고양이 라면의 강렬한 유혹에 사로잡혀, 둘이 함께 시모가모 유스이 장을 나서 야음을 틈타 포장마차로 갔다. 고양이 라면은 고양이로 국물을 낸다는 소문이 있는 라면 포장마차인데, 진위야 어찌 됐든 그 맛은 무류하다.

오즈는 김이 모락모락 나는 라면을 후룩후룩 먹으며, 인형 '가오리 씨'는 스승의 명령을 받고 어느 인물의 하숙에서 훔친 것이라고 했다.

"너 그거 범죄가 아니냐."

205

"그런가요?" 오즈는 고개를 갸웃했다.

"당연하지. 나는 공범 되기는 싫다."

"하지만 스승님하고 그 사람은 오 년 지기거든요. 분명히 이해해 줄 겁니다."

오즈는 "게다가"라며 변명의 여지가 없는 추잡한 웃음을 띠었다.

"당신도 그 애하고 좀 살아보고 싶다고 생각할걸요. 전 압니다."

"이 자식이."

"그렇게 무서운 눈으로 보면 싫어요."

"야, 들러붙지 마."

"외롭단 말이에요. 그리고 저녁 바람이 쌀쌀해요."

"요거, 요거, 외로움 타긴."

"꺄."

심심풀이로 고양이 라면 포장마차에서 의미 불명의 밀어를 주고받는 남녀를 모방하는 것도 이윽고 허무해졌다. 게다가 어쩐지 전에도 그런 짓을 한 것 같아 울화가 치민다.

"어이, 우리 전에도 이런 일 하지 않았나?"

"했을 리 있습니까, 이런 얼간이 같은 짓거리를. 기시감이에요, 기시감."

그렇게 얼간이 같은 소리를 하면서도 고양이 라면의 비길 데 없는 맛에 황홀과 불안 사이를 끊임없이 오락가락하는데, 새로운 손님이 와 우리 옆에 섰다. 묘한 풍채였다. 감색 유카타를 유유히 입고 덴구가 신는 것 같은 게다를 신었다. 무슨 신선 같다. 라면을 먹다 말고 얼굴을 들어 곁눈으로 괴인을 관찰하니 시모가모 유스이 장에서 몇 번 본 기억이 났다. 삐걱거리는 계단을 올라가는 뒷모습, 공용 베란다에서 해바라기를 하며 여자 유학생이 머리를 잘라주는 뒷모습, 공동개수대에서 정체불명의 과일을 씻는 뒷모습. 머리는 제8호 태풍이 방금 통과한 것처럼 마구 헝클어졌고, 가지처럼 질뚝한 얼굴에 태평한 눈을 하고 있다. 연령 미상인 것이 아저씨인가 싶으면 대학생 같기도 하다.

"아, 스승님도 오셨군요?"

오즈가 라면을 후룩후룩 먹으며 머리를 숙였다.

"응, 다소 시장기가 도는구나."

남자도 자리에 앉아 라면 한 그릇을 주문했다. 이 특이한 남자가 오즈의 스승인 모양이었다. 스승의 라면 값은 오즈가 냈다. 수전노 오즈가 별일이 다 있다.

"이걸로 조가사키 선배는 크게 타격을 받을 게 확실합니다. 찻집에서 돌아와 봤더니 가오리 씨가 가출하고 없을 줄은 꿈에도 모르겠죠."

오즈가 신나서 말하자, 스승은 얼굴을 찌푸리며 엽궐련에 불을 붙였다.

"아까 아카시 군이 와서 가오리 씨 유괴는 너무 심하다고 하더군."

"왜 또 그런 소리를."

"그런 식으로 타인의 사랑을 짓밟는 일은 농담으로는 끝나지 않는다고 우기는 것이야. 설령 상대가 인형이라 해도 말이지. 자체 파문 당할 각오라던데."

스승은 수염이 까칠한 턱을 벅벅 긁었다.

"아카시 군도 평소에는 강경파인 주제에 묘한 데서 인정을 보이는 사람이군요. 하지만 스승님, 이 장면에서는 스승님답게 단호하게 한 말씀 해주셔야죠. 상대가 여성이라고 사양하시면 안 됩니다."

"단호하게 한 말씀 하시는 것은 나의 취향이 아닌데."

"하지만 벌써 조가사키 선배 방에서 갖고 나온걸요. 전 이제 와서 돌려주러 가기는 싫습니다."

"그래서 가오리 씨는 지금 어디 있고?"

"이 친구 방에요."

오즈는 나를 가리켰다. 나는 말없이 고개를 꾸벅 숙였다. 유카타 입은 남자는 '어라' 하는 표정으로 나를 보았다.

"시모가모 유스이 장에 살지 않던가?"

"맞습니다."

"그런가. 번거롭게 했군."

⁓

오즈는 시모가모 유스이 장으로 왔다가 인형을 싣고 왔던 차를 몰고 돌아갔다. 오즈의 스승은 나에게 묵례하고 2층으로 올라갔다.

방으로 돌아오니, 커다란 인형은 여전히 꿈꾸는 눈빛으로 책꽂이에 기대앉아 있었다.

돌아오는 길에 오즈와 스승은 중얼중얼 의논한 결과 '이미 가져왔으니 어쩔 수 없다, 얼마 동안 상황을 지켜보자'라고 결론을 내린 듯했다. 하지만 그 의논에서 완전히 소외됐던 나의 방에 인형이 놓여 있는 것은 도리에 어긋나지 않나. 오즈는 스승을 설복하는 데 성공해 득의만면하고, 스승은 내가 맡는 것이 당연하다는 표정이었다. 한통속이 된 너구리와 여우에게 속아넘어간 것 같은 일이다.

소프트볼 동아리 '포그니'를 함께 그만둔 뒤로도 오즈와의 관계는 이어지고 있었다. 그는 동아리 하나를 그만둬도 할 일이 이것저것 있는 모양이었다. 수수께끼의 비밀 조직에 속해 있다느니, 영화 동아리에서 존경의 대상이라느니 하며 바쁜 나날을 보냈다.

그중에서도 시모가모 유스이 장 2층에 사는 인물을 찾아오는 것이 오즈의 중요한 습관이었다. 그는 그 인물을 '스승님'이라 부르며 1학년 때부터 여기 유스이 장에 드나들었다. 애초에 오즈와의 악연이 질기게 이어진 것은, 우리가 같은 동아리에서 같은 식으로 달아났다는 이유 외에 그가 시모가모 유스이 장에 수시로 찾아오기 때문이기도 했다. 스승이 어떤 사람이냐고 물어도 오즈는 히죽히죽 추잡한 웃음을 띨 뿐 대답하려 하지 않았다. 십중팔구 음담패설의 스승일 것이라고 나는 생각했다.

다다미 넉 장 반에 주저앉아 느닷없이 동거인이 된 가오리 씨를 바라보았다. 실로 분통 터지는 일이나 제법 애교가 있는 인형임을 인정하지 않을 수 없었다.

"가오리 씨. 누추한 곳입니다만 편히 쉬시게."

그렇게 말해보고 나서 스스로 생각해도 얼간이 같아져 자리를 깔고 잤다.

≈

움직이지 않는 미녀 가오리 씨가 나의 다다미 넉 장 반에 틈입했을 때부터 톱니바퀴가 어긋나기 시작했다 할 수 있다. 정밀했던 나의 생활에 겨우 며칠 사이에 기상천외한 사건들이 노도처럼 밀어닥쳐, 나는 급류에 휩쓸린 나뭇잎 조각배처럼 이리 치이고 저리 치인 끝에 영문도 모르는 채 다른 방향으로 내동댕이쳐졌다. 모두 오즈 책임이다.

이튿날, 나는 이불 속에서 실눈을 떴다가 청초한 여성이 책꽂이에 기대앉아 있는 것을 보고 기절초풍했다.

나의 다다미 넉 장 반에 여성이라니. 전고미증유前古未曾有의 괴사건이다.

내가 어느 댁 규중처자와 몹쓸 사랑의 불장난을 벌인 끝에 그녀를 방에 재웠고, 먼저 잠에서 깬 그녀가 간밤의 과오를 깨닫고 경악한 나머지 책꽂이에 몸을 기댄 채 꼼짝 못 하게 된 것이 아닌가. 책임, 협상, 결혼, 대학 중퇴, 가난, 이혼, 궁핍, 고독사라는 일련의 흐름이 주마등처럼 뇌리를 스쳤다. 도무지 내가 감당할 수 있는 상황 같지 않아서 갓 태어난 아기 사슴처럼 이불 속에서 바들바들 떨다가,

이윽고 지난밤에 일어난 일이 생각나면서 그녀가 인형이라는 사실을 겨우 떠올렸다.

하도 놀라서 잠이 말짱 깼다.

가오리 씨는 지난밤부터 꼼짝도 하지 않았다. 그녀에게 "잘 잤는가"라고 인사한 뒤, 커피를 끓이고 삼분의 일쯤 남아 있던 어육 완자 덩어리를 노릇노릇하게 구워 아침을 먹었다. 식사를 하며 막연히 가오리 씨에게 말을 걸었다.

"허나 가오리 씨도 이것이 웬 봉변인가. 이렇게 사내 육수로 졸인 것 같은 다다미 넉 장 반에 있으려니 괴로울 테지. 오즈는 몹쓸 녀석이거든. 그 녀석은 옛날부터 남을 생각하는 마음이라는 것이 없었어. 타인의 불행으로 밥을 세 공기 먹는 사내야. 어렸을 때 부모의 애정이 부족했는지도 모르지. ……그나저나 가오리 씨는 말수가 참 없군. 이렇게 상쾌한 아침에 뭘 그렇게 퉁퉁 부어 있나. 자, 뭐라 말 좀 해보지."

당연히 그녀는 말이 없었다.

나는 어육 완자를 다 먹고 커피를 마셨다.

아무리 그래도 휴일 아침부터 인형에게 말을 걸면서 따분함을 달래고 있을 계제가 아니다. 나에게도 현실 생활이 있다. 며칠 동안 꾸물꾸물하던 날씨도 좋아졌으므로 기왕 일찍 일어난 김에 동네 빨래방에 가 세탁을 하기로 했다.

빨래방은 시모가모 유스이 장에서 걸어서 몇 분 걸리는 곳에 있었다.

빨랫감을 던져 넣고 세탁기를 돌리기 시작한 다음 캔 커피를 사러 나갔다. 돌아와 봐도 빨래방에는 사람이 없고 내가 늘 이용하는 맨 왼쪽 세탁기만 작동하고 있었다. 화창한 햇살 아래 나는 커피를 마시고 담배를 피웠다.

세탁이 끝나 뚜껑을 연 순간, 나는 경악했다.

내가 애용하는 속옷들은 간데없이 대신 스펀지로 만든 작은 곰 인형이 달랑 들어 있었다. 나는 얼마 동안 사랑스러운 곰 인형과 눈싸움을 벌였다.

기괴천만이다.

빨래방에서 여성 속옷을 도둑맞았다면 그나마 이해할 수 있다. 그러나 나 같은 남자와 함께 이 년간 고절苦節을 지킨 회색 삼각팬티를 훔쳐 무슨 즐거움이 있다는 말인가. 오히려 괜한 슬픔을 짊어질 뿐 아닌가. 뿐만 아니라 범인이 나의 속옷을 훔치고 사랑스러운 스펀지 곰을 두고 갔다는 데에서 수수께끼는 더욱 깊어진다. 대체 범인은 이 곰 인형에 무슨 의미를 담은 것인가. 나에 대한 사랑인가. 허나 좋다고 나의 속옷을 들고 가는 범인의 사랑 따위 나는 필요 없다. 좀 더 뭐랄까, 샤방샤방하고 섬세 미묘하고 꿈같은, 아름다운 것만으로 머리가 꽉 들어찬 검은머리 아가씨의 사랑이 좋다.

다른 세탁기도 열어보고 건조기도 확인해보았으나 나의 속옷은 행방이 묘연했다. 나는 발을 동동 굴렀다. 경찰에 도난 신고를 하는 것도 바보 같다. 애당초 이렇게 수수께끼 같은 범인이 밝혀지는 것은 싫다.

나는 스펀지 곰을 들고 집으로 돌아왔다. 빈손으로 돌아가기는 억울해서였다. 노여움이 활활 타올랐으나 어떻게 할 수도 없다. 나는 스펀지 곰을 무나무나 짓누르며 노여움을 발산했다.

※

빨래방에서의 도난 사건으로 기분이 상한 나는 어육 완자처럼 뽀롱뽀롱 화를 내며 다다미 넉 장 반으로 돌아왔다.

석양이 비치면 후텁지근해지는 다다미 넉 장 반도 아직 오전 중이라 시원했다. 책꽂이 옆에서 가오리 씨가 내가 돌아오기를 기다리고 있었다. 열심히 뽀롱뽀롱 화를 내던 나도 가오리 씨의 고요한 옆얼굴을 보고 있으려니 마음이 차분해지는 것 같았다. 오즈는 가오리 씨를 누군가에게서 훔쳤다고 했는데, 그 불행한 사람은 지금쯤 혈안이 되어 그녀를 찾고 있으리라. 가오리 씨의 청초한 모습으로 상상하건대 금지옥엽으로 아꼈을 듯했다.

허나 그냥 만연히 앉혀두기만 해서는 인간미가 없다. 나는 그녀의 무릎에 시모가모 신사의 헌책 시장에서 구입한 《해저 2만 리》를 펴놓기로 했다. 그러자 그녀는 나의 방 한구석을 빌려 해양모험소설을 읽으며 꿈꾸는 지적인 검은머리 아가씨처럼 보였다. 그녀의 매력을 잘 이끌어낸 모습이다.

아무도 없는, 오히려 누구도 들어오고 싶지 않을 다다미 넉 장 반.

여기 있는 것은 나와 그녀뿐이다. 다소 장난을 친다 한들 누구에게도 비난받을 이유가 없다. 허나 나는 스스로 칭찬해주고 싶어지는 자제심을 발휘해 지극히 정중하게 그녀를 대했다. 무엇보다도 그녀는 오즈가 맡긴 것이다. 묘한 짓을 했다가 오즈에게 트집 잡히는 일은 나의 자존심이 허락지 않는다.

그 뒤 나는 책상 앞에 앉아 속옷을 도둑맞아 까칠해진 마음을 가라앉히기 위해 며칠 전 배달된 편지를 읽기로 했다. 편지를 쓴 사람은 여성이다.

독자 제씨, 놀라지 마시라. 나는 서신 왕래를 하고 있었다.

조도지에 혼자 사는 그녀의 이름은 히구치 게이코라 했다. 젊은 여성이며, 시조가와라마치에 있는 영어회화 학원에서 사무직으로 일하고 있다. 취미는 독서와 원예다. 베란다에서 키우는 꽃에 관해 즐겁게 쓰곤 했다. 글씨체가 아름다웠는데 편지에 적은 문장도 참으로 아름답고 흠잡을 데 없었다.

허나 나는 그녀를 한 번도 만난 적이 없었다.

⁓

대단히 고전적인데 나는 편지 쓰기를 몹시 좋아해서 예전부터 서신 왕래라는 것을 동경하고 있었다. 상대방이 묘령의 여성이라면 더욱 그렇다. 아니, 묘령의 여성 이외의 지적 생명체와 서신 왕래 따위 할쏘냐, 하고 굳게 결심할 정도로 '서신 왕래'라는 것에 한결같고 순수한 마음을 품고 있었다.

여기서 중요한 점은 반드시 손으로 쓴 '편지'여야 한다는 것, 그리고 무슨 일이 있어도, 설사 지옥의 불가마가 열리거나 세상의 종말이 찾아온다 해도 상대방을 만나면 아니 된다는 것이다. 특히 후자는 절대로 엄수해야 한다. 상대방이 묘령의 여성임을 알고 있을 경우 만나고 싶은 마음이 불끈불끈 치솟는 것은 사내로서 자연스러운 일이리라. 허나 여기서 참지 않으면 아니 된다. 자칫 잘못하면 소중히 길러온 전아한 관계가 순식간에 물거품이 될 것이다.

나는 언젠가 생각지도 못한 호기를 손에 넣어 전아한 서신 왕래를 하면 좋겠다고 꿈을 꾸었다. 서신 왕래가 하고 싶어 몸이 근질거렸다. 허나 낯모르는 묘령의 여인과 서신 왕래를 개시하기는 생각보다 쉽지 않다. 묘령의 여인이 살고 있기를 기도하며 적당히 찍은 주소에 편지를 보내는 것은 멋이 없고, 아니면 변태. 그러나 서신 왕래가 하고 싶다고 일부러 '일본 서신 왕래 애호가 협회 교토 지부'를 찾아가는 것도 나의 미학에 반한다.

이 비밀스러운 바람을 오즈에게 털어놓았다가 변태 소리를 잔뜩 들었다. 그는 변명의 여지도 없을 만큼 추잡하게 눈을 위로 치뜨며 말했다.

"그래서 낯모르는 여성에게 외설적인 말을 써 보내고 흥분하는 거죠? 정말 손쓸 여지도 없는 색골이라 곤란하다니까요. 이 도색 편지 애호가!"

"그런 엉큼한 짓은 아니 한다."

"에이, 저는 압니다. 당신은 절반이 외설이라고요."

"시끄럽다."

그렇건만 오즈가 계기가 되어 '서신 왕래'를 할 절호의 기회가 찾아왔다.

2학년 가을, 평소 외설 문서밖에 감상하지 않는 오즈가 웬일로 보통 소설을 읽은 듯 그 책을 나에게 주었다. 이마데가와 거리에 있는 헌책방에서 100엔 균일 상자에 들어 있던 것을 무심코 사봤다고 한다. 다 읽기도 했고 지저분하니까 이제 필요 없다고 저 좋은 소리를 했다.

여성과 인연이 없는 시대착오적인 학생의 고뇌를 면면히 그리는 소설은 전아함과는 거리가 멀고 재미도 없었으나, 나는 마지막 페이지에 시선이 못 박히고 말았다. 아름다운 글씨체로 주소와 이름이 적혀 있었다. 보통은 헌책방에 팔기 전에 이런 이름을 지우게 마련이거니와, 괜한 트러블이 발생하지 않도록 헌책방에서 지우기도 할 것이다. 그런데 우연히 발견하지 못한 모양이다.

문득 '이것은 절호의 기회다'라는 생각이 들었다. 이것이야말로 하늘의 뜻이 아닌가. 낯모르는 여성과 서신 왕래를 개시할 천재일우의 호기가 아닌가.

냉정하게 생각하면 여성이 젊다고 단정하기에는 재료가 부족했다. 하물며 그녀가 독서를 좋아하고 약간 내성적일뿐더러 왜 그런지 자신의 아름다움을 아직 깨닫지 못한 묘령의 여성이라 단정하는 것에 이르러서는 변태라 불려도 도리가 없다. 허나 나는 중요한 순간에는 구태여 변태의 오명을 쓰는 것도 불사하는 사내다.

나는 서둘러 데마치 상점가로 가 아름다우면서 이 변태적 행위를 보완하고도 남을 만큼 성실함이 넘치는 편지지를 구입했다.

느닷없이 보내는 편지니 내용은 무난한 것이 좋으리라고 생각할 정도의 양식은 있었다. 처음부터 뭔지 잘 알 수 없는 육즙이 뚝뚝 떨어지는 편지를 보내면 그야말로 경찰에 신고당해도 할 말이 없다. 나는 돌연히 편지를 보내는 무례함을 먼저 정중하게 사과하고, 자신이 착실하게 학업에 힘쓰는 학생이라는 말을 아니꼽지 않게 슬쩍 곁들이고, 전부터 서신 왕래를 동경하고 있었음을 솔직하게 쓰고, 다 읽은 소설에 관해 칭찬하는 것도 헐뜯는 것도 아닌 감상을 덧붙이고, 답장을 달라는 말은 일부러 한마디도 하지 않았다. 너무 길게 쓰면 변태 냄새가 날 테니 퇴고에 퇴고를 거듭해 편지지 한 장 반 분량으로 정리했다. 다 쓰고 나서 읽어봐도 전편에서 물씬 풍기는 성실함에 사심이 전혀 드러나지 않는 것이, 내가 쓰기는 했어도 반하지 않을 수 없었다. 역시 편지는 마음으로 쓰는 것이구나 생각했다.

이 풍기문란한 세상에서 낯선 타인이 보낸 편지에 답장을 하는 것은 상당한 결의를 요한다. 금지옥엽 곱게 자란 규방처자라면 더욱 그렇다. '혹시 답장이 오지 않더라도 상처받지 말자' 하고 각오했건만 답장이 오는 바람에 뛸 듯이 기뻐했다.

이리하여 거짓말처럼 간단한 계기로 반년에 걸친, 그리고 그해 5월에 생각할 수 있는 최악의 결말을 맞이하는 서신 왕래가 시작되었다.

근계

　아오이 축제5월 15일에 교토 시모가모 신사와 가미가모 신사에서 벌어지는 축제가 끝났나 했더니 갑자기 날이 무더워졌습니다. 장마를 앞두고 봄의 바다에 뜬 외딴섬 같은 여름에 잘못 들어선 듯합니다.

　저는 더위에 약하기 때문에 어서 장마가 시작됐으면 좋겠어요. 장마는 습해서 싫다고 하는 사람이 많은데, 저는 비가 보슬보슬 내리는 날이면 마음이 차분해집니다. 할아버지 할머니 댁에 수국이 많았던 터라, 어렸을 때부터 빗속에 부옇게 핀 수국을 툇마루에서 바라보기를 좋아했습니다.

　지난번에 추천해주신 쥘 베른의 《해저 2만 리》, 그 뒤로 조금씩 읽어 이제 제3부에 들어섰습니다. 지금까지 아동용 소설이라고만 생각했는데 매우 깊이 있는 소설이네요. 네모 선장의 수수께끼 같은 분위기도 좋지만, 저는 굳이 말하자면 작살잡이 네드 랜드가 좋습니다. 잠수함에 갇혀 활약할 장소가 없는 그가 불쌍합니다. 똑같이 갇혀 있어도 교수와 콩세유는 어쩐지 즐거워 보이는데 네드 랜드 혼자 초조해하다 보니 그의 편을 들고 싶어지나 봅니다. 아니면 제가 네드 랜드처럼 먹보라서 그럴지도요.

　제가 책을 추천드린다면 스티븐슨의 《보물섬》일까요. 벌써 읽으셨을 수도 있겠습니다만. 저는 어렸을 때 읽었답니다.

제가 하는 일은 여전하고, 이렇다 할 큰 사건도 없어요.

얼마 전 일본에 삼 년 계셨던 강사 선생님이 귀국하시게 되어 송별회가 미카게 거리에 있는 아이리시 펍에서 열렸습니다. 저는 술은 못하지만 아일랜드 요리를 즐기고 왔습니다. 흰살 생선 튀김이 아주 맛있습니다.

귀국하시는 선생님은 샌프란시스코에서 오신 남자분인데, 샌프란시스코에 올 일이 있으면 꼭 만나자고 하셨습니다. 삼십대 중반쯤이신데 다시 대학으로 가신다고 합니다. 저도 외국 대학에 유학가고 싶은데, 하루하루 지내는 것으로도 벅차 좀처럼 실현될 것 같지 않습니다.

제가 이런 말씀을 드리면 쓸데없는 참견일지 모르지만, 대학에서 자유롭게 공부할 수 있다는 것은 대단히 좋은 일이라고 생각해요. 당신이라면 분명히 주어진 기회를 살려 자신을 마음껏 드높일 수 있으시겠죠. 올봄에 3학년으로 진급해 바쁘시겠지만 스스로를 믿고 열심히 노력해주세요.

단 무슨 일을 하더라도 건강이 제일이니 무리는 금물입니다.

어육 완자가 맛있다고 쓰셨는데, 너무 어육 완자만 드시지 말고 좀더 다양하게 챙겨 드시면서 부디 건강에 유의해주세요.

그럼 오늘은 여기서 이만 실례하겠습니다.

편지 기다릴게요.

이만 총총

히구치 게이코

오후가 되자 다다미 넉 장 반이 찌는 듯이 무더워졌다. 더워지면
서 짜증이 점점 더 치밀고, 빨래방에서 속옷을 훔쳐간 인물에 대한
노여움이 또다시 치솟았다. 나는 다다미 넉 장 반 구석에서 묵묵히
독서에 열중하는 가오리 씨를 바라보고 또 속옷 대신 손에 넣은 인
형을 후냐후냐 짓눌렀다.

기분 전환을 위해 면학에 힘쓰려 했다.

그러나 교과서를 보다 보니 무익하게 지나간 이 년을 만회하겠다
고 꼴사납게 아등바등한다는 생각이 들었다. 그런 좀스러운 모습은
나의 미학에 반한다. 그렇기에 나는 깨끗이 공부를 단념했다. 이런
미련 없음으로 말하자면 내가 일가견이 있다. 즉 신사라는 이야기다.

이렇게 되면 제출할 리포트는 오즈를 의지하는 수밖에 없다. '인
쇄소'라 불리는 비밀 조직이 있는데, 그곳에 주문하면 위조 리포트
를 입수할 수 있다. '인쇄소' 같은 수상쩍은 조직에 업히고 안겨 살
아온 덕에, 이제는 오즈를 통해 '인쇄소'의 도움을 받지 않으면 위기
를 넘길 수 없는 몸이 되고 말았다. 몸도 마음도 좀먹혀 구멍이 숭
숭 뚫렸다. 오즈와의 악연을 끊기가 쉽지 않은 원인은 여기에도 있
었다.

아직 5월 말이건만 벌써 여름이 온 것처럼 무더웠다. 음란물 진열
로 잡혀가도 할 말 없는 규모로 창문을 활짝 열어젖혔으나 공기가
움직이지 않고 정체되어 있다. 다양한 비밀 성분을 흡수해 시간을

들여 숙성된 탁한 공기는, 흡사 야마자키 증류소의 술통에 담긴 호박색 위스키처럼 다다미 넉 장 반에 발을 들여놓은 자를 곤드레만드레 취하게 한다. 그렇다고 복도에 면한 문을 열면 유스이 장을 서성이는 새끼 고양이가 멋대로 들어와 야옹야옹 귀염을 떤다. 잡아먹고 싶을 만큼 귀여워서 먹어줄까 했으나, 아무리 그래도 그렇게까지 야만적인 소행을 저지를 수는 없는 노릇이다. 비록 팬티 한 장만 입고 있을지언정 신사적으로 행동해야 한다. 새끼 고양이의 눈곱을 떼어주고 바로 쫓아냈다.

벌렁 드러누워 어느새 쿨쿨 잠이 들어버렸다. 오늘은 여느 때보다 일찍 일어난 탓에 잠이 부족했던 모양이다. 놀라 눈을 떠보니 해가 이미 크게 기울어 나의 휴일이 무의미하게 끝나려 하고 있었다. 이 무익한 휴일을 유일하게 유의미하게 해줄 '영어회화 학원' 시간이 다가오고 있었다. 나는 외출 준비를 했다.

소프트볼 동아리 '포그니'에서 지독한 꼴을 당한 나는 동아리라는 것을 불신하게 되었다. 당연히 시간이 남아돌았다. 히구치 게이코 씨가 '영어회화 학원에 근무한다'라고 쓴 데 자극을 받아 작년 가을경부터 가와라마치산조에 있는 영어회화 학원에 다니기 시작했다. 여담이지만, 내가 다니는 영어회화 학원에 히구치라는 여성은 근무하지 않았다.

"그럼 가오리 씨, 내가 없는 동안 집을 부탁하네."

그런 말을 남겨도 그녀는 《해저 2만 리》를 읽는 데 열중해 고개를 들지 않았다. 독서에 몰두하는 여성의 옆얼굴은 참으로 아름답다.

시모가모 유스이 장에서 자전거를 타고 출발했다.

주위는 이미 해 질 녘 분위기고, 폭신한 구름으로 뒤덮인 하늘은 연분홍색이었다. 선선한 저녁 바람이 불었다.

나는 시모가모 신사 곁을 지나 미카게 거리를 건너 참배길을 빠져나갔다. 그 앞 가와이 다리와 데마치 다리 사이에서, 서에서 온 가모 강과 동에서 온 다카노 강이 합류한다. 일반적으로 카모 강 델타라 불리는 지대다. 카모 강 델타는 이 시기에 대학생들의 신입생 환영회로 흥청거린다. 나도 1학년 초에 괴상망측한 소프트볼 동아리 '포그니'에서 바비큐 파티를 했는데, 어쩐지 대화에 끼지 못해 가모 강에 돌멩이만 던지고 있었던 슬픈 기억밖에 없다.

데마치 다리 서단에서 가모 큰다리 서단까지 시원한 강둑을 달리며 나는 괜히 자학적인 기분에 사로잡혀 강 건너 카모 강 델타에서 화기애애하게 즐기는 듯한 학생들을 노려보았다. 그러다가 강변에서 떠들썩하게 이야기하는 젊은이들 틈에 오즈가 있음을 깨달았다. 그 소름 끼치는 얼굴은 잘못 알아보려야 잘못 알아볼 수 없다. 나도 모르게 자전거를 세웠다.

오즈는 신입생인 듯한 집단에 둘러싸여 기분 좋게 놀고 있었다. 나는 무익한 하루를 보냈건만 그는 스스럼없는 동아리 친구들과 함께 즐기고 있었던 모양이다. 가모 강을 사이에 두고 명백히 명암이 갈리는 상황이 되어 나는 격분했다. 저렇게 기분 나쁜 요괴 같은 사내를 신선한 영혼을 가진 젊은이들이 따스하게 에워싸다니 말세다. 영혼의 오염을 막을 길이 없다.

나는 얼마 동안 강 건너 오즈를 분노 어린 시선으로 노려봤으나, 그래봤자 배가 꺼질 뿐이니 마음을 추스르고 자전거를 달렸다.

〰

학원이 끝나고 어스름에 젖어들기 시작한 거리를 걸었다.

배를 채우기 위해 산조기야마치에서 나가하마 라면을 먹고 나서 기야마치를 내려갔다.

걸으면서 오즈 생각을 하니 라면으로 부른 배가 한층 부풀어 오르는 듯했다. 지난 이 년간 그는 나의 한없이 좁은 교우관계의 중핵에 버티고 앉아 나의 다다미 넉 장 반의 평화를 끊임없이 어지럽혔다. 어젯밤에는 뻔뻔하게 심야에 나타나 러브돌을 억지로 떠맡기고 바람처럼 사라져버렸다. 그러나 더욱 본질적인 문제는 본래 순수했을 나의 영혼이 오즈 탓에 오염되고 있다는 사실이었다. 먹을 가까이 하면 검어진다. 인격이 비뚤어진 오즈를 접하는 사이에 나도 모르게 나의 인격마저 영향을 받는 것이 아닌가.

오즈에 대한 불만을 떨치지 못한 채 나는 다카세 강을 따라 슬렁슬렁 걸었다.

이윽고 멈춰 섰다.

술집과 유흥업소가 늘어선 가운데 어두운 민가가 몸을 움츠리듯

서 있었다.

처마 밑에 하얀 천을 덮은 작은 대를 앞에 놓고 노파가 앉아 있었다. 점쟁이다. 대 아래로 늘어뜨린 갱지는 의미를 알 수 없는 한자의 나열로 메워져 있었다. 작은 제등 같은 조명의 주황색 불빛이 비추는 노파의 얼굴은 묘한 박력이 감돌았다. 완전히 길 가는 사람의 영혼을 노리며 입맛을 다시는 요괴다. 점을 봐달라고 했다가는 수상쩍은 노파의 그림자가 들러붙어 하는 일마다 족족 실패하고, 기다리는 사람은 오지 않고, 잃어버린 물건은 찾지 못하고, 누워서 떡 먹기인 과목에 낙제하고, 제출 직전인 졸업논문이 자연발화하고, 비와 호수로에 빠지고, 시조 거리에서 유인 판매에 걸려드는 등 온갖 불행을 당할 것이다. 그런 망상에 탐닉하며 빤히 쳐다봤으니, 이윽고 노파도 알아차렸는지 땅거미 속에서 눈을 빛내며 나를 봤다. 그녀가 발산하는 요기가 나를 사로잡았다. 정체를 알 수 없는 요기는 설득력이 있었다. 나는 논리적으로 생각했다. 이 정도 요기를 무료로 방출하는 인물의 점이 들어맞지 않을 리 없다고.

세상에 태어난 지 이제 곧 사반세기이건만 지금까지 타인의 의견에 겸허하게 귀를 기울인 적은 손가락으로 헤아릴 정도다. 그 때문에 걷지 않아도 됐을 가시밭길을 구태여 선택했을 가능성이 있지 않나. 좀 더 일찍 자신의 판단력에 대한 기대를 접었더라면 나의 대학 생활은 지금 같은 모양새가 아니었을 것이다. 수수께끼의 소프트볼 동아리 '포그니'에 들어가지도 않고, 심지가 미로처럼 꾸불꾸불한 오즈라는 인물을 만나지도 않았을 것이다. 좋은 벗, 좋은 선배를 만나 넘치는 재능을 마음껏 발휘해서 문무겸전하고, 당연한 귀결로서 곁에는 아름다운 검은머리 아가씨, 눈앞에는 휘황찬란한 순금 미래, 잘만 하면 환상의 지보라 불리는 '장밋빛이고 유의미한 캠퍼스 라이프'를 이 손에 거머쥐었으리라. 나쯤 되는 인간이라면 그런 운명도 전혀 이상할 것 없다.

그래.

아직 늦지 않았다. 가급적 신속하게 객관적 의견을 청해 응당 있을 수 있어야 하는 다른 인생으로 탈출하자.

나는 노파의 요기에 빨려들듯 발을 내디뎠다.

"학생, 뭘 알고 싶으신지?"

노파는 입속에 솜을 물고 있는 것처럼 우물우물 말하는 탓에 한층 신통함이 느껴졌다.

"글쎄요, 뭐라 말해야 좋을지."

내가 뒷말을 잇지 못하자 노파는 미소를 지었다.

"얼굴을 보면 매우 초조해하시는 걸 알겠군요. 불만이시죠? 재능을 살리지 못하시는 것처럼 보이는데요. 지금 환경이 당신에게 어울리지 않는 것 같네요."

"네, 맞습니다. 정말 그렇습니다."

"잠깐 볼까요?"

노파는 나의 두 손을 잡고 들여다보며 고개를 끄덕였다.

"흠, 당신은 대단히 성실하고 재능 있는 분 같군요."

노파의 혜안에 나는 일찌감치 탄복했다. 능력 있는 매는 발톱을 감춘다는 속담처럼, 겸허한 마음으로 아무도 모르게 감추고 살아온 탓에 지난 몇 년간 나 자신도 어디 있는지 알 수 없었던 나의 양식과 재능을 만난 지 오 분도 되지 않아 찾아내다니 역시 예사 사람이 아니다.

"좌우지간 호기를 놓치지 않는 것이 중요합니다. 호기는 좋은 기회를 말해요, 아시겠어요? 다만 호기는 잡기가 워낙 쉽지 않아서 말이죠, 호기 같지 않은 것이 실은 호기일 때가 있는가 하면 그야말로 호기처럼 보였는데 나중에 보니 전혀 그렇지 않더라 할 때도 있답니다. 하지만 당신은 그 호기를 잡아 행동에 나서셔야 해요. 당신은 장수하실 것 같으니 언젠가는 호기를 잡으실 수 있겠죠."

요기에 걸맞게 참으로 심원한 말이다.

"그렇게 한량없이 기다릴 수는 없습니다. 지금 그 호기를 잡고 싶습니다. 좀 더 구체적으로 가르쳐주실 수 없겠습니까?"

내가 물고 늘어지자 노파는 주름진 얼굴을 가볍게 일그러뜨렸다. 오른쪽 뺨이 간지러운가 생각했는데 아무래도 미소를 지은 모양이었다.

"구체적으로 말씀드리기가 쉽지 않습니다. 제가 이 자리에서 말씀드려도 그것이 이윽고 운명의 변전으로 인해 호기가 아니게 되는 일도 있는데, 그렇게 되면 당신에게 송구스럽지 않겠습니까. 운명은 시시각각 변하니까요."

"하지만 지금 이대로는 너무 막연합니다."

내가 고개를 갸웃하자 노파는 콧김을 훗흐응 내뿜었다.

"좋습니다. 너무 먼 앞날의 일은 말씀드리지 않겠지만 이제 곧 있을 일은 말씀드리죠."

나는 귀를 아기 코끼리 덤보처럼 크게 키웠다.

"콜로세움."

노파가 느닷없이 속삭였다.

"콜로세움? 그게 뭡니까?"

"콜로세움이 호기의 증표라는 말입니다. 당신에게 호기가 도래했을 때 그곳에 콜로세움이 있을 거예요."

노파는 말했다.

"저보고 로마에 가라는 말씀은 아니시겠죠?"

내가 물어도 노파는 히죽거릴 뿐이었다.

"호기가 찾아오면 놓치지 마세요, 학생. 호기가 찾아왔을 때 막연히 똑같은 행동을 하시면 안 됩니다. 과감하게 지금까지와는 전혀 다른 방식으로 그것을 잡아보세요. 그러면 불만이 사라지고 당신은 다른 길을 걸으실 수 있겠죠. 거기에 또 다른 불만이 있을지라도 말입니다. 당신이라면 잘 아시겠지만요."

전혀 알 수 없었으나 고개를 끄덕였다.

"혹시 그 호기를 놓치더라도 심려하실 필요는 없습니다. 당신은 훌륭하신 분이니 필시 언젠가 호기를 잡으실 수 있을 테죠. 저는 압니다. 조급하게 생각하지 않으셔도 됩니다."

노파는 그런 말로 점을 끝맺었다.

"감사합니다."

나는 머리를 숙여 인사하고 요금을 지불했다. 일어나 돌아서니 여성이 등 뒤에 서 있었다.

"길 잃은 어린 양 씨."

하누키 씨는 말했다.

※

하누키 씨는 영어회화 학원에서 같은 반이다. 작년 가을에 내가 들어간 이래로 거의 반년을 알고 지냈는데, 어디까지나 같은 반 사람으로서의 관계였다. 그녀의 뛰어난 기교를 훔치려고 지금까지 거듭 도전했으나 매번 실패로 끝났다.

하누키 씨는 지극히 유창하게 엉망진창인 영어를 했다. 그녀가 잇따라 던지는 영어 비슷한 파편은, 자유로이 공중을 날며 문법적으로 파탄됐는데도 불구하고 원칙을 초월해 연결되어 무슨 까닭인지 상대방의 뇌리에 정확한 의미를 구성했다. 불가사의하다. 한편 나는 머릿속에서 퇴고에 퇴고를 거듭하는 사이에 다음 대화로 넘어가고, 발음할 가치가 있는 말이 당당하게 완성되었을 때는 이미 늦었더라 하는 패턴을 질릴 줄 모르고 반복하고 있었다. 나는 문법적으로 파탄된 영어를 말하느니 영광스러운 과묵을 선택하리라. 돌다리가 부서지도록 두드리는 사내가 바로 나다.

수업 시간에 주워들은 자기소개로 그녀가 치과에 근무한다는 것은 알고 있었다. 학원에서 각자 원하는 주제에 관해 발표하는데 그녀는 대개 치아에 관해 이야기했다. 치의학 분야에 관련된 그녀의 어휘는 내가 아는 반년 동안에만도 비약적으로 늘었다. 그리고 같은 반 사람들의 치아에 관한 지식도 지난 반년 사이에 비약적으로 늘었다. 매우 훌륭한 일이다.

내가 발표 주제로 택하는 것은 매번 오즈의 악행이었다. 나의 교우관계의 중핵을 오즈가 차지하고 있어서다. 솔직히 그의 무익한 행위를 인터내셔널한 자리에서 공표하는 것이 내키지는 않았지만 부득이 언급하자 어찌 된 영문인지 갈채를 받았다. 그때부터 매주 'OZ 뉴스'를 전해야 했다. 남의 일이라서 재미있을 것이다.

얼마 동안 그런 일을 반복했을 때, 수업이 끝나고 하누키 씨가 나에게 말을 걸었다. 놀랍게도 하누키 씨는 오즈를 알고 있었다. 오즈는 그녀가 근무하는 구보즈카 치과의 환자일 뿐 아니라, 오즈가 '스승님'이라 부르며 빈번히 찾는 인물이 하누키 씨의 오랜 친구라고 했다.

그녀는 "스몰 월드네"라고 말했다.

우리는 오즈의 악랄한 인간성에 관해 이야기를 주고받고 금세 의기투합했다.

※

점쟁이 앞에서 만난 뒤, 나와 하누키 씨는 기야마치에서 주점에 들어가기로 했다.

하누키 씨는 영어회화 학원이 끝나고 누구를 만날 약속이 있어 기야마치로 온 모양이었다. 그런데 갑자기 그 인간에 대한 혐오감이 불끈불끈 치솟아, 하지만 술은 마시고 싶고, 하지만 그 인간은 만나고 싶지 않고, 하지만 좌우지간 술은 마시고 싶고, 하고 번민하던 차에 인생의 길을 잃고 방황하는 나를 발견했다고 했다. 그녀는 "딱 잘됐지, 딱 잘됐지" 하고 엉터리로 노래하며 밤의 여로를 성큼성큼 걷기 시작했다.

주말의 주점은 붐비고 있었다. 대학생들이 많은 것은 원래 그렇지만, 지금은 특히 신입생 환영회 시기다. 바로 얼마 전까지 고등학생이었을 것 같은 얼굴도 간간이 보였다.

우리는 오즈의 눈앞에 암흑의 미래가 펼쳐지기를 기원하며 건배했다. 오즈의 험담을 하면 분위기가 무르익으니 편리하다. 험담 거리는 무궁무진하다.

"그 녀석 때문에 얼마나 고생했는지 모릅니다."

"그렇겠지. 그게 그 애 취미잖아."

"녀석은 남의 생활에 쓸데없이 참견하는 것이 인생을 사는 보람이니까요."

"그런 주제에 자기 이야기는 꽁꽁 감추고 말이야."

"맞습니다. 저는 그 녀석이 어디서 하숙하는지도 모릅니다. 몇 번을 물어도 말해주지 않더군요. 자기는 걸핏하면 남의 하숙에 쳐들어오면서."

"어머, 난 가본 적 있는데."

"정말입니까?"

"응, 조도지에 말이지, 시라카와 거리에서 좀 들어가서 있는 사탕처럼 세련된 원룸 아파트였어. 오즈는 집에서 생활비를 많이 받거든. 좌우지간 불쌍한 사람은 부모님이시라니까."

"정말이지 분통 터지는 녀석입니다."

"하지만 오즈랑 제일 친한 친구잖아?"

그녀는 그렇게 말하고 깔깔 웃었다. "그 애가 네 이야기를 자주 해."

"뭐라고 합니까?"

나는 어둠 속에서 야릇하게 미소 짓는 오즈를 떠올리며 물었다. 하누키 씨에게 발칙한 거짓말을 했을 가능성이 있으니 단호히 부정하지 않으면 아니 된다.

"이거저거. 둘이 같이 이상한 동아리에서 도망쳐 나온 이야기라든지."

"아, 네."

그것은 사실이다.

꿀

내가 어쩌다 잘못 들어간 동아리 '포그니'는 이름대로 봄 안개 낀 하늘에 뜬 구름처럼 포근포근했다. 상급생이나 하급생이나 서로 '아무개 씨'라고 부르고, 내부 서열 관계는 일절 없다고 했다. 선배도 없고 후배도 없고, 미움도 없고 슬픔도 없이, 하얀 공을 주고받듯 사랑의 캐치볼을 계속하며 다 함께 즐겁게 도우며 살자는, 일주일만 적을 두면 충동적으로 밥상을 확 뒤엎고 싶어지는 동아리였다.

주말에 운동장을 빌려 하얀 공을 주고받고 함께 식사도 하고 놀러 다니면서 5월이 지나고, 6월이 지나고, 7월이 지났다. 이러한 미적지근한 교류를 통해 내가 평범한 사교성을 습득했을까. 그렇게는 아니 된다. 나의 인내심 주머니는 빵빵하게 부풀어 터지기 일보 직전이었다.

시간이 지나도 다른 사람들에게 익숙해질 수 없었다. 다들 늘 생글생글 미소를 지으며 상냥하게 이야기하고 말다툼도 하지 않고 음담패설도 하지 않았다. 이 사람이고 저 사람이고 인상이 똑같으니 구별이 되지 않아 얼굴과 이름이 일치하지 않았다. 내가 무슨 말만 하면 다들 상냥한 미소를 얼굴에 붙인 채 입을 다물어버렸다.

내가 유일하게 친근감을 느낀 사람이 오즈였다. 오즈는 독특한 화술로 동아리 내에서 일정한 위치를 확보하는 데 성공했으나, 천진난만하게 생글생글 미소 짓는 것에 어려움을 느끼는 듯 자꾸 히죽히죽 요괴 같은 웃음을 짓는 바람에 뱃속에 감춘 사악함을 감출 길이 없다는 인상이었다. 그만은 이름과 얼굴이 일치했다. 아니, 잊을 수가 없었다.

그해 여름, 교토와 오사카 경계에 있는 숲에서 이박 삼일 합숙을 했다. 소프트볼 연습은 그냥 덤이고 요컨대 친목을 다지기 위한 모임이었다. 다들 늘 생글생글 웃으며 잘들 놀면서 새삼스레 무슨 친목이냐고 나는 심술궂게 생각했다.

그런데 이틀째 밤, 숙박중인 야외활동 센터의 방 하나를 빌려 미팅을 한 뒤, 처음 보는 중년 남자가 선배의 안내를 받아 나타났다. 느닷없는 일이었다. 땅딸막하고, 얼굴은 마시멜로를 입 안 가득 문 것 같고, 안경이 너무 작아 얼굴에 파묻혀 보였다.

이윽고 남자가 이야기하기 시작했다. 사랑이 어쩌고 현대 사회의 병이 어쩌고 자네들의 싸움이 어쩌고 유난스레 힘주어가며 이야기했다. 종잡을 수 없는 과장된 말이 길게 이어질 뿐이고 의미를 알 수 없었다. '대체 뭐 하는 사람이지?'라고 생각하며 주위를 둘러보니 어쩐지 다들 황송한 얼굴로 듣고 있었다. 하품을 하는 사람은 나의 대각선 앞자리에 앉은 오즈뿐이었다.

이윽고 남자의 재촉을 받고 부원들이 한 사람씩 일어나 온갖 개인적인 이야기를 하기 시작했다. 고민을 고백하는 자가 있는가 하면, 이 동아리에 대해 감사의 뜻을 표명하는 자도 있었다. 동아리에 들어와 다행이라고 하는 자도 있었다. 자리에서 일어나 잠깐 이야기하다 말고 울음을 터뜨린 여성이 있었다. 땅딸막한 남자가 상냥한 어조로 그녀를 위로했다. "학생은 절대 잘못하지 않았어. 나는 그렇게 믿고, 여기 있는 다른 사람들도 다들 그렇게 생각해."

오즈가 재촉을 받고 일어났다.

"대학에 들어와서 불안한 마음뿐이었는데, 이 동아리에 들어온 덕분에 익숙해질 수 있었던 것 같습니다. 여기서 여러분과 함께 있으면 마음이 편합니다. 정말 굉장하다고 생각합니다."

조금 전까지 하품하던 것이 거짓말처럼 순박하게 말했다.

～

"그래서 어떻게 됐어?"

하누키 씨가 이야기를 재촉했다. 약간 취했는지 어리광 부리는 어조였다.

"제 차례가 되어 적당히 이야기했습니다. 땅딸막한 남자가 나중에 이야기하러 방에 오겠다고 하는데 난처하더라고요. 방으로 돌아가기 전에 변소에 가서 얼마 동안 시간을 때우다가 로비에 사람이 뜸해진 틈을 타서 현관으로 내려와 우선 밖으로 나왔습니다."

"아하, 거기서 오즈랑 만났구나."

"그렇죠."

야외활동 센터에서 몰래 빠져나온 나는 어둠 속에서 모습을 드러낸 오즈를 보고 숲에 숨어 사는 요괴가 나타난 줄 알았다. 바로 오즈라는 것은 알았지만 나는 경계를 늦추지 않았다. 그가 '포그니'에서 파견한 자객이 틀림없다고 생각해서였다. 도망을 꾀한 나를 밧줄로 칭칭 묶어 땅딸막한 남자에게 넘기려는 것이다. 그리 되면 누카즈케 _{쌀겨에 묻은 야채 절임} 냄새 나는 지하 고문실에 갇혀 고등학교 시절의 첫사랑 등 여러 달콤쌉쌀한 추억을 실토할 때까지 꼬치꼬치 신문을 당할지도 모른다. 어디 그리 될까 보냐.

내가 노려보는데 오즈가 "서둘러요"라고 소곤거렸다.

"도망칠 거죠? 저도 동행하겠습니다."

그리하여 부득이 의기투합한 우리는 어두운 숲을 빠져나갔다.

야외활동 센터에서 산 아래 있는 농촌 마을까지 진정한 어둠이라 할 도로를 걸어야 했으나, 오즈가 회중전등을 갖고 있던 덕에 살았다. 참으로 준비성 좋은 사내다. 짐은 방에 두고 왔으나 어차피 별 대단한 것은 들어 있지 않으니 신경 쓸 필요 없다. 도중에 차가 몇 번 지나갔다. 그때마다 우리는 숲으로 뛰어들어 차가 지나갈 때까지 숨어 있었다.

"어쩐지 대모험이네."

하누키 씨는 과장되게 감탄한 듯 말했다.

"글쎄요. 그렇게 기를 쓰고 도망칠 필요가 있었는지 없었는지 모르겠습니다. 그냥 있었어도 별 일 없었을지 모르죠."

"하지만 종교 동아리잖아?"

"네, 뭐. 그래도 그 뒤로 전화가 한 번 왔을 뿐이고 끈덕지게 권하지도 않던데요. 싹수가 없다는 것이 역력했을까요."

"그럴지도 모르겠네. 그래서 산길을 걸어서 어떻게 했어?"

"우선 산에서 내려와서 밭을 가로질렀습니다. 국도로 나가면 차를 얻어 탈 수 있을 줄 알았는데, 한밤중이다 보니 다니는 차도 거의 없고 잘 세워주지도 않더군요. 짐도 없이 섬뜩한 남자 둘이 있으면 저 같아도 안 세우겠습니다."

"저런."

"그래서 뭐, 둘이 걷고 또 걸어서, 표지판을 보고 JR 역을 향해 걸었습니다. 정말 한없이 멀더군요. 시골이니까요. 새벽 4시쯤에 제일 가까운 역에 도착하기는 했는데, 그 역에는 추격자가 올지 모른다는 피해망상에 사로잡혀 선로를 따라서 그 옆 역까지 갔지 뭡니까. 무슨 〈스탠 바이 미〉도 아니고요. 그래서 역 앞에서 캔 커피를 마시며 시간을 때우다가 첫차 타고 돌아왔습니다."

"힘들었겠네."

"열차에서 정신없이 잤습니다. 다리가 더는 움직이지도 않는 겁니다."

"그렇게 해서 오즈랑 우정이?"

"아뇨, 조금도 자라지 않았습니다."

그러자 그녀는 깔깔 웃었다.

"오즈가 그래 봬도 순수한 데가 있잖아?"

"제 눈에는 안 보이던데요."

"어머, 얘. 오즈의 사랑 이야기 몰라?"

그냥 듣고 넘길 수 없는 말이었다. 나도 모르게 몸을 앞으로 내밀었다.

"네? 뭐요? 뭐라고요? 그 녀석이 사랑?"

"응, 영화 동아리에서 1학년 때 만난 여자애라나 봐. 스승님한테도 보여준 적 없는 것 같고, 나도 본 적 없어. 그 애한테는 자기 다른 모습을 보여주기 싫은가 봐. 얄밉지만 그래도 귀엽지 않아? 나, 연애 상담도 해준 적 있다고."

"제기랄."

노여움에 몸을 떠는 나를 보며 하누키 씨는 대단히 재미있어하는 것 같았다.

"이름이 뭐였더라……. 으음."

⸻

폰토초의 하누키 씨 단골집이라는 바 '월면 보행'에서 이것저것 오즈의 험담을 하는 사이에 우리는 점점 더 의기투합했다. 그 자리에 없는 제삼자의 험담은 사람들을 굳게 결속시키는 법이다.

나는 이윽고 빨래방 이야기를 했다.

"네 속옷이 그렇게 갖고 싶었을까?"

그녀는 웃으며 고개를 갸웃했다.

"속옷이 한꺼번에 대량으로 없어지면 정말 곤란하단 말입니다."

그러는 새에 밤이 깊었는데도 하누키 씨는 여전히 팔팔했다. 나는 밤거리의 번잡함에 시달려 피로를 느꼈다. 술을 무진장 마시는 것도 아니라 숨이 답답해졌다. 술 취한 하누키 씨의 눈이 어쩐지 야릇하게 빛나기 시작하자 나의 다다미 넉 장 반이 그리워졌다. 얼른 집에 가고 싶다. 얼른 가서 아무 근심 걱정 없이 외설 문서를 읽고 그대로 이불 속으로 파고들고 싶었다.

그러나 사태는 나의 예측을 배신하고 진행되었다.

집이 서로 가깝다는 이유로 함께 택시를 타고 가게 되고 한층 취한 그녀의 눈이 형형하게 빛나기 시작하자, 나는 현실을 제어할 자

237

신이 없어졌다. 택시 창밖으로 흐르는 밤 풍경을 바라보던 하누키 씨가 "흐흥" 하고 숨을 토하며 나를 봤다. 어쩐지 나를 잡아먹을 것 같은 표정이었다.

그녀의 아파트는 미카게 다리 근처로, 가와바타 거리에 면하고 있었다. 발걸음이 불안정한 그녀를 현관 앞까지 데려다주는 김에 차를 마시고 가지 않겠느냐는 이야기가 나온 시점에서 바야흐로 내가 누구인지, 어디서 와서 어디로 가는지, 유구한 시간의 흐름 속에 홀로 남겨진 것 같은 불안감을 느꼈다. 비에 젖은 버림받은 고양이처럼 바들바들 떨고 있었다.

～

저주받은 사춘기의 문을 지나온 이래로 나의 거시기는 비참하게 살아왔다. 다른 사내들의 거시기 중에는 수치고 체면이고 다 무시하고 종횡무진으로 활약하는 놈도 수두룩할 것이다. 그렇건만 나 같은 주인을 둔 탓에 나의 거시기는 타고난 개구쟁이 기질을 널리 사회 일반에 발휘하지도 못하고 진정한 실력을 꼭꼭 숨기고 있었다. 능력 있는 매는 발톱을 감춘다 하나, 혈기 왕성한 거시기가 그렇게 허무한 처지를 언제까지고 감수하고 있을 리 없다. 그는 틈만 나면 자신의 존재 이유를 확인하려 들며 나의 제지를 뿌리치고 유유히 머리를 들곤 했다.

"이거 봐, 슬슬 내가 나설 때가 되지 않았나?"

그는 유들유들한 목소리로 거듭 말했다.

그때마다 나는 "호기는 아직 도래하지 않았으니"라 고하고 "너는 나오지 마라"라면서 엄히 질책했다. 우리는 현대 사회를 사는 어엿한 문명인이다. 나는 신사이며 그 외에도 할 일이 많다. 거시기가 마음껏 활약할 수 있는 장을 제공하기 위해 도색 유희에 매달려 있을 겨를은 없다고 타일렀다.

"호기 같은 게 정말 오겠냐."

거시기는 투덜거렸다. "그렇게 날 내려다보고 적당히 둘러대는 거 아니야."

"그런 말 마라. 부위적으로 내려다보지 않을 수 없다."

"보나 마나 나보다 머리가 중요한 거겠지. 젠장, 머리가 부럽군."

"삐치지 마, 꼴사납다."

"흥, 쥐구멍에 볕 들 날 없을 놈이."

그렇게 말하고 거시기는 벌렁 드러누워 골을 내곤 했다.

나라고 그가 귀엽지 않을 리는 없으므로, 쥐구멍에 볕 들 날도 없는 나날을 보내는 그를 보고 있으면 마음이 아팠다. 그가 개구쟁이면 개구쟁이일수록, 외부 세계와 화합하지 못하고 고독한 외톨이 늑대로 우우우 짖을 수밖에 없는 나 자신의 모습과 겹쳐져 측은함이 더욱 가중되었다. 이따금 망상의 세계에서 노닐 뿐 그가 귀중한 재능을 낭비할 것이라 생각하니 눈물을 금할 수 없었다.

"울지 마."

거시기는 말했다. "미안하다. 내가 너무 내 생각만 했어."

"면목이 없다."

나는 말했다.

그렇게 나와 거시기는 화해했다.

뭐, 그런 나날이었다고 생각해도 틀리지 않는다.

⇜

하누키 씨의 집은 잘 정돈되어 있었다. 쓸데없는 물건도 그리 많지 않았다. 언제든지 가뿐하게 어디로든 떠날 수 있을 듯한 분위기가 나는 되레 부러웠다. 혼돈에 혼돈을 섞어 반죽한 다다미 넉 장 반과는 천양지차였다.

"미안. 좀 과음했네."

하누키 씨는 허브티를 끓이며 깔깔 웃었다. 눈은 예의 야릇한 빛을 머금고 있다. 어느새 웃옷을 벗고 긴팔 셔츠 하나만 입고 있었다. 어느 틈에 벗었는지 모르겠다.

그녀는 베란다 유리문을 활짝 열었다. 가와바타 거리에 면한 베란다에서는 다카노 강을 따라 늘어선 가로수가 보였다.

"강이 가까워서 좋지? 차 소리는 조금 시끄럽지만."

그녀는 말했다. "옥상에 올라가면 동쪽으로 다이몬지가 보여."

허나 나에게는 이미 다이몬지 따위 아무래도 상관없었다.

나는 여성이 혼자 사는 집에 초대받아 단둘이 차를 마시고 있다는, 너무나도 전형적인 비상사태를 맞이해서 어떻게 신사적으로 체면을 유지하여 이 상황을 타개할 것인가 사고하는 중이었다. 역사학, 물리학, 심리학, 생화학, 문학, 사이비 과학까지 온갖 지식을 총동원해 두뇌 내연 기관이 바삐 돌아가고 있었다. 여기에 오즈가 있었더라면 이렇게 긴장할 필요도 없이 화기애애하게 진행되었을 텐데 하는 생각이 들었다.

그나저나 하누키 씨는 경계심이 지나치게 없지 않나.

심야가 지난 시간에 나를 집 안에 들여놓다니 위험천만하다. 그야 나는 반년 동안 같은 영어회화 학원에서 함께 공부한 사이다. 그녀가 아는 오즈의 '절친'이기도 하다. 허나 정상적인 판단력을 가진 여성이라면 나를 밧줄로 꽁꽁 묶고 천으로 둘둘 말아 베란다 난간에 거꾸로 매달고 불을 붙일 때까지는 안심하지 못할 것이다. 내가 술에 취한 그녀를 대신해 그녀의 안전을 염려하는 것도 아랑곳없이, 하누키 씨는 달짝지근한 어조로 오늘 저녁 만나기로 했던 상대방 이야기를 시작했다.

그녀의 상대가 다름 아닌 구보즈카 치과의 구보즈카 의사라는 사실을 알고 놀랐다. 구보즈카 의사에게 처자식이 있다는 것을 알고 더욱 놀랐다. 그런 인물이 직권을 남용해 그녀와 밀회를 꾀하다니 용서할 수 없는 일이라 생각했으나, 하누키 씨도 그곳에서 오래 일했다고 하거니와 나 같은 정신적 무뢰한 학생은 어른의 미묘한 인간관계를 알지 못한다. 섣불리 참견하지 말아야지 생각하는데, 하누키 씨는 구보즈카 의사와의 관계에 관해 이 이야기 저 이야기를 하며 나에게 조언을 구하는 것이 아닌가.

"역시 기야마치에 버려두고 온 건 너무했나?"

그녀는 그런 말을 중얼거렸다.

나는 점점 조용해졌다. 그러자 하누키 씨는 무릎걸음으로 나에게 바싹 다가앉았다.

"뭔데? 왜 그렇게 표정이 무서워?"

하누키 씨가 말했다.

"원래 이런 얼굴이옵니다."

"거짓말. 아까는 그런 데 주름 없으셨사옵니다."

그녀는 그렇게 말하며 나의 미간에 얼굴을 갖다댔다.

그러더니 별안간 나의 미간을 핥으려 했다.

나는 기절초풍해서 뒤로 물러났다. 그녀는 명백히 괴상야릇한 눈매로 나에게 들러붙었다.

≋

그때 내가 알아차린 사실로 다음 네 가지를 들 수 있다.

첫째는 그녀의 가슴에 봉긋하게 솟은 융기가 나를 짓누르고 있었다는 점이다. 나는 냉정하게 이 사태를 받아들이려 했으나, 대개의 예상대로 그것은 극도로 곤란한 일이었다. 원래 나는 이 여성 특유의 수수께끼 같은 융기에 남자들이 우왕좌왕하는 것을 씁쓸히 여기는 인간이었다. 오랜 세월에 걸쳐 영상적 방면에서 고찰을 거듭해왔어도 우리가 왜 그렇게 단지 봉긋하기만 한 물체에 지배되는지 수수께끼는 풀리지 않았다. 물론 현재 하누키 씨 젖가슴과의 위치 관계상 나 역시 흔쾌히 흥분하고 싶었으나, 이러한 한낱 용기에 순수한 하트를 빼앗겨 긴 세월 부득이하게 지켜온 순결을 헛되이 할 수는 없는 노릇이다. 나의 긍지가 용납하지 않는다.

둘째는 나의 얼굴을 핥으려는 그녀를 피하기 위해 고개를 들었을 때 벽에 걸린 코르크보드에서 발견한 것이었다. 다닥다닥 붙어 있는 사진들 중에 그녀가 여행중에 찍은 듯한 사진이 있었다. 이탈리아였다. 사진에 찍힌 콜로세움을 본 순간, 나는 그런 비상사태 중에도 기야마치 점쟁이의 말이 생각났다. 내가 그렇게나 기다리던 '호기'가 지금 여기에 있는 것이 아닌가.

셋째는 드디어 '쥐구멍에 볕 들 날 왔다'라고 야생마 거시기가 자기 존재를 주장하기 시작한 것이었다. "야, 내 차례냐?"라며 그가 머리를 들었다. 나는 그를 질책하려 했으나 "이게 호기가 아니면 뭐냐?"라고 그는 지당한 말을 했다. "난 이미 신물 날 정도로 참았다. 슬슬 나한테 주도권을 넘기지그래?"

넷째는 우리가 있는 벽을 따라 왼쪽으로 가면 부엌이 나오고 그 너머에 화장실이 있다는 사실이었다. 신속하게 농성해 심두를 멸각하고 사태가 진정되기를 기다리기에 안성맞춤인 장소라 할 수 있으리라.

하누키 씨는 나에게 들러붙어 자꾸만 얼굴을 핥으려 했다.

머리는 갈팡질팡 오락가락인데 거시기는 활약의 장을 원하며 심상치 않게 꿈틀거리고 있었다. 그는 나의 몸 안에 있는 욕망이란 욕망을 모조리 흡수해 단숨에 패권을 장악하려 꾀하는 듯했다. 참모본부인 머리는 아직껏 승인하지 않는데, 거시기가 이끄는 도당은 바야흐로 참모본부 입구로 몰려와 "뭐 하는 거냐" "지금이 바로 호기가 아니냐" "이야기가 다르지 않으냐"라 함성을 질렀다.

참모본부 안에서 나는 거시기의 목소리에 귀를 막고 진지하게 내 인생의 작전 지도를 내려다보았다. "일시적인 욕망에 휩쓸려서야 문명인이라 할 수 있겠는가. 잘 알지도 못하는 여성이 술에 취해 흥야홍야 하는 것을 빌미로 일을 저지른다면 그러고도 어찌 긍지를 지킬 수 있겠는가."

내가 엄숙하게 말하자, 거시기는 주먹을 치켜들고 참모본부의 철문을 탕탕 치기 시작했다. 거의 반미치광이 상태다. "일을 저지르면 그걸로 충분하잖냐" "일을 저지르는 게 얼마나 중요한지 모르냐"라고 고함쳤다. "우리한테 주도권을 위양해라."

"일을 저지르기만 하는 것에 무슨 의미가 있겠는가. 무엇보다도 중요한 것은 긍지다."

내가 대꾸하자, 거시기는 태도를 일변하여 애원하기 시작했다.

"얘, 남자의 순결에 무슨 의미가 있는데? 그런 걸 계속 지킨다고 누가 잘했다고 칭찬이라도 해준대? 이걸로 새로운 세계가 열릴지도 모르잖아. 저쪽이 어떤지 보고 싶지 않아?"

"저쪽은 보고 싶다. 허나 지금은 아직 그때가 아니다."

"또 그 소리냐. 지금이 호기 아니냐. 콜로세움도 있었잖냐. 점쟁이가 말한 대로잖냐."

"호기를 잡을지 말지는 내가 판단한다. 네가 나설 일이야?"

"우어어어. 나 운다. 확 울어버린다."

나는 마음을 모질게 먹었다. 바싹 다가드는 하누키 씨를 피해 벽을 따라 슬금슬금 도망쳤다. 하누키 씨도 따라붙었다. 둘이 함께 정글 속에 숨어 있는 묘한 생물처럼 방 안을 이동해 부엌으로 미끄러져 들어갔다.

"아, 바퀴벌레다."

내가 말한 순간, 하누키 씨는 흠칫 놀라 뒤를 돌아보았다. 그 틈을 타 나는 마침내 일어섰다. 화장실로 도망쳐 들어가 문을 잠그고 농성했다. 긍지를 지키기 위한 행위였건만 그리 긍지 높은 행위로 보이지 않은 것은 애석한 일이다.

거시기가 서글프게 울부짖은 것은 말할 필요도 없다.

⁓

"괜찮아? 속 안 좋아?"

하누키 씨가 밖에서 태평한 목소리로 물었다. 나는 "괜찮습니다. 그냥 좀"이라 하고 화장실 안에서 귀를 기울였다. 이윽고 하누키 씨는 방으로 돌아간 듯 보였다.

나는 화장실에 틀어박혀 나를 둘러싼 세 여성을 생각했다. 한 명은 얼굴도 모르는 서신 왕래 상대이고, 또 한 명은 인형이며, 나머지 한 명은 술에 취해 남의 얼굴을 핥으려 드는 사람이다.

허나 담담히 살아온 지난 이 년간, 나의 신변이 이렇게 화려한 적이 없었다. 오오, 이 달콤한 생활. 어쩌면 오즈가 가오리 씨를 나의 다다미 넉 장 반에 들여놓았을 때부터 바람의 방향이 바뀌었을지 모른다. 앞으로는 여성과의 만남이 줄줄이 사탕, 수첩에는 밀회 예정이 빽빽, 목에서 피가 날 정도로 밀어를 속삭여야 할 것이다. 생각만해도 신물이 난다. 신경쇠약에 걸려 히에이 산에 달려 올라갈 신세가 될 것이 눈에 선하다.

도색 유희의 달인을 목표로 할 그릇이 못 된다면 한 명만 골라야한다.

세 아가씨 중 한 명은 말 없는 미녀이니 아무리 나라도 제외해야한다. 또 한 명은 나의 '서신 왕래 철학'이 만나는 것을 용납하지 않는다. 남는 사람은 당연히 마지막 한 명, 하누키 씨뿐이다.

기야마치 점쟁이의 예언대로 나는 이곳에서 '콜로세움'의 사진을 발견했다. 거시기의 주장처럼 하반신 방면으로 주도권을 넘기라는 천박한 의미는 아닐 터. 이것이 정녕 호기일진대, 이 자리에서는 신사답게 이성을 유지하고 그녀가 술에서 깨기를 기다려 정당한 수단으로 합병 협상을 재개해야 할 것이다.

취했다고는 하나 그녀도 관심이 전혀 없는 상대방의 얼굴을 핥으려 들지는 않으리라. 워낙 특이한 사람이니 나에게 호감을 품을 만큼 유별난 취향을 가졌다 해도 이상할 것 없다. 여기서 심기일전해 호기를 잡는다면 나는 내 미래를 순금으로 바꿀 수 있는 역량을 발휘하게 되리라. 잠재력에는 자신이 있다. 그저 잠재가 지나친 나머지 눈에 보이지 않을 뿐이다.

나는 마음을 진정시켰다.

거시기가 조용해지기를 기다려 가까스로 화장실에서 나오자, 하누키 씨는 방 한복판에 누워 풀무 같은 소리를 내며 자고 있었다.

나는 그녀의 각성을 기다리기 위해 곁에 주저앉았다.

≋

술 때문인지 나답지 않게 선잠이 들어버렸다. 벽에 몸을 기대고 앉아 있었을 텐데 어느새 누워 있었다.

어쩐지 심상치 않은 기운이 느껴졌다.

졸린 눈을 비비며 몸을 일으키자, 눈앞에 누라리횽이 정좌하고 있었다. '깩' 하고 비명을 지르며 벌떡 일어나고 싶은 것을 참고 자세히 보니 오즈였다. 기괴한 일이다. 조금 전까지 분명히 하누키 씨 집에 있었는데 눈앞에 오즈가 앉아 있다. 치과 위생사 하누키 씨는 위장이고, 가죽을 찍찍 벗겨내면 안에 오즈가 들어 있는 것이 아닐까하고 상상해보았다. 혹시 나는 여성의 가죽을 뒤집어쓴 오즈에게 얼굴을 핥일 뻔했고, 여성의 가죽을 뒤집어쓴 오즈와 합병 협상을 할 뻔한 것이었나.

"왜 네놈이 여기 있지?"

나는 간신히 말했다.

그는 점잔 빼며 머리를 어루만졌다.

"귀여운 하급생들하고 산조에서 재미있게 노는데 호출당해서 택시 타고 왔다고요. 내 신세도 좀 생각해주세요."

무슨 말인지 모르겠다.

"그러니까 말이죠, 하누키 씨는 제 스승님 친구분이고 저도 잘 아는데, 난점이 하나 있어서 말입니다. 술이 들어가면 이성이 해이해진달지, 뭐 그래서요."

"뭐냐, 그게."

"혹시 얼굴을 핥일 뻔하지 않았습니까?"

"음, 핥일 뻔했지."

"평소에는 억제가 되는데, 오늘 밤은 당신하고 너무 즐겁게 마신 탓에 도가 약간 지나친 거죠. 즉, 오늘 밤 있었던 일은 없던 일로 해달라는데요."

"뭣이?"

나는 어이가 없었다.

"미안하대요. 이제 와서 부끄러워해봤자 소용없는데 말이죠."

그때 화장실에서 항의하듯 우웨엑 하는 소리가 들려왔다. 아무래도 하누키 씨는 화장실에 틀어박혀 술에게 응분의 대가를 치르는 중인 듯했다.

"허나 왜 네놈이 오나?"

"하누키 씨 대리인으로서 당신한테 사정을 설명하고 위로할까 하고요. 스승님의 오랜 친구분의 위기를 무시할 수는 없잖습니까."

하누키 씨에게 얼굴을 핥일 뻔하고 운명의 전기를 맞이한 줄 알

왔건만, 내막을 알고 보니 참으로 얼간이 같다. 이성의 고삐를 놓지 않아 다행이다 싶었다. 허나 나에게 찬물을 끼얹는 역을 오즈가 맡은 것은 분통이 터졌다.

"아무 짓 안 했겠죠?"

오즈가 말했다.

"아무것도 하지 않았다. 얼굴도 핥일 뻔했을 뿐이고."

"뭐, 당신 기량으로는 보나 마나 그랬겠죠. 하누키 씨가 들러붙으니까 겁나서 화장실로 달아나고 그런 거 아니에요?"

"그런 일은 하지 않아. 어디까지나 신사적으로 하누키 씨를 보살폈다."

"모르는 일이죠."

"제기랄, 분통이 터지는군."

"너무 하누키 씨를 탓하지는 마세요. 봐요, 변기를 끌어안고 대가를 치르고 있잖습니까."

"아니야, 네놈에게 분통이 터지는 것이다."

"너무해요, 그게 무슨 덤터기입니까."

"내가 몹쓸 일을 당할 때면 대개 네놈이 거기 있어. 이 역병신 같은 놈."

"아, 또 그런 심한 소리를 하시네. 제가 왜 구태여 즐거운 술자리를 두고 이런 데 왔다고 생각하는 건데요? 절친으로서 당신을 위로하러 온 거라고요."

"네놈의 연민 따위 필요 없다. 애초에 내가 처한 이 같은 불쾌한 상황은 전적으로 네놈에게 기인해."

"그렇게 인간으로서 수치스러운 소리를 잘도 당당하게 단언하는군요."

"네놈을 만나지 않았더라면 좀 더 유의미하게 살 수 있었을 것이다. 학업에 힘쓰고, 검은머리 아가씨와 사귀고, 얼룩 한 점 없는 학창 생활을 마음껏 만끽했을 테지. 틀림없어."

"아직 술이 덜 깼나 보군요."

"내가 얼마나 학창 생활을 허비했는지 오늘 깨달았다."

"위로하는 건 아닙니다만, 당신은 어떤 길을 선택했든 저를 만났을걸요. 직감으로 압니다. 어쨌거나 저는 전력을 다해서 당신을 망쳐놨을 거라고요. 운명에 저항해봤자 무슨 소용입니까?"

오즈는 새끼손가락을 들었다.

"우리는 운명의 검은 실로 맺어져 있다는 이야기입니다."

나는 거무죽죽한 실로 본리스 햄처럼 칭칭 묶여 어두운 물 밑으로 가라앉아가는 사내 두 마리의 무시무시한 환영이 뇌리에 떠올라 전율했다. .

"그보다 너, 이 년씩이나 사귄 여자친구가 있다고? 어때, 맞지?"

내가 말하자 오즈는 징그러운 웃음을 띠었다. "우후훗."

"그 웃음은 뭐냐."

"비밀이지롱."

"발칙하게 너 같은 놈이 나를 두고 혼자 재미를 보다니."

"에이, 제가 행복한 건 이 경우 아무래도 상관없고요. 좌우지간 오늘은 꿈을 꾼 거라고 포기하고 얼른 돌아가주세요."

오즈는 과자 상자를 내밀었다.

"이게 뭐냐?"

"하누키 씨가 사과의 뜻으로 드리는 카스텔라입니다. 이거 받고 원만하게 끝냅시다."

오즈는 흡사 가게를 가로채려는 악덕 종업원 같은 얼굴로 말했다.

≋

동이 트기 시작한 새벽녘의 거리를 걸었다.

'잔치가 끝나고'라고 할 허무함에 이른 아침의 냉기가 몸에 사무쳤다. 미카게 다리 한복판에 서서 나 자신을 끌어안듯 하며 다카노강 양 옆을 메우는 싱그러운 녹음을 바라보았다. 좀처럼 보지 못하는 청정한 아침 풍경이 신선하게 느껴졌으나, 그런 만큼 시모가모 유스이 장으로 돌아왔을 때 넌더리가 났다. 현관 옆의 깜박거리는 형광등도, 목조 신발장도, 먼지투성이 복도도 평소보다 훨씬 지저분하게 느껴졌다.

무거운 발걸음으로 차가운 복도를 지나 다다미 넉 장 반의 이부자리에 몸을 던졌다. 온기가 퍼지면서 포근해지는 이불 속에서 다채로웠던 어제 하루를 돌이켜봤다. 끝마무리로 오즈가 등장한 것은 분통이 터지거니와, 화장실에서 뇌리에 그렸던 하누키 씨와의 미래가 그날 중으로 허무하게 사라진 것은 괴로웠다. 허나 까짓것, 잘 생각

251

해보면 연애 주사위 게임의 출발점으로 돌아온 것뿐 아닌가. 그런 일은 일상다반사다. 마음의 상처에 대한 대가로 카스텔라를 입수한 것만으로도 수지가 맞았다고 생각해라. 그렇게 생각하고 참아라. 참아라.

허나 납득이 되지 않았다.

공허한 마음이 채워지지 않았다.

나는 이불 속에서 말없는 동거인을 훔쳐봤다. 가오리 씨는 여전히 책꽂이에 기대앉아 조신하게 《해저 2만 리》를 읽고 있었다. 나는 불현듯 몸을 일으켜 그녀의 머리를 어루만져보았다. 일심불란하게 책을 읽는 가련한 검은머리 아가씨 곁에 있는 기분이 들었다. 착란에 빠져 있었다.

"이 바보 자식……."

나도 모르게 신음하며 이불 속으로 후퇴했다.

신변이 화려해지겠다고 당치도 않은 망상을 품다니 한심했다. 혹은 점쟁이의 예언을 좇아 거시기에게 주도권을 넘기고 술 취한 하누키 씨와 엉큼한 행위에 임했더라면 정말로 새로운 생활이 시작됐을까? 아니, 그럴 리 없다. 인정하지 않겠다. 남성과 여성의 결합은 좀 더 엄숙해야 한다. 신발끈처럼 그렇게 간단히 맺어져서 쓰나.

오즈가 가오리 씨를 들여놓았을 때부터 바람의 방향이 바뀐 줄 알았건만, 나를 둘러싼 '세 여성' 중 하누키 씨는 일찌감치 탈락했다. 꿈은 한나절도 지속되지 못했다. 나에게 남은 것은, 만남이 결코 용납되지 않는 서신 왕래 상대와 동거중이기는 하나 인간이 아닌 여성이었다.

즉 아무것도 남지 않은 것이나 매한가지였다.

나는 이 냉엄한 현실과 마주해야 한다. 괜찮다, 나라면 가능하다.

자리에 누워 가오리 씨의 옆얼굴을 바라보는 사이에 거시기가 실수로 꿈틀거릴 뻔했으나 잠이 들어 무사히 고비를 넘겼다.

≋

저물녘이 다 되어 일어나 데마치 부근의 찻집에서 저녁을 먹었다.

카모 강 델타 옆을 지나는데, 석양빛을 받아 다이몬지가 선명하게 보였다. 여기서 오쿠리비가 잘 보이리라. 여기서 히구치 게이코 씨와 함께 다이몬지를 본다면 어떨까 망상을 부풀리려다가, 저녁 바람을 맞으며 망상에 빠져 있어봤자 배가 꺼질 뿐인지라 적당한 지점에서 끝맺었다.

시모가모 유스이 장으로 돌아와 책상 앞에 앉아 정신을 통일하고 히구치 게이코 씨에게 답장을 쓰며 어찌할 바 모르는 마음을 달래기로 했다.

근계

여름이 한발 앞서 찾아온 듯 무더운 나날이 이어지고 있습니다. 저의 하숙은 바람이 잘 통하지 않는 탓에 더욱 덥습니다. 이따금 복도에 해먹을 매달고 싶은 충동에 사로잡힙니다만, 아무리 그래도 그렇게까지는 할 수 없습니다. 여름까지 하숙에서 공부를 할 수 없으니 문제입니다만, 아마 도서관에 틀어박히게 될 것 같습니다. 도서관에서는 방해를 받지 않으니 공부도 잘 될 테지요.

《해저 2만 리》가 마음에 드셔서 다행입니다. 저는 세계 지도를 펴고 노틸러스 호의 항로를 짚어가며 읽었습니다. 그러면 어쩐지 저도 바다를 항해하는 것처럼 느껴집니다. 꼭 한번 해보십시오. 스티븐슨의 《보물섬》은 아직 읽은 적이 없습니다. 서점에서 찾아보겠습니다. 옛날 모험소설은 손에 땀을 쥐게 하는 한편으로 느긋한 면도 있어 균형이 절묘합니다. 모험이면서 살벌하지 않아 좋습니다.

아이리시 펍이 어떤 데인지는 모르겠습니다만 한번 가보고 싶습니다. 학교와 하숙을 왕복할 뿐인 생활이라 최근에는 시내에 나갈 기회가 그리 없습니다.

저는 올봄 이래로 실험하랴 강의를 들으랴 바쁘게 지내고 있습니다. 외면적으로 보면 살벌한 나날입니다만, 제법 충실한 나날이라 할 수 있습니다. 과학은 흥미로운 세계입니다. 다만 쥘 베른이 살던 19세기보다 시야가 훨씬 넓어진 탓에 어지간해서는 전체를 조망할 수 없게 된 것이 아쉽습니다. 하지만 그렇기에 지금 우리의 생활이 존재하는 것이니 사치스러운 소리를 하면 아니 되겠지요.

히구치 씨 말씀대로 지금 저에게 주어진 기회를 마음껏 활용해서 앞으로도 자신을 드높여나갈 생각입니다. 그러기 위해서도 건강이 중요하니 되도록 운동을 하려 노력하고 있습니다. 영양에도 유의하겠습니다.

다만 저도 매일 어육 완자만 게걸스레 먹는 것은 아니니 오해 없으시길 바랍니다. 저는 건강을 위해서라면 알로에 요구르트를 사발로 먹는 것조차 주저하지 않는 남자입니다.

바쁘시겠지만 히구치 씨도 건강에 유의하시길 바랍니다.

경구敬具

끙끙거리며 히구치 게이코 씨에게 보내는 편지를 썼다.

다소 미화한 부분은 없지 않으나 이 정도는 세련된 연출이라 해야 할 것이다. 마음에도 없는 말을 쓸 때도 쓰는 동안에는 어쩐지 평소에 늘 그런 생각을 하고 지내는 것 같다. 편지를 쓰는 동안에는 완전히 모범 학생인데 다 쓰고 나면 흡사 꿈을 꾼 것 같고, 도저히 모범적이라고는 할 수 없는 짐승의 길로 잘못 들어선 자신을 재발견하게 되는 것이 다소 고통스럽다. '자신을 드높여나갈 생각'이라니 스스로 생각해도 뻔뻔스럽다. 뜻만 있을 뿐 방도는 어둠 속이다. 자신은 어떻게 드높여야 하나. 드높이지 않아도 상관없는 부분만 드높이는 것 같은 기분을 떨칠 수 없다.

다 쓴 편지를 봉투에 넣고 나서 나는 히구치 게이코 씨의 편지를 다시 읽어보았다.

그녀는 장마를 좋아한다고 한다. 빗속에 부옇게 핀 수국을 바라보기를 좋아했다고 한다.《해저 2만 리》에서 잠수함에 갇힌 가엾은 작살잡이가 불쌍했다고 한다. 부디 건강에 유의해달라고 한다, 이 나에게!

그녀는 어떤 여성일까.

편지 쓰기에 전념해 마음을 달랠 생각이었건만, 되레 심장이 욱신거리기 시작했으니 얄궂은 일이다. 그녀의 편지를 가슴에 품고 한숨을 쉬었다. 내가 생각해도 징그러운 소행이었다. 하도 징그러워 현실로 돌아왔다.

지난번 빨래방에서 주운 스펀지 곰을 열심히 후냐후냐 주물렀다. 보드라운 촉감에 마음이 평안해졌다. 보면 볼수록 귀여워 이름을 지어줘야겠다는 생각이 들었다. 오 분쯤 궁리한 끝에 비길 데 없는 폭신폭신함을 일컬어 '찰떡곰'이라 부르기로 했다.

그날 밤, 내가 가오리 씨에게 엉큼한 짓을 하지 않았는지 검사한다고 실례되는 소리를 하며 오즈가 찾아왔다.

"너 이것은 언제 가져갈 생각이냐."

"곧 가져간다니까요."

오즈는 씩 웃었다. "말은 그렇게 해도 사실은 가오리 씨와의 생활을 즐기고 있는 거 아니에요? 이렇게 《해저 2만 리》를 읽게 하고 말이에요."

"지금 당장 입 다물어라. 미래 영겁 다물어라."

"거절하겠습니다. 전 실없는 소리를 지껄이지 않으면 쓸쓸해서 죽거든요."

"죽으면 되지."

"그런데 그게 글쎄, 전 실없는 소리를 지껄이는 한 죽여도 안 죽지 뭡니까."

그 뒤, 오즈는 강인하고 상상을 초월하게 미세한 섬유가 반데르발스 힘에 의해 더러움 성분과 분자 결합하기 때문에 힘을 줄 필요 없이 가볍게 갖다대기만 해도 그 어떤 더러움도 제거할 수 있다는 환상의 최고급 거북 수세미 이야기를 한바탕 늘어놓았다. 스승이 찾아오라 한 모양이다.

"그런 얼간이 같은 것이 존재할쏘냐."

"아니, 진짜 있다니까요. 당신이 모를 만도 합니다. 더러움이 너무 잘 닦이니까 세제 회사에서 압력을 넣어서 대대적으로는 못 파는 거라고요. 좌우지간 그걸 손에 넣어야 하는데……."

"네놈도 얼간이 같은 일에 정신을 소모하고 있군."

"스승님은 워낙 이것저것 갖고 싶어하셔서 여간 큰일이 아닙니다. 멸치 산초 볶음이나 데마치후타바의 콩찰떡 같으면 그나마 덜 막막하죠. 골동품 지구본이니, 헌책 시장의 깃발이니, 해마에 대왕오징어까지 갖고 싶어하신다니까요. 게다가 섣불리 잘못 갖고 가서 기분이 상하시기라도 했다가는 파문이에요. 긴장을 풀 겨를이 없습니다."

오즈는 묘하게 즐거워 보였다.

"아, 맞다, 스승님께서 해마를 갖고 싶어하셨을 때, 쓰레기장에서 커다란 수조를 발견하고 갖고 갔거든요. 시험 삼아 물을 받아보니까 도중에 물이 노도처럼 새어나오는 바람에 난리가 났죠. 스승님의 다다미 넉 장 반이 온통 물바다가 됐다니까요."

"잠깐, 네놈의 스승 방이 몇 호냐?"

"여기 바로 위인데요."

나는 갑자기 화가 머리끝까지 치밀었다.

언젠가 내가 집에 없을 때 2층에서 물이 샌 적이 있었다. 돌아와 보니 천장에서 물이 뚝뚝 떨어져 귀중한 서적이 외설 비외설 구분 없이 통통 불어터졌다. 피해는 거기서 그치지 않았다. 물에 젖은 컴퓨터에서는 귀중한 자료가 외설 비외설 구분 없이 전자 바다의 거품으로 사라져버렸다. 이 사건이 나의 학문적 쇠퇴에 박차를 가한 것은 말할 필요도 없다. 따지러 가고 싶은 마음은 굴뚝같았으나, 정체불명의 2층 주민을 상대하기 귀찮아 그때는 그대로 흐지부지 넘어가고 말았다.

"네놈 소행이었군."

"외설 도서관이 침수된 것쯤 무슨 대단한 피해라고."

오즈는 뻔뻔스럽게 말했다.

"당장 꺼져. 나 바쁘다."

"꺼지고말고요. 오늘 저녁에는 스승님 댁에서 암중 전골 모임이 있거든요."

오즈는 음식 재료가 든 비닐봉지를 들고 있었다.

방에서 나가려던 오즈가 텔레비전 옆에 놓은 스펀지 곰을 발견했다. 그는 그것을 집어 후냐후냐 눌러보며 폭신함을 확인했다.

"왜 당신이 이렇게 쓸데없이 귀여운 걸 갖고 있습니까?"

"주웠다."

"제가 가져도 됩니까?"

"왜?"

"오늘 밤 암중 전골에 넣으려고요."

"얼간이 같으니. 그런 건 끓여도 못 먹는다."

"떡인 줄 알고 먹지 않을까요?"

"먹겠냐."

"안 주면 또 위에서 물 뿌릴 겁니다. 외설 도서관을 못 쓰게 만들어야지."

"알았다, 알았어. 갖고 가라."

나는 손들었다. 몇 안 되는 마음의 안식처를 빼앗기기는 괴로웠으나 좌우지간 오즈를 내쫓고 싶었다.

"헤헤헤. 감사합니다. 가오리 씨한테 장난치면 안 돼요."

"시끄럽다. 얼른 꺼져."

오즈가 가고 나니 피로가 왈칵 몰려왔다.

그가 찰떡곰이 목에 걸려 맛깔스러운 급사를 하기를 시모가모 신사의 신에게 빌었다.

이튿날이다.

학교에 가 온종일 강의를 들으랴 실험하랴 정신없이 쫓아다니다가 찻집 '컬렉션'에서 저녁으로 명란 스파게티를 먹었다. 그러고는 이마데가와 거리로 나와, 석양 아래 우거진 신록이 황금처럼 빛나는 요시다 산을 올려다보았다.

아아.

나는 긴카쿠지銀閣寺를 향해 이마데가와 거리를 슬렁슬렁 걸었다.

마가 낀다는 것이 정말 있다.

오즈가 다다미 넉 장 반에 두고 간 가오리 씨를 늘 바라보며 지내야 한다는 것, 하누키 씨가 젖가슴을 밀어붙이고 얼굴을 핥으려 들었던 것 등이, 무익해도 정밀했던 나의 마음을 해이하게 한 모양이다. 요컨대 외로움이라는 병의 발작을 억누를 수 없게 된 것이다.

나는 히구치 게이코 씨와 가오리 씨를 저울질했다. 애초에 저울질할 일이 아니라는 사실은 외면했다. 그러나 '인형'과 '인간'의 한 글자 차이는 대단히 크다. 게다가 비록 편지만인 관계라고는 하나 히구치 게이코 씨와는 이미 반년 전부터 이어져온 사이다. 더욱이 가오리 씨에게는 '오즈의 범죄'라는 골칫덩어리가 들러붙어 있다. 저울은 당연히 히구치 게이코 씨에게 꽉 기울었다. 오히려 저울질을 한 탓에 그때까지 태평양처럼 잔잔했던 나의 마음이 되레 요동쳤다.

결론부터 말하자면, 나는 만남이 용납되지 않을 터인 히구치 게이코 씨의 자택으로 발길을 돌린 것이다. 마가 낀 것이다. 그러나 그때 그녀의 자택에 가지 않았더라면, 그리고 신비의 베일에 가려져 있던 무시무시한 정체를 밝혀내지 못했더라면, 끔찍한 사태가 벌어졌을 것은 명백하다. 어느 쪽이 더 나았는지 가리지 못하겠다.

외로움에 이끌려 나는 시라카와 거리까지 가고 말았다. 널찍한 시라카와이마데가와 교차로에 차들이 많이 다니고 있었다. 서늘한 저녁 바람에 나의 외로움이 한층 커졌다. 횡단보도 건너편에는 철학의 길이 뻗어 있고, 잎사귀만 남은 벚나무들이 석양빛을 받고 있었다.

"어떤 곳에 사는지 볼 뿐이다. 만나려는 것이 아니야."

나는 꼴사나운 변명을 했다.

이리하여 나는 지금까지 한 번도 가까이 가지 않았던 히구치 게이코 씨의 주소, 금단의 '화이트가든 조도지'로 향했다.

≋

시라카와 거리를 남하하다가 조도지 버스 정류장을 발견하고 거기서 주택가로 들어섰다.

편지를 통해 주소는 익히 알고 있었으나 지도에서 확인한 것이 아니니 감에 의존하는 수밖에 없었다. 점점 저물어가는 주택가를 나는 정처 없이 걸었다. 찾지 못하는 편이 낫다는 생각도 어딘가에 있었던 터라 일부러 다른 사람에게 묻지는 않았다. 한적한 동네를 걷다 보니 히구치 게이코 씨의 조용한 생활이 마음속에 그려져 그것만으로도 어쩐지 위안이 되었다.

　삼십 분쯤 어슬렁어슬렁 걷는 새에 자신의 신사적이지 못한 행동을 반성하는 마음이 들었다. 역시 찾지 못하는 편이 낫겠다. 해도 지는데 그만 가자고 생각했다. 나는 그때가 되어 '화이트가든 조도지'를 발견하고 말았다.

　아담하고 몸을 숨기고 있는 듯한, 흡사 사탕처럼 새하얀 아파트였다. 내가 사는 시모가모 유스이 장과 비교하면 달과 자라 '천양지차'라는 뜻이다.

　하지만 그녀의 집을 찾아냈다고 해도 어떻게 하면 좋을지 알 수 없었다. 은근슬쩍 우편함을 들여다보았으나 이름표는 붙어 있지 않았다. 도어록이 설치된 현관이라 안에 들어갈 수는 없으나 그녀가 살고 있을 1층 복도는 담 너머로 보였다. 그녀의 집은 102호이니 왼쪽에서 두 번째 집이리라. 닫힌 문을 보다 보니 어쩐지 내가 몹시 죄스러운 짓을 하는 것 같아 그녀에게 들키기 전에 이곳을 떠야겠다 했는데, 잘 생각해보면 그녀도 나를 본 적이 없으니 복잡한 심정이었다.

　내가 외로움과 자기혐오 사이를 끊임없이 오락가락하는데 갑자기 102호 문이 열렸다. 숨으려 했으나 느닷없이 찾아온 호기를 저버리지 못했다.

　나는 히구치 게이코 씨를 보았다.

　그때 내가 본 히구치 게이코 씨는 대단히 소름 끼치게 생겼다. 불섭생을 하는지 달의 이면에서 온 사람처럼 보였다. 타인의 불행을 갈망하듯 불길한 웃음을 띠고 있는 것이 요괴 누라리횬이라 해야 할 것이다. 흡사 오즈였다. 오즈와 붕어빵이었다. 아니, 오즈 그 자체였다. 오즈 본인이었다.

'세상이 어찌 이리도 무정한가'란 이런 때 쓰는 말이다.

내가 잘못 볼 리가 없다.

그것은 오즈였다.

혼란에 빠진 나는 아랑곳하지 않고, 오즈는 유유히 도어록을 열고 밖으로 나왔다. 자전거 보관소에서 다크 스코피언이라 부르는 자전거를 끌고 나와서는 나를 비웃듯 징그러운 웃음을 띠며 시라카와 거리 쪽으로 자전거를 달려 가버렸다.

그동안 나는 담장 뒤에 숨어 부들부들 떨고 있었다.

아파트는 분명히 히구치 게이코 씨가 사는 '화이트가든 조도지'다. 집 호수도 맞는다. 생각하기도 싫은 일이나 오즈는 히구치 게이코 씨와 아는 사이인가. 집에 찾아올 만큼 친밀한 관계인가. 아니, 나는 그런 우연은 인정할 수 없다. 나와 서신 왕래를 하는 상대방이 마침 오즈와 깊은 사이라니, 그렇게 복잡하게 인연을 맺는 것은 신도 장난이 너무 과하다 할 일 아닌가.

그렇다면 달리 어떤 이유를 생각할 수 있을까.

그때가 되어 나는 오즈가 사는 곳을 모른다는 사실을 생각해냈다. 여기가 조도지라는 것을 생각해냈다. 그리고 이틀 전 심야, 기야마치에 있는 주점에서 하누키 씨와 주고받은 대화를 기억에서 끄집어냈다.

'응, 조도지에 말이지'

'시라카와 거리에서 좀 들어가서 있는'

'사탕처럼 세련된 아파트'

하누키 씨 말이 맞는다면 화이트가든 조도지 102호는 오즈가 사는 곳이라는 결론이 나온다. 그리고 히구치 게이코 씨의 하숙은 오즈의 거주지와 동일하다는 사실을 인정하지 않을 수 없다. 거기서 도출되는 씁쓸한 결론을 받아들이는 일은 다대한 정신력을 요했다. 상상을 초월하는 쓴맛을 견디려면 각설탕 두 되가 필요했다.

히구치 게이코 씨는 존재하지 않았다.

나는 반년도 넘게 오즈와 서신 왕래를 하고 있었던 것이다.

※

이리하여 나와 히구치 게이코 씨의 서신 왕래는 돌연히 종말을 고했다.

이보다 더 잔혹한 결말이 있을까.

나는 날 저무는 거리를 휘청휘청 걸어 학교로 돌아갔다가 시모가모 유스이 장으로 향했다. 어스름 속에 시커멓게 우뚝 솟은 시모가모 유스이 장은 까칠한 나의 심정을 반영하듯 섬뜩한 분위기를 풍기고 있었다.

현관에서 미닫이문을 열고 들어가 복도를 걸어가는데 어둠 속에서 칙칙 소리가 났다. 가까이 다가가보니 전기밥통이었다. 누가 복도의 청소기용 콘센트를 이용해 밥을 짓는 모양이었다. 그토록 사소한 전기 절도를 용납할 마음의 여유도 그때는 없었던지라 나는 코드를 홱 잡아 뽑아 누군가의 저녁밥을 망쳐놓았다. 그리고 문을 쾅 닫고 들어와 나의 다다미 넉 장 반에 앉았다.

황량한 다다미 넉 장 반 구석에는 여전히 가오리 씨가 앉아 독서에 열중하고 있었다. 하누키 씨와의 꿈은 허무하게 사라지고 히구치 게이코 씨는 존재하지 않는다는 사실이 판명된 지금, 나에게 남은 것은 이 과묵한 가오리 씨뿐이었다.

나는 하누키 씨가 사과의 뜻으로 준 카스텔라를 꺼냈다. 다다미 넉 장 반 한복판에 동그마니 혼자 앉아 네모난 빵과 대치했다. 하누키 씨가 밀어붙인 젖가슴의 감촉도, 히구치 게이코 씨와 주고받은 수많은 편지도 모두 잊고 카스텔라 만찬에 매진하기로 결심하고, 자르지도 않고 덥석 베어 물었다.

"내 말을 안 들은 첫값이다."

거시기가 비웃었다.

"시끄럽다. 닥쳐."

"하누키 씨 하숙에서 잽싸게 나한테 맡겨야 했어. 그랬으면 적어도 또 이런 다다미 넉 장 반에 갇히는 신세는 안 됐을 거라고."

"그런 말은 믿지 않는다."

"뭐, 이제 너한테 남은 건 이 가오리 씨뿐인 셈이군."

"무슨 생각이냐."

"어이어이, 여기까지 와서 신사인 척할 생각이냐? 이제 됐잖아?

같이 행복해지자고. 이 마당에 나도 사치스러운 소리는 안 해. 아무래도 내가 널 과대평가한 것 같으니까."

거시기는 아무래도 가오리 씨에게 무슨 엉큼한 짓을 하려는 속셈인 듯했다. 나는 기를 쓰고 그의 폭주를 저지하려 했다. 여기서 안이한 선택을 했다가는 하누키 씨 집에서 변소에 틀어박혀서까지 지켜낸 명예가 물거품이 된다. 가오리 씨가 움직이지 못한다고 "뭐 어때서 그러느냐"라 하는 시대극의 나리처럼 그녀의 몸을 마음대로 다룬다면 나는 긍지를 지키지 못할 것이다.

나와 거시기가 실랑이를 계속하는 동안 가오리 씨는 조용히 독서에 몰두했다.

"너한테 정말 질렸다." 거시기가 체념한 듯 말했다.

"나쁜 것은 내가 아니라 오즈다."

나는 신음하며 홀로 카스텔라를 계속 먹었다.

꾸역꾸역 먹는 새에 홀로 카스텔라를 통째로 들고 묵묵히 먹는다는 행위가 되레 나의 고독지옥을 심화한 것은 당연한 일이라, 나는 달짝지근한 카스텔라를 우물우물 먹으며 악귀의 형상이 되었다. 마음속에 순식간에 노여움이 치솟았다. 오즈 네 이놈. 생각해보면 하누키 씨도 그렇고, 히구치 게이코 씨도 그렇고, 혹시 나는 오즈의 손에 놀아나고 있었을 뿐 아닌가. 그 썩을 요괴 같으니. '뭐가 재미있어서 그런 짓을 한다는 말인가'는 우문이리라. 오즈의 행동 원리를 자신의 잣대로 재는 무익한 일을 해서는 아니 된다. 그자는 그저 원래 그런 사내다. 타인의 불행을 반찬으로 밥을 세 공기 먹을 수 있는 사내다. 생각해보면 지난 이 년간, 그는 그렇게 해서 나를 반찬으로 맛있는 밥을 게걸스레 먹어왔을 것이 틀림없다.

어렴풋이 알고는 있었으나 바야흐로 명백해졌다.

그는 만 번 죽어 마땅한 인간이다.

커피 원두 가는 기계에 넣어 가루를 내주리라.

그렇게 결의했을 때, 나의 방 천장이 흔들렸다.

오즈의 스승이 사는 윗방이 소란스러웠다. 말다툼을 벌이는 것 같은 소리가 들렸다. 누가 발을 굴렀다. 고장 나기 일보 직전인 형광등이 깜박거리며 흔들려, 나방이 날아오르고 다다미 넉 장 반이 환해졌다 어두워졌다 했다. 흡사 폭풍 가운데에 있는 양상이다. 그렇게 황량한 다다미 넉 장 반을 정신적으로 방황하면서 나는 악을 쓰며 오즈를 저주했다. 제기랄, 참으로 다채롭고 암담한 나흘간이었다. 내가 울 줄 알고. 가소롭구나. 내가 울쏘냐. 울고 싶은 연유는 얼마든지 있지만 오즈를 가루로 만들어놓기 전까지는 결단코 울지 않겠노라. 오오, 거시기여, 미쳐버릴 것 같구나.

"아무튼 넌 이제 아무것도 못해. 날 얼간이 취급하고 저 혼자 신사인 척한 죗값이야. 난 이제 아무 할 말 없다. 넌 이대로 영원히 다다미 넉 장 반 세계를 나랑 같이 방황할 뿐이야." 나의 곁을 떠나지 않는 거시기가 말했다. "이런 다다미 넉 장 반에서는 똑똑이든 얼간이든 처량할 뿐이라고."

"그 말에는 동의한다. 처량하지."

"그럼 가짜이긴 해도 소소한 행복을 가오리 씨한테서 얻어내보

267

자고."

거시기는 기회를 놓칠세라 나를 설득하려 들었다.

책꽂이에 기대앉아《해저 2만 리》를 읽는 가오리 씨를 보았다. 검은머리는 윤이 흐르고, 맑은 눈은 책을 곧게 응시하고 있었다. 사랑의 형태는 다양하다지만, 이렇게까지 폐쇄적인 사랑의 미로에 발을 들여놓았다가는 필시 빠져나오지 못할 것이다. 요령이 부족한 나는 더 말할 것도 없다. 거시기의 속삭임과 가오리 씨의 정밀한 옆얼굴에 현혹되어 없는 명예를 내던지면 너는 정말 만족하겠느냐.

정신없이 휘몰아치는 자문자답의 폭풍 속에서 나는 손을 뻗어 가오리 씨의 머리를 만져보았다.

그때, 2층에서 날뛰던 누군가가 내려오는 소리가 났다. 밖으로 나가는 줄 알았더니 이쪽으로 복도를 나아왔다.

어라, 무슨 일이지 하고 생각한 순간, 발길질에 방문이 부서졌다.

"네놈이냐!"

미쳐 날뛰는 남자가 쳐들어왔다.

훗날 파악하기로, 그 남자가 바로 가오리 씨의 소유주요, 오즈의 스승과 '자학적 대리대리 전쟁'이라는 수수께끼의 싸움을 계속하는 조가사키 선배였다.

～

오즈에 대해 공동 전선을 펴야 마땅한 두 사람이 대면한 셈이건만, 우리의 첫 대면은 온화한 악수가 아니라 불꽃 튀는 주먹질로 시작되었다. 나는 완력에 호소하는 것을 기껍게 생각하지 않았던 터라, 보다 정확하게 말하자면 내가 일방적으로 맞았다.

영문도 모른 채 몸이 다다미 넉 장 반 구석으로 붕 날아갔다. 텔레비전이 흔들려 내가 좋아하는 복고양이가 굴러떨어졌다. 방금 전까지 가오리 씨를 향해 심상치 않게 꿈틀거리고 있던 거시기는 어린아이처럼 꺄악 비명을 지르며 뒤로 숨었다. 내 자식이기는 해도 도망 한번 잽싸게 치는 녀석이다.

나의 앞에 우뚝 버티고 선 남자 뒤로 또 한 사람, 오즈의 스승이라던 유카타 차림의 남자가 유유하게 들어왔다. 그를 밀쳐내고 여성이 숨을 몰아쉬며 달려 들어왔다. 어디서 본 적이 있는데 생각이 나지 않았다.

"조가사키 선배" 하고 그녀가 큰 소리로 말했다. "별안간 때리는 건 다소 심해요."

그녀는 나를 부축해 일으켰다.

"괜찮으세요? 죄송합니다. 잠깐 오해가 있었어요."

느닷없이 문을 부수고 주먹을 날리는 비문명적 처사를 당해야 할 이유가 전혀 짐작되지 않았다. 나는 간신히 일어나 앉아 그녀가 물에 적셔준 손수건을 얻어맞은 턱에 갖다댔다. 그녀는 텔레비전에서 굴러떨어진 복고양이를 줍고 "이렇게 갑자기 찾아와서 죄송합니다. 저는 아카시라고 해요"라고 자기소개를 했다.

"조가사키, 근본적인 오해가 있어."

오즈의 스승이 느긋하게 말했다.

"이 녀석도 한패 아냐?"

조가사키 선배가 의심스레 말했다.

"아니에요. 이 사람은 오즈 선배한테 이용당했을 뿐이에요." 아카시 군이 말했다.

"미안하다" 하고 조가사키 선배는 나에게 사과하더니 금세 가오리 씨 쪽으로 돌아섰다. 그녀가 무사한 것을 확인하고 안심한 듯했다. 손을 뻗어 마치 사랑하는 자식을 대하듯 머리를 쓰다듬었다. 만약 내가 엉큼한 행위를 했더라면…… 하고 생각하니 두려웠다. 조가사키 선배는 노발대발해 나를 멍석말이해서 카모 강에 빠뜨렸을 것이다.

조가사키 선배와 가오리 씨가 감동적인 대면을 하는 동안, 오즈의 스승은 마치 제 것처럼 나의 의자에 앉아 유유히 엽궐련을 피울 뿐 나에게 사정을 설명해주려 하지 않았다.

나는 완전히 비非당사자 취급이었다.

～

"이번 일은 오즈의 폭주라 치고 원만히 넘어가주지 않겠나?"

스승은 말했다. "우리도 이렇게까지 할 생각은 없었네."

"가오리도 무사히 돌아왔으니 이걸로 끝내도 상관없어. 하지만 오즈와는 결판을 낼 생각이다. 그 녀석, 내 집에 불법침입 했다고."

조가사키 선배는 단호하게 말했다. 나 못지않게 노여움이 소용돌이치는 것 같았다.

"오즈라면 이제 곧 여기 올 테니 구워 먹든 삶아 먹든 마음대로 해. 굽든 삶든 못 먹을 녀석이지만 일본어로 '먹을 수 없다'에는 '만만치 않다'라는 뜻도 있다."

스승은 무책임한 소리를 했다.

"맞아요. 따지고 보면 오즈 선배가 원인인데 죗값을 치러야죠." 아카시 군이 말했다.

사태가 파악되면서 새삼 오즈에 대한 노여움이 치밀었다. 몹쓸 일을 당한 조가사키 선배를 이렇게 만나니 노여움도 한층 맛깔스러워졌다.

"아, 카스텔라 아닌가."

오즈의 스승이 내가 고독하게 먹고 있던 카스텔라를 발견했다. 탐나는 듯 쳐다보기에 물어뜯지 않은 부분을 잘라 증정하자 우물우물 먹었다.

조가사키 선배는 카스텔라를 먹는 스승을 노려보았다.

"그나저나 어처구니없군. 오즈는 내 쪽으로 돌아선 줄 알았는데."

"뭘 모르는군. 그 녀석이 그렇게 호락호락한 줄 아나?"

히구치 선배는 빙그레 웃더니 일어섰다. "자, 나는 이만 방으로 돌아갈까."

"그나저나 가오리를 어떻게 데리고 가라고?" 조가사키 선배가 말했다.

"오즈 선배는 누구한테 차를 빌린 것 같던데요." 아카시 군이 말했다.

"어이없는 녀석 같으니. 미안하지만 차를 준비할 때까지 맡아줄 수 있을까? 오늘 밤 내로 준비할 테니까."

조가사키 선배가 나에게 머리를 숙여 부탁했다.

"상관없습니다."

나는 고개를 끄덕였다.

오즈의 스승이 한발 먼저 나의 다다미 넉 장 반에서 복도로 나갔다. 현관을 바라보며 엽궐련을 피우더니 문득 "오오" 하고 큰 소리로 말했다.

"오즈, 이쪽이다. 잠깐 이리 와봐라."

그는 그렇게 말하며 손짓으로 불렀다.

조가사키 선배와 나는 거의 동시에 일어나 방 안으로 들어오는 오즈를 분쇄하기 위해 주먹을 꽉 부르쥐었다.

"스승님, 이렇게 누추한 데서 뭐 하세요?"

그렇게 말하며 나의 방을 들여다본 오즈는 노여움에 부풀어 올라 버티고 선 우리를 보자마자 몸을 홱 돌려 뛰기 시작했다. 그의 도주 본능이 신속하게 위기를 감지한 모양이다. 뛰다가 아까 내가 코드를 빼버린 전기밥통을 걷어찼다. 왱그랑댕그랑 커다란 소리를 내며 전기밥통이 복도를 굴러갔다.

"잘못했어요, 잘못했어요."

오즈는 뛰면서 사과했다. 애초에 사과할 일을 왜 했나.

"이 자식이."

조가사키 선배와 나는 포효하며 오즈를 쫓아갔다. 아카시 군과 스승도 그 뒤를 따랐다.

≋

오즈는 도망치는 발 하나는 천하일품이라 밤의 시모가모 이즈미가와초를 요괴처럼 가뿐하게 달렸다. 나는 전력을 다해 뛰는데도 조가사키 선배가 부쩍부쩍 앞서갔다. 어스름에 불빛을 던지는 시모가모 사료를 지나 데마치야나기 역 쪽으로 향할 무렵에는 하얗게 완전 연소되기 일보 직전이었다.

자전거를 탄 아카시 군이 쫓아왔다.

"가모 큰다리에서 협공하죠. 다리 서쪽으로 가세요."

그녀는 냉정하게 말하고는 오즈를 앞지르기 위해 끼익끼익 한층 더 큰 소리를 내며 자전거를 달려 사라졌다. 그 뒷모습에 나는 약간 반했다.

맥없이 주저앉아 나 자신을 칭찬하고 싶은 충동을 억누르며 달려 이윽고 아오이 공원에 이르렀다. 오즈와 조가사키 선배는 이미 가와바타 거리 쪽으로 간 것 같았다. 나는 카모 강 델타를 눈앞에 두고 데마치 다리를 서쪽으로 건너 그곳에서 카모 강 강둑을 남쪽으로 내달렸다. 그리고 가모 큰다리 서단으로 뛰어 올라갔다.

주위는 이미 쪽빛 어스름에 잠겨 있었다. 대학생들이 카모 강 델타를 떠들썩하게 점거하고 있었다. 신입생 환영회를 하는 것이리라. 생각해보면 그런 것과도 인연이 없는 이 년간이었다. 전날까지 내린 비로 수위가 높아진 카모 강은 콸콸 소리를 내며 흐르고, 가로등 불빛이 띄엄띄엄 반사된 수면은 은박지가 흔들리는 것처럼 보였다. 날 저문 이마데가와 거리는 번화하고, 눈부신 자동차 전조등과 미등 불빛이 가모 큰다리를 가득 메우고 있었다. 굵은 다리 난간에 점점이 붙은 조명의 주황색 불빛이 땅거미 속에 흐릿하게 빛나는 것이 신비적이었다. 오늘 저녁에는 가모 큰다리가 유난히 크게 느껴졌다.

숨을 헉헉 몰아쉬며 다리를 걷는데, 반대편에서 오즈가 도망쳐 왔다. 아카시 군이 솜씨 좋게 가모 큰다리 쪽으로 유도한 모양이다. 오즈를 함정에 몰아넣었다는 사실에 나는 깊은 만족감을 느꼈다. "오즈!" 하고 두 팔을 벌리고 고함치자 오즈가 쓴웃음을 지으며 멈춰섰다.

조가사키 선배는 동단에서 가모 큰다리로 들어섰는데 그도 기식엄엄한 것 같았다. 아카시 군도 함께 이쪽으로 다가왔다. 내가 오즈를 몰아넣은 곳은 다리 중앙이었다. 발밑으로 카모 강이 흘러가고, 남쪽을 보니 시커먼 강물 저편으로 멀리 시조 일대의 불빛이 보석처럼 빛났다.

"좀 도와주세요. 우리 사이에."

오즈가 손을 모으고 말했다.

"히구치 게이코 씨, 오랫동안 서신을 왕래해줘서 고마웠어. 즐거웠다."

나는 말했다.

오즈는 순간 무슨 소리인지 모르겠다는 표정을 지었으나 금세 체념한 모양이다. "나쁜 뜻은 없었어요"라고 말했다. "전 언제 어느 때나 나쁜 뜻은 없다고요."

"순수한 나를 갖고 놀다니, 네놈 말은 더 이상 들을 필요도 없다. 이 쳐죽일 놈."

"치고, 게다가 죽이기까지 하다니 어떻게 그런 무서운 일을."

그때 조가사키 선배와 아카시 군이 따라붙었다.

"오즈, 너하고 할 이야기가 있다."

조가사키 선배가 엄숙한 어조로 말했다.

궁지에 몰렸을 텐데도 오즈는 뻔뻔한 웃음을 띠었다.

그는 문득 가모 큰다리 난간에 손을 얹고 그 위로 훌쩍 뛰어올랐다. 난간에 밝혀진 주황색 불빛이 오즈의 얼굴을 밑에서 비추어 근년에 보기 힘들게 소름 끼치는 모습이었다. 흡사 덴구처럼 하늘을 날아 도망칠 생각인가 싶었다.

"나한테 어떻게 했담 봐라, 여기서 뛰어내릴 테니까."

오즈는 영문을 알 수 없는 말을 했다. "신변의 안전이 보장되지 않는 한 그쪽으로는 안 내려가겠어."

"신변의 안전 같은 것을 요구할 수 있는 처지라고 생각하나, 이 멍텅구리가!"

나는 말했다.

"네놈이 한 짓을 잘 생각해 봐." 조가사키 선배가 거들었다.

"아카시 군, 뭐라고 말 좀 해줘요. 난 자네 선배잖아요."

오즈는 어리광부리듯 애원했으나 아카시 군은 어깨를 으쓱했다.

"변명의 여지가 없어요."

"난 그렇게 쌀쌀맞은 아카시 군이 좋더라."

"비행기 태워도 소용없어요."

오즈는 난간 끝 쪽으로 다가서 밤하늘로 날아오르려는 것처럼 두 팔을 벌렸다. "됐어요. 뛰어내릴 거야"라고 꿱꿱댔다.

"알았다. 뛰어내려. 지금 당장 뛰어내려." 나는 말했다.

그리고 카모 강의 탁류에 휩쓸려버려라. 그러면 나에게도 마침내 정밀한 나날이 찾아올 것이다.

"뛰어내릴 수 있을 리가 없지" 하고 조가사키 선배가 오즈를 업신여기듯 말했다. "자기가 제일 소중한데."

"헹이다. 어디 두고 봐. 뛰어내릴 테니까." 오즈가 우겼다.

말만 그렇게 하고 좀처럼 뛰어내리지 않았다.

그렇게 실랑이를 계속하는데 다리 북쪽에 있는 카모 강 델타에서 비명 소리가 들려왔다. 들떠 있던 대학생들이 법석을 떨며 갈팡질팡 도망 다니기 시작했다.

"저게 뭐지?"

오즈가 난간에 올라선 채 고개를 갸웃했다.

나도 모르게 난간에 손을 얹고 살펴보니, 아오이 공원 숲에서 카모 강 델타까지 검은 안개 같은 것이 스멀스멀스멀 퍼져 눈 아래 있는 델타의 강둑을 뒤덮어버릴 기세였다. 검은 안개 속에서 젊은이들이 우왕좌왕하고 있었다. 손을 퍼덕퍼덕 내젓지 않나, 머리를 쥐어뜯지 않나, 반미치광이 상태다. 검은 안개는 수면 위를 미끄러지듯 이쪽으로 흘러오는 것 같았다.

카모 강 델타에 벌어진 수라장은 한층 더 심해졌다.

소나무 숲에서 검은 안개가 자꾸자꾸 뿜어 나왔다. 예삿일이 아니었다. 스멀스멀스멀스멀스멀스멀스멀스멀 움직이는 검은 안개가 융단처럼 눈 아래 펼쳐지는가 싶더니, 수면에서 부쩍부쩍 치올라와 난간을 왁 넘어서 가모 큰다리로 쏟아져 들었다.

"꾸에에에엑." 아카시 군이 만화 같은 비명을 질렀다.

그것은 나방의 대군이었다.

　　　　　　　　　　　　　〰

이튿날 〈교토신문〉에도 실렸듯, 나방의 이상 발생에 관해 상세한 것은 알 수 없었다. 전해지는 바로는 나방이 날아온 경로를 거꾸로 추적하니 다다스 숲, 즉 시모가모 신사에 이르렀다 하나 확연치가 않다. 다다스 숲에 살던 나방이 어떤 계기로 일제히 이동하기 시작했다 해도 납득이 가는 설명은 없다. 또 공식적인 견해와는 별도로 발생원은 시모가모 신사가 아니라 그 옆 시모가모 이즈미가와초라는 소문도 있는데, 그렇게 되면 이야기는 점점 더 불가해진다. 그날 저녁, 나의 하숙이 위치한 일각에 나방의 대군이 출몰해 한때 소동이 벌어졌다고 한다.

그날 밤, 하숙으로 돌아와보니 복도 곳곳에 나방 사체가 떨어져 있었다. 깜박 잊고 잠그지 않아 문이 반쯤 열려 있던 나의 방도 마찬가지여서 나는 정중하게 그들의 사체를 매장했다.

〰

얼굴로 퍼덕퍼덕 날아들어 인분을 흩뿌리고, 간혹 입속에까지 비집고 들어오려는 나방의 대군을 밀쳐내며 나는 아카시 군의 곁으로 다가가 매우 신사적으로 그녀를 감쌌다. 나도 한때는 시티 보이였던 터라 곤충 나부랭이와 동거하는 것을 기껍게 생각하지 않았으나, 이 년 동안 하숙에서 다종 잡다한 절지동물과 친해질 기회를 얻어 벌레에 익숙해지고 말았다.

그렇지만 그때 마주친 나방의 대군은 상식을 까마득히 초월했다. 엄청난 날갯짓 소리가 우리를 외계와 차단하는데, 흡사 나방이 아니라 날개 달린 작은 요괴 종류가 다리 위를 통과하는 것 같았다. 거의 아무것도 보이지 않았다. 실눈을 떴을 때 가까스로 보인 것은 가모 큰다리 난간의 주황색 전등 주변에 난무하는 나방 떼거리요, 아카시 군의 윤이 흐르는 검은머리였다.

겨우 대군이 지나간 다음에도 뒤처진 나방들이 여기저기에서 퍼덕퍼덕 날아다녔다. 아카시 군은 창백한 얼굴로 일어나 미친 듯이 온몸을 털어대며 "안 붙어 있어요? 안 붙어 있어요?" 하고 부르짖더니, 길바닥에서 버둥대는 나방들로부터 달아나듯 무시무시하게 빠른 속도로 가모 큰다리 서단으로 달려갔다. 그리고 어스름 속에 부드러운 빛을 발하는 카페 앞에 주저앉았다. 훗날 안 사실인데, 아카시 군은 나방을 아주 싫어하는 모양이다.

나방의 대군은 또다시 검은 융단이 되어 카모 강을 따라 시조 쪽으로 내려갔다.

퍼뜩 정신을 차려보니, 조가사키 선배가 나의 옆에 우두커니 서 있었다. 헝클어진 머리털에 나방이 엉켜 날뛰는 것도 아무렇지도 않은 듯했다.

나는 주황색 불빛이 점점이 늘어선 가모 큰다리 위를 둘러보았다.

흡사 나방의 대군을 타고 화려하게 날아가버린 것처럼 난간 위에 서 있었을 오즈가 사라지고 없었다.

"저 녀석, 정말 떨어졌잖아."

조가사키 선배가 중얼거리며 난간으로 달려갔다.

꧁

나와 조가사키 선배는 가모 큰다리 서단에서 강둑을 뛰어 내려갔다. 눈앞에서는 카모 강이 왼쪽에서 오른쪽으로 도도히 흘러가고 있다. 강물이 불어나 평소에는 덤불숲인 부분까지 물에 잠긴 탓에 여느 때보다 강폭이 넓었다.

우리는 그곳에서 강물로 들어가 쫄딱 젖어가며 가모 큰다리 밑으로 다가갔다. 교각 뒤에서 뭔가가 꿈틀거리고 있었다. 오즈는 그곳에 오물처럼 달라붙은 채 꼼짝하지 못하는 듯했다. 물은 그리 깊지 않았으나 물살이 빠른 탓에, 조가사키 선배는 발이 미끄러져 하류로 떠내려갈 뻔했다.

갖은 고생 끝에 우리는 오즈인 듯한 물체가 있는 곳에 다다랐다.

"이 얼간이 같으니!"

내가 물보라를 맞으며 호통치자 오즈는 낑낑 울었다 웃었다 했다.

"이 불쌍한 꼴을 봐서 용서해주세요."

"됐으니까 입 다물어." 조가사키 선배가 말했다.

"예, 선배. 어쩐지 오른쪽 다리가 굉장히 아픕니다."

오즈가 순순히 말했다.

나는 조가사키 선배의 도움을 받아 오즈를 둘러멨다. "아야, 아야, 좀 더 조심해서 운반해주세요"라며 사치스러운 요구를 하는 것을 무시하고 우리는 그를 우선 강변으로 옮겼다. 뒤처져 강변으로 내려온 아카시 군은 비록 나방의 대군에 시달린 충격으로 얼굴은 창백했어도 침착하게 구급차를 불렀다. 119에 전화한 다음, 그녀는 강변 벤치에 앉아 파랗게 질린 뺨을 손으로 감쌌다. 우리는 오즈를 통나무처럼 데굴데굴 굴려 젖은 옷을 말리며 추위에 떨었다.

"아야, 아야야, 너무 아파요. 어떻게 좀 해주세요." 오즈가 신음했다. "에구구."

"시끄럽다. 난간 같은 데 올라가니까 그러지."

나는 말했다. "이제 곧 구급차가 올 테니까 참아라."

신음하는 오즈 곁에 무릎을 꿇은 조가사키 선배를 보니 노여움을 풀 데를 잃어 난감한 듯했다. 나도 다리가 부러진 오즈를 시모가모 유스이 장으로 운반해 커피 원두 가는 기계에 넣고 갈아버릴 마음은 나지 않았다.

이윽고 오즈의 스승이 강변에 사뿐하게 내려섰다. 시모가모 유스이 장에서 유유히 걸어온 모양이다.

"뭐야, 어디 있나 했더니."

"오즈가 다쳤어, 히구치. 뼈가 부러진 것 같은데." 조가사키 선배가 말했다.

"한심한 녀석."

"스승님, 전 스승님을 위해서 이런 꼴을 당한 건데." 오즈가 처량한 목소리로 말했다.

"오즈, 귀군은 제법 싹수가 있어."

"스승님, 감사합니다."

"하지만 스승을 위해 뼈를 간다고 다리까지 부러뜨릴 건 없지 않나. 귀군은 대책 없는 얼간이로군."

오즈는 훌쩍훌쩍 울었다.

오 분쯤 있다가 구급차가 가모 큰다리 입구에 도착했다.

조가사키 선배가 강둑을 뛰어 올라가 구급대원과 함께 내려왔다. 구급대원들은 프로의 이름에 부끄럽지 않은 솜씨로 오즈를 담요로 둘둘 말아 들것에 실었다. 그대로 카모 강에 던져 넣어주면 유쾌 천만이었겠으나, 구급대원은 다친 사람에게 차별 없이 연민의 정을 베풀어주는 훌륭하신 분들이다. 오즈는 그의 악행에 걸맞지 않을 정도로 정중하게 구급차에 실렸다.

"오즈는 내가 따라가지."

오즈의 스승이 그렇게 말하고 유유히 구급차에 올라탔다.

이윽고 구급차가 떠났다. 조가사키 선배는 이미 오즈가 안중에 없는 듯, 가오리 씨를 데리러 갈 차를 마련하겠다며 떠났다.

뒤에는 파랗게 질린 얼굴을 감싸고 벤치에 앉은 아카시 군과 쫄딱 젖은 나만이 남았다.

"괜찮습니까?"

나는 그녀에게 물었다.

"나방은 정말 질색이에요."

그녀는 신음했다.

"진정되게 차라도 마시겠습니까?"

결단코 비겁하게도 나방이 질색이라는 그녀의 약점을 이용해 '잘만 하면' 하고 엉큼한 생각을 한 것은 아니다. 창백하게 질린 그녀를 생각해서 한 말이었다.

나는 가까운 자동판매기에서 따뜻한 캔 커피를 사와 그녀와 함께 마셨다. 그녀도 점점 침착함을 되찾는 듯했다. 나는 오즈와의 악연에 관해 이야기했다. 그리고 지난 며칠간 판명된 오즈의 악행에 관해서도 이야기했다. 히구치 게이코라는 가공의 아가씨로 위장해 나의 마음을 갖고 논 죄는 만 번 죽어 마땅하다고 분노했는데, 그녀가 느닷없이 "죄송합니다" 하고 사과했다.

"죄송하지만 그 일에는 저도 가담했었어요. 최근에 오즈 선배한테 부탁받고 대필했거든요."

"저런."

"추천해주신《해저 2만 리》도 읽었어요."

그녀는 시원스레 미소 지었다.

"좋은 편지였어요. 거짓말도 많은 것 같았지만 잘 쓰시던데요."

"들켰나요."

"물론 이쪽도 거짓말이었으니까 피장파장이죠."

그녀는 말했다.

그리고 그녀는 아직 창백한 기가 남아 있는 뺨에 미소를 띠고 "시모가모 신사의 헌책 시장에서 뵌 적이 있었죠?"라고 생각지도 못한 말을 했다.

"기억나세요?"

⁂

일 년 전 여름, 시모가모 신사의 헌책 시장이 열렸을 때였다.

참배길 옆, 남북으로 길게 뻗은 마장에 헌책방 텐트가 빽빽하게 들어서고, 책을 찾아다니는 사람들로 인산인해를 이루었다. 시모가모 유스이 장에서는 금세라 나는 매일처럼 다녔다.

나뭇잎 새로 비치는 햇살 아래 라무네를 마시며 여름의 풍정을 만끽한 뒤, 양 옆으로 늘어선 헌책방 노점을 구경하며 걸었다. 어디를 봐도 낡아빠진 서적이 빼곡히 들어찬 나무 상자가 줄줄이 놓여 있다 보니 다소 어지럼증이 났다. 융단을 깐 거상이 여럿 놓인 곳에서 나처럼 헌책 시장 멀미가 난 듯한 사람들이 갈 곳을 잃고 늘어져 있었다. 나도 그곳에 앉아 넋을 놓아버렸다. 때는 8월이라 찌는 듯이 무더웠으므로 나는 손수건으로 이마의 땀을 닦았다.

눈앞에 가와라마치에 점포가 있는 '아미 서점'이라는 헌책방의 노점이 있었다. 한 여성이 가게 앞에 놓인 접는 의자에 앉아 이지적인 눈썹을 찌푸리며 가게를 보고 있었다.

내가 일어나 아미 서점의 서가를 물색하며 시선을 맞추자 그녀는 가볍게 머리를 숙여 인사했다. 나는 쥘 베른의 《해저 2만 리》를 샀다. 그대로 가버리려 하자 그녀가 일어나 쫓아왔다.

"이거 쓰세요."

그녀는 그렇게 말하며 헌책 시장이라고 쓰인 부채를 주었다.

그 여성이 아카시 군이었다.

땀에 젖은 얼굴을 파닥파닥 부채질하며 《해저 2만 리》를 들고 다다스 숲을 빠져나갔던 기억이 난다.

※

조가사키 선배는 그날 밤중으로 가오리 씨를 되찾아 다시금 정밀한 사랑의 생활을 영위하기 시작했다.

오즈에게 듣기로, 그는 인간 여성에게도 인기가 많아 동아리에 소속되어 있던 시절에는 온갖 여성을 마음껏 섭렵했다고 한다. 그의

미모라면 이해되지 못할 것도 없다. 이해되지 않는 것은 그 정도로 현실 속 여성 관계에 부족함이 없는 인간이 어째서 가오리 씨에게 집착하느냐 하는 점이다. 가오리 씨와 함께 살기 시작한 지 이 년이 되었다고 하니 확고한 신념에 의한 선택이라 할 것이다.

"그건 인형을 소중히 여기며 지낸다는 데 의미가 있는 겁니다. 그러니 여성과 사귀는 것과는 별문제예요. 당신처럼 성욕 처리를 위한 도구로만 보는 미개인은 이해 못 하겠지만 대단히 고상한 사랑의 형태입니다."

오즈가 해설했다.

나흘 동안 가오리 씨와 함께 산 경험에 비추어 생각해보면 무슨 말인지 알 것 같기도 하지만, 나처럼 요령 없는 인간이 발을 들여놓을 경지는 아니리라. 나는 역시 인간 검은머리 아가씨를 택하겠다. 예컨대 아카시 군 같은.

오즈의 스승은 여전히 시모가모 유스이 장 2층에 사는 터라 이따금 마주친다. 감색 유카타를 입고 유유히 은거중이다. 아카시 군은 그의 방에 드나들고 있었다. "스승님은 나름대로 훌륭하세요. 어디까지나 나름대로"라는 것이 그녀의 평가다. 그가 나에게도 "숫제 제자가 되지 않겠나"라 해서 고민중인데, 우선 '무슨 제자가 되는 것인지'를 전혀 모르겠다는 점이 마음에 들지 않는다. 그다음으로 마음에 들지 않는 것은 오즈의 후배가 된다는 점이다.

얼마 전에는 전골을 먹으러 히구치 선배 방에 갔다가 하누키 씨를 만났다.

"스몰 월드네."

하누키 씨는 말했다.

'가오리 씨 유괴 사건'의 원인인 조가사키 선배와 히구치 선배의 싸움에 관해 나는 자세히는 알지 못한다. 어쨌거나 가오리 씨를 훔치는 것은 이제 금지된 모양이다. 오즈가 입원한 동안에는 아카시 군이 오즈의 역할을 화려하게 대행해 조가사키 선배의 자전거를 하룻밤 새에 오륜차로 바꾸었다.

~

그 사건 이래로 아카시 군과 친해졌다.

결과만 보면 오즈의 악행이 좋게 작용한 셈이다. 그렇다고 그의 수많은 악행을 용서할 마음은 없다. 영어회화 학원에서 이야기할 소재를 얻은 것만으로는 도무지 수지가 맞지 않는다. 허나 같은 반 사람들은 이 최신 뉴스를 박수갈채로 맞이할 것이다.

나와 아카시 군의 관계가 그 뒤 어떤 전개를 보였는지는 본 글의 취지에서 일탈된다. 따라서 그 기쁨 반, 쑥스러움 반인 묘미에 관해 상세히 쓰는 것은 삼가련다. 독자도 그런 타기할 것을 읽느라 귀중한 시간을 시궁창에 버리고 싶지는 않으리라.

성취된 사랑만큼 이야기할 가치가 없는 것은 없다.

나의 학창 생활에 새로운 전개가 다소 나타났다고 해서 내가 과거를 천진난만하게 긍정한다고 생각하면 서운하다. 나는 그렇게 간단히 과거의 과오를 긍정하는 사내가 아니다. 크나큰 애정으로 나 자신을 보듬어주자고 생각한 적이 있는 것은 사실이나, 젊은 아가씨라면 또 몰라도 스무 살 넘은 지저분한 사내를 누가 보듬어주고 싶으랴. 그런 금할 길 없는 노여움에 사로잡혀 나는 과거의 자신을 구제하기를 단호히 거부했다.

　운명의 시계탑 앞에서 소프트볼 동아리 '포그니'를 선택한 데 대한 후회의 염은 떨칠 수 없다. 만약 그때 다른 길을 선택했더라면. 영화 동아리 '계'를 선택했더라면, 혹은 기상천외한 제자 모집에 응했더라면, 혹은 비밀 첩보 기관 '복묘반점'에 들어갔더라면 나는 지금과는 다른 이 년간을 보냈을 것이다. 적어도 지금처럼 꼬이지 않았을 것은 분명하다. 잘하면 환상의 지보라 불리는 '장밋빛 캠퍼스 라이프'를 이 손에 거머쥘 수 있었을지 모른다. 아무리 외면하려 해도 실수란 실수는 죄다 저질러 이 년을 허비했다는 사실은 부정할 수 없다.

　무엇보다도 오즈를 만나고 말았다는 오점은 한평생 남으리라.

　오즈는 대학 근처에 있는 병원에 입원했다.

새하얀 침대에 묶여 있는 모습은 상당히 통쾌한 구경거리였다. 원래 안색이 나쁜 탓에 불치의 병에 걸린 것처럼 보이는데 실은 단순한 골절이다. 골절만으로 끝나 다행이라 할 것이다. 그가 세 끼 식사보다 좋아하는 악행에 관여하지도 못하고 툴툴거리는 옆에서 나는 꼴좋다고 생각했다. 너무 시끄럽게 툴툴거릴 때는 병문안용으로 사 온 카스텔라로 입을 틀어막았다.

"이걸로 반성하고 남의 일에 집적거리는 짓은 이제 그만두지."

내가 볼이 메어지게 카스텔라를 베어 물며 말하자 오즈는 고개를 흔들었다.

"거절하겠습니다. 그 외에 제가 할 일은 아무것도 없으니까요."

심성이 뿌리까지 썩어빠진 녀석.

천진한 나를 갖고 놀아 무슨 재미가 있느냐고 힐문했다.

≋

오즈는 예의 요괴 같은 웃음을 띠며 헤실헤실 웃었다.

"제 나름의 사랑입니다."

"그렇게 더러운 것은 필요 없다."

나는 대답했다.

4

팔십 일간의 다다미 넉 장 반 일주

대학 3학년 봄까지 이 년간, 실익 있는 일은 하나도 하지 않았노라고 단언해두련다. 이성과의 건전한 교제, 학업 정진, 육체 단련 등 사회에 유익한 인재가 되기 위한 포석은 쏙쏙 빼버리고 이성으로부터의 고립, 학업 방기, 육체의 쇠약화 등 깔지 않아도 되는 포석만 족족 골라 깔아댄 것은 어인 까닭인가.

책임자를 추궁할 필요가 있다. 책임자는 어디 있나.

나라고 날 때부터 이 모양 이 꼴은 아니었다.

갓 태어났을 무렵의 나는 순진무구함의 화신이었고, 갓난아기 시절의 히카루 겐지 저리 가라 하게 사랑스러워, 사념이라고는 터럭만큼도 없는 해맑은 미소가 고향 산천을 사랑의 빛으로 가득 메웠다 한다. 그런데 지금은 어떠한가. 거울을 볼 때마다 노여움에 휩싸인

다. 네놈은 대체 어찌하여 이렇게 되었는가. 이것이 현시점에서 네놈의 총결산인가.

아직 젊지 않으냐고 말하는 사람도 있으리라. 인간은 얼마든지 바뀔 수 있다고.

그런 터무니없는 일이 있을 리 없다.

'세 살 버릇 여든까지'라고 하는데 당년 스물하고도 하나, 머지않아 세상에 태어난 지 사반세기가 되려는 어엿한 청년이 이제 와서 자신의 인격을 변모시키려 궁색하게 노력한들 무슨 소용이 있으랴. 이미 딱딱하게 굳어 허공을 향해 우뚝 솟은 인격을 억지로 굽히려 해봤자 똑 부러지는 것이 고작이다.

생을 마감하는 그날까지 지금 여기에 있는 자기 자신을 질질 끌고 살아야 하느니라. 그 사실을 외면해서는 아니 되느니라.

나는 결단코 외면하지 않을 생각이다.

허나 다소 보기 괴롭다.

~

3학년이 된 그해 봄, 나는 다다미 넉 장 반에 틀어박혀 지내고 있었다.

5월병에 걸린 것도 아니고 세상이 무서워진 것도 아니다. 다다미 넉 장 반에 틀어박혀 바깥 세계와 단절된 정밀한 공간에서 자신을 다시 한번 단련하기 위해서였다. 무익한 이 년간을 보내 미래에 진

흙탕을 처바른 데다 학점은 결정적으로 부족했다. 어영부영 삼 년째를 맞이한 상황에서 나는 이미 대학에게 아무것도 바라지 않았다. 혹독한 수행은 모두 여기, 다다미 넉 장 반에서 해야 한다고 믿었다.

데라야마 슈지는 과거에 책을 버리고 거리로 나가라 했다 한다.

허나 당시 나는 생각했다. 거리로 나가 무엇을 하라는 말인가, 이 나에게.

～

이 수기는 다다미 넉 장 반이라는 존재에 관해 세상 사람들에게는 극히 불필요한 사색을 펼치기 위해 쓴다. 일전에 묘한 운명에 의해 무수한 다다미 넉 장 반을 끝없이 전전하는 신세가 되는 바람에, 그동안 게곤 폭포에서 뛰어내리고 싶어질 정도로 다다미 넉 장 반에 관해 생각해야 했기 때문이다.

다다미 넉 장 반을 심히 사랑하는 나는 일각에서 '다다미 넉 장 반 주의자'라는 이름을 마음껏 누려왔다. 가는 곳마다 모두들 나에게 경의를 표하며 동경 어린 시선으로 바라봤다. "저 사람이 그 유명한 다다미 넉 장 반 주의자야" "어머나, 그러고 보니까 어쩐지 고귀한……" 등등 검은머리 아가씨들이 소곤거렸다.

허나 그런 다다미 넉 장 반 주의자인 나도 마침내 다다미 넉 장 반에서 나갈 때가 왔다.

이 정도로 다다미 넉 장 반을 지지해온 사내가 어찌하여 그곳에서 쫓겨나게 되었나.

그 경위를 지금부터 이야기하려 한다.

≋

이 수기의 주된 등장인물은 나다.

대단히 안타까운 일이나 거의 나밖에 없다.

≋

대학 3학년이 된 5월 말이었다.

내가 기거하는 곳은 시모가모 이즈미가와초에 있는 시모가모 유스이 장이라는 하숙이었다. 일설에 따르면 막부 말기의 혼란기에 불에 탔다 재건된 이래로 바뀐 데가 없다고 한다. 창문으로 불빛만 새어나오지 않으면 폐허나 다름없다. 갓 입학했을 무렵, 대학 생협의 소개로 이곳을 찾아왔을 때 길을 잃고 구룡성에 들어왔나 생각한 것도 무리가 아니다. 지금 당장이라도 폭삭 주저앉을 것 같은 3층 목조 건물은 보는 이를 불안하게 하는 노후함이 이미 중요문화재의 경지에 달해 있다 해도 과언이 아니나, 이곳이 소실된다고 아쉬워할 사람이 아무도 없을 것은 상상하기 어렵지 않다. 동쪽 옆에 사는 집주인조차 되레 속시원해할 것이 틀림없다.

지금도 잊을 수 없다. '모험 여행'을 떠나기 전날 밤, 시모가모 유스이 장 110호에서 홀로 찌무룩한 얼굴로 놀고 있던 나를 오즈가 찾아왔다.

오즈와는 1학년 때 만난 이래로 악연이 이어져오고 있었다. 비밀 조직 '복묘반점'에서 발을 뺀 뒤로 타인과 깊이 사귀기를 기껍게 생각하지 않으며 고고한 지위를 지키는 나에게, 오래 알고 지낸 사람은 이 썩을 돌팔이 요괴 같은 사내뿐이었다. 나는 영혼이 오염되는 것을 꺼림칙하게 여기면서도 좀처럼 그와 결별하지 못하고 있었다.

그는 시모가모 유스이 장 2층에 사는 히구치 세이타로라는 인물을 '스승'이라 부르며 그의 방에 수시로 드나들었는데, 그때마다 번번이 나의 방에 얼굴을 내밀었다.

"여전히 뚱하군요" 하고 오즈가 말했다. "애인도 없지, 학교에도 안 가지, 친구도 없지, 대체 어쩔 셈입니까?"

"네 이놈, 말조심해라. 안 그러면 쳐죽일 줄 알아."

"치고, 게다가 죽이기까지 하다니 어떻게 그런 심한 일을."

오즈는 히죽거렸다.

"그러고 보니 그저께 밤에 없었죠? 일부러 왔었는데."

"그저께 밤에는 분명히 만화 카페로 가서 학업에 힘쓰고 있었을 것이다."

"가오리 씨라는 여성을 소개해주려고 데리고 왔는데 당신이 없잖아요. 할 수 없이 다른 데 데리고 갔습니다. 아쉽게 됐군요."

"네놈 소개 따위 필요 없다."

"에이, 그렇게 토라지지 말고요. 맞다, 이걸 줄게요."

"뭐냐, 이게?"

"카스텔라입니다. 히구치 스승님이 잔뜩 주셨거든요. 그러니까 콩한 쪽도 나눠 먹기."

"웬일이냐, 네가 뭘 다 주고."

"커다란 카스텔라를 혼자 잘라 먹는다는 건 고독의 극치거든요. 외로움을 절절히 맛보라고요."

"그런 뜻인가. 아아, 그래, 맛봐주마. 신물이 날 정도로 맛봐주고 말고."

"그러고 보니 하누키 씨한테 들었습니다. 치과에 갔다면서요?"

"음, 그냥 좀."

"역시 충치였죠?"

"아니, 그런 것이 아니야. 좀 더 심원한 병이다."

"거짓말. 그렇게 될 때까지 내버려두다니 얼간이가 따로 없다고 하누키 씨가 그러던데요. 사랑니가 절반은 없어졌다면서요?"

오즈는 내가 도망친 조직 '복묘반점'에 남아 지금은 정점에 군림하고 있었다. 게다가 그 외에도 폭넓게 활동하고 있음을 넌지시 비쳤다. 그런 정력을 세상을 위해, 타인을 위해 활용한다면 좋지 않겠느냐고 누구나 생각할 테지만, 그는 '세상을 위해, 타인을 위해'라고 생각한 순간 팔다리 관절이 움직이지 않게 된다고 말했다.

"어떻게 자라면 그리 되는 것이냐."

"이것도 스승님의 교육 덕택이죠."

"무슨 스승인데?"

"도저히 한마디로는 표현이 안 되는데요. 심원해서요."

오즈는 하품하며 말했다.

"아, 맞다, 스승님께서 해마를 갖고 싶어하셨을 때, 쓰레기장에서 커다란 수조를 발견하고 갖고 갔거든요. 시험 삼아 물을 받아보니까 도중에 물이 노도처럼 새어나오는 바람에 난리가 났죠. 스승님의 다다미 넉 장 반이 온통 물바다가 됐다니까요."

"잠깐, 네놈의 스승 방이 몇 호냐?"

"여기 바로 위인데요."

나는 갑자기 화가 머리끝까지 치밀었다.

언젠가 내가 집에 없을 때 2층에서 물이 샌 적이 있었다. 돌아와 보니 천장에서 물이 뚝뚝 떨어져 귀중한 서적이 외설 비외설 구분 없이 퉁퉁 불어터졌다. 피해는 거기서 그치지 않았다. 물에 젖은 컴퓨터에서는 귀중한 자료가 외설 비외설 구분 없이 전자 바다의 거품으로 사라져버렸다. 이 사건이 나의 학문적 쇠퇴에 박차를 가한 것은 말할 필요도 없다. 따지러 가고 싶은 마음은 굴뚝같았으나, 정체 불명의 2층 주민을 상대하기 귀찮아 그때는 그대로 흐지부지 넘어가고 말았다.

"네놈 소행이었군."

"외설 도서관이 침수된 것쯤 무슨 대단한 피해라고."

오즈는 뻔뻔스럽게 말했다.

"당장 꺼져. 나 바쁘다."

"꺼지고말고요. 오늘 저녁에는 스승님 댁에서 암중 전골 모임이 있거든요."

히죽거리는 오즈를 뻥 차서 복도로 쫓아내고 겨우 마음의 평안을 얻었다.

그리고 1학년 봄을 돌이켜 생각했다.

〜

당시 나는 솜털이 보송보송한 1학년이었다. 꽃이 다 져버린 벚나무 잎사귀가 푸릇푸릇 싱그러웠던 기억이 난다.

신입생이 대학 구내를 걷고 있으면 좌우지간 여기저기에서 전단을 억지로 밀어붙이는 터라, 나는 개인의 정보 처리 능력을 월등히 능가하는 전단을 들고 어찌할 줄 몰라 하고 있었다. 내용은 천차만별이었으나, 내가 흥미를 느낀 것은 다음 네 곳이었다. 영화 동아리 '계', '제자 구함'이라는 기상천외한 전단, 소프트볼 동아리 '포그니' 그리고 비밀 기관 '복묘반점福猫飯店'이다. 수상쩍음에 정도의 차는 있어도 모두 대학 생활이라는 미지의 세계로 통하는 문이었다. 나의 마음은 호기심으로 가득 찼다. 어느 것을 선택해도 재미있는 미래가 열릴 것이라 생각했으니 어떻게 손쓸 여지도 없는 얼간이였기 때문이다.

강의가 끝나고 나는 대학 시계탑으로 발걸음을 옮겼다. 많은 동아리가 신입생 환영 설명회 장소로 이동하기 전에 그곳에서 만나기 때문이다.

시계탑 주변은 샘솟는 희망에 볼이 발갛게 상기된 신입생들과 그 것을 먹잇감으로 삼을 만반의 준비를 갖춘 동아리 선배들로 북새통을 이루고 있었다. 환상의 지보라 불리는 '장밋빛 캠퍼스 라이프'로 들어가는 입구가 지금 여기에 무수히 열려 있는 것 같아, 나는 반 몽롱한 상태로 걸었다.

그곳에서 만난 것이 비밀 기관 '복묘반점'이었다. 비밀 기관이라고 대대적으로 전단에 쓰는 비밀 기관이 있을 턱 없으나, 놀라지 마시라, 진짜로 비밀 기관이라는 것이 나중에 판명되었다.

시계탑 앞에서 나에게 말을 붙인 사람은 '복묘반점'의 하부 조직 중 하나인 '도서관 경찰' 간부 아이지마 선배였다. 두뇌가 명석해 보이고 안경 렌즈 너머로 보이는 눈매가 시원했다. 태도는 온유한데 어딘지 모르게 거만하게 업신여기는 듯한 인상도 받았다.

"다양한 사람들을 만날 수 있거든. 재미있는 경험을 할 수 있어."

아이지마 선배는 나를 법학부 안마당으로 데리고 가 그렇게 설득했다.

나는 생각했다. 나의 세계가 좁다는 것은 틀림없는 사실이었다. 대학에 있는 동안 구내에 꿈틀거리는 다양한 사람들과 교류하여 견문을 넓히는 것은 중요한 일이다. 그렇게 쌓은 경험이 바로 빛나는 미래를 위한 포석이 되리라. 물론 그런 진지한 생각만 했던 것은 아니며, 비밀스러운 분위기에 막연히 매력을 느꼈다는 사실은 부정할 수 없다. 다시 한번 말하지만 손쓸 여지도 없는 얼간이였다.

'복묘반점'이란 무엇인가.

그 조직의 목적은 수수께끼에 싸여 있다.

허나 단언하련다. 목적은 십중팔구 없을 것이다.

'복묘반점'은 복수의 하부 조직을 포괄하는 하나의 막연한 명칭이다. 그 하부 조직으로 말하자면 이름과 활동 내용을 서술해도 쉽게 믿지 못할 것들뿐이다.

주된 조직만 들어봐도, 우수한 학생을 연금軟禁해 리포트를 대량으로 대필시키는 '인쇄소', 도서관의 대출 기한이 지난 도서를 강제 회수하는 것이 업인 '도서관 경찰', 캠퍼스 내 자전거 정리 봉사를 하는 '자전거 싱글벙글 정리군軍' 등 다방면에 걸친다. 그 외에 대학 축제 사무국의 일부, '에이잔 전철 연구회' '규방 조사단 청년부' '궤변론부' 등 유별난 동아리며 연구회, 수상쩍은 활동을 전개하는 종교계 동아리와도 이어져 있었다.

역사적으로 볼 때 '복묘반점'의 모체는 '인쇄소'라는 것이 공통적인 견해다. 따라서 '인쇄소장'이라 불리는 인물이 조직 전체의 최고 지휘권을 갖고 있다 하는데, 정말 그런 인물이 존재하는지는 알 수 없었다. 갖은 억측이 있었다. 젊디젊은 검은머리 아가씨라는 설도, 고참 법학부 교수라는 설도, 혹은 이십 년 전부터 시계탑 지하에 서식하는 가면 쓴 호색 괴인이라는 설도 있었다. 어쨌거나 '도서관 경찰'의 끄나풀로서 여기저기 뛰어다녔을 뿐인 나는 그런 인물과 접촉할 기회가 없었다.

아이지마 선배의 권유로 '도서관 경찰'에 들어간 나는 "우선 이 녀석하고 한 팀이 돼라"라는 말과 함께 법학부 안마당에서 한 사내를 소개받았다. 꽃이 다 진 벚나무 밑에 더럽게 불길하고 소름 끼치게 생긴 남자가 서 있었다. 섬세한 나에게만 보이는 지옥의 사자인가 했다.

그것이 오즈와 나의 만남이었다.

～

평범한 남자가 어느 날 아침 잠에서 깨보니 한 마리 독충이 되어 있더라는 것은 유명한 소설의 서두다. 나의 경우, 그렇게까지 극적이지는 않았다. 나는 여전히 나였고, 나의 사내 육즙이 밴 다다미 넉 장 반에도 언뜻 보기에 달라진 점은 없었다. 물론 내가 원래부터 독충이나 다름없었다는 의견도 있으리라.

시계는 6시를 가리키고 있었으나 아침 6시인지 저녁 6시인지 확연치 않았다. 이불 속에서 생각해보았으나 얼마나 잤는지 알 수 없었다.

나는 이불 위에서 독충처럼 꿈지럭대다가 부스스 일어났다.

조용했다.

나는 커피를 끓이고 카스텔라를 먹기로 했다. 살벌한 식사를 끝내자 요의가 느껴졌다. 복도로 나가 현관 옆에 있는 공동변소로 가려 했다.

문을 연 나는 다다미 넉 장 반에 발을 들여놓았다.

기괴한 일이로다.

뒤를 돌아보았다. 혼돈한 나의 다다미 넉 장 반이 그곳에 있었다. 그런데 눈앞에 반쯤 열린 문 너머에도 혼돈한 나의 다다미 넉 장 반이 있었다. 거울에 비친 방을 보는 것 같았다.

나는 문틈을 지나 옆 다다미 넉 장 반으로 들어섰다. 그곳은 틀림없이 내 방이었다. 벌렁 드러누웠을 때 느껴지는 다다미의 감촉, 잡다한 서적이 꽂힌 책꽂이, 고장 나기 일보 직전인 텔레비전, 초등학생 때부터 쓰던 공부 책상, 먼지 쌓인 개수대. 생활감 넘치는 광경이었다.

문을 지나 내 방으로 돌아왔는데 그곳도 내 방이 틀림없었다. 오랜 수행을 통해 심담을 단련해 작은 일에는 동요하지 않게 된 나도 동요했다. 어찌 이런 괴현상이. 나의 다다미 넉 장 반이 둘로 늘었다.

문으로 나갈 수 없다면 창문을 여는 수밖에 없다.

근래 내내 닫혀 있던 커튼을 걷자 불투명 유리 너머로 형광등 불빛이 보였다. 창문을 드르륵 연 나는 나의 다다미 넉 장 반을 들여다보고 있었다. 창틀을 타고 넘어 안으로 들어가 자세히 조사해보았지만 내 방이 맞았다.

원래 있던 다다미 넉 장 반으로 돌아왔다.

나는 담배를 피우며 진정하려 해보았다.

대략 팔십 일간에 이르는 나의 다다미 넉 장 반 세계 탐험은 이렇게 시작되었다.

앞으로의 모험은 기본적으로 거의 동일한 다다미 넉 장 반 안에서 벌어진다. 따라서 그 모험에 관해 이야기하기에 앞서, 독자에게 나의 다다미 넉 장 반에 관해 명확한 이미지를 심어주고자 한다.

우선 북쪽에 유아용 웨하스처럼 얄팍한 문이 있다. 문에는 선주민의 흔적인 외설적 스티커 등이 붙어 있어 극히 번잡스럽다.

안으로 들어서면 곁에 더러워질 대로 더러워진 개수대가 있고, 먼지를 덮어쓴 헤어 제품 캔과 전열기와 온갖 잡동사니가 쌓여 있다. 요리사의 의욕이 꺾일 것이 틀림없다. 이렇게 황량한 부엌에서 요리 솜씨를 발휘하려 하기를 나는 단호히 거부하고 '남자는 주방에 들어가지 아니하니'를 실천해왔다.

북쪽 벽의 태반은 벽장인데, 화사함이 터럭만큼도 없는 의류, 읽지 않은 책, 버릴 수 없는 서류, 동장군을 내쫓기 위해 쓰는 전기 히터 등이 아무렇게나 쑤셔 박혀 있었다. 외설 도서관도 그 안에 있다.

동쪽 벽은 태반이 책꽂이다. 책꽂이 옆에 진공청소기와 전기밥통이 놓여 있지만 양쪽 모두 구태여 쓸 필요를 못 느끼겠다.

남쪽에는 창문이 있고, 그 앞에 초등학생 때부터 애용해온 공부 책상이 놓여 있다. 책상 서랍은 어지간해서는 열지 않기 때문에 안이 어떤 상태인지 잊어버렸다.

동쪽 책꽂이와 공부 책상 사이에는 여기 다다미 넉 장 반에서 갈 곳을 잃은 온갖 잡동사니를 던져 넣는 공간이 펼쳐져 있다. 그곳에 보내는 것을 일반적으로 '시베리아 유배'라 부른다. 언젠가 그 무질서한 공간의 전모를 파악하지 않으면 안 된다고 생각은 하는데, 무서워서 손을 대지 못하겠다. 섣불리 발을 들여놓았다가는 살아서 돌아올 가능성이 극히 낮기 때문이다.

서쪽에는 고장 난 텔레비전과 작은 냉장고가 놓여 있다.

그리고 북쪽으로 돌아온다.

일주하는 데 고작 몇 초밖에 걸리지 않는 공간이나, 바야흐로 이 다다미 넉 장 반은 나의 머릿속이나 다름없었다.

≋

애초에 왜 다다미 넉 장 반인가.

다다미 석 장에 사는 사람을 딱 한 명 알고 있었는데, 나보다 더 고고한 학생이었다. 학교에는 가지 않고 《존재와 시간》만 열심히 읽으며 견개하게 자기 능력을 자신하고 세상과 융합하기를 단호히 거부하는 성질이 심해져 작년에 향리에서 부모가 데리러 왔다.

다다미 두 장이라는 것도 여기 교토에는 분명히 존재한다 한다. 다소 믿기 어려운 일이나, 조도지 부근에는 다다미를 두 장, 길이로 늘어놓은 방도 실재하는 모양이다. 그런 복도 같은 곳에서 매일 밤 자다 보면 키가 커질 것이 틀림없다.

그리고 항간에 떠도는 무서운 소문에 따르면, 기타시라카와 뱁티스트 병원 부근 XX장에서 다다미 한 장 방이라는 것을 두 눈으로 똑똑히 보았다는 학생이 있었는데, 그 학생은 며칠 뒤 수수께끼 속에 실종되고 그를 아는 사람들도 온갖 비운을 겪었다 한다.

그렇기에 다다미 넉 장 반이다.

다다미 한 장, 두 장, 석 장에 비해 다다미 넉 장 반은 참으로 깔끔하다. 다다미를 석 장 나란히 늘어놓고 그것과 수직이 되게 또 한 장을 놓는다. 남은 빈칸에 반 장을 놓으면 깔끔한 정사각형이 완성된다. 아름답지 아니한가. 다다미 두 장도 정사각형이 되기는 하나 그래서는 다소 비좁다. 그렇다고 다다미 넉 장 반보다 넓은 면적으로 정사각형을 만들면 이번에는 다케다 신겐전국시대의 유명한 무장의 변소처럼 넓어져 자칫 잘못하면 조난당할 것이다.

대학에 입학한 이래 나는 다다미 넉 장 반을 단호히 지지해왔다.

다다미 일곱 장이니 여덟 장이니 열 장이니 하는 방에 사는 사람은 정말 그만한 공간을 자신의 영역으로 지배하기에 부족함이 없는 인간인가. 방 안 구석구석까지 자신의 손바닥처럼 파악하고 있는가. 공간을 지배한다는 행위에는 책임이 따른다. 우리 인류가 지배할 수 있는 것은 다다미 넉 장 반 이하의 공간이며, 탐욕스럽게도 그 이상의 면적을 바라는 괘씸한 자들은 언젠가 방구석으로부터 가공할 반역을 당할 것이라고 나는 주장해왔다.

〰️

다다미 넉 장 반 세계 탐험이 시작되기는 했으나, 나는 성급히 행동을 개시하는 것을 기껍게 생각하지 않는다. 나는 치밀하게 분석하고, 분석하고, 또 분석해서 만전의 대책을 세운다. 오히려 만전의 대책이 사후약방문이 될 정도로 분석하는 인간이다.

원래의 다다미 넉 장 반으로 돌아온 나는 내가 지금 해야 할 일을 생각해보았다.

훌륭한 인간은 그 어떤 상황에서도 결단코 동요하지 않고 냉정하게 사고해야 한다. 냉정하게 생각한 끝에 이 주 전에 오즈가 두고 간 빈 맥주병을 사용하기로 했다. 그 속에 배뇨하고 나는 침착함을 되찾았다.

허둥대봤자 소용없다. 이름뿐인 3학년이 된 이래로 나의 생활은 태반이 이 공간에서 이루어지고 있었다. 지금까지 열심히 나가려 하지 않고서 이제 와서 허둥대며 나가려 하는 것은 인간이 너무 얄팍하지 아니한가. 위기가 바로 코앞까지 닥쳐들지 않는 한, 나 같은 인간이 행동을 개시해야 할 필요는 없다. 중심을 잡고 의젓하게 기다리다 보면 사태는 저절로 호전될 것이다.

나는 그렇게 판단했다. 그리고 유유히 쥘 베른의 《해저 2만 리》를 읽으며 머나먼 해저 세계를 머릿속으로 그렸다. 이윽고 그것에 물리자 외설 도서관 소장품을 일별하고 적당한 것을 골라 관능의 세계를 머릿속으로 그렸다. 한결같이 그렸다. 그리다 보니 피곤해졌다.

텔레비전을 켜볼까 했으나 사실 텔레비전은 전부터 상태가 좋지 않았다. 화면이 태풍 속의 풍차처럼 도는 탓에 동체 시력이 어지간히 좋지 않으면 화면에 비치는 것이 무엇인지 알아볼 수 없다. 얼마 동안 노려보다가 멀미가 나고 말았다. 이렇게 될 줄 알았으면 텔레비전을 고칠 것을 그랬다.

이윽고 시곗바늘이 한 바퀴 돌았다. 어육 완자를 한 조각 구워 먹고 나니 남은 것은 카스텔라뿐이다. 무도 한 조각 남아 있었으나 그것에는 일단 손을 대지 않았다. 자기 전에 한 번 더 확인해봐도 역시 창밖이나 문밖이나 다다미 넉 장 반이었다. 불을 끄고 자리에 누워 천장을 노려보았다. 어인 연유로 이런 세계에 들어선 것인가.

나는 하나의 가설을 세웠다.

'기야마치 점쟁이의 저주' 가설이다.

꽃

며칠 전, 기분 전환 삼아 가와라마치에 나갔다. 헌책방 '아미 서점'을 들여다본 뒤, 나는 기야마치를 어슬렁어슬렁 걸었다. 그곳에서 점쟁이를 만난 것이다.

술집과 유흥업소가 늘어선 가운데 어두운 민가가 몸을 움츠리듯 서 있었다.

처마 밑에 하얀 천을 덮은 작은 대를 앞에 놓고 노파가 앉아 있었다. 점쟁이다. 대 아래로 늘어뜨린 갱지는 의미를 알 수 없는 한자의 나열로 메워져 있었다. 작은 제등 같은 조명의 주황색 불빛이 비추는 노파의 얼굴은 묘한 박력이 감돌았다. 완전히 길 가는 사람의 영혼을 노리며 입맛을 다시는 요괴다. 점을 봐달라고 했다가는 수상쩍은 노파의 그림자가 들러붙어 하는 일마다 족족 실패하고, 기다리는 사람은 오지 않고, 잃어버린 물건은 찾지 못하고, 누워서 떡 먹기인 과목에 낙제하고, 제출 직전인 졸업논문이 자연발화하고, 비와 호수로에 빠지고, 시조 거리에서 유인 판매에 걸려드는 등 온갖 불행을 당할 것이다. 그런 망상에 탐닉하며 빤히 쳐다봤으니, 이윽고 노파도 알아차렸는지 땅거미 속에서 눈을 빛내며 나를 봤다. 그녀가 발산하는 요기가 나를 사로잡았다. 정체를 알 수 없는 요기는 설득력이 있었다. 나는 논리적으로 생각했다. 이 정도 요기를 무료로 방출하는 인물의 점이 들어맞지 않을 리 없다고.

세상에 태어난 지 이제 곧 사반세기이건만 지금까지 타인의 의견에 겸허하게 귀를 기울인 적은 손가락으로 헤아릴 수 있을 정도다. 그 때문에 걷지 않아도 됐을 가시밭길을 구태여 선택했을 가능성이 있지 않나. 좀 더 일찍 자신의 판단력에 대한 기대를 접었더라면 '복묘반점' 같은 기괴한 조직의 마수에 걸려들어 있는 대로 휘둘린 끝에 다다미 넉 장 반 성城에 틀어박히지도 않고, 심지가 미로처럼 꾸불꾸불한 오즈라는 인물을 만나지도 않았을 것이다. 좋은 벗, 좋은 선배를 만나 넘치는 재능을 마음껏 발휘해서 문무겸전하고, 당연한 귀결로서 곁에는 아름다운 검은머리 아가씨, 눈앞에는 휘황찬란한 순금 미래, 잘만 하면 환상의 지보라 불리는 '장밋빛이고 유의미한 캠퍼스 라이프'를 이 손에 거머쥐었으리라. 나쯤 되는 인간이라면 그런 운명도 전혀 이상할 것 없다.

그래.

아직 늦지 않았다. 가급적 신속하게 객관적 의견을 청해 응당 있을 수 있어야 하는 다른 인생으로 탈출하자.

나는 노파의 요기에 빨려들듯 발을 내디뎠다.

"학생, 뭘 알고 싶으신지?"

노파는 입속에 솜을 물고 있는 것처럼 우물우물 말하는 탓에 한층 신통함이 느껴졌다.

"글쎄요, 뭐라 말해야 좋을지."

내가 뒷말을 잇지 못하자 노파는 미소를 지었다.

"얼굴을 보면 매우 초조해하시는 걸 알겠군요. 불만이시죠? 재능을 살리지 못하시는 것처럼 보이는데요. 지금 환경이 당신에게 어울리지 않는 것 같네요."

"네, 맞습니다. 정말 그렇습니다."

"잠간 볼까요?"

노파는 나의 두 손을 잡고 들여다보며 고개를 끄덕였다.

"흠, 당신은 대단히 성실하고 재능 있는 분 같군요."

노파의 혜안에 나는 일찌감치 탄복했다. 능력 있는 매는 발톱을 감춘다는 속담처럼, 겸허한 마음으로 아무도 모르게 감추고 살아온 탓에 지난 몇 년간 나 자신도 어디 있는지 알 수 없었던 나의 양식과 재능을 만난 지 오 분도 되지 않아 찾아내다니 역시 예사 사람이 아니다.

"좌우지간 호기를 놓치지 않는 것이 중요합니다. 호기는 좋은 기회를 말해요, 아시겠어요? 다만 호기는 잡기가 워낙 쉽지 않아서 말이죠, 호기 같지 않은 것이 실은 호기일 때가 있는가 하면 그야말로 호기처럼 보였는데 나중에 보니 전혀 그렇지 않더라 할 때도 있답니다. 하지만 당신은 그 호기를 잡아 행동에 나서셔야 해요. 당신은 장수하실 것 같으니 언젠가는 호기를 잡으실 수 있겠죠."

요기에 걸맞게 참으로 심원한 말이다.

"그렇게 한량없이 기다릴 수는 없습니다. 지금 그 호기를 잡고 싶습니다. 좀 더 구체적으로 가르쳐주실 수 없겠습니까?"

내가 물고 늘어지자 노파는 주름진 얼굴을 가볍게 일그러뜨렸다. 오른쪽 뺨이 간지러운가 생각했는데 아무래도 미소를 지은 모양이었다.

"구체적으로 말씀드리기가 쉽지 않습니다. 제가 이 자리에서 말씀드려도 그것이 이윽고 운명의 변전으로 인해 호기가 아니게 되는 일도 있는데, 그렇게 되면 당신에게 송구스럽지 않겠습니까. 운명은 시시각각 변하니까요."

"하지만 지금 이대로는 너무 막연합니다."

내가 고개를 갸웃하자 노파는 콧김을 훗흐응 내뿜었다.

"좋습니다. 너무 먼 앞날의 일은 말씀드리지 않겠지만 이제 곧 있을 일은 말씀드리죠."

나는 귀를 아기 코끼리 덤보처럼 크게 키웠다.

"콜로세움."

노파가 느닷없이 속삭였다.

"콜로세움? 그게 뭡니까?"

"콜로세움이 호기의 증표라는 말입니다. 당신에게 호기가 도래했을 때 그곳에 콜로세움이 있을 거예요."

노파는 말했다.

"저보고 로마에 가라는 말씀은 아니시겠죠?"

내가 물어도 노파는 히죽거릴 뿐이었다.

"호기가 찾아오면 놓치지 마세요, 학생. 호기가 찾아왔을 때 막연히 똑같은 행동을 하시면 안 됩니다. 과감하게 지금까지와는 전혀 다른 방식으로 그것을 잡아보세요. 그러면 불만이 사라지고 당신은 다른 길을 걸으실 수 있겠죠. 거기에 또 다른 불만이 있을지라도 말입니다. 당신이라면 잘 아시겠지만요."

전혀 알 수 없었으나 고개를 끄덕였다.

"혹시 그 호기를 놓치더라도 심려하실 필요는 없습니다. 당신은 훌륭하신 분이니 필시 언젠가 호기를 잡으실 수 있을 테죠. 저는 압니다. 조급하게 생각하지 않으셔도 됩니다."

노파는 그런 말로 점을 끝맺었다.

"감사합니다."

나는 머리를 숙여 인사하고 요금을 지불했다.

그리고 길 잃은 어린 양처럼 기야마치의 혼잡 속으로 발을 내디뎠다.

이 노파의 예언을 잘 기억해주기 바란다.

혹시 이것은 그녀의 저주가 아닌가. 이 무서운 저주를 풀 수 있는 열쇠는 그녀가 말한 '콜로세움'에 감추어져 있을지도 모른다. 수수께끼를 풀기 전까지는 결단코 자지 않겠다고 굳게 결의하며 여러모로 궁리하는 사이에 나는 안락한 잠에 빠졌다.

잠에서 깨보니 시곗바늘은 12시를 가리키고 있었다.

일어나 커튼을 걷었다.

눈부신 한낮의 태양이 빛나는 것도 아니고, 심야의 어둠이 있는 것도 아니다. 그저 옆 다다미 넉 장 반의 허연 형광등 불빛이 있을 뿐이다. 자고 일어나면 어떻게 될 줄 알았는데, 자고 일어나도 상황은 달라지지 않았다. 문을 열고 나가봐도 옆 다다미 넉 장 반이 있을 뿐이었다.

이하, 독자의 편의를 위해 내가 원래 있던 다다미 넉 장 반을 '다다미 넉 장 반(0)'이라 한다. 문 너머에 있는 다다미 넉 장 반은 '다다미 넉 장 반(1)', 창 너머에 있는 다다미 넉 장 반은 '다다미 넉 장 반(-1)'이다.

다다미 넉 장 반 한복판에 뚱하게 책상다리를 하고 앉아 커피가 보글보글 끓는 소리를 들었다. 배가 고팠다. 카스텔라는 이미 없다. 어육 완자도 먹었다. 그새 뭐가 솟아나지 않았을까 간절히 비는 마음으로 냉장고를 열어보았지만 있는 것은 무 한 조각과 간장, 후추, 소금, 시치미七味뿐이다. 대학생의 필수품인 인스턴트라면조차 없었다. 편의점에 의존하는 생활을 해온 죗값이다.

무 조각을 삶아 간장과 시치미를 뿌려 먹었다. 커피를 마셔 배를 채웠다.

약 이틀째에 식량이 바닥났다. 남은 것은 커피와 담배뿐이었다. 이것을 어떤 식으로 우아하게 구사해서 배고픔을 지연시켜도 언젠가는 뱃가죽과 등가죽이 들러붙을 것이다. 이 다다미 넉 장 반에서 굶어죽어 아무도 모르게 썩은 송장으로 화할 것이다.

다다미 넉 장 반 구석에서 머리를 싸안고 나는 모르는 일이라고 우기려 했으나, 모르는 일이라도 배는 고파진다. 하는 수 없이 나는 식량 문제의 근본적 해결책 마련에 나섰다.

대학생 하면 불결. 불결 하면 버섯이다. 벽장 구석에 자란 버섯을 먹을 수 있을까 생각해보았다. 그러나 외설 도서관과 골판지 상자와 썩어가는 의류를 끌어내고 벽장을 뒤져보니 건조해서 버섯이 돋을 환경이 아니었다. 더러워진 의류를 깔고 그 위에 물을 뿌려 계획적인 배양 사업에 착수해야 하나. 허나 나의 더러운 의류를 양분으로 자란 버섯을 먹어 살아남느니 차라리 영광스러운 공복을 택하겠다.

다다미를 팔팔 끓여 먹을 생각도 해보았다. 사내 육즙이 듬뿍 배었으니 영양은 있을지 모른다. 하지만 섬유질이 과다하다. 변통이 비와 호 수로처럼 좋아져 죽음을 앞당길 것이 명백했다.

며칠 전부터 천장 구석에 뭐가 즐거운지 나방 한 마리가 꼼짝하지 않고 붙어 있는 터라, 이것을 동물성 단백질로 섭취할 생각도 해보았다. 곤충이기는 해도 동물이다. 예컨대 산에서 조난당하면 털 난 애벌레든 털 없는 애벌레든 풍이든 구워 먹을 것이다. 그러나 인분으로 뒤덮여 살짝 몽글한 나방을 구워 먹느니 방구석의 먼지를 핥아 먹는 것이 그나마 낫겠다.

자기 몸의 여분을 그때그때 식량으로 삼아 살아남는다면 처절한 서바이벌이 되겠으나, 나는 철저하게 군더더기를 배제한 육체로 살아가는 연비가 높은 사람이라 여분의 부분이라고는 귓불뿐이다. 참새 통구이처럼 뼈밖에 없는 탓에 도저히 먹을 수 없는 남자다. "저 인간은 자기 귓불을 먹고 살아남았다고" 하고 손가락질당하는 것은 사절이다.

텔레비전과 책상 사이를 뒤졌더니 먼지 쌓인 위스키 병이 나왔다. 반년쯤 전에 오즈와 함께 술판을 벌였을 때 샀는데, 어찌나 맛없는지 반밖에 못 마시고 그대로 남아 있던 것이다. 식량 부족의 작금, 싸구려든 뭐든 위스키 또한 중요한 영양원이다. 그 외에도 벽장 속 약상자에서 복용 기한이 지난 비타민제를 발견했다.

배양 버섯, 다다미, 나방, 귓불 등을 먹는 것을 기껍게 생각하지 않는 이상, 위스키, 비타민제, 커피, 담배만으로 살아남는 수밖에 없다. 흡사 무인 다다미 넉 장 반에 표류한 로빈슨 크루소 같다. 그의 경우에는 총이 있어 사냥도 할 수 있었으나, 나의 경우는 비실비실 천장을 헤매는 나방을 잡는 정도가 고작이다. 허나 나의 경우 물은 수도꼭지에서 나오고, 가구 일습도 갖춰져 있고, 맹수에게 공격당할 염려도 없다. 서바이벌인지 서바이벌이 아닌지 잘 모르겠다.

그날은 또다시 《해저 2만 리》를 유유히 읽으며, 어디선가 나를 지켜보고 있을 잔혹한 신에게 도전하듯 차분하게 지냈다. 햇빛을 볼 수 없으니 지금이 낮인지 밤인지 알 수 없었다. 그러니 하루, 또 하루 구분하고는 있어도 그것이 정확한 구분이라는 보증은 없었다.

커튼을 치고 문을 닫으면 평소와 다름없는 풍경이라, 지금 당장에라도 오즈가 문을 차부수며 성가신 다툼거리를 갖고 나타날 것만 같았다. 불행 중의 다행이라면 두 주 전에 치과에서 사랑니를 뽑았다는 것이다. 그렇지 않았더라면 격통을 견디지 못하고 치과 의사를 찾아 다다미 넉 장 반을 뛰어다니다 마침내 까무러쳐 죽었으리라.

미카게 거리의 구보즈카 치과에서 뽑은 사랑니는 지금도 책상 위에 잘 장식되어 있다.

〜

4월 말 무렵부터 턱이 아프기 시작해 밤잠도 설칠 만큼 심해졌다.

악관절증일지 모르겠다고 개인적으로 진단을 내렸다. 악관절증은 스트레스 때문에 생긴다고 한다. 민들레 홀씨처럼 섬세하고, 히에이 산의 학승學僧처럼 뼈를 깎아 사색에 잠기는 나 같은 인간에게 지금까지 악관절증이 없었던 것이 오히려 이상하다. 있어야 마땅하다. 그것을 안 것만으로도 나는 깊은 만족감에 젖어, 이 아픔은 선택받

315

은 자가 감수해야 할 시련이라며 다다미 넉 장 반을 데굴데굴 굴러
다니면서 황홀해했다.

"당신이 스트레스를 느낄 리가 없어요. 그런 말을 어떻게 믿습니
까?"

오즈는 변태를 보는 듯한 눈으로 말했다. "조직도 그만두고 빈들
대고 있으면서."

그야 표면상으로는 아무것도 하지 않는 것처럼 보여도, 매일 보답
받지 못하는 사색에 힘쓰며 자기 자신을 몰아붙이고 있는 나는 매일
격렬한 스트레스에 노출되어 있다 할 수 있다고 주장했다. 이 악관
절증은 명백히 고통스러운 사색의 증표다.

"그거 분명히 그냥 충치입니다." 오즈는 삭막한 말을 했다.

"그런 바보 같은 일이 있을쏘냐. 나는 이가 아픈 것이 아니라 턱
이 아픈 것이다."

고통에 몸부림치는 나를 보고 오즈는 구보즈카 치과라는 병원을
권했다. 하누키 씨라는 미인 치과 위생사가 있다고 했다. 그러나 나
는 싫었다. 파란만장하다고는 할 수 없어도 맛깔스러운 세월을 지내
며 심담도 열심히 단련해왔다. 그래도 치과 의사는 무섭다.

"치과엔 안 가."

"젊은 여성이 입에 손가락을 넣어주는데요. 아아, 고맙기도 하지.
당신은 여성의 손가락을 핥을 기회 같은 거 없잖아요. 아마 앞으로
한평생 없을걸요. 충치라는 대의명분 아래 여성의 손가락을 핥을 수
있는 천재일우의 기회입니다."

"네놈 같은 변태와 똑같이 취급하지 마라. 나는 여성의 손가락을 핥고 싶다는 생각 따위 하지 않는다."

"이 새까만 거짓말쟁이."

"'새빨간'이겠지, 이 얼간아."

"좌우지간 갔다 와요."

오즈는 유난히 열심히 권했다.

어느 날 밤, 턱에서 배어나온 아픔이 상하 치열을 종횡무진으로 내달리기 시작하면서 일종의 공명 상태를 일으켜, 마치 수많은 땅딸막한 요정들이 나의 이를 무대 삼아 코사크 춤 경연 대회를 연 듯한 대소동이 벌어졌다. 하는 수 없이 오즈의 설득을 받아들였다.

턱의 통증은 나의 섬세함 때문도 아니고, 혹독한 사색 때문도 아니고, 사랑니가 썩은 탓이었다. 본의 아니게 오즈의 추리가 맞았다. 조직에서 빠져나온 이래로 거의 다른 사람을 만나지 않고 고고한 생활을 해온 탓에 그만 양치질을 게을리한 죗값이었으리라.

결단코 그녀의 손가락 맛에 농락된 것은 아니나, 치과 위생사 하누키 씨는 매력적이었다. 나이는 이십대 후반쯤 되었을까. 머리를 바짝 당겨 묶은 탓에 그렇지 않아도 전국시대 무장의 처처럼 늠름한 얼굴이 더욱 늠름하게 보였다. 그녀는 늠름하고 짙은 눈썹을 찡그리며 무시무시한 기계를 위잉위잉 다루어 나의 치석을 화려하게 제거했다. 나는 자신에 찬 그녀의 손놀림에 경의를 표했다.

치료가 끝난 뒤, 나는 오즈의 소개로 왔다고 했다. 하누키 씨는 오즈를 잘 아는 듯 "그 애, 재미있지?"라고 했다. 그러고는 마치 갓 태어난 아기를 건네듯 탈지면에 싼 사랑니를 주었다.

나는 티슈를 접어 그 기념비적인 사랑니를 하숙 책상 위에 안치하고 매일 바라보았다. 묘하게 버리기가 싫었다.

～

마음 한구석에 그래봤자 꿈일 것이라고 대수롭지 않게 여기는 부분이 있었다.

그러나 약 사흘이 지나도 문 너머도 다다미 넉 장 반, 창 너머도 다다미 넉 장 반이었다. 그쯤 되니 마음 편히 《해저 2만 리》를 읽고 있을 수 없어졌다. 식량은 바닥나고 담배도 이제 몇 개비 남지 않았다. 되도록 행동을 일으키지 않고 긍지를 지키는 데에만 전념하고 싶었으나, 없는 긍지도 목숨을 잃으면 무슨 의미가 있으랴.

나는 빈속에 커피를 흘려 넣고 작은 접시에 따른 간장을 조금씩 핥아 공복을 달랬다.

불결한 이야기라 죄송하다기보다 이제 와서 사소한 불결을 가지고 죄송해할 내가 아니나, 최저한의 식사밖에 못 하는데도 변의는 느껴졌다. 액체 쪽은 맥주병에 받았다가 가득 차면 개수대에 버린다는 묘안으로 무사히 해결했다. 문제는 고형물 쪽인데, 이것은 어찌할 것인가.

나는 변의에 등 떠밀려 문 너머 다다미 넉 장 반(1)에 침입했다. 그 다다미 넉 장 반(1)에도 창문이 있었다. 기도하는 심정으로 커튼을 걷어보았으나, 역시 그 창 너머로도 다다미 넉 장 반(2)가 이어지는 모양이었다. 원래 방으로 돌아와, 이번에는 창문을 넘어 옆 다다미 넉 장 반(-1)로 가 방문을 열어보았으나, 그곳도 역시 다다미 넉 장 반(-2)였다.

다다미 넉 장 반은 대체 어디까지 이어지는가.

허나 당면한 위기를 어떻게 회피할 것인가가 우선 과제다. 나는 생각한 끝에 헌 신문지를 다다미에 깔고 은근슬쩍 볼일을 본 뒤 비닐봉지에 넣어 주둥이를 꽉 묶기로 했다.

직면했던 위기가 지나가자 또다시 식량 문제와 담배 문제가 뇌리를 스쳤다. 이렇게 되면 문제 해결을 위해 내가 직접 일어설 수밖에 없었다. 어떤 세계에서든 의지할 수 있는 사람은 자기 자신뿐이다.

≋

담배 문제, 식량 문제는 다음과 같은 방법으로 근본적 해결이 가능했다.

옆 다다미 넉 장 반(1)로 옮겨간 것이다.

문 너머에 돌연히 나타난 다다미 넉 장 반은 명백히 나의 방이었다. 그렇다면 내가 이 방을 마음대로 써서 안 될 까닭이 없다.

문을 지나 다다미 넉 장 반(1)로 들어선 나는 담배 한 갑을 발견했다. 그리고 이제 두 번 다시 볼 수 없을지 모른다고 생각했던 어육 완자와 카스텔라를 발견했다. 무 조각도 있다. 우선 어육 완자를 지글지글 굽고 후추를 듬뿍 쳐서 사흘 만에 먹는 동물성 단백질을 만끽했다. 어육 완자가 그렇게 맛있었던 적은 지금껏 단 한 번도 없었다. 그 뒤에 디저트로 카스텔라를 한 조각 먹었다. 죽었다 살아난 것처럼 온몸에 힘이 샘솟는 것을 느낄 수 있었다.

나는 그 다다미 넉 장 반의 창문으로 다다미 넉 장 반(2)를 바라보았다.

다다미 넉 장 반(3), 다다미 넉 장 반(4), 다다미 넉 장 반(5)……다다미 넉 장 반(∞) 하는 식으로 영원히 나의 다다미 넉 장 반이 이어지는 것이 아닐까. 참으로 초라한 무한수열의 세계가 아닌가. 바야흐로 나는 지구 표면적보다도 넓은 하숙에 살고 있었다.

절망적인 상황이기는 했으나 생각하기 나름으로는 행운이라 할 수 있었다. 이 방에 있는 식량이 바닥나도 옆방으로 옮겨가면 카스텔라와 어육 완자를 또 입수할 수 있다. 영양이 불균형하기는 해도 당장 아사할 가능성은 회피한 셈이었다.

그나저나 오즈가 준 카스텔라로 얻는 자양분은 무시할 수 없었다. 1학년 봄에 본의 아니게 만난 이래로 이 년간 질기게 이어져온 악연인데 처음으로 그의 존재가 도움이 되었다.

❧

대학에 들어와 일 년 반을 '도서관 경찰' 활동으로 지새웠다.

전술한 바와 같이 '도서관 경찰'이라는 조직의 목적은 도서관에서 대출한 도서를 반납하지 않는 발칙한 자를 추적해 대출 도서를 강제적으로 회수하는 것이었다. 필요할 경우 비인도적 수단에 호소하는 것도 불사했다. 아니, 비인도적 수단에만 호소한다 할 수도 있었다. 어찌하여 '도서관 경찰'이 그런 역할을 맡았는지, 대학 당국과 어떤 관계였는지, 그런 것은 따지지 말 일이다. 독자의 신변에 위험이 미칠 가능성이 있다.

'도서관 경찰'의 역할은 대출 도서 회수 외에 또 하나, 점찍은 인물의 개인 정보를 광범위하게 입수해 그것을 다양한 용도로 활용하는 것이 있었다. 원래 개인 정보 수집은 도서의 강제 회수를 위한 수단 중 하나였다. 상대방의 위치를 밝혀내기 위해서는 행동 패턴을 파악해야 했거니와, 추궁해도 잡아떼려 드는 악질분자에게서 도서를 회수하려면 상대방의 약점을 알 필요가 있었다. 그러나 정보가 축적되면서 정보의 힘, 정보의 매력이 조직을 사로잡았다. 수십 년 전에 이미 '도서관 경찰'의 정보 수집이 당초의 목적에서 크게 일탈해 비대해지기 시작했다고 한다. '도서관 경찰'은 대학 구내는 말할 것도 없이 북으로 오하라 산젠인에서 남으로 우지 뵤도인 호오도 부근까지 시내외를 막론하고 정보망을 뻗치고 있었다.

'도서관 경찰' 장관이 재미 삼아 목하 교제중인 A씨(21세, 남성)와 B씨(20세, 여성)의 사이를 갈라놓으려 했다 치자. 그가 손가락을 딱 튕기면 'A씨는 B씨와 사귀고 있으나 실은 같은 테니스 동아리에 있던 C씨도 만나고 있으며 C씨의 성적표는 다음과 같고 학점이 모자라 졸업이 위태롭다' 하는 정보를 간단히 입수할 수 있었다. C씨를 원격으로 조작해 A씨와 B씨의 관계에 치명적인 일격을 가하는 데에 필요한 정보 또한 장관은 자유롭게 손에 넣을 수 있었다.

위조 리포트의 대량 생산으로 막대한 수익을 거두는 '인쇄소'와 맞설 수 있는 것은 '도서관 경찰'뿐이었다. 인쇄소장의 정체가 수수께끼에 싸여 있는 이상, '도서관 경찰' 장관이 '복묘반점'의 실질적인 일인자로 간주된 것도 무리가 아니었다.

당시 나는 '도서관 경찰' 장관과 면식이 전혀 없는 말단 끄나풀이었다.

끄나풀의 임무는 도서 회수다. 허나 내가 깔끔하게 임무를 소화할 리 없었다. 회수 상대에게 자발적으로 현혹되거나 의기투합해서 함께 술을 마시기도 했다. 열의가 없기 그지없었다. 그런데도 내가 성과를 거둔 것은 오즈가 있어서였다.

오즈는 온갖 기교를 구사해 도서를 회수했다. 잠복, 눈물 작전, 비열한 함정, 공갈, 야습, 절도 등 무슨 짓이든 다 했다. 당연히 실적이 상승했다. 연쇄반응적으로 그와 한 팀인 내 실적까지 올라갔다. '도서관 경찰'의 존재 자체에 의문을 갖게 되어 적당히 게으름 부리던 나에게는 민폐였다.

나아가 오즈는 타고난 정보 수집 마니아였던 터라 불가사의한 인맥을 넓혀나가 아이지마 선배의 오른팔이라 할 존재가 되었다.

우리가 2학년이 된 해 봄, 아이지마 선배가 '도서관 경찰' 장관에 취임했다.

아이지마 선배는 오즈와 나를 간부로 승진시키려 했다. 오즈는 뜻밖에 그것을 거부하고 '인쇄소'로 옮겨갔다. 부득이 내가 간부가 되었으나 의욕은 완벽하게 없고 무익한 나날에 찌무룩해할 뿐이었으므로 순식간에 명목뿐인 간부로 전락했다.

아이지마 선배는 나를 경멸하며 길가의 돌멩이 보듯 무시하기 시작했다.

～

'도서관 경찰' 시대에 묘한 인물과 마주쳤다.

1학년 겨울이었다.

《간나즈키》라는 제목의 어느 화가의 전기를 빌려 반년 이상 반납하지 않은 인물이 있었다. 회수 명령을 받은 나는 그와 접촉하려 했다. 그는 내가 사는 시모가모 유스이 장 2층에 살았는데, 이름은 히구치 세이타로라 했다. 수수께끼에 싸인 인물로, 학생답지 않았다. 그렇다고 직장인답지도 않았다. 그가 사는 다다미 녁 장 반에 있는지 없는지도 확실치 않았다. 있어도 좀처럼 모습을 드러내지 않았다. 있으리라 예상하고 문을 열어보니 오리가 다다미 녁 장 반을 돌아다닐 뿐 본인은 어디로 사라지고 없었던 적도 있다. 낡은 감색 유카타를 입고 가지 같은 얼굴에는 수염이 까칠까칠했다. 풍채가 묘하니 외출하면 쉽게 발견할 수 있는데, 접촉하려 하면 연기처럼 사라졌다. 시모가모 신사와 데마치 상점가에서 몇 번을 놓쳤는지 모른다.

어느 날 심야에 고양이 라면 포장마차에서 간신히 붙잡았다.

"전부터 나의 주위를 맴돌더군" 하고 그가 온화한 얼굴로 말했다. "돌려줘야지, 돌려줘야지 했는데, 내가 읽는 것이 워낙 느려서 말이야."

"기한은 이미 심하게 지났거든요."

"응, 알아. 이만 포기하겠네."

우리는 함께 라면을 후룩후룩 먹었다.

그 인물 뒤에 딱 달라붙어 시모가모 유스이 장으로 돌아왔다. 그는 "잠깐 변소에 다녀오지"라 하고 공동변소로 들어갔다. 얼마 동안 기다렸건만 좀처럼 나오지 않았다. 기다리다 못해 들어가자 변소는 텅텅 비어 있었다. 2층 방으로 가보니 문 위에 있는 작은 창문으로 불빛이 흘러나왔다. 신기가 따로 없다.

나는 문을 드럼 치듯 두들기며 "히구치 선배" 하고 불렀으나 대답이 없었다. 사람을 아주 바보로 아는군 싶었다. 그렇게 날뛰는데 당시 아직 파트너였던 오즈가 찾아왔다.

"죄송합니다. 이 사람, 제 스승이거든요."

오즈는 말했다. "이 사람은 좀 봐주세요."

"말도 안 되는 소리 마라."

"무리라니까요. 이 사람이 빌린 걸 돌려주는 일은 절대 없단 말입니다."

오즈가 그렇게까지 단언하는데 물러나지 않을 수 없었다. 대체 무슨 스승인지 알 수 없었으나, 오즈 같은 사내가 존경하는데 제대로 된 인간일 리 없었다.

"안녕하십니까, 스승님. 위문품입니다."

오즈는 나를 버려두고 히구치 선배의 다다미 넉 장 반으로 들어갔다. 몸을 돌려 문을 닫으며 "죄송해요" 하고 히죽 웃었다.

≋

이틀 가량 나는 다다미 넉 장 반(-3)과 다다미 넉 장 반(3) 사이를 어정거리며 보냈다.

사태는 호전되지 않았다.

어쨌거나 할 일은 있었다. 운동을 위해 팔굽혀펴기와 사이비 힌두 스쿼트에 힘썼다. 큼직한 빨래통 한 개 분량의 커피를 마셨다. 카스텔라 여섯 개를 모조리 배 속에 넣었고, 무와 어육 완자를 써서 새로운 요리를 고안했다. 《해저 2만 리》에 등장하는 노틸러스 호의 화려한 식탁에 관한 묘사를 침이 줄줄 흐를 정도로 반복해서 읽었다.

그때까지 좋아서 다다미 넉 장 반에 틀어박혀 지냈지만, 당시에는 언제든지 밖으로 나갈 수 있다는 안심감이 있었다. 문을 열면 지저분한 복도가 있고, 지저분한 복도를 따라가면 지저분한 변소가 있고, 지저분한 신발장이 있고, 이 지저분한 하숙에서 밖으로 나갈 수 있었다. 언제든 마음만 먹으면 밖으로 나갈 수 있었기에 나가지 않았던 것이다.

이윽고 밖으로 나가봤자 다다미 넉 장 반만 나온다는 사실이 나의 마음을 압박하기 시작하면서, 식량 사정에 의한 칼슘 부족의 영향도 거들어 초조함이 더했다. 아무리 얌전히 기다려도 사태가 호전되지 않았다. 그렇다면 이 무한히 이어지는 다다미 넉 장 반 세계의 끝을 향해 길을 떠나 이 세계의 수수께끼를 풀고 잘하면 탈출한다는 웅대한 모험을 감행하는 수밖에 없었다.

이 불모의 세계에 갇힌 지 일주일쯤 된 어느 날 6시, 여전히 아침인지 밤인지는 알 수 없었으나 나는 출발하기로 했다.

다다미 넉 장 반(0)에서 봤을 때 문 방향과 창문 방향, 두 방향 중에 선택할 수 있었다.

나는 문 쪽을 선택했다.

즉 다다미 넉 장 반(1), 다다미 넉 장 반(2), 다다미 넉 장 반(3)…… 하고 순서대로 따라가보기로 한 것이다. 좌우지간 이 다다미 넉 장 반 길을 갈 수 있는 데까지 가보기로 했다.

'세계의 끝을 향해 간다'라는 표현에 걸맞은 비장한 결의를 다질 필요는 없었다. 자신의 다다미 넉 장 반을 계속 가로지를 뿐인 여행이었기 때문이다. 맹수를 만날 염려도 없고, 눈보라가 몰아칠 염려도 없으며, 식량 공급에 관해 생각할 필요도 없다. 준비물은 필요 없었다. 여행 중 어느 지점에서도 나는 나의 방에 있는 것이기 때문이다. 피곤하면 언제든 늘 깔고 지내는 이부자리에 파고들 수 있었다.

실제로 맹수를 만나지는 않았어도 나는 몇 가지 무서운 만남을 경험하게 된다.

첫날, 나는 스무 개의 다다미 넉 장 반을 횡단했다. 그래도 다다미 넉 장 반은 계속되었다. 그쯤 되니 얼간이 같은 기분이 들어 그날은 그곳에서 숙박하기로 했다.

⟫

　사흘째, '연금술'을 발견했다.

　다다미 넉 장 반에 있는 것을 상술했을 때, 책상과 책꽂이 사이에 공간이 있다고 썼다. 그날, 나는 혹시 도움이 될 것이 없는지 그 영역을 조사하다가 과거에 '시베리아 유배'에 처한 초라한 지갑을 발견했다. 안을 뒤져보니 1000엔짜리가 한 장 남아 있었다. 나는 다다미 넉 장 반 한복판에 주저앉아 흐늘흐늘한 지폐를 어루만졌다. 허무하게 웃었다. 이 상황에서 1000엔이 있다 한들 무슨 의미가 있다는 말인가. 자본주의 사회로부터 완전히 격리된 다다미 넉 장 반 세계에서 1000엔 지폐는 휴지 조각이나 다름없었다.

　그런데 그 옆 다다미 넉 장 반으로 이동한 뒤, 똑같이 낡은 지갑을 발견하고 1000엔짜리를 찾아냈다. 벼락 맞은 기분이었다. 각 다다미 넉 장 반에 1000엔이 있다면, 방 하나를 이동할 때마다 1000엔씩 번다는 이야기다. 방 열 개를 이동하면 1만 엔. 백 개 이동하면 10만 엔. 천 개 이동하면……. 이렇게 어처구니없는 돈벌이가 있나. 언젠가 다다미 넉 장 반 세계에서 탈출하는 날에는 남은 학비를 모두 지불하고 생활비도 해결할 수 있을지 모른다. 기온에서 거하게 노는 것도 꿈이 아니다.

　그 뒤로 나는 배낭을 지고 여행했다.

방을 이동할 때마다 1000엔 지폐를 챙겼다.

≋

처음에는 조금 이동하면 금세 넌더리가 나는지라, 남은 시간에는 독서에 열중한다든지, 망상을 부풀렸다 쭈그러뜨렸다 하며 기분 전환을 했다. 남아도는 시간을 활용해 공부라도 해볼까 기특한 생각을 해 책상 앞에 앉았다가 슈뢰딩거 방정식에게 격퇴당하기도 했다.

이따금 뇌리에 되살아나는 것은 노파의 말이었다.

'콜로세움'이란 무엇인가.

나는 노파가 저주를 걸었다는 가설을 굳게 믿고 있었다. 저주를 풀 열쇠가 '콜로세움'인 것은 명백했다. 그러나 나의 다다미 넉 장 반에 '콜로세움'이 있을 리 없다. 수많은 다다미 넉 장 반을 통과하며 '콜로세움'을 연상시키는 것을 찾아보았으나 아무것도 없었다.

≋

살벌한 여행을 계속하는 도중, 일 년에 걸쳐 나의 마음을 위로해 주었던 '찰떡곰'을 생각했다. 정신적인 윤택함을 잃어가는 지금, 찰떡곰의 폭신폭신함이 그리웠다. 찰떡곰이란 사랑스러운 스펀지 곰 인형이다.

작년 여름, 나는 시모가모 신사의 헌책 시장에서 찰떡곰을 손에 넣었다. 그때부터 찰떡곰은 나의 소중한 정신적 지주가 되었다. 스펀지로 만든 샤방샤방한 회색 곰인데, 흡사 갓난아기처럼 보들보들하다. 키는 주스 캔 정도 된다. 무냐무냐 짓누르다 보면 얼굴에 자연히 미소가 피어오른다. 나는 그 사랑스러운 인형을 늘 곁에 두었다. 조직과 연을 끊고 다다미 넉 장 반에 틀어박혀 혹독한 자기단련에 힘쓰는, 찾아오는 이라고는 반ↄ요괴 오즈뿐인 고독한 생활에도 반려가 필요했다.

그러나 그 사랑스러운 인형은 이 여행을 떠나기 며칠 전 빨래방에서 일어난 사건으로 수수께끼처럼 실종되고 말았다. 사내 육즙으로 때가 탄 찰떡곰을 빨고 나서 세탁기 뚜껑을 열어보니, 누가 찰떡곰을 가져가고 애교고 뭐고 없는 남자 속옷을 대신 쑤셔 넣어두었다. 조사해보니 한계까지 해어지고 빼려도 절대 빠지지 않을 슬픈 땟국에 전 속옷들은 나의 애용품이었다.

'혹시 곰 인형을 빨았다는 것은 나의 망상에 불과하고 나는 그저 평범하게 옷을 세탁하러 왔을 뿐일지 모른다. 따분한 세탁을 혐오한 나머지 자신의 속옷을 빤다는 잔혹한 현실을 외면하고, 있지도 않은 곰 인형을 빨고 있다는 팬시한 망상에 빠져 있었던 것이 아닌가' 하고 생각했다. '고황에 든 병의 영역에 도달했군!'

그런데 하숙으로 돌아와보니 나의 속옷은 제자리에 있었다. 두 배로 늘어난 속옷을 앞에 두고 나는 어찌할 바를 몰랐다. 사건의 수수께끼는 지금도 풀리지 않았다. 그 이래로 찰떡곰의 행방은 묘연했다.

아아, 찰떡곰은 어딘가에서 잘 살고 있을까.

나는 다다미 넉 장 반을 정처 없이 헤매며 그런 생각을 했다.

≈

처음에는 제패한 다다미 넉 장 반의 수를 세었으나 도중부터 포기했다.

문을 열고, 안으로 들어가, 다다미 넉 장 반(n)을 가로질러, 창문을 열고, 창을 타넘어, 다다미 넉 장 반(n+1)을 가로질러, 문을 열고, 안으로 들어가, 다다미 넉 장 반(n+2)를 가로질러, 창문을 열고⋯⋯ 이 작업이 내내 이어졌다. 1000엔씩 벌기는 해도 탈출할 가능성이 보이지 않는 탓에 나의 희망과 절망에 영향받아 1000엔의 가치는 오르락내리락했다. 탈출하지 못하면 구태여 모아봤자 휴지 조각에 불과하다. 1000엔의 가치가 얼마만큼 폭락해도 모으기를 그만두지 않은 것은 불굴의 정신이라 할지, 가난뱅이 근성이라 할지.

나는 카스텔라를 수북이 먹고 어육 완자를 구우며 고독한 행군을 계속했다.

어쩌면 나는 다다미 넉 장 반 지옥 같은 곳에 떨어져 그런 줄도 모르고 영원한 고행을 강요당하고 있는 것이 아닐까 하는 망상이 떠올랐다. 과거에 저지른 여러 죄의 기억이 뇌리를 왕래해 수치심에 몸부림친 적도 있다. '지옥에 떨어지는 것이 당연하다!'라고 부르짖기도 했다.

마침내 인내심의 한계에 다다르면 다다미에 통나무처럼 벌렁 드러누워 행군을 거부했다.

《한시치 수사록 오카모토 기도의 소설》을 탐독했다. 싸구려 위스키를 취하도록 마시고 담배를 피웠다. '왜 내가 이런 일을 당해야 하는가' 하고 악을 썼다. 자신을 둘러싼 무음 세계에 공포를 느껴 아는 노래란 노래를 모두 큰 소리로 불렀다. 어차피 불평할 사람은 아무도 없다. 숫제 분홍색으로 보디 페인팅을 하고 전라로 행군을 계속하며 지금까지 입에 담아 본 적도 없을 만큼 외설적인 말을 외쳐대도 상관없었으나, 아무리 나 혼자뿐이라 해도 아직 이성이 작용하고 있었다. 하지만 언제 이성의 고삐가 풀려도 이상할 것 없는 상황이었다. 나라서 견뎌낼 수 있었던 것이다.

다만 발견이 전혀 없었던 것은 아니다.

나는 완전히 똑같아 보이는 다다미 넉 장 반에도 조금씩 차이가 있다는 것을 깨달았다. 여행을 시작한 뒤로 열흘도 더 지났을 무렵이었을 것이다. 작은 변화이기는 했어도 책꽂이에 구비된 책들이 미묘하게 달랐다. 《한시치 수사록》을 읽으려 했는데 그 다다미 넉 장 반에는 《한시치 수사록》이 존재하지 않았다.

이 사실은 무엇을 나타내는가. 답은 아직 나오지 않았다.

〜〜

다다미 넉 장 반 세계 여행 중의 위생 문제에 관해 이야기하겠다.

세탁을 혐오하는 나에게 세탁할 필요가 없는 것은 고마운 일이었다. 옷은 방마다 준비되어 있으니 더러워지면 갈아입으면 그만이다. 매일 속옷을 갈아입게 된 덕에, 빨래방이 없는 이 세계에 들어온 뒤로 오히려 깨끗한 속옷을 입게 되었다는 묘한 사태가 발생했다.

처음에는 수염을 깎았으나 점점 귀찮아져 그만두고 말았다. 무엇보다 편의점조차 갈 수 없는데 면도를 할 필요성이 전혀 없었다. 머리도 그냥 자라게 내버려두었다. 망망대해에 외따로 뜬 다다미 넉 장 반에 표류한 로빈슨 크루소 같은 몰골이었다.

수염과 머리는 그다지 신경 쓰이지 않았으나 몸이 더러워지는 것은 불쾌했다. 시모가모 유스이 장에는 복도 안쪽에 코인 샤워가 있었으나, 세계에서 '복도'라는 개념이 사라진 지금 복도 끝에 있는 샤워기를 쓰는 것도 불가능해졌다. 전기 포트로 물을 끓여 대야에 붓고 타월을 적셔 몸을 쓱쓱 문지르는 수밖에 없었다. 콧노래를 흥얼거리며 샤워하는 흉내를 내보았으나 참으로 청승맞았다.

≋

달리 생각할 일이 없는지라 지루한 마음에 무익하게 지나간 이 년간을 생각했다. 그렇게 얼간이 같은 애들 장난에 넋 빼놓고 있었던 것이 새삼 후회막급이었다.

2학년이 되어 오즈와 팀을 해소한 나는 미증유의 무용지물 간부, 도서관 경찰 사상 공전의 게으름뱅이로 용명을 떨쳤다. 늘쩡늘쩡 지냈는데도 쫓겨나지도 않았고 위협을 당하지도 않았다. '도서관 경찰'에서 거둔 찬란한 실적을 업고 '인쇄소' 간부가 된 오즈가 뻔질나게 나를 찾아오는 탓에 그와의 관계를 고려해 너그러이 봐준 것이 아닐까.

나는 "그만둘까 한다"라고 오즈와 상의해보았으나 그는 웃으며 상대하지 않았다. "에이, 그러지 마세요. 그냥 눌어붙어 있다 보면 나름대로 즐거워지기도 한다니까요."

무책임한 녀석이다.

허공에 대롱대롱 매달린 듯 어중간한 2학년이라는 시기는 짜증스럽다. 나는 참는 것이 싫어졌다. 명목상으로는 간부이니 무슨 비밀스러운 회의에 출석하고 모양뿐인 음모를 꾸미기도 했지만, 무슨 일을 해도 얼간이 같다는 기분만 들었다. 조직 인간들은 나를 얼간이 간부라 여겼고 도서관 경찰 장관으로 군림하는 아이지마 선배는 나와 말도 하려 하지 않았다. 아이지마 선배에 대한 반감도 깊어지기만 했다.

밤마다 나는 '도망'에 관해 궁리하게 되었다. 그저 도망만 쳐서는 재미없다. 도서관 경찰 역사에 남을 화끈한 반항을 하고 도망쳐주겠노라고 생각했다.

2학년 초가을에 오즈와 함께 술을 마시며 내가 그런 말을 얼핏 하자, 그는 "그건 별로 권장하고 싶지 않은데요"라고 했다. "아무리 대학 내 애들 장난이라도 '도서관 경찰'의 정보망은 진짜거든요. 적이 되면 무섭습니다."

"까짓것 무섭지 않다."

오즈는 다다미에 뒹굴던 찰떡곰을 갖고 놀면서 "꾸욱" 하고 입으로 소리 내며 짓눌렀다.

"이렇게 될 거라고요. 전 마음이 아프네요."

"눈썹 하나 까딱하지 않을 주제에."

"또 그런 말씀을 하시네. 지금도 당신 평판이 나쁜 걸 제가 천재적으로 여기저기 손써서 감싸고 있다고요. 조금쯤 고마워해주면 어디 덧납니까?"

"고맙겠냐."

"감사는 공짜라고요."

가을의 적적함이 몸에 사무칠 때라, 전골이 보글보글 끓는 소리가 따뜻했다. 이런 가을밤을 함께 보내주는 사람이 오즈뿐이라는 것은 중차대한 문제라는 생각이 들었다. 인간으로서 잘못되었다. 묘한 조직에 발을 들여놓아 찌무룩이 지낼 때가 아니다. 조직 바깥에 제대로 된 캠퍼스 라이프가 기다리고 있다.

"좀 더 나은 학창 생활을 할 걸 그랬다고 생각하죠?"

오즈가 갑자기 핵심을 찔렀다. "요새 어쩐지 안절부절못하더군요. 사랑에라도 빠진 거 아니에요? 좌우지간 사랑에 빠지면 자신이 얼마나 꼴사나운지 자각하게 되거든요."

"그런 짓은 하지 않는다."

"시모가모 신사 헌책 시장에서 아르바이트를 했죠? 거기서 무슨 만남이 있었다고 보이는데요."

나는 날카로운 지적을 무시했다.

"······나는 다른 길을 선택해야 했다."

"위로하는 건 아닙니다만, 당신은 어떤 길을 선택했든 저를 만났을걸요. 직감으로 압니다. 어쨌거나 저는 전력을 다해서 당신을 망쳐놨을 거라고요. 운명에 저항해봤자 무슨 소용입니까?"

오즈는 새끼손가락을 들었다. "우리는 운명의 검은 실로 맺어져 있다는 이야기입니다."

나는 거무죽죽한 실로 본리스 햄처럼 칭칭 묶여 어두운 물 밑으로 가라앉아가는 사내 두 마리의 무시무시한 환영이 뇌리에 떠올라 전율했다.

오즈는 그런 나를 바라보며 유쾌하게 돼지고기를 먹었다. "아이지마 선배도 난감한 사람입니다" 하고 오즈가 말했다. "전 이미 '인쇄소'로 옮겼는데 자꾸 이것저것 상의하지 뭡니까."

"너 같은 인간을 왜 마음에 들어하는지."

"흠잡을 데 없는 인품, 뛰어난 화술, 명석한 두뇌, 귀여운 얼굴, 끝없이 샘솟는 이웃에 대한 사랑. 그게 다른 사람에게 사랑받는 비결입니다. 조금은 저를 보고 배우지 그래요?"

"입 다물어."

내가 말하자 오즈는 히죽히죽 웃었다.

≈

그런 과거의 추억과는 무관하게 다다미 넉 장 반 여행은 계속되었다.

'지질 연대'라는 것이 있다. 크게 분류해서 선캄브리아대, 고생대, 중생대, 신생대 순서로 현대를 향해 다가간다. 고생대 초기의 '캄브리아기'는 다양한 생물이 출현한 '캄브리아 폭발'이 일어난 것으로 유명하며, 중생대의 '쥐라기' '백악기'라 하면 어렸을 때 공룡 그림을 보며 즐거워했던 기억이 난다.

고생대 마지막에 '이첩기'二疊紀, 페름기. '첩'자가 다다미를 세는 말이기도 하다라는 것이 있다.

이 글자를 생각하면 수상쩍게 생긴 생물이 꿈틀거리는 지구 표면에 다다미가 척척 깔려나가는 광경이 떠오른다. 그 시대에 세계는 무수한 다다미 두 장짜리 방으로 구성되어 있었다. 나아가 중생대 초기에는 방이 다다미 한 장만큼 커져 '삼첩기'트라이아스기가 온다. 이윽고 등장하는 공룡들이 말끔하게 깔려 있던 다다미를 짓밟으면서 '쥐라기'로 시대가 바뀌는 것이다.

나는 세계가 다다미 넉 장 반이 되었다고 생각할 수밖에 없었다. 마침내 신생대 제4기 현세가 끝나고 '사첩반기'가 찾아온 것이다. 지구상의 전 생물이 대규모로 멸종되고, 무한히 이어지는 다다미 넉 장 반 세계에 나와 천장 구석에 붙은 나방만 남고 말았다. 생물적 다양성이고 뭐고 없다.

인류 최후의 인간으로서 이 다다미 넉 장 반 세계를 한없이 방황한다. 새로운 시대의 아담과 이브가 되고 싶어도 이브가 없으면 도리가 없지 않나.

그런 생각을 하며 분개하다가 터무니없는 이브와 맞닥뜨렸다.

～

여행을 떠난 지 약 이십 일이 지났을 무렵이었다.

이미 몇 개째 다다미 넉 장 반인지도 알 수 없었으므로 다다미 넉 장 반(k)라 하자. 한나절을 행군으로 보내고 슬슬 염증이 나기 시작했을 때였다. 휴식을 취하기로 하고 꼴도 보기 싫어진 카스텔라를 먹었다.

옆 다다미 넉 장 반은 형광등이 고장 났는지 조금 깜박거리고 있었다. 지금까지 지나온 다다미 넉 장 반 중에도 침침한 곳이 몇 곳 있었는데, 나는 그곳을 '흐린 세계'라 부르며 어쩐지 으스스했으므로 얼른 지나치곤 했다.

휴식을 마치고 나는 창문을 열어 옆 다다미 넉 장 반을 들여다보았다.

누가 방구석에 앉아 독서에 열중하고 있었다.

진부한 표현을 쓰자면 '심장이 입 밖으로 튀어나올 만큼' 놀랐다.

이십 일 이상 아무와도 말을 주고받지 않은 채 무인 세계를 여행하다가 돌연히 사람을 발견한 것이다. 기쁨보다 공포가 앞섰다.

책을 읽고 있는 사람은 여성이었다. 조용히 고개를 숙이고 무릎 위에 얹은 《해저 2만 리》를 읽고 있다. 아름다운 검은머리가 등에 늘어져 반들반들하게 빛났다. 내가 창문을 열었는데도 얼굴을 들지 않다니 담대하다 하지 않을 수 없었다. 다다미 넉 장 반 세계의 일각을 지배하는 마녀인가 싶었다. 자칫 잘못했다가는 통통한 고기만두로 만들어져 잡아먹힐 것이다.

"저, 실례합니다." 나는 쉰 목소리로 말했다.

그러나 몇 번 말을 걸어도 그녀는 반응을 보이지 않았다.

나는 조심조심 다다미 넉 장 반에 발을 들여놓고 그녀 곁으로 다가갔다.

그녀는 얼굴이 예뻤다. 피부는 인간의 피부와 색이 똑같은 데다 살그머니 손을 대보니 탄력이 느껴졌다. 머리는 정성스레 손질했고 복장도 흐트러진 데 없이 단정하게 갖추었다. 흡사 태생이 고귀한 여성 같았다. 그러나 그녀는 미동도 하지 않았다. 어디 먼 곳에 시선을 둔 순간 얼어붙은 사람 같았다.

"혹시 가오리 씨?"

나도 모르게 중얼거리고는 망연자실했다.

≋

작년 가을이 끝날 무렵이었다.

어찌하여 도서관 경찰 장관씩이나 되는 아이지마 선배가 그런 일을 하려 했는지 모두가 이상하게 여겼다. 아이지마 선배는 그저 시시한 영화 동아리의 보스를 실각시키기 위해 도서관 경찰을 동원했던 것이다. 음모의 먹이가 된 것은 영화 동아리 '계'를 좌지우지하던 조가사키라는 인물이었다.

조가사키 선배와 아이지마 선배 사이에 개인적인 다툼이 있었다는 말도, 영화 동아리에 재적중인 마음에 둔 여성에게 존경받으려고 동아리의 실권을 장악하려 했다는 말도 있었다. 어쨌거나 아이지마 선배는 조가사키 선배를 파멸로 몰아넣기로 결심했다.

무엇보다도 먼저 정보 수집을 해야 한다.

대학 구내에 편 정보망을 통해 조가사키 선배와 연관된 온갖 정보가 수집되었다. 그중에 그녀의 사진이 있었다. 조가사키 선배를 실각시킬 방책을 세우기 위해 소집된 회의 석상에서 그녀의 사진을 돌렸을 때, 감탄인지 뭔지 모를 탄성이 터져나왔다.

"이게 타깃이다. 이름은 가오리 씨."

아이지마 선배는 변명의 여지가 없는 저질 작전을 세웠다.

조가사키 선배는 가오리 씨를 장중보옥처럼 애지중지하고 있었다. 그것을 유괴하면 조가사키 선배가 요구를 받아들일 것이라 예측한 것이다.

계획이 수행되던 날 밤.

대학 축제 전야제로 학교는 밤늦게까지 떠들썩했다. 조가사키 선배는 영화 동아리 행사 때문에 하숙을 비우고 없었다. 흥겨운 축제를 두고 '어찌하여 내가 이런 일을' 하는 비애를 뒷모습에 담으며 '도서관 경찰' 간부 몇 명이 야음을 틈타 요시다 신사에 집합했다. 그중에 나도 있었다. '열쇠 사나이'라 불리는 인물과 합류해 우리는 조가사키 선배의 하숙으로 갔다.

당초 계획은 열쇠 사나이가 문을 따면 간부들이 침입해 러브돌 가오리 씨를 훔쳐낸다는 것이었으나, 계획은 우선 조가사키 선배의 하숙 앞에서 망할 뻔했다. 범죄나 다름없는 행위에 가담하게 됐다는 것을 알고 겁먹은, 근성이고 충성심이고 없는 사내가 한 명 있었기 때문이다. 즉 나다.

나는 '싫어, 싫어' 하고 떼쓰며 콘크리트 담장에 들러붙어 저항했다. 다른 간부들도 원래부터 마음이 내키지 않았던지라 실행을 망설였다. 정의를 희구하는 나의 긍지 높은 저항에 의해 아이지마 선배의 계획은 물거품이 되기 일보 직전이었다.

그때, 설마 일부러 여기까지 올 줄은 몰랐던 아이지마 선배가 나타났다.

"네놈들, 뭘 그렇게 꾸물거리냐!"

그가 일갈하자마자 간부들은 둘로 나뉘었다. 즉각 계획 수행에 나선 일파와 무작정 도망을 꾀한 일파다. 물론 도망을 꾀한 것은 나였다. 도망이라기보다 전략적 후퇴라 부르고 싶다.

야음을 틈타 달아나며 나는 "이런 얼간이 같은 짓을 할쏘냐!"라고 내뱉었다. 아이지마 선배의 눈이 뱀처럼 번득였다. 이러다 죽겠다는 생각이 들었다. 밤거리를 달려 전야제의 인파 속에 몸을 숨기며 괜한 말을 했다고 후회했다.

나의 저항도 헛되이 가오리 씨는 아이지마 선배에게 납치되고 말았다.

심야에 대학 지하의 일각에서 거래가 이루어져 조가사키 선배는 아이지마 선배의 요구 앞에 무릎을 꿇었다. 며칠 되지 않아 조가사키 선배는 자신이 창설한 이래 틀어쥐고 있던 영화 동아리의 실권을 아이지마 선배에게 넘겼다. 아이지마 선배를 극구 칭송하며 모두가 보는 앞에서 포옹하는 것조차 마다하지 않았다 한다.

너무나도 부조리한 일에 나는 분개했다.

도서관 경찰 장관을 내 절대 용서하지 않겠노라.

자랑은 아니지만 나는 기민한 면도 있다. 나는 당장 행동을 개시했다. 오즈가 수배해준 은신처로 신속하게 도망쳐 아이지마 선배에게 들키지 않도록 숨죽이며 갓 태어난 아기 사슴처럼 노여움에 바들바들 떨었다.

그날 나는 다다미 넉 장 반(k)에 묵었다.

이튿날이 되어도 그 앞으로 나아갈 마음이 들지 않았다. 귀밑머리와 혼연일체가 된 수염을 쥐어뜯으며 나는 궁리했다. 커피를 마시며 텔레비전 뒤에 있는 지저분한 벽을 바라보았다.

여기서 천계를 얻었다.

지난 이십 일 남짓, 단조롭게 문으로 들어가 창문으로 나가는 행위만을 반복했다. 생각해보면 이것은 너무 융통성 없는 방법이 아닌가. 정말 탈출하고 싶다면 왜 벽을 부수려 하지 않았나. 어쩌면 그렇게만 해도 모든 문제가 해결될지 모르지 않나. 옆방에는 유학생이 살고 있을 터인데, 내가 벽을 뚫고 난입하더라도 대륙 출신의 넓은 도량으로 웃고 넘겨줄 것이다, 모르기는 몰라도.

그렇게 생각하니 갑자기 기운이 샘솟았다.

나는 벽을 상세히 살펴보았다. 다다미 넉 장 반에 에어컨도 달지 않고 비지땀을 흘리며 살아온 것은 내가 인내심 강하고 고결해서만은 아니었다. 하숙의 벽은 학예회의 무대 세트처럼 빈약하고 구멍이 숭숭 뚫려 있기 때문이다. 옆방 유학생이 걸프렌드를 데려와 밀어를 나누면 흡사 옆에서 말하는 것처럼 들릴 정도로 벽이 얇다. 내가 에어컨을 켠 순간, 벽 구멍으로 새어나간 냉기는 옆방 109호 주민에게 쾌적한 생활을 선사할 것이다. 109호를 식힌 공기는 이윽고 108호로 침투한다. 107호, 106호, 쾌적함의 연쇄는 멈출 줄 모른다. 나는 1층 전 주민의 쾌적한 생활을 위해 막대한 전기요금을 부담하는 신세가 되는 것이다.

얇은 벽을 참고 살아온 세월이 지금 드디어 보답받게 되었다.

나는 팔굽혀펴기 및 사이비 힌두 스쿼트를 한 다음, 스패너를 쥐고 벽을 치기 시작했다. 벽이 간단히 푹 꺼지면서 금이 갔다. 헤라클레스가 된 기분으로 얼마 동안 먼지를 뒤집어쓰면서 신나게 벽을 두들겼는데 이윽고 귀찮아졌다. 금이 간 부분을 있는 힘껏 걷어차자 지름 15센티미터쯤 되는 구멍이 생겼다. 구멍 너머로 형광등 불빛이 보였다.

"좋아!"

나는 힘차게 포효하고 구멍을 넓혀 빠져나갔다.

그곳 역시 똑같은 다다미 넉 장 반이었다.

≈

그 뒤, 나는 즉흥적으로 벽을 연거푸 부수고, 천장을 부수려다 좌절하고, 부풀었다 쭈그러들고, 문을 열고, 간장을 핥고, 창문을 열고, 이틀을 내처 자고, 술에 취해 웩웩 토하고, 또 문득 생각나면 벽을 연거푸 부수고 했다. 광대한 다다미 넉 장 반 세계에서 방랑을 계속했다.

이하는 그 뒤 이십 일쯤 되는 기간 동안 즉흥적으로 쓴 일기에서 발췌한 것이다. 여담이지만, 날짜는 다다미 넉 장 반 세계에서 처음 눈을 뜬 날이 기준이다. 정확하게 시간을 재지는 않은 터라 어디까지나 나의 수면과 각성에 의거해 날짜를 구분했다.

이십사 일째

2시 기상. 아침은 소금 탄 커피와 비타민제. 오늘도 벽을 몇 개나 부수었는지 모른다. 다다미 넉 장 반을 가르는 벽은 약하나, 부수어 봤자 의미가 없다. 허나 벽을 부수면 기분 전환은 된다. 벽 너머에서 희망의 빛이 비쳐들 것 같다. 결국에는 꿈인가. 그러나 이 영원히 계속되는 다다미 넉 장 반이 꿈인 것이 아닌가? 나는 꿈을 꾸고 있나? 꿈. 꿈. 나의 꿈. 장밋빛으로 빛나는 유의미한 캠퍼스 라이프.

그런 생각을 하다 보니 기분이 울적해졌으므로, 위스키를 마시고 어육 완자를 먹고 잤다. 꿈속에서도 어육 완자를 먹었다. 적당히 좀 해라. 자나 깨나 어육 완자다. 바야흐로 나의 육체를 구성하는 것은 어육과 카스텔라뿐이다.

이십오 일째

4시 기상. 오늘은 의욕이 나지 않아 조금만 이동했다. 위스키를 마셨다. 맛없다. 맛없는 맛에 익숙해진 것이 슬프다.

이십칠 일째

몸이 단련된 것 같다. 다다미 넉 장 반에서 한 발짝도 나가지 않았건만 단련되다니 어찌 된 일인가. 벽 파괴와 울적한 기분을 떨치기 위한 사이비 힌두 스쿼트 덕이리라. 허나 진짜 힌두 스쿼트는 어떻게 하는 것인가. 힌두 스쿼트에 대한 개인적 망상만으로 날조한 사이비 힌두 스쿼트인데, 어쩌면 진짜보다 효과가 있는 것이 아닐까. 여기서 나가면 신新 힌두 스쿼트로 세상에 널리 전파해야겠다.

삼십 일째

오늘 지나온 다다미 넉 장 반에서 재미있는 것을 발견했다. 오동나무 상자인데, 뚜껑을 열어보니 거북 수세미가 들어 있었다. 시험 삼아 개수대를 닦아보니 세제를 쓰지 않았는데도 더러움이 스르르 닦였다. 대단히 고성능 거북 수세미다. 이 다다미 넉 장 반에서 나는 과객에 지나지 않는데도, 나도 모르게 신이 나 개수대를 반짝반짝 광나게 닦았다. 얼간이 같은 짓을 했다.

이처럼 다다미 넉 장 반에 차이가 존재하는 것은 어째서인가. 이 차이는 무엇에 기인하는가. 전에 조우한 가오리 씨만 해도 그렇다. 언뜻 보면 똑같은 나의 다다미 넉 장 반 같은데 왜 이렇게 미세한 차이가 발생하는 것인가. 나는 러브돌을 사들이는 취미도 돈도 없거니와, 묘한 고성능 거북 수세미는 존재조차 알지 못했건만.

수수께끼다.

삼십일 일째

3시에 기상.

지금은 낮인가, 밤인가. 누가 좀 가르쳐달라. 가르쳐주면 3000엔 증정하겠다. 오늘은 무턱대고 이동했다. 그러나 방향을 정하지 않는 것은 그리 바람직하지 않다. 앞으로는 벽 부수기를 중지하고 문에서 창문 방향으로 이동해야겠다. 허나 보나 마나 얼마 지나면 벽 너머가 궁금해져 또 부수기 시작할 것이다.

낮잠을 자다가 꿈을 꾸었다.

다다미 넉 장 반 한가운데를 만리장성이 가르고 있었다. 의외로 쉽게 오를 수 있었던 것은 꿈이었기 때문이리라. 우주에서도 보인다는 만리장성을 내가 한걸음에 타넘을 수 있을 리가 없다. 허나 꿈이라 타넘을 수 있었다. 벽 너머에서는 오즈가 구운 고기를 맛있게 먹고 있었다. 파 소금장을 얹은 소 혀를 먹을 수 있었는데, 오즈가 심술궂게 내가 먹으려는 고기를 족족 집어먹었다. 익지도 않았는데 먹어버리니 나는 먹을 수 없다. 그러다가 원통하게도 잠에서 깨고 말았다. 오즈 네 이놈. 꿈속에서도 아니꼬운 녀석. 허나 뜻하지 않게 오즈가 조금 보고 싶어졌다.

다다미 넉 장 반의 신이여, 나에게 고기를 주옵소서. 아니, 사치스러운 말은 않겠다. 구운 가지라도, 설익은 양파라도, 아니면 그냥 고기를 찍어먹는 양념장만이라도 된다.

삼십사 일째

오늘은 이동을 일찍 중단하고 요리를 했다. 카스텔라를 으깨어 어육 완자와 함께 끓여보았다. 맛은 해괴했으나 좌우지간 모양새가 다르다. 커피만은 결단코 물리지 않는데, 커피에 영양분이 어느 정도 있을까. 대단히 중요한 문제다. 그런 생각을 하니 야채 부족이 신경 쓰여 비타민 정제를 입에 쓸어 넣었다. 건강에 좋은 음식이 먹고 싶다. 톳이 먹고 싶다.

개수대에서 머리를 감고 잤다. 찬물로 머리를 감으면 왜 그렇게 가슴이 시릴까. 쓰러져 울고 싶어질 만큼 서글프다. 머리가 차면 기분이 저조해지기 때문일지도 모르겠다.

삼십팔 일째

조난당했을 때는 움직이지 말고 구조를 기다려야 한다는데, 이런 상황에서 가만히 구조를 기다릴 수 있는 인간이 얼마나 될까. 이동을 계속하지 않으면 식량도 금세 바닥난다. 어육 완자와 카스텔라를 찾아 다다미 넉 장 반 세계를 떠도는 유목민. 웅대하지도 않고 자유롭지도 않다.

도대체가 이 같은 상황에서 누가 수색해준다는 말인가. 그 이전에 지금 내가 처한 상황은 뭐라 표현해야 하는가. 세계가 실종된 것인가, 아니면 내가 실종된 것인가.

내가 실종된 것이라면 원래 세계에서는 약 한 달이 지난 셈이다. 6월도 이제 곧 끝이다. 다다미 넉 장 반판版 우라시마 다로거북을 타고 용궁에 갔다는 전설 속 어부. 삼백 년 만에 고향으로 돌아온 뒤 열지 말라고 한 옥함을 열자 노인이 되었다다. 우라시마 다로는 용궁에서 즐겁게 지냈으니 그나마 낫다.

가족은 나를 찾고 있을 것이다. 아버지 어머니께 죄송하다.

하지만 오즈는 찾을 마음이 터럭만큼도 없으리라. "어디 갔나 몰라"하며 귀여운 후배와 시시덕거리고 있을 것이 틀림없다. 그래, 틀림없다. 꿈속에서 파 소금장을 얹은 소 혀를 먹지 못한 원한이 아직 생생하다.

삼십구 일째

만약 정말 여기서 나갈 수 없다면 어떻게 하나 생각했다.

이 다다미 넉 장 반 세계의 개척자로서 혼자 씩씩하게 살아가야 한다. 카스텔라와 어육 완자를 사용해 더욱 다양한 요리를 개발하고, 계획적 버섯 배양 사업에도 착수하고, 언젠가 벽을 모조리 헐어 볼링장과 영화관, 오락실 등 각종 오락시설을 만들어서 이상향을 실현시키자.

생각만 해도 가슴이 설렌다.

그런데 왜 그런지 눈물이 났다.

≋

가혹한 모험 여행 중에 식량 문제로 매우 속을 썩여야 했다.

쌀이 먹고 싶다고 절실히 생각했다. 편의점 주먹밥이라도 된다. 차고 딱딱해도 상관없다. 주먹밥을 먹을 수 있다면 어육 완자 백 개와 교환할 수도 있다. 만약 눈앞에 갓 지은 밥을 담은 밥공기가 놓인다면 하염없이 눈물을 쏟으리라는 생각이 들었다.

생협의 묽은 된장국. 온천 계란. 계란말이. 시금치 무침. 전갱이 소금구이. 우엉 조림. 낫토. 장어 덮밥. 닭고기 계란 덮밥. 쇠고기 덮밥. 딴 고기 계란 덮밥. 영양밥. 톳. 방어 양념구이. 연어 소금구이. 중국식 계란 덮밥. 구운 돼지고기를 얹은 라면. 계란 우동. 오리고기 국수. 만두와 중화 수프. 닭튀김. 물론 고기구이. 카레. 팥밥. 야채 샐러드. 된장을 얹은 오이. 차게 식힌 토마토. 멜론. 복숭아. 수박. 배. 사과. 포도. 운슈 귤.

혹시 두 번 다시 못 먹는 것은 아닐까 생각하니 더더욱 먹고 싶어졌다. 나는 연일 이 다다미 넉 장 반 세계에 존재하지 않는 음식의 환영을 좇으며 괴로움에 몸을 틀었다.

가장 애타게 그리운 것이 고양이 라면이었다.

고양이 라면은 고양이로 국물을 낸다는 소문이 있는 포장마차 라면인데, 진위야 어찌 됐든 그 맛은 무류하다. 기이한 깊이가 느껴지는 국물에 굵은 면이 들어 있다. 자유롭게 밖에 나갈 수 있던 시절에는 밤중에 문득 생각나면 먹으러 나갈 수 있었다.

밤중에 문득 생각나 고양이 라면을 먹으러 갈 수 있는 세계.

그것을 일컬어 '극락'이라 한다.

≈

또 나는 '목욕'을 갈망했다.

공중목욕탕의 널따란 탕에 몸을 첨벙 담그고 싶은 마음이 간절했다. 시모가모혼 거리를 서쪽으로 건너 시내로 들어서면 오래된 공중목욕탕이 있었다는 것이 생각났다. 마음이 내킬 때면 타월을 들고 가곤 했다. 이른 저녁, 포렴을 걷고 들어가 아무도 없는 탕에서 입 헤 벌리고 얼간이 상을 하고 있으면 극락이 따로 없었다.

그리워 견딜 수 없었다.

하루 종일 행군을 중지하고 욕조를 만들려 해본 적이 있었다.

벽장에서 골판지 상자 몇 개를 끌어내 안에 든 것을 쏟아버리고 분해했다. 그것을 재료로 두 시간 걸려 욕조를 만들었다. 전기 포트로 물을 끓이니 양이 뻔하다. 최대한 몸을 담글 수 있도록 욕조를 납작하게 만들고 쓰레기 봉투를 여러 겹 붙여 방수 가공을 했다.

전기 포트로 물을 끓여 수제 욕조에 붓기를 몇 번 반복했다.

욕조에 몸을 담근 기분을 맛볼 수는 있었으나, 물은 금세 식지, 몸은 완전히 담가지지 않지, 골판지로 만든 작은 욕조 안에서 빈약한 알몸을 움츠리려니 괴로웠다. 나는 대체 무엇을 하는 것인가 하는 생각에서 벗어날 수 없었다. 이윽고 욕조가 붕괴하는 바람에 물이 쏟아져 다다미 넉 장 반이 쫄딱 젖었다.

괴로운 것은 이렇게 얼간이 같은 노력을 거듭하는데 업신여겨주는 사람조차 없다는 사실이었다. 만약 오즈가 여기에 있었다면 철두철미하게 업신여겨주었을 텐데.

"뭘 하는 겁니까. 대뇌 신피질에 구더기라도 슬었어요?"

그렇게 말했을 것이다.

≋

어느 날 아침, 누가 총채로 얼굴을 어루만지는 듯한 느낌이 들어 잠이 깼다.

늘 깔고 지내는 이부자리에서 몸을 일으키자 다다미 넉 장 반에 나방이 무수히 날아다니고 있었다. 나는 기겁했다. 평소에는 천장 구석에 한 마리 붙어 있을 뿐이었는데, 그날은 동지가 잔뜩 집결해 있었다. 전날 내가 벽에 뚫은 구멍으로 나방이 속속 날아들었다. 구멍 너머를 들여다보니, 나방이 종횡무진으로 날아다니며 인분을 흩뿌려 다다미 넉 장 반이 시커멓게 술렁거리고 있었다.

나는 황급히 배낭을 집어 옆 다다미 넉 장 반으로 이동하고 창문을 막았다.

각 다다미 넉 장 반에 한 마리씩 있는 나방도 모두 모이면 대군을 형성한다. 그들도 외로울 것이다. 다다미 넉 장 반들의 교류가 시작되어 그들은 서로 의지할 동포를 발견한 것이다. 그리고 동지를 규합하며 이 방에서 저 방으로 여행을 계속하고 있다. 참으로 부러운 일 아닌가.

나는 한숨을 쉬었다.

그들은 음담패설을 주고받으며 낄낄거릴 수도 있고, 연애에 넋을 뺄 수도 있고, 음담패설을 주고받으며 낄낄거리는 녀석들과 연애에 넋을 빼는 녀석들을 비웃을 수조차 있다. 반면, 나는 홀로 음담패설을 늘어놓고, 홀로 망상을 부풀리며, 그런 자신을 비웃을 뿐이다. 자기완결에도 분수가 있다.

동거인 나방이 이 다다미 넉 장 반 세계를 만끽하는 모습을 보고 나의 고독은 깊어졌다.

❦

이야기는 작년 가을로 돌아간다.

'가오리 씨 유괴 계획'에서 도주한 뒤 나는 은신처에 틀어박혀 바들바들 떨고 있었다.

명확히 모반의 의지를 표명한 이상, 아이지마 선배는 '도서관 경찰'을 동원해 나를 해치울 것이다. 조가사키 선배의 운명은 나의 운명이기도 했다. 수치스러운 비밀이 대학 게시판에 나붙어 어디에 가

나 웃음거리가 되고, 머지 않아 괴한의 습격을 받고 온몸이 분홍색으로 물들어 난젠지 수로각에 처넣어질 것이다.

오즈에 따르면, 아이지마 선배는 가마우지나 매처럼 눈을 번득이며 나의 행방을 찾는 모양이었다.

"아이지마 선배도 난감한 사람입니다. 좀 폭주 기미라 말이죠"라고 오즈는 말했다. "'인쇄소'에서도 어떻게 하지 않으면 안 되겠다고 생각하던 참입니다."

나는 은신처에서 한 발짝도 나가지 않았다.

은신처란 이전에 내가 도서를 강제로 반환하게 하려 했던 히구치 세이타로의 다다미 넉 장 반이었다. 시모가모 유스이 장 2층에 숨는다는 오즈의 안을 처음에는 진지하게 받아들이지 않았다. 나는 교토에서 낙향해 무로토 곶에서 도를 닦고 올 생각까지 했는데.

"섣불리 움직이느니 여기 숨어 있는 게 낫습니다. 등잔 밑이 어둡다고 하잖아요."

오즈에게 설득당해 나는 히구치 선배 방에 얹혀살게 되었다.

나는 연일 히구치 선배와 수제 해전海戰 게임에 빠져 살았다. 오즈는 얼마 동안 모습을 보이지 않았다. 학창 생활이 막을 내리려는 지금, 이렇게 해전 게임에 열중하고 있어도 되는가. 내가 어두운 표정으로 잠수함을 격침하고 있으면 히구치 선배는 엽궐련을 내밀며 태평한 어조로 위로해주었다.

"마음 턱 놓고 있으라고. 오즈가 분명 잘 수습할 테니까."

"그 녀석, 배신하지 않겠습니까?"

"음, 그럴 가능성도 있지."

히구치 선배는 즐거운 듯 말했다. "그 녀석 행동은 예측 불능이니 말이야."

"지금 농담합니까."

"하지만 귀군은 몸을 바쳐서라도 감쌀 것이라고 용맹스러운 소리를 하던데."

≈

이 세계로 들어온 지 오십 일 가까이 지났다.

믿을 수 없다. 바깥은 이제 한여름일 것이다.

천이백 시간씩이나 카스텔라와 어육 완자와 비타민 정제와 커피와 무밖에 먹지 못했다. 햇빛을 보지 못했다. 신선한 공기를 마시지 못했다. 다른 사람과 말을 주고받지도 못했다. 연금술에도 염증이 나 1000엔짜리를 꼬박꼬박 챙기지 않게 되었다. 숫제 지폐가 가득 들어찬 배낭을 내팽개치고 가버릴까 생각했을 정도다.

어찌 이런 세계가 다 있나. 어찌 이런 세계가.

지표면은 어디까지고 빈틈없이 깔린 다다미요, 아침도 없고 점심도 없고, 바람도 불지 않고 비도 내리지 않는다. 세계를 비추는 것은 궁상맞은 형광등 불빛뿐. 고독만을 벗으로 나는 무작정 세계의 끝을 향해 걸었다. 이루 헤아릴 수 없이 많은 벽을 부수고, 이루 헤아릴 수 없이 많은 창틀을 기어오르고, 이루 헤아릴 수 없이 많은 문을 열

353

었다.

때로는 한 방에 며칠씩 머물며 책을 읽고 노래를 부르고 담배를 피웠다. 어차피 고생만 하고 헛물만 켤 텐데 두 번 다시 걸을쏘냐 하고 퉁퉁 부어 있었다. 허나 전 인류가 사멸된 듯한 정적 속에 너덜너덜한 천장을 보며 꼬박 하루를 보내고 나면 무시무시한 외로움이 밀려들었다. 한정된 재료로 기상천외한 새 메뉴를 속속 개발하고, 종이를 끝도 없이 접어 학과 저고리를 수십 개 만들고, 거시기를 어르고, 글을 쓰고, 팔굽혀펴기를 하고, 또 거시기를 어르고, 고무줄 총으로 사격놀이를 하고, 온갖 수를 다 써도, 현실을 잊을 수 없었다.

쥐구멍에도 볕 들 날 없다.

작년 가을에 조직에서 발을 뺀 뒤로 반년 동안, 나는 다다미 넉 장 반 성에 틀어박혀 있었다. 나는 고독을 견딜 수 있는 사람인 줄 알았다. 생각이 얕았다. 나는 고독한 것이 아니었다. 지금에 비하면 그 무렵의 나는 조금도 고독하지 않았다. 고독의 망망대해, 그 물가에 서서 발끝만 쏙 담갔다가 "거참, 나는 고독하기도 하지"라고 큰소리치는 조숙한 갓난아기였다.

나는 고독을 견딜 수 없다.

어떻게 해서든 이곳에서 빠져나가야 한다.

그리하여 나는 휘청휘청 일어섰다. 또다시 다다미 넉 장 반 횡단 여행을 떠났다.

아무도 없다.

누구와도 말을 주고받지 않았다.

마지막으로 오즈와 이야기한 것이 언제였던가.

희망을 품고 걷기가 나날이 힘들어졌다. 창틀을 타넘기도 귀찮아졌다. 이제 나는 혼잣말도 하지 않았다. 노래도 부르지 않았다. 몸도 씻지 않았다. 어육 완자를 먹을 마음도 나지 않았다.

그래봤자 똑같은 다다미 넉 장 반으로 나갈 뿐이다.

그래봤자 똑같다.

그래봤자 똑같다.

똑같은 풍경이 끝없이 이어질 뿐이다.

나는 그저 속으로 그렇게 중얼거렸다.

작년 가을, 내가 히구치 선배의 다다미 넉 장 반에 숨어 해전 게임에 빠져 있는 동안 무슨 일이 일어났는가.

오즈는 요괴처럼 암약했다.

우선 '인쇄소' 부소장이 홋카이도에서 열리는 학회에 간 틈을 타, 대리로서의 권한을 행사해 '인쇄소' 조업을 정지시켰다. 처음 있는 일이었던 터라 아이지마 선배는 나의 일 따위 제쳐놓고 '인쇄소'로 달려갔다.

오즈는 악덕 상인처럼 탐욕스러운 얼굴로 아이지마 선배 앞에 나타났다.

"'복묘반점' 운영에 수상한 점이 있습니다. 모반을 꾀하는 녀석이 있는 것 같거든요. 그러니 회의를 열어주세요."

아이지마 선배는 설마 오즈가 송두리째 가로채려 하고 있을 줄은 몰랐을 것이다. 선배와 협상하는 한편으로 오즈는 다른 조직을 상대로 사전 공작을 착착 펼쳤다.

오즈는 종교계 소프트볼 동아리 '포그니'의 어느 동문 선배와 친했는데, 그는 다른 동아리들에 비공식적인 영향력을 갖고 있었던 터라 교섭은 어렵지 않았다. 그 밖에도 대학 축제 사무국장은 오즈의 친구였거니와 수상쩍은 연구회 구석구석까지 오즈는 잘 알려져 있었다. 오즈는 그들을 설득하기 위해 '인쇄소' 수익 중 '도서관 경찰'에게 배분되는 몫을 대폭 삭감하고 다른 동아리 및 연구회 앞으로 돌리겠노라 약속했다. '도서관 경찰' 시절의 인맥을 동원해 끌어들일 수 있는 사람은 모두 자기 진영으로 끌어들였다. 끌어들이지 못한 사람은 '자전거 싱글벙글 정리군'을 보내 회의 당일 집에서 나오지 못하게 했다.

무시무시한 팔면육비라 하지 않을 수 없다.

종횡무진 거미줄처럼 자아놓은 오즈의 음모 속으로 아이지마 선배는 유인되었다.

회의는 시작되자마자 끝났다.

마음에 둔 여성을 조가사키 선배에게 빼앗겼다는 개인적 원한 때문에 아이지마 선배가 '도서관 경찰'을 동원했다는 수치스러운 사실이 폭로되어, 아이지마 선배의 추방이 만장일치로 결정되었다. 아연한 얼굴의 아이지마 선배가 '자전거 싱글벙글 정리군'에 의해 회의장에서 쫓겨난 뒤, 회의는 차분히 속행되었다.

"오즈 군이 하면 되잖아."

소프트볼 동아리 '포그니' 대표가 오즈를 추천했다.

"저에게는 짐이 너무 무겁습니다."

오즈는 짐짓 사양하는 척했다.

결국 오즈가 '인쇄소' 부소장 및 '도서관 경찰' 장관을 겸직하기로 결정되었다.

오즈가 도서관 경찰 장관으로 취임한 날 밤.

나는 일주일 만에 은신처에서 나와 조마조마해하며 대학 구내로 들어갔다. 내가 숨어 지낸 일주일 사이에 추위가 한층 심해지고 낙엽도 대부분 떨어진 것 같았다. 야음을 틈타 법학부를 통과해 회의장인 지하 강의실로 들어선 나는 그곳에서 오즈의 쿠데타가 성공해 아이지마 선배가 너무나도 쉽게 축출되는 장면을 보았다.

회의가 끝나고 학생들이 떠난 뒤, 오즈가 강단에 동그마니 앉아 있었다. 나는 강의실 구석에 앉아 오즈의 얼굴을 바라보았다. 우리

둘만이 남은 지하 강의실은 몸이 오싹할 정도로 추워 입김이 하얗게 얼어붙었다. 인쇄소 부소장 겸 도서관 경찰 장관이 된 오즈는 당당한 직함에 걸맞은 관록은 터럭만큼도 느껴지지 않고 여전히 누라리횽처럼 괴상망측한 얼굴을 하고 있었다.

"네놈은 정말 무서운 녀석이군."

내가 실감을 담아 말해도 오즈는 하품을 할 뿐이었다.

"이런 건 그냥 애들 놀이라고요."

그는 말했다. "어쨌거나 이제 당신은 안전한 셈입니다."

우리는 지하 강의실에서 빠져나와 고양이 라면을 먹으러 갔다.

물론 내가 샀다.

이리하여 나는 '복묘반점'에서 발을 빼고 새로운 세계를 향해 닻을 올렸을 터였다. 그러나 무익하게 지나간 이 년을 만회하기는 쉽지 않았다. 나는 시모가모 유스이 장에 틀어박힐 때가 많아졌다,

오즈처럼 무서운 인간과는 어서 결별하고 싶었으나 그것도 잘 되지 않았다.

다다미 넉 장 반에 틀어박힌 나를 찾아오는 사람은 오즈뿐이었기 때문이다.

≫

오즈는 나와 같은 학년이다. 공학부 전기전자공학과 소속인데도 전기도, 전자도, 공학도 싫어한다. 1학년이 끝난 시점에서 취득 학점

및 성적은 초저공비행이라 과연 대학에 재적하는 의미가 있는 것인지 알 수 없었다. 그러나 본인은 그러거나 말거나 했다.

야채를 싫어하고 즉석식품만 먹기 때문에 안색이 달의 이면에서 온 사람 같아 심히 소름 끼친다. 밤길에 마주치면 열 중 여덟이 요괴로 착각한다. 나머지 둘은 요괴다. 약자에게 채찍을 휘두르고, 강자에게 알랑거리고, 제멋대로고, 오만하고, 태만하고, 청개구리 같고, 공부도 하지 않고, 자존심은 터럭만큼도 없고, 타인의 불행을 반찬으로 밥을 세 공기 먹을 수 있다. 칭찬할 점이 도무지 한 가지도 없다.

하지만 그는 나의 단 하나뿐인 친구였다.

≋

나는 처량한 행군을 계속했다.

그날 묵은 다다미 넉 장 반 책꽂이에 영화 관련 자료가 있었다. 나는 갖고 있지 않은 유별난 비디오테이프가 책상과 책꽂이 사이에 쌓여 있었다. 커피를 마시고 담배를 피우며 뒤져보니 〈가모 큰다리의 결투〉라고 거칠게 갈겨쓴 테이프가 나왔다. 라벨에는 '계'라고 쓰여 있다. 흥미가 동해 틀어보았다.

기괴천만한 영화였다.

출연자는 나와 오즈뿐인 이인극이었다. 2차 세계대전 이전부터 계속되어온 유서 깊은 장난 대결을 계승한 두 남자가 지력과 체력을 다해 서로의 자존심을 분쇄한다는 내용인데, 노 가면처럼 시종 표정이 변하지 않는 오즈의 괴연과 나의 에너지 과다한 엉터리 연기 그리고 독창적이고 무자비한 장난이 수두룩하게 곁들여져 있었다. 온몸이 분홍색으로 물든 오즈와 머리 절반이 까까중이 된 내가 가모 큰다리에서 격돌하는 대단원에서는 나도 모르게 손에 땀을 쥐었다. 다 보고 나면 손에 땀을 쥔 나 자신이 한심해지는 그런 영화였다.

나는 약 칠십 일 만에 오즈의 얼굴을 보고 감동까지 했다.

그리워서 견딜 수 없었다

영화 뒤에 메이킹 영상이 수록되어 있었다. 이름만 메이킹이지 연출된 것이 역력했다. 오즈와 내가 카메라 앞에서 각본 회의를 하고 살풍경한 세트를 만들었다. '상영 뒤 감상을 물어보았다'라는 싸구려 코너도 있었으나, 감상을 이야기해주는 사람이 거의 없었는지 오로지 여성 한 명만이 "또 얼간이 같은 걸 만드셨군요"라고 했다.

아니, 어디서 본 적이 있는 여성이었다.

"아카시 군."

나는 중얼거렸다.

～

헌책 시장. 아카시 군. 찰떡곰. 《해저 2만 리》.

2학년 여름, 문득 한가로운 아르바이트를 해보고 싶어졌다. 가와라마치에 '아미 서점'이라는 헌책방이 있는데, 마침 헌책 시장에서 일을 거들어줄 아르바이트를 모집하기에 지원했다. 삶은 문어처럼 생긴 주인은 "시급은 거의 없는 거나 다름없어"라고 무뚝뚝하게 말했다.

그때 함께 아르바이트를 했던 사람이 아카시 군이다. 주인은 나에게는 퉁명스러웠으나 아카시 군과 이야기할 때는 마치 가구야 아가씨를 발견한 대나무 베는 영감 같은 표정을 지었다. 삶은 문어와 대나무 베는 영감은 차이가 너무 많이 난다.

참배길 옆, 남북으로 길게 뻗은 마장에 헌책방 텐트가 빽빽하게 들어서고, 책을 찾아다니는 사람들로 인산인해를 이루었다. 어디를 봐도 낡아빠진 서적이 빼곡히 들어찬 나무 상자가 줄줄이 놓여 있다 보니 다소 어지럼증이 났다. 융단을 깐 거상이 여럿 놓인 곳에서 헌책 시장 멀미가 난 듯한 사람들이 갈 곳을 잃고 늘어져 있었다. 날씨는 무더웠지만 매미 울음소리에 정취가 있었다. 휴식 시간에 작은 다리 난간에 걸터앉아 멍하니 라무네를 마시고 있으려니, '도서관 경찰' 같은 얼간이 같은 조직에서 꿈지럭거리기가 바보 같아졌다.

아카시 군과는 연일 얼굴을 마주했다. 그녀는 머리를 시원스럽게 짧게 쳤고, 눈썹이 이지적이었다. 뭔가를 뚫어지게 노려보는 듯한 눈매가 날카로웠다. 능력 있는 매가 발톱을 감추지 않는다는 인상을 받았다. 아카시 군은 책을 슬쩍하는 사람이 없는지 망보는 역할을 주로 담당했는데, 그 눈으로 노려보면 좀도둑도 섣불리 행동할 수 없었다.

노려보는 눈빛은 그렇게 강렬한데도 그녀의 가방에는 몹시 귀여운 것이 달려 있었다. 스펀지로 만든 작은 곰 인형이었다. 어느 날 저녁에 뒷정리를 마쳤을 때, 그녀가 철학자처럼 심각한 표정으로 일심불란하게 인형을 주무르고 있는 것을 보았다.

"그게 뭡니까?" 나는 물었다.

그녀는 눈썹을 풀고 부드럽게 웃었다. "찰떡곰이에요"라고 했다.

그녀는 같은 곰을 각각 다른 색으로 다섯 개 갖고 있고 '보들보들 전대 찰떡곰맨'이라 부르며 소중히 여기는 모양이었다. '찰떡곰'이라는 나이스한 이름도 잊을 수 없었으나, 그녀가 "찰떡곰이에요"라며 웃었을 때의 얼굴도 잊을 수 없었다.

요컨대, 솔직히 쓰자면, 대개의 예상대로, 나는 그녀에게 반했다.

마지막 날을 하루 앞둔 저물녘, 나는 작은 다리 입구에서 '찰떡곰'을 주웠다. 아카시 군이 가다가 떨어뜨린 것이다. 다음 날 만나면 줄 생각으로 가지고 돌아갔는데 그녀는 마지막 날에 오지 않았다. 급한 볼일이 생겨 올 수 없게 되었다고 아미 서점 주인은 무뚝뚝하게 말했다. 나는 헌책 시장의 추억으로 《해저 2만 리》를 구입해 시모가모 신사를 떠났다.

그 이래로 반년간, 나는 언젠가 아카시 군에게 돌려줘야 한다고 생각해 '찰떡곰'을 소중히 간직했다. 빨래방에서 찰떡곰이 수수께끼 속에 실종된 것이 얼마나 큰 타격이었는지 모른다.

"오오, 이 얼마나 아련하고 아득한 추억인가!"

텔레비전 화면에 비치는 아카시 군을 보며 나도 모르게 그런 말을 했다.

아카시 군의 얼굴을 본 덕에 활력이 생겼다.

이튿날부터 또다시 벽을 부수며 이동을 개시한 나는 묵묵히 스패너를 휘두르며 비디오테이프 생각을 했다. 나는 오즈와 함께 영화를 찍은 적이 없다. 허나 그 비디오는 나와 오즈가 만든 것이었다. 나 자신을 잘 돌이켜보면 그런 영화를 만들 것 같은 어두운 충동이 확실히 있었다. 비디오테이프 라벨에는 '계'라 쓰여 있었다. 나는 아득히 먼 옛날, 1학년 때 운명의 시계탑 앞에 섰던 기억을 더듬어보았다. 과거에 내가 들어가지 않은 영화 동아리의 이름이 '계' 아니었던가.

조금씩 변화하는 방의 모습.

내가 만들지 않은 영화의 비디오테이프.

과거에 사지 못한 책들이 꽂힌 책꽂이.

산 적이 없는 거북 수세미.

동거중일 리 없는 가오리 씨.

어느 날, 나는 이동을 중지했다. 다다미 넉 장 반 한가운데 우뚝 서서 천장을 우러러보았다.

이 다다미 넉 장 반 세계의 구조를 그제야 비로소 파악했다.

지금까지 알아차리지 못한 나 자신의 불민함이 부끄러웠다. 이 세계에서 한없이 이어지는 다다미 넉 장 반은 모두 나의 다다미 넉 장 반이 틀림없다. 허나 그 하나하나는 각기 다른 선택을 한 나의 다다미 넉 장 반인 것이다. 지난 수십 일 동안 나는 여러 평행 세계에 사는 분신들의 거처를 여행한 것이다.

온몸에서 힘이 쭉 빠졌다.

어떤 배열로 늘어서 있는지는 알 길이 없다. 왜 이런 세계가 출현했는지도 모른다. 왜 여기로 들어오게 됐는지도 모르겠다.

허나 나는 깨달았다.

아주 작은 결단의 차이로 나의 운명은 변화한다. 나는 매일 무수한 결단을 내리니 무수한 다른 운명이 생겨난다. 무수한 내가 생겨난다. 무수한 다다미 넉 장 반이 생겨난다.

따라서 이 다다미 넉 장 반 세계에 원리적으로 끝은 존재하지 않는다.

~

나는 이부자리에 누워 귀를 기울였다.

다다미 넉 장 반 세계는 완벽하게 무인이고 고요했다.

함께 이야기할 수 있는 상대가 없다. 뭔가를 전하고자 할 상대가 없다. 그것을 이야기할 상대가 없는 나는 과거가 없고 미래도 없다. 이런 나를 봐줄 사람도 없다. 나를 업신여기거나 존경하거나 함부로 대하거나 좋아해줄 사람도 없다. 그런 사람이 언젠가 나타날 가능성도 완전히 없다.

나는 다다미 넉 장 반의 먼지내 나는 공기 같은 존재다.

세계가 실종되었든 내가 실종된 것이든 나에게 존재하는 것은 온 세상에 나뿐이다. 수백에 달하는 다다미 넉 장 반을 지나왔건만 나는 끝내 아무도 만나지 못했다.

나는 인류 최후의 인간이 되었다,

인류 최후의 인간에게 과연 살아 있을 의미가 있는가.

≈

혹시 여기서 나갈 수 있게 된다면 여러 가지를 해보고 싶었다.

맛있는 밥을 먹고, 고양이 라면을 후룩후룩 먹는다. 시조가와라마치로 나간다. 영화를 본다. 아미 서점의 삶은 문어처럼 생긴 주인과 대결한다. 학교에 가 강의를 듣는 것도 즐거울 것 같다. 시모가모 신사 경내에서 제신에게 바치는 댄스를 출 수도 있다. 2층 히구치 선배 방에 가 음담패설에 탐닉하는 것도 괜찮겠다. 구보즈카 치과에 검진 받으러 가서 하누키 씨의 섬세한 손가락을 핥는 것도 좋다. 불쌍하게도 조직에서 추방당한 아이지마 선배를 위로하러 가자. 다들 어떻게 살고 있나. 활기 넘치는 세계에서 즐겁게들 살고 있나. 건강하게 지내나. 조가사키 선배는 가오리 씨와 행복하게 살고 있나. 오즈는 여전히 타인의 불행으로 밥을 세 공기 먹고 있나. 아카시 군은 한 마리 빠진 '보들보들 전대 찰떡곰맨'을 바라보며 어찌할 바를 모르고 있나, 아니면 어디 엉뚱한 곳에서 주웠나. 나는 그것을 확인하고 싶었다.

허나 그런 바람은 이제 두 번 다시 이뤄지지 않을 것이다.

등에 뭔가 딱딱한 것이 닿는 느낌이 났다. 더듬어보니 구보즈카 치과에서 뺀 사랑니였다. "케케케" 하고 내가 생각해도 위험하게 웃었다. 나는 썩은 사랑니를 손바닥에 올려놓고 데굴데굴 굴렸다.

왜 이런 것이 여기에 있는가.

여기는 다다미 넉 장 반(0)이다. 출발한 지점이다.

어느 지점에서 길을 잘못 들었는지 모르나, 수십 일 걸려 나는 출발점인 다다미 넉 장 반(0)으로 돌아오고 말았다는 뜻이다. 틀림없이 무한히 뻗어나가는 다다미 넉 장 반 세계의 일각을 작게 한 바퀴 돌았을 뿐이었으리라, 그렇게 죽을 고생을 해서.

이 세계의 다다미 넉 장 반은 모두 똑같은 것이 아니다. 문이나 창문을 사이에 두고 거울처럼 반전된다. 따라서 나아가던 중에 방향을 착각해 지금까지 온 방향과 반대 방향으로 가는 일도 있을 수 있으리라. 방향을 신중하게 선택했다고 생각했지만 완전하지 않았던 것이다.

무익하기 그지없는 일주였다는 생각이 들었다.

그러나 이미 나는 절망하고 있던 터라 별일 아니었다. 침착하게 모든 것을 받아들였다.

나는 침상에 누운 채 무성하게 자란 수염을 쓸었다. 이제 그만 각오하고 이 세계에 자리를 잡자. 바깥 세계의 아름다운 추억을 잊자. 벽을 부수는 야만적인 행동은 하지 않고 신사답게 규칙적으로 생활하며 양서를 읽고 적절한 외설 문서도 끼워 넣어가며 자신의 정신을 드높이는 데 전념하자. 어차피 이 광대무변한 감옥에서 나갈 수 없으니 당당하게 다다미 위에서 죽을 날을 기다리자.

그런 생각을 하며 나는 잠이 들었다.

그것이 칠십구 일째에 있었던 일이다.

꒲

잠이 깼다.

시계는 6시를 가리키고 있었으나 아침 6시인지 저녁 6시인지 확연치 않았다. 이불 속에서 생각해보았으나 얼마나 잤는지 알 수 없었다.

나는 이불 위에서 독충처럼 꿈지럭대다가 부스스 일어났다.

조용했다.

커피를 마시고 담배를 피운 뒤, 곧바로 그날의 일과를 시작할 마음이 나지 않아 이부자리에 드러누워 사색에 잠겼다. 머리맡에 구르던 썩은 사랑니를 집었다. 흉측스러운 충치를 형광등에 비춰 보며 기아마치의 점쟁이 생각을 했다.

나는 이 불가해한 상황이 그 노파 탓이라고 믿어 의심치 않았다. "당신은 대단히 성실하고 재능 있는 분 같군요" 같은 감언으로 나를 꼬여, 응당 있을 수 있어야 하는 다른 인생으로 탈출하고 싶다는 욕망에 등 떠밀려 다가온 나에게 다다미 넉 장 반의 저주를 건 것이 틀림없다.

"콜로세움."

어이가 없다.

바야흐로 나는 장밋빛이고 유의미한 캠퍼스 라이프라는, 쇼소인나라 도다이지의 귀중품 보관 창고에 보관해 마땅한 궁극의 지보 나부랭이는 필요로 하지 않았다.

그나저나 엄청난 충치였다. 이렇게 되기까지 참았다니 내가 생각해도 어처구니가 없다. 상부가 쑥 파여 내부 단면이 보이는 것이 무슨 과학 모형 같다. 가만히 들여다보고 있으려니 숫제 사랑니로 보이기조차 하지 않고 흡사 고대 로마의 거대한 건축물처럼…….

"콜로세움."

나는 중얼거렸다.

파닥파닥 뭔가가 창문에 부딪히는 소리가 났다.

다음 순간, 반쯤 열려 있던 창문으로 꿈틀꿈틀 움직이는 검은 바람 같은 것이 방 안으로 흘러들었다.

다다미 넉 장 반 세계를 대이동하는 나방의 대군이 우연히 이 다다미 넉 장 반(0)을 통과하는 모양이었다. 수많은 나방이 들어와 천장을 완전히 메웠다. 그러고도 꾸역꾸역 들어왔다.

나는 놀라 당장 옆 다다미 넉 장 반(1)로 도망치기로 했다.

문을 연 나의 얼굴을 복도의 싸늘한 공기가 감쌌다.

끈적끈적한 먼지투성이 복도가 어둡고 길게 뻗어 있었다. 천장에는 깜박거리는 작은 전등이 점점이 현관 쪽으로 이어져 있다. 멀리 보이는 현관이 형광등 불빛에 허옇고 음울하게 빛났다.

~

　나는 현관을 향해 걸음을 뗴었다. 열린 방문으로 나방이 자꾸자꾸 쏟아져 나오는 것도 상관하지 않았다.

　복도 구석에서 칙칙 소리가 나는 것은 누가 복도 전원을 이용해 밥을 짓는 것이리라. 갓 지은 밥의 유혹에 그 자리에 멈춰 설 뻔했으나 나는 계속 걸었다. 신발장을 열어보니 나의 신발이 멀쩡하게 들어 있었다.

　나는 저물녘의 시모가모 이즈미가와초로 휘청휘청 나섰다.

　거리에는 쪽빛 어스름이 깔려 있었다. 골목에 부는 시원한 바람이 뺨을 어루만졌다. 이루 형언할 수 없이 좋은 냄새가 났다. 어떤 한 가지의 냄새가 아니었다. 바깥 냄새. 세계의 냄새. 냄새만이 아니었다. 세계의 소리가 들려왔다. 다다스 숲에 부는 바람 소리, 시냇물이 졸졸 흐르는 소리. 어스름 속을 달리는 오토바이 소리.

　나는 불안정한 발걸음으로 이즈미가와초를 통과했다. 단단한 아스팔트가 끝없이 이어져 있었다. 가로등과 집마다 달린 문등, 창문에서 흘러나오는 따스한 불빛이 보였다. 거리에 불빛을 던지는 시모가모 사료를 지났다. 집들이 조용히 늘어선 시모가모 신사의 참배길을 걸었다. 이윽고 차가 달리는 소리, 학생들로 북적거리는 카모 강 델타의 떠들썩한 소리가 들리기 시작했다. 델타의 시커먼 소나무 숲이 보였다. 땅거미 속에 술판을 벌이고 있는 대학생들이 보였다.

나는 도로를 건너 카모 강 델타로 들어섰다.

강둑의 소나무 숲을 빠져나갔다. 북받치는 만감을 억누르지 못하고 거의 뛰다시피 했다. 까칠까칠한 소나무 줄기를 퍽퍽 때리며 달렸다. 들떠 소란을 피우는 대학생을 떠밀었다. 이 자식이, 하는 얼굴로 돌아본 상대방은 머리도 수염도 자랄 대로 자란 나를 보고 아무것도 눈치채지 못한 척했다.

소나무 숲을 지나니 아름답고 깊고 맑은 쪽빛 하늘이 펼쳐졌다.

강둑을 구르듯 내려가 카모 강 델타의 돌출부로 달려갔다. 물소리가 한층 커졌다. 배의 이물에 선 선장처럼 나는 델타의 돌출부에 우뚝 섰다. 동에서 온 다카노 강과 서에서 온 가모 강이 눈앞에서 뒤섞여 카모 강이 되어 도도히 남쪽으로 흘러갔다.

가로등 불빛이 띄엄띄엄 반사된 수면은 은박지가 흔들리는 것처럼 보였다. 눈앞에는 가모 큰다리가 묵직하게 가로놓여 있었다. 난간에 예의 바르게 늘어선 전등이 주황색 불빛을 던지고, 반짝이는 차가 쉴 새 없이 오갔다. 다양한 사람들이 가모 큰다리를 걷고, 다양한 사람들이 카모 강 델타에서 꿈틀거렸다. 어느 쪽을 봐도 사람이 가득했다. 난간의 전등도, 새하얗게 찬연히 빛나는 게이한 데마치야나기 역도, 늘어선 가로등도, 멀리 하류에 보이는 시조 일대의 불빛도, 다리를 건너는 차의 전조등 불빛도, 모든 것이 보석처럼 아름답게 반짝이더니, 이윽고 부옇게 흐려졌다.

이럴 수가.

활기가 넘쳤다.

마치 기온 축제처럼 활기가 넘쳤다.

향기로운 공기를 허파 가득 들이마시고, 분홍색에서 쪽빛으로 변해가는 하늘을 올려다보며 나는 얼굴을 일그러뜨렸다. 그리고 의미불명의 함성을 내질렀다.

〰

카모 강 델타에서 꿈틀거리는 다른 사람들의 공포와 혐오 어린 시선을 받으며 나는 살아서 이곳에 있다는 기쁨에 취해 있었다.

얼마 동안 취해 있었는지 모르겠다. 이윽고 가모 큰다리 쪽이 소란스러워졌다. 카모 델타의 돌출부에서 올려다보니, 동에서도 서에서도 많은 학생들이 몰려와 와글와글 떠들고 있었다. 무슨 소동인가 싶었다.

그런데 가모 큰다리의 굵은 난간에 웬 남자가 올라섰다. 몰려든 학생들과 난간 위에서 뭐라 말다툼을 벌이는 듯했다. 난간의 전등 불빛에 비춰진 얼굴을 보니 오즈였다. 난간 위에 서서 지금 당장이라도 뛰어내릴 것 같은 시늉도 하고, 히죽히죽 웃고, 허리를 추잡하게 놀렸다. 팔십 일이 지나도 그는 여전히 뻔뻔스러운 요괴 같았다. 내가 모습을 감춘 동안에도 자신의 저주받은 길에 매진한 모양이다.

그리움에 북받쳐 나는 "오즈여!" 하고 부르짖었으나 그는 알아차리지 못한 듯했다.

저런 데서 무슨 얼간이 같은 짓을 하는 걸까. 무슨 축제인가. 어떻게 할까 생각하는데 등 뒤에서 날카로운 비명 소리가 터져 나왔다.

뒤를 돌아보니 강둑 위에 있는 소나무 숲 주위가 검은 안개에 가라앉아 있었다. 검은 안개 속에서 젊은이들이 우왕좌왕하고 있었다. 손을 퍼덕퍼덕 내젓지 않나, 머리를 쥐어뜯지 않나, 반미치광이 상태다. 검은 안개는 스멀스멀스멀 퍼져 내가 있는 돌출부를 향해 다가오는 듯했다.

소나무 숲에서 검은 안개가 자꾸자꾸 뿜어 나왔다. 예삿일이 아니었다. 스멀스멀스멀스멀스멀스멀스멀스멀 움직이는 검은 안개가 융단처럼 강둑에서 흘러 내려와 내가 서 있는 돌출부로 밀려들었다.

그것은 나방의 대군이었다.

≈

이튿날 〈교토신문〉에도 실렸듯, 나방의 이상 발생에 관해 상세한 것은 알 수 없었다. 전해지는 바로는 나방이 날아온 경로를 거꾸로 추적하니 다다스 숲, 즉 시모가모 신사에 이르렀다 하나 확연치가 않다. 다다스 숲에 살던 나방이 어떤 계기로 일제히 이동하기 시작했다 해도 납득이 가는 설명은 없다. 또 공식적인 견해와는 별도로 발생원은 시모가모 신사가 아니라 그 옆인 시모가모 이즈미가와초라는 소문도 있는데, 그렇게 되면 이야기는 점점 더 불가해해진다. 그날 저녁, 나의 하숙이 위치한 일각에 나방의 대군이 출몰해 한때 소동이 벌어졌다고 한다.

그날 밤, 하숙으로 돌아와보니 복도 곳곳에 나방 사체가 떨어져 있었다. 깜박 잊고 잠그지 않아 문이 반쯤 열려 있던 나의 방도 마찬가지여서 나는 정중하게 그들의 사체를 매장했다.

그러나 여기까지 읽은 독자에게는 명료하리라.

나는 다음과 같이 생각했다.

내가 팔십 일간 살았던 다다미 넉 장 반 세계 곳곳에서 나방의 대군이 발생한 모양이다. 그중 한 무리가 다다미 넉 장 반 세계에서 나의 다다미 넉 장 반을 거쳐 이 세계로 흘러든 것이다.

~~

얼굴로 퍼덕퍼덕 날아들어 인분을 흩뿌리고, 간혹 입속에까지 비집고 들어오려는 나방의 대군을 밀쳐내며 나는 카모 강 델타 돌출부에 늠름하게 늠름하게 버티고 서 있었다.

그렇지만 그때 마주친 나방의 대군은 상식을 까마득히 초월했다. 엄청난 날갯짓 소리가 나를 외계와 차단하는데, 흡사 나방이 아니라 날개 달린 작은 요괴 종류가 통과하는 것 같았다. 거의 아무것도 보이지 않았다. 실눈을 떴을 때 가까스로 보인 것은 반짝이는 카모 강물이요, 가모 큰다리의 난간이요, 난간에서 카모 강으로 추락하는 사람이었다.

겨우 대군이 지나가고, 카모 강 델타는 방금 한 공포 체험을 큰 소리로 주고받는 사람들로 가득했으나 나는 말없이 카모 강을 응시하고 있었다. 가모 큰다리 교각에 검고 지저분한 다시마처럼 엉켜 있는 물체가 있었다. 저것은 오즈가 아닌가.

다리 난간을 학생들이 빽빽하게 메우고 "저 녀석 진짜 떨어졌군" "큰일 났다, 큰일 났어" "구해줘라" "그냥 죽어" "저 녀석이 그렇게 쉽게 죽겠냐" 등등 저마다 아우성치고 있었다.

나는 수위가 높아진 카모 강으로 들어가 콸콸 흐르는 강물 속을 나아갔다. 몇 번이나 발이 미끄러져 떠내려갈 뻔해가면서 오즈가 있는 곳으로 서둘러 갔다. 오랫동안 몸을 씻지 못한 나는 되레 깨끗해졌다.

가까스로 교각에 다다라 "괜찮나?"라고 물었다.

오즈는 나의 얼굴을 말똥말똥 보며 "음? 누구시더라?" 하고 말했다.

"나다, 나."

오즈는 얼마 동안 눈을 가느스름하게 뜨고 있더니 겨우 알아차린 모양이었다.

"그런데 왜 그렇게 로빈슨 크루소 같은 얼굴입니까?"

"고생이 막심했다."

"뭐, 이쪽도 고생이 꽤 막심합니다."

"움직일 수 있어?"

"아, 아야야야. 안 되겠어요. 부러진 게 틀림없습니다."

"좌우지간 강가까지 가자."

374

"아야, 아야, 움직이면 안 돼요."

가모 큰다리에서 꿈틀거리던 군중의 일부가 뛰어 내려와 거들어 주었다. "운반하자" "넌 그쪽" "난 이쪽" 하고 믿음직하게 말하며 척척 처리했다. "아야, 아야, 좀 더 주의해서 운반해주세요"라며 사치스러운 요구를 하는 오즈를 강변으로 옮겼다.

가모 큰다리에서 카모 강 서안까지 많은 사람이 돌아다니고 있었다. 대단히 시끌시끌했다. 인파 속에 아이지마 선배가 보인 것 같아 나는 겁을 먹었으나 이제는 겁낼 이유가 아무것도 없었다. 모여든 사람들은 강변에 통나무처럼 데굴데굴 굴려지고 있는 오즈를 에워쌌다.

히구치 선배가 유유히 나타나 "구급차는 어떻게 됐나?"라고 누구에게랄 것 없이 물었다. 조가사키 선배가 "아카시 군이 불러줬어. 이제 곧 올 거야"라고 했다. 히구치 선배 옆에는 하누키 씨도 있었다. 신음하는 오즈를 보며 "자업자득이라면 자업자득이네"라고 말했다.

어두운 강변에 누워 오즈는 신음했다.

"아야, 아야, 너무 아파요. 어떻게 좀 해주세요."

히구치 선배가 오즈 곁에 무릎을 꿇었다.

"실각하고 말았습니다." 오즈가 작은 목소리로 말했다.

"오즈, 귀군은 제법 싹수가 있어." 스승이 말했다.

"스승님, 감사합니다."

"하지만 다리까지 부러뜨릴 것은 없지 않나. 귀군은 대책 없는 얼간이로군."

오즈는 훌쩍훌쩍 울었다.

먼발치에서 지켜보던 사람들 중에서 거만하게 생긴 녀석이 몇 명 나와 저들끼리 이것저것 떠들었다.

"오즈는 도망치지 않을 테니 안심해라."

히구치 선배가 성난 어조로 일갈했다. "내가 책임지지."

오 분쯤 있다가 구급차가 가모 큰다리 입구에 도착했다.

조가사키 선배가 강둑을 뛰어 올라가 구급대원과 함께 내려왔다. 구급대원들은 프로의 이름에 부끄럽지 않은 솜씨로 오즈를 담요로 둘둘 말아 들것에 실었다. 그대로 카모 강에 던져 넣어주면 유쾌 천 만이었겠으나, 구급대원은 다친 사람에게 차별 없이 연민의 정을 베 풀어주는 훌륭하신 분들이다. 오즈는 그의 악행에 걸맞지 않을 정도 로 정중하게 구급차에 실렸다.

"오즈는 내가 따라가지."

히구치 선배가 그리 말하고 하누키 씨와 함께 구급차에 올라탔다.

꿏

내가 모르는 곳에서 무슨 일이 있었나.

오즈가 가모 큰다리로 쫓긴 경위는 워낙 터무니없이 복잡해서, 자 세히 설명하려면 그것만으로 이야기 한 편이 나온다. 그러니 간결하 게 끝내겠다.

히구치 선배와 조가사키 선배는 예전부터 '자학적 대리대리 전쟁'이라는 수수께끼의 싸움을 계속하고 있었다. 올해 5월 중순, 유카타가 분홍색으로 물들자 히구치 선배는 수하인 오즈에게 보복을 명했다. 오즈는 조가사키 선배에게 반격하기 위해 가오리 씨를 훔쳤다. 작년 가을 아이지마 선배가 한 일을 모방한 것이다. 가오리 씨를 맡겨놓을 계획이던 내가 부재중이었던 탓에 오즈는 그녀를 '도서관 경찰' 간부 A에게 맡겼다. 그런데 A가 너무나도 간단히 가오리 씨와 금단의 사랑에 빠져 은밀히 교토에서 도망치려 하면서 일이 커졌다. 오즈는 '도서관 경찰'을 사적으로 동원해 렌터카로 도망치려던 A를 구속하고 가오리 씨를 일단 되찾았다. 그런데 오즈가 사적으로 조직을 동원했다는 사실이 드러나자, '복묘반점'을 지배해온 '인쇄소' 부소장 겸 '도서관 경찰' 장관에게 불만을 품고 있던 동아리 및 연구회가 기회를 놓칠세라 움직여, 그들에게 매수된 '자전거 싱글벙글 정리군'이 '인쇄소' 및 '도서관 경찰' 본부를 점거했다. 더욱이 그 과정에서 '인쇄소' 수익의 일부를 오즈가 히구치 선배의 식비로 유용한 사실이 판명된 탓에 그들은 오즈를 포획해 돈을 되찾으려 했다. 오즈에게 복수할 기회를 노리던 아이지마 선배 역시 오즈 실각의 조짐을 감지하자, 오즈의 신병과 맞바꿔 '복묘반점' 복귀를 획책한 모양이다. 그는 영화 동아리 '계'의 후배들을 부려 오즈의 행방을 뒤쫓았다. 사건 당일 밤, 귀가중이던 오즈는 민감하게 위험을 감지하고 집으로 돌아가지 않고 조도지의 민가 마당에 잠복했다. 그리고 휴대전화로 하누키 씨에게 연락해 그녀를 통해 히구치 선배에게 구조를 요청했다. 그리하여 히구치 선배에게 '오즈 구출'의 명을 받은 아카시 군이 즉각 조도지 일대에 잠입했다. 오즈의 아파트 주변은 조도지에서 긴 카쿠지에 이르기까지 십중, 십이중으로 포위망이 쳐져 있었으나, 비와 호 수로를 통해 도망친다는 아카시 군의 계략으로 오즈는 포위망을 돌파했다. 서西로는 카모 강, 남으로는 마루타마치 거리까지 적외선 센서처럼 둘러쳐진 감시의 눈을 피해, 아카시 군의 지시로 여장을 한 오즈는 어스름을 틈타 다데쿠라 다리를 건너 시모가모 유스이 장에 당도했다. 히구치 선배의 다다미 넉 장 반에서 숨죽이고 있었는데, 타이밍 나쁘게 가오리 씨를 도둑맞고 격분한 조가사키 선배가 히구치 선배의 하숙으로 쳐들어왔다. 거리로 쫓겨난 오즈는 순찰중이던 '복묘반점' 관계자들에게 발각됐다. 도망치는 발이 빠른 것은 타고난 재능이라 속속 운집하는 관계자들을 가까스로 피했지만, 결국 가모 큰다리로 몰린 오즈는 갈 곳을 잃고 난간 위로 뛰어올랐다.

오즈는 떡 버티고 서서 덴구 같은 표정으로 말했다.

"나한테 어떻게 하려고 했담 봐라, 여기서 뛰어내릴 테니까."

그는 말했다. "신변의 안전이 보장되지 않는 한 그쪽으로는 안 갈줄 알아."

그래 놓고 가모 큰다리에서 카모 강으로 떨어져 다리를 부러뜨렸다.

오즈가 실려가고 나니 썰물 빠지듯 사람들이 떠났다. 팔십 일간의 외톨이 생활 끝에 별안간 이런 대소동에 휘말린 탓에 나는 얼떨떨해서 얼마 동안 연신 수염만 쓸었다.

멍하니 강변을 둘러보던 나는 벤치에 앉아 있는 여성을 발견했다. 눈살을 찌푸리고 창백한 뺨에 두 손을 대고 있었다. 나는 그녀에게 다가갔다.

"저런, 괜찮습니까?"

내가 말을 걸자 그녀는 힘없는 웃음을 띠었다.

"나방은 정말 질색이에요."

아아, 그런 일인가 생각했다.

"사람들이 모여들고 난리가 났던데 무슨 일 있었습니까?"

"오즈 선배가…… 아니, 너무 복잡해서 말로는 설명 못하겠어요."

"오즈를 알아요?"

"네. 당신도요?"

"그렇죠. 벌써 오래됐습니다."

나는 자기소개를 했다. 시모가모 유스이 장 1층에 살고, 오즈와는 1학년 때부터 아는 사이라고 설명했다.

"혹시 도서관 경찰에 계시던 분인가요?" 그녀는 말했다. "해마 사건 때 그분이시군요."

"해마 사건?"

"히구치 스승님이 해마를 기르고 싶다고 하셔서, 오즈 선배가 수조를 조달해 왔거든요. 그런데 물을 넣은 순간 깨지는 바람에."

"아아아아, 압니다. 그때는 정말 지독한 꼴을 당했습니다."

"하지만 결국 해마는 안 기르셨대요."

"왜죠?"

"꾸물대는 새에 스승님이 대왕오징어가 좋겠다고 하셨거든요."

"그건 수조에 기르기는 무리겠군요."

"아무리 오즈 선배라도 그건 조달할 수 없었대요. 그 대신 페라리 깃발을 사와서 얼버무렸다는 이야기를 들었어요."

그러고 나서 그녀는 창백한 뺨을 쓱쓱 문질렀다.

"진정되게 차라도 마시겠습니까?"

나는 물었다.

결단코 나방이 질색이라는 그녀의 약점을 비겁하게 이용해 '잘만 하면' 하고 엉큼한 생각을 한 것은 아니다. 창백하게 질린 그녀를 생각해서 한 말이었다. 나는 가까운 자동판매기에서 따뜻한 캔 커피를 사와 그녀와 둘이 마셨다.

"찰떡곰은 잘있어요?"

나는 물었다.

"네, 하지만 한 마리를 잃어버려서……." 그녀는 거기까지 말했다가 입을 다물었다. 그러더니 나의 눈을 빤히 보고 나서 겨우 납득했다는 표정을 지었다. "전에 헌책 시장 때 아미 서점에서 일하셨죠? 못 알아봐서 죄송합니다."

"기억납니까?"

"네, 기억은 나는데, 그나저나 수염이 근사하시네요."

그녀는 나의 얼굴을 보며 말했다.

이 감정에 관해 이제 와서 길게 설명한들 무슨 소용이 있으랴. 좌우지간 그 감정을 어떤 행동으로 연결시키려고 갖은 고생을 한 끝에 나는 한마디를 내뱉었다.

"아카시 군, 고양이 라면을 먹으러 가지 않겠어요?"

☙

내가 고양이 라면을 먹으며 주인도 압도당할 정도로 하염없이 눈물을 쏟은 것은 말할 필요도 없다. 팔십 일 만에 먹는 고양이 라면이었다.

"그렇게 맛있으세요?"

아카시 군이 말했다.

"응, 응." 나는 신음했다.

"훌륭한 일이에요."

그녀는 조용히 고개를 끄덕이고 라면을 후루룩 먹었다.

☙

이것이 나의 '팔십 일간의 다다미 넉 장 반 일주'의 전말이다.

또다시 다다미 넉 장 반에서 잘 마음은 도저히 나지 않아 나는 그날 밤부터 얼마 동안 복도에서 잤다. 그리고 모토타나카에 새 하숙을 구해 서둘러 이사했다. 이번에는 변소가 붙은 다다미 여섯 장 방을 골랐다. 그래도 무심결에 맥주병에 배뇨하려는 자신을 깨닫고 그 팔십 일간의 무서운 경험을 돌이켜 생각하곤 한다.

기묘한 것은 그렇게 오래 다다미 넉 장 반 세계를 방황했는데도 현실 세계에서는 시간이 흐르지 않았다는 사실이다. 우라시마 다로가 아니라 한단지몽 느낌이다. 허나 그것은 꿈이 아니었다. 나방의 대군과 자랄 대로 자란 수염과 배낭에 가득 든 1000엔 지폐가 가장 강력한 증거이리라. 나의 이사 비용은 배낭에서 나왔다.

≋

나와 아카시 군의 관계가 그 뒤 어떤 전개를 보였는지는 본 글의 취지에서 일탈된다. 따라서 그 기쁨 반, 쑥스러움 반인 묘미에 관해 상세히 쓰는 것은 삼가련다. 독자도 그런 타기할 것을 읽느라 귀중한 시간을 시궁창에 버리고 싶지는 않으리라. 성취된 사랑만큼 이야기할 가치가 없는 것은 없다.

≋

나의 학창 생활에 새로운 전개가 다소 나타났다고 해서 내가 과거를 천진난만하게 긍정한다고 생각하면 서운하다. 나는 그렇게 간단히 과거의 과오를 긍정하는 사내가 아니다. 크나큰 애정으로 나자신을 보듬어주자고 생각한 적이 있는 것은 사실이나, 젊은 아가씨라면 또 몰라도 스무 살 넘은 지저분한 사내를 누가 보듬어주고 싶으랴. 그런 금할 길 없는 노여움에 사로잡혀 나는 과거의 자신을 구제하기를 단호히 거부했다.

운명의 시계탑 앞에서 비밀 기관 '복묘반점'을 선택한 데 대한 후회의 염은 떨칠 수 없다. 만약 그때 다른 길을 선택했더라면 나는 지금과는 다른 학창 생활을 보내고 있었으리라.

그러나 무한히 계속되는 다다미 넉 장 반 세계를 팔십 일간 걸어본 인상으로 추측하건대, 나는 어느 길을 선택했어도 별 차이 없는 이 년간을 보내지 않았을까 하는 생각도 든다. 무엇보다, 무시무시한 상상이기는 하나, 어느 길을 선택했어도 오즈를 만나지 않았을까. 오즈 말대로 우리는 운명의 검은 실로 맺어져 있다는 이야기다.

따라서 나는 과거의 자신을 보듬어주지 않고 과거의 과오를 긍정하지도 않지만, 우선 너그러이 봐주는 정도는 못할 것도 없다.

～

오즈는 대학 근처에 있는 병원에 잠시 입원했다.

새하얀 침대에 묶여 있는 모습은 상당히 통쾌한 구경거리였다. 원래 안색이 나쁜 탓에 불치의 병에 걸린 것처럼 보이는데 실은 단순한 골절이다. 골절만으로 끝나 다행이라 할 것이다. 그가 세 끼 식사보다 좋아하는 악행에 관여하지도 못하고 툴툴거리는 옆에서 나는 꼴좋다고 생각했다. 너무 시끄럽게 툴툴거릴 때는 병문안용으로 사온 카스텔라로 입을 틀어막았다.

히구치 선배에 조가사키 선배, 하누키 씨, 아카시 군에 영화 동아리 친구들 및 후배들, 소프트볼 동아리 친구, 대학 축제 사무국장, 주점 주인, 고양이 라면 주인 및 막대한 수의 '복묘반점' 관계자가 쉴 새 없이 찾아왔다. 아이지마 선배까지 온 데는 놀랐다. 병원 밖에서는 '복묘반점' 요원이 늘 잠복하며 오즈가 도망치지 못하도록 감시했다.

어느 날, 나와 아카시 군이 오즈 곁에서 이야기를 하는데 청초한 여성이 수제 도시락을 들고 들어왔다. 오즈가 이상하게 허둥대며 우리에게 밖에 나가 있어달라고 했다. 병실 밖으로 나온 아카시 군은 '케케케' 하고 작은 악마처럼 웃었다.

"누구인데?"

나는 물었다.

"고히나타 선배예요. 저랑 오즈 선배가 있는 영화 동아리에 있다가 그만둔 사람인데, 1학년 때부터 오즈 선배랑 사귀었대요."

"그냥 들어 넘길 수 없는 이야기군. 오즈에게 애인이 있었나."

"그렇게 나쁜 일을 하면서 용케 연애할 시간이 있죠?"

아카시 군은 재미있다는 듯 말했다.

"오즈 선배는 다른 사람들한테 고히나타 선배를 보여주기 싫어해요. 아마 고히나타 선배 앞에서는 착한 어린이겠죠."

나는 문득 복도 끝으로 시선을 돌렸다.

모퉁이 공중전화에서 수화기를 들고 무의미하게 10엔 동전을 넣었다 뺐다 하는 남자가 있었다. 본 적이 있는 옆얼굴이었다. '도서관 경찰' 시절, 함께 가오리 씨를 유괴하러 갔던 간부 중 하나가 틀림없었다. 상대방은 내가 노려보는 것을 깨닫자 황급히 수화기를 내려놓고 어디로 숨었다.

나는 한숨을 쉬었다.

"아카시 군, 오즈는 적이 많으니 얼마 동안 숨어서 지내는 편이 나을 것 같은데."

"그러게요."

아카시 군은 씩 웃었다.

"맡겨만 주세요. 저도 거들게요."

꽃

나는 지난 이 년간 단 하나뿐인 친구였던 오즈의 고경苦境에 즈음해 아낌없는 원조를 제안했다.

"네놈은 퇴원하고 나서도 된통 당할 것이야."

"불 보듯 뻔하죠."

"그럼 잠잠해질 때까지 어디 도망가 있어. 비용은 내가 대마."

오즈는 의심 어린 눈빛으로 나를 보았다.

"무슨 속셈입니까? 저, 안 속습니다."

"너도 조금쯤은 남을 믿는 마음을 가져봐라. 세상에는 나처럼 도량이 넓은 인간도 있는 법. 도대체 너 돈은 있나?"

"당신한테 그런 말 듣고 싶지 않아요."

"됐으니까 그냥 받아."

"왜 그렇게 내고 싶어하는 겁니까?"

나는 씩 웃었다.

"내 나름의 사랑이다."

"그렇게 더러운 것은 필요 없습니다."

그는 대답했다.

다다미넉장반
신화대계

다다미 넉 장.반 신화대계

1판 1쇄 발행 2008년 8월 1일 **1판 6쇄 발행** 2018년 3월 6일
전면개정판 1쇄 인쇄 2025년 2월 21일 **전면개정판 1쇄 발행** 2025년 3월 21일
지은이 모리미 도미히코 **옮긴이** 권영주
펴낸이 박강휘
편집 박정선 **디자인** 지은혜
마케팅 이헌영 박유진 **홍보** 박상연 이수빈

발행처 김영사
주소 경기도 파주시 문발로 197(문발동) 우편번호10881
등록 1979년 5월 17일(제406-2003-036호)
주문 및 문의 전화 031)955-3200 **팩스** 031)955-3111
편집부 전화 02)3668-3291 **팩스** 02)745-4827 **전자우편** literature@gimmyoung.com
비채 블로그 blog.naver.com/viche_books
인스타그램 @drviche @viche_editors **트위터** @vichebook
ISBN 979-11-7332-116-0 03830
책값은 뒤표지에 있습니다.

비채는 김영사의 문학 브랜드입니다.